무서울 만큼 예리한 눈
−헨리 제임스 소설에서의 인식

| 지은이 | **나희경**

전남대학교 영어영문학과 졸업

뉴욕대학교 대학원 영문학 석사

뉴욕대학교 대학원 영문학 박사

21세기영어영문학회 회장(2014년 3월 – 2016년 2월)

(현재) 전남대학교 영어영문학과 교수

무서울 만큼 예리한 눈 ― 헨리 제임스 소설에서의 인식

초판1쇄 발행일 2020년 1월 31일

지은이 나희경

발행인 이성모

발행처 도서출판 동인

주 소 서울시 종로구 혜화로3길 5 118호

등 록 제1-1599호

TEL (02) 765-7145 / FAX (02) 765-7165

E-mail dongin60@chol.com

ISBN 978-89-5506-818-4

정가 26,000원

※ 잘못 만들어진 책은 바꿔 드립니다.

무서울 만큼 예리한 눈

헨리 제임스 소설에서의 인식

|

A Horrible Sharp Eye: Perception in Henry James's Fiction

나희경 지음

도서출판 동인

문학적 독서의 경험을 독자와 등장인물과의, 나아가서 그 배경에 내포되어 있다고 여겨지는 작가와의 내밀한 친교라고 이해할 수 있다면, 헨리 제임스Henry James는 소설 읽기를 통해서 마음속 가장 깊은 곳에서 친교를 맺을 수 있는 작가들 중 한 사람이라고 볼 수 있다. 그러한 견해는 제임스의 소설이 주인공의 마음속에서 일어나는 의식의 미세한 변화를 탐색하는 데 집중했다는 점에서 설득력을 얻는다. 그의 소설의 그와 같은 특성이 "내면 드라마"나 "중심 의식", 혹은 "심리적 사실주의" 등의 비평적 개념으로 표현되곤 한다.

소설 창작 과정에서 제임스는 주인공의 시각적 지각이 어떻게 인식되는지 그리고 그것이 다시 지적 성찰의 과정을 거쳐서 어떻게 한 개인의 의식을 형성하는가에 일관되게 주목했다.[1] 언어 예술로서 소설에 대한 제임스의 그러한 관심은 그의 평론서인 『소설 예술』(*The Art of Fiction*)이나 자신의 뉴욕 판본의 작품마다에 붙인 「서문」에 상술되어 있다. 거기에는 작품의 창작

---

[1] '지각'이나 '인식'이라는 용어는 심리학이나 철학, 문학 분야에서 의미상 각기 미세한 차이를 가지면서도 실제 서로 중복되거나 연관되어 사용되기도 한다. 이 책에서는 사전적 의미에 준하여 '지각은 감각기관을 통하여 대상을 인식하는 정신 작용으로, '인식'은 사물을 분별하고 판단하여 알게 되는 정신 작용으로 구분하여 사용한다.

계기나 구성 방법, 주요 인물들의 마음속을 묘사하기 위해 채택한 서술상의 특징 등이 포함된다.

제임스에게 삶에 대한 새로운 인식을 얻는 것은 아인슈타인에게 있어서 우주를 이해하는 새로운 시각을 찾아내는 것과 같은 이치였다고 말할 수 있다. 그 일이 마음의 영역을 새롭게 발견하고 확장하려는 시도이기 때문이다. 제임스에게 새롭게 본다는 것은 새로운 것을 본다는 의미가 아니라 우리에게 이미 익숙한 것을 새로운 눈으로 본다는 것을 뜻한다. 그것은 곧 새로운 인상을 받는 것이고 새로운 생각과 느낌을 얻는 경험이며 이는 곧 삶에 대한 새로운 이해에 이른다는 것을 의미한다.

제임스가 자신의 소설에서 이처럼 주요 인물의 관찰과 성찰, 각성의 심리적 과정을 제시함으로써 전달하려고 하는 메시지는 지각적 인식에 의해서 "검토되지 않은 삶은 인간에게는 살만한 가치가 없다"는 소크라테스적 명제일 것이다. 한 인물이 독단적인 시각에서 열린 시각으로 변화되는 것이나, 어떤 인물은 경직된 사고 체계를 가진 데 반해서 다른 인물은 유연한 사고방식을 가진 것의 차이는 플라톤적 인식론이 제기하는 단순히 '가시적인'visible 영역을 넘어서 이른바 '가사유적인'intelligible 영역에 이를 수 있는 인식 능력 여부의 차이일 것이다.

그러한 인식 혁명을 경험하는 대표적인 인물이 『대사들』(The Ambassadors)에서 중년의 주인공인 램버트 스트레더Lambert Strether이다. 그는 자신을 가두었던 경직된 시각의 틀을 깨고 나와 자신의 삶을 완전히 새로운 관점에서 바라보게 된다. 그 결과 그의 인식은 누에고치처럼 폐쇄된 상태를 깨고 나와 나비처럼 자유로운 상태로 탈바꿈한다. 유럽의 문화적인 영향력 하에서 경험하게 되는 그의 그러한 내적 변혁은 때로는 점진적으로 일어나는 인상의 홍수를 통해서, 또 때로는 우연히 주어진 시각적 지각과 그것에 뒤따르는 성찰을 통해서 얻게 되는 자아의식의 해방을 뜻한다.

　제임스의 주인공들은 한결같이 외부 환경에 대한 시각적 관찰로부터 인상을 받고 거기에 다시 감정과 지적 작용이 개입하여 마음속 깊은 곳에서 자아에 대한 새로운 이해에 이르게 되는 경험을 한다. 제임스는 그러한 인물들의 마음속 경험을 내적 드라마로 극화한다. 그리고 그들의 그러한 인식의 변화는 늘 도덕의식과 결부된다. 그래서 우리는 제임스의 주인공들이 흔히 작품의 결말에서 보여주는 공통된 행동 특징인 '단념'renunciation을 목격한다. 그들은 가까스로 거의 손에 넣을 수 있게 된 물질적·현실적 이득을 단호하게 뿌리친다. 『대사들』에서 도덕적 결벽증을 가진 스트레더는 자신이 이미 가졌거나 갖게 될 예정인 모든 현실적 이득을 오직 "옳기 위해서"(To be right) 스스로 포기한다고 주장한다. 스트레더는 자신이 인식의 해방을 통해서 얻게 된 정신적 자유와 거기에 수반되는 물질적 이득이 양립해서는 안 된다는 믿음을 가진 인물이다.

　그러한 단념의 철학을 『미국인』(The American)의 주인공 뉴먼Christopher Newman이나 『여인의 초상』(The Portrait of a Lady)의 여주인공 이사벨Isabel Archer도 공유한다. 그리고 스트레더나 뉴먼, 이사벨뿐만 아니라 『프린세스 카사마시마』(The Princess Casamassima)의 하이어신스Hyacinth Robinson와 『보스턴 사람들』(The Bostonians)의 올리브Olive Chancellor, 『메이지가 알았던 것』(What Maisie Knew)의 메이지Maisie Farange 등과 같은 주인공들에게서 공통으로 발견되는 정신적 능력은 남달리 예민한 감수성과 탁월한 인식 능력, 그리고 엄격한 자기정직성이다. 『대사들』에서 스트레더가 가진 그러한 인식 능력에 대해 그의 여자 친구인 고스트리Maria Gostrey는 "무서울 만큼 예리한 눈"(a horrible sharp eye)이라고 일컫는다.

　날카로운 인식 능력은 예술가에게는 삶과 세계에 대한 새로운 통찰을 의미한다. 그리고 제임스의 소설에서 지각과 인상, 감정과 사유, 인식과 의식이 만들어내는 역동적인 내면 드라마는 정도의 차이가 있지만 그의 초기부터 중기를 거쳐서 후기 작품에 이르기까지 일관되게 나타나는 현상이다. 제임스는 훌륭한 예술가가 빈약한 "지각력의 다발"(cluster of artist's sensibilities)(*Theory*, 65)을 가진 경우는 찾아보기 어렵다고 주장한다. 나아가서 그는 우리가 너무도 흔히 "견해의 용기"(courage of our opinions)를 가지고들 있지만, "인식의 용기"(courage of perceptions)를 가진 경우를 찾아보기란 쉽지 않다고 말한다(*Theory*, 65). 결론적으로 제임스는 한 예술가의 예술적 성취 정도는 자신이 가진 "인식의 도구"(perceptive apparatus)를 "숙달하는"(master) 정도에 달려 있다고 본다(*Theory*, 65).

이 책의 제1장 「지각과 인식, 글쓰기」에서는 제임스의 묘사 기법을 자연주의 소설 이론에 관한 그의 관심에 비추어서 해명한다. 제임스는 예리한 시각적 관찰과 그에 따르는 지각, 그리고 그것이 다시 인상이나 인식으로 연결되는 경험의 과정을 치밀하게 묘사해야 한다고 주장한다. 그렇게 함으로써 인물의 마음속에서 생겨나는 미세한 움직임까지도 포착하고 묘사할 수 있다는 것이다. 제2장 「직업의식의 이중성」은 제임스가 19세기 중엽 미국이나 영국에서 문학적 저술업(authorship)이 전문 직업(profession)으로 여겨지기 시작했었던 상황에 대해 어떻게 생각했는지를 설명한다. 그는 작가로서 자신이 행하는 저술업에서 예술성과 상업성이 미묘한 대립적 균형을 이루고 있다는 사실을 알아차렸다. 제3장 「사회의식의 혼란」에서는 제임스가 당시 정치적 이념을 둘러싸고 빚어진 사회적 갈등을 어떻게 파악했는지를 조명한다. 그는 자신의 사회소설에서 사회정치적 이념의 혼란을 이념 자체에 대한 논의로 다루지 않고, 그 이념이 개인의 의식에 일으키는 문화적·심리적 영향에 묘사의 초점을 맞춘다.

이어서 제4장부터 제8장까지는 제임스의 각 소설 작품에서 다뤄지는 사회의식이나 개인의식을 그것들이 형성되고 작동하는 양상에 비추어서 비평적으로 해석한다. 제임스는 계급의식이나 문화적 지향, 정치적 이념, 성 역할, 가족제도와 같은 이슈를 사회정치적 담론으로서 다루는 것이 아니라, 그것들이 개인의 의식에 일으키는 파문을 탐색한다. 뿐만 아니라 그는 인물 개인의 인생관이나 자아성selfhood, 혹은 도덕관념과 같은 주제도 철저히 인식론적 차원에서 조명한다. 마지막으로 제9장에서는 제임스가 우리의 지각과 인식의 범주를 극단까지 확장하여 그것을 초자연적 존재에 대한 환각이나 무의식적 경험으로 극화하는 양상을 살펴본다. 제임스의 소설 세계에서는 한 인물의 마음속에서 일어나는 심리적 사태가 그 인물의 삶을 실질적으로 변화시키고 나아가서 사회 변화를 추동하는 중력과 같은 힘으로 작용한다. 그래서 그는 그러한 정신작용을 자신의 소설작품에서 정당하고도 유력한 주제로 삼고 있다.

* 제1장은 『현대영미소설』(제5권 2호(1998), 한국영미소설학회)에 게재된 논문을, 제2장은 『근대영미소설』(제8집 2호(2001), 한국근대영미소설학회)에 게재된 논문을, 제3장은 『미국학논집』(제29집 1호(1997), 한국아메리카학회)에 게재된 논문을 각각 수정 보완하였으며, 제4장은 『미국학연구』(제15호(1994), 전남대학교 미국문화연구소)에 게재된 "Washington Square as an Internalized Chronicle of Value Systems"라는 제목의 논문을 번역하고 수정 보완하였고, 제5장은 『근대영미소설』(제17집 3호(2010), 한국근대영미소설학회)에 게재된 논문을, 제6장은 『영어영문학21』(제31권 4호(2018), 21세기영어영문학회)에 게재된 논문을, 제7장은 『영어영문학21』(제32권 4호(2019), 21세기영어영문학회)에 게재된 논문을, 제8장은 『영어영문학21』(제30권 1호(2017), 21세기영어영문학회)에 게재된 논문을 각각 수정 보완하였으며, 그리고 제9장은 『근대영미소설』(제13집 1호(2006), 한국근대영미소설학회)에 게재된 논문을 대폭 수정 보완하면서 「졸리 코너」에 대한 논의를 추가하여 재작성 하였다.

| 차례 |

제1장

지각과 인식, 글쓰기

1. 자연주의적 인식과 글쓰기

헨리 제임스Henry James는 19세기 후반 프랑스 자연주의 소설가들의 실험 정신과 예술 시각에 대해 양가적 입장을 취했다. 그는 자연주의 소설가들이 주장하고 실천했던 시각적 경험의 중요성, 언어와 형식을 통한 리얼리티 reality의 구현, 작품 내에서 작가 자신의 설명적 표현을 최소화하려는 노력, 작품의 전개 과정에서 작가의 감상적 개입이나 교훈적 주장을 피하고 객관성을 유지하려는 시도와 같은 자연주의적 글쓰기 기법들을 환영했다. 반면에 그는 자연주의 작가들이 한 개인의 운명을 사회적·자연적 환경에 의해서 전적으로 지배받는 기계적 구조mechanism로 보는 결정론적 견해나 예술 의식이 도덕관념으로부터 철저히 분리되어야 한다는 주장, 문예 창조 과정에 있어서 상상력의 기능을 간과하는 태도, 그리고 리얼리티에 대한 개념을 정의하는 데 있어서 작가의 주관적 요소가 배제되어야 한다는 원칙 등에는 부정적이었다.[1]

---

1) 이 글에서는 'reality'라는 영어 단어의 의미를 대체로 두 가지로 구분하는데, 그것이 예술적

제임스는 1870년대 후반과 1880년대 초반에 쓴 편지에서 자연주의 운동에 대한 그의 이러한 양가적 태도를 거듭해서 표현했다. 1876년 플로베르Flaubert 그룹과 친교를 시작하면서 제임스는 토마스 서전트 페리Thomas Sergeant Perry에게 "나는 플로베르 그룹에 관심이 있다. 그럼에도 물론 나는 그 그룹에 깊이 관여하지는 않을 것이다. 그들은 대단한 재능을 가진 친구들이다. 그러나 나는 그들이 지독하게 제한된 시각을 가졌다는 것을 알 수 있다"(*Letters* vol. II, 24)고 입장을 밝혔다. 몇 해 후에도 제임스는 "졸라Emile Zola의 자연주의는 흉하고 추하다. 그런데도 나는 그가 '중요한 무엇인가를 하고 있는' 것 같다고 생각한다—그가 하고 있는 일은 명백히 [상상력의 분야에 있어서] 영국에서나 미국에서나 또는 그밖에 어느 곳에서도 그 어느 누구도 하고 있지 않는 그러한 일이다"(Harlow 304)고 기술함으로써 자연주의 작가들에 대한 그의 양가적 입장을 분명히 했다. 예술적 시각이 무한히 자유로워야 한다는 믿음을 가졌던 제임스는 자연주의 작가들이 오로지 "추한" 주제들만을 선호하는 것에는 반대했지만, 시각적으로 관찰한 것을 과학적 실험 정신을 통해서 언어 예술로 승화시키려는 그들의 표현 방식에는 동의했다. 1881년에 페리에게 보낸 편지에서 그는 졸라가 실행한 자연주의의 "결함과 장점"을 동시에 언급하면서 "그 결함들을 논하는 것이 나에게 중요한 것 같지 않다. 그 장점들은 매우 드물고 귀한 것이며 극도로 견실하다"(*Letters* vol. II, 341)고 말함으로써, 시각적 지각에 근거한 인식에 집중하는 자연주의 작가들의 표현 기법으로부터 소설 창작의 새로운 가능성을 확인했다고 볼 수 있다.

즉 그는 자연주의 작가들이 소설의 언어적 형식form과 표현 능력을 강

묘사를 통해 재현representation하려고 하는 현실의 속성을 뜻하는 경우 '리얼리티'로, 이에 비해 철학적으로 순수 관념에 대비되는 물리적 존재 상태를 의미할 경우는 '실재'로 각각 구분해서 표현한다.

조하는 데서 미래의 소설 발달을 위한 희망적인 조짐을 찾았다. 그는 "[미국 문학은] 내시들이나 여자 재봉사들에 의해서 쓰이고 있는 것 같다. [...] 그러한 방식의 문학은 [...] 단지 양적 확장을 가져올 따름이다. 형식으로서의 예술이 다시 도래할 것이다. 그러나 내가 살아서 그것을 보게 될지는 모르겠다"고 주장했다(*Letters* vol. II, 431-42). 제임스는 당시 미국문학에 미적 추구를 위한 실험 정신이 결여되었기 때문에 생명력이 없다고 생각했다. 반면에 그는 시가적 관찰의 중요성을 강조하는 프랑스 자연주의 작가들의 태도와 그처럼 관찰한 것을 견고한 언어적 구성을 통해서 문학적으로 구현하려는 그들의 도전적 시도에서 진정한 언어 예술로서의 소설이 가진 생명력을 발견했다. 제임스는 자연주의 작가들의 "문체에 관한 고뇌, 그 문체에 대해 그들이 설정한 높은 기준, 모든 것이 언급되고 반복적으로 거듭 언급되는 언어적 표현을 통해서 어떤 것을 완벽하게 표현하고자 하는 노력"(*Letters* vol. III, 26), 즉 언어와 형식의 중요성에 대한 자연주의 작가들의 강조가 문학 장르로서의 소설이 앞으로 지향할 방향을 제시해 준다고 믿었다. 이후에 제임스는 하우웰즈William Dean Howells에게 쓴 편지에서 자연주의적 글쓰기의 가치에 관한 자신의 견해를 명백히 밝혔다.

> 이 작은 그룹[플로베르 그룹]이 예술의 형식이나 방법 등에 관해 보여 주고 있는 참으로 지독하리만큼 진지한 지성-예술을 위한 그들의 강렬한 삶-과 더불어 그들이 [글쓰기에] 쏟고 있는 노력과 실험정신보다도 지금 더욱 나의 관심을 끄는 것은 없다. 그들은 오늘날 내가 존중하는 바로 그러한 종류의 작업을 하고 있다. 그래서 지독하게 염세주의적인 그들의 관점이나, 추잡한 주제들을 즐겨 다루는 그들의 경향에도 불구하고 그들은 적어도 진지하고 정직하다. (*Letters* vol. III, 28)

제임스는 자연주의 작가들의 실험 정신과 치밀한 표현 형식을 통한 인간 의식의 표현 가능성을 기꺼이 수용했다. 그러나 그는 사회와 삶에 대한 그들의 제한된 시각을 혐오했다.

프랑스 자연주의 작가들과 마찬가지로 제임스도 소설에서 리얼리티의 추구를 목표로 했다.[2] 그러나 그는 리얼리티의 개념에 대한 자연주의 작가들의 경직된 견해나 예술적 리얼리티와 과학적 사실성을 동일시하는 그들의 독단적인 믿음에는 이의를 제기했다. 자연주의 작가들은 예술적 리얼리티나 실제 삶으로서의 현실이 다 같이 과학적인 원칙에 의해 입증되어야 한다는 가정 하에서 이 둘을 본질적으로 차이가 없는 것으로 여겼다. 그들은 인간 현실의 외적 요소들을 마치 과학자가 실험의 대상물을 다루듯이 관찰하고 분석하고 종합했다. 자연주의 작가들이 이 실험에서 목표로 한 것은 예술적 리얼리티나 실제 삶의 현실에 한결같이 적용될 수 있는 과학적 진실—사실 그것은 그들의 선입견 혹은 가설의 성격이 강하지만—을 입증하는 것이었다. 따라서 자연주의적 관점에서 보면 리얼리티의 개념은 그것이 정신적인 것이든 물질적인 것이든, 예술적인 것이든 현실의 삶이든, 객관화된 실체로 입증될 수 있어야 한다.

그러나 제임스는 리얼리티라는 것을 객관적 실체도 아니고 입증 가능한 단일한 진리도 아니며, 따라서 단일한 개념으로 갇혀 정의될 수 없는 경험의 연속적 기능으로 보았다. 그러므로 자연주의 작가들이 오로지 리얼리티의 외적 요소들에 대한 객관적 관찰을 통해서 그 덮개 밑에 감추어진 예술적·과학적 사실성을 동시에 성취하려고 했던 데 반해서, 제임스는 그의 소설에

---

2) 제임스는 "한 소설의 최고의 가치는 리얼리티의 분위기the air of reality(견고한 구체성)인 것 같다. 바로 그 가치에 다른 모든 가치들(베전트 씨가 말하는 의식적으로 도덕적인 목적도 포함되어)이 무력하게, 그리고 복종적으로 의존한다"고 말한다(*The Future of the Novel*, 14).

서 리얼리티의 외적인 요소들을 관찰할 뿐만 아니라 상상력을 통해서 리얼리티의 내적인 요소들, 즉 개인의 마음의 미세한 움직임을 추적하여 드러냄으로써 예술적·심리적 사실성을 창조하려고 노력했다. 인간 의식을 소설의 진정한 주제로 다루는 작가로서 제임스의 독창적인 성취 영역이 바로 거기에 있다고 볼 수 있다. 즉 그는 자신의 인물들이 경험하는─시각적으로 지각하고, 느끼고, 인식하고, 인상을 받고, 회상하고, 상상하며, 명상을 통해서 성찰하는─마음의 모든 작용을 재현하는 것을 자신의 소설 창작 기법과 주제의 중심에 둔 것이다. 그런 의미에서 그는 지각과 인식 그리고 의식의 작가이다.

2. 외부 묘사와 내면 묘사

제임스는 인간의 경험을 외적인 실체와 내적인 실체로 구분하려는 자연주의 작가들의 이분법적 시각에 이의를 제기했다. 그는 인간 경험의 그 두 가지 양상을 각기 다른 별개의 실체로 보지 않고 하나의 연속적인 현상으로 보았다. 프랑스 자연주의 작가들은 과학적 객관성을 과도하게 강조한 나머지 개인 마음의 작용인 주관적 의지나 인상, 상상력이나 의식과 같은 인간 경험의 주관적 요소들을 그들의 예술적 경험과 창조 행위로부터 제거해 버리려고 했었다. 그들은 예술적 창조의 과정에서 경험과 마음의 주관적 작용을 묘사하는 것을 피하고 오로지 사물 자체에 의해서 지배되고 형성될 수 있는 객관적 리얼리티를 구성하려고 시도했다.

자연주의 작가들은 물리적이거나 심리적인 리얼리티를 과학적 진실이라는 단일한 원칙에 입각해서 객관적 대상으로 통합하려고 했다. 그러나 이러한 통합은 자연계의 법칙과 인간 심리나 사회의 법칙 사이에 직접적인 대응이 적합하고도 정당한 것인가에 의문을 제기하게 한다. 당시 허버트 스펜서Herbert Spencer와 같은 사회학자나 이폴리트 텐느Hippolyte Taine와 같은 문학 평론가는 자연, 사회, 그리고 인간의 본성 사이에 직접적인 상호 연관 관계를 발견하는 것이 정당하고도 필요하다고 생각했다. 텐느는 현실의 눈에 보이는 외적인 요소들과 내적이고 눈에 보이지 않는 인간성의 조건들 사이에 직접적인 대응이 있음을 입증해 보임으로써 이 문제에 대한 해결책을 찾으려고 했다. 그는 소설가가 한 개인의 말, 몸짓, 태도, 의복, 그리고 그의 숙소와 같은 겉모습이나 환경을 면밀하게 관찰함으로써 그 개인의 영혼의 본질을 파악할 수 있다고 주장했다. 그는 "이 모든 외적 요소들은 하나의 중심으로 수렴되는 통로들이다. 너는 오로지 그 중심부에 이르기 위해서 그 외적 요소들의 내부로 들어간다. 그리고 바로 그 중심이 참된 그 사람이다"(*History*, 7)고 설명했다. 텐느의 이분법적 가설에 따르면 외적으로 드러나는 개인의 모습과 내부에 감추어진 그의 본질이 마치 현상과 실제의 구분처럼 각기 다른 두 개의 실체로 존재한다는 것이다. 그러나 텐느의 이론은 자기 모순적인 것으로 드러나는데, 그것은 그의 주장이 리얼리티 요소를 정신과 육체라는 이분법적 구조로 파악할 뿐만 아니라 외적 요소의 중요성보다는 역설적이게도 내적 요소의 우선성을 증명하는 결과에 이르기 때문이기도 하다.

제임스는 자연 현상과 인간 심리를 자연법칙이라는 동일한 원리로 파악하고 그 양자 사이에 직접적인 대응이 있다는 텐느의 믿음에서 한계를 발견했다. 그의 비평 이론이 텐느의 이론과 다른 점은 텐느가 한 인물을 기계적 구조로 파악하는 데 비해서 제임스는 그것을 의식에 의해서 지배되는 유기체로 본다는 것이다. 텐느는 인간과 환경의 관계를 기계적 기능으로 다루지만 제임스는 그것을 유기적 상호작용으로 다룬다. 제임스는 소설에서 인물을 창조하는 것을 외부적 '흔적'들을 산술적으로 재구성하는 것으로 여기지 않았고, 인간의 인식과 의식이 외부 환경과의 지속적인 상호작용을 통해서 형성해가는 열린 심리적 과정으로 보았다.

> 텐느는 결과적으로 인간을 하나의 식물이나 기계로 연구한다. 우리는 한 식물이 자라는 토양이나 기후를 연구함으로써 그 식물에 대한 본질적인 지식을 얻을 수 있다. 그리고 어떤 기계를 분해하여 그 부품들을 조사함으로써 그 기계에 대한 자세한 지식을 얻을 수 있다. 텐느는 이러한 과정을 인간의 마음이나 역사, 예술, 그리고 문학에 적용하여 가장 생산적인 결과를 얻어낸다. [그러나] 그의 유명한 이론인 '인종, 기후, 시대'la race, le milieu, le moment가 다양하고 복잡한 인간 유기체를 적절하게 설명할 수 있는가에 대한 의문이 남아 있다. (James, *Literary Review*, 49)

텐느는 관찰할 수 있는 세세한 외적인 디테일을 가능한 한 건설적으로 묘사함으로써 인물의 의도나 심리상태를 표현하려고 시도했다. 그러나 제임스는 텐느가 외적 자연 현상에 대한 묘사를 인간 심리묘사와 동일시하는 것이 부적절하다고 생각했다. 텐느는 물리적 차원에서 일어나는 기계적 기능을 이해하는 것과 같은 인식 과정으로 인간의 심리적 기능을 이해할 수 있다고 생각했으나, 그의 그러한 추론은 그 두 상이한 기능 사이에 작용하는 본질적 차이를 무시하고 있다. 제임스는 텐느의 그와 같은 추론에 의문을 제기함으로써 그[텐느]가 물리적 영역의 원리와 인간 심리의 원리를, 그리고 기계 작용과 인간 유기체의 작용을 동일시하는 데 오류가 있음을 지적한다.

자연주의 작가들은 한 인물에 대한 예술적 리얼리티가 단순히 그들 자신의 순수한 시각적 경험의 종합에 의해서 묘사되고 제시될 수 있다고 보았다. 이에 비해 제임스는 예술적 리얼리티를 인식 주체가 대상을 지각적으로 경험하는 지속적인 인식 작용으로 보았으며, 그것은 시각적 지각 작용으로부터 출발해서 인식하고 이해하며, 때로는 반성적인 성찰의 과정을 통해서 조정되는 의식의 활동 과정으로 여겼다. 따라서 그것은 고정된 것이 아니며 무한한 변화 가능성을 갖는다.

> 우리에게 사실적으로 느껴지는 인물이나 상황은 우리를 가장 감동시키고 흥미롭게 하는 그러한 것들일 것이다. 그러나 리얼리티의 척도는 고정시키기가 대단히 어려우며 [...] 만약 네가 리얼리티에 대한 감각을 갖고 있지 않다면 훌륭한 소설을 쓸 수 없다는 것은 말할 필요도 없다. 그러나 그러한 감각을 당신에게 불어넣어 줄 수 있는 처방전을 주기는 어려울 것이다. 인간성이라는 것은 무한하며, 리얼리티는 무수한 모습을 취한다. (James, *Future*, 12)

제임스는 예술적 리얼리티에 대한 개념을 정의하는 데 어떤 고정된 관념을 허용하지 않았다. 제임스는 이처럼 무한히 변화되는 인간의 의식을 예술이 다루어야 할 정당한 주제로 여겼으므로 리얼리티를 확보하기 위해서 관찰과 지각적 표현을 통한 객관적 묘사의 기능뿐만 아니라 예술적 상상력과 인상이나 의식에 대한 묘사의 가능성도 역시 강조했다. 더욱이 그는 인간성 humanity을 구성하는 정신적 조건들을 고정된 실체로서가 아니라 유동적 기능으로 보았으므로, 그 조건들이 예술가의 예술 의식을 통해서 인상들로 변환될 때에야 비로소 그 예술가에게 의미 있고 유용하게 된다고 보았다.

예술적 경험과 리얼리티에 대한 제임스의 실용주의적 경향은 과학적 관찰의 기능에 대한 자연주의 작가들의 견해를 수정하는 것으로부터 비롯된다. 제임스는 소설에서 예술적 리얼리티를 창조하는 데 있어서 자연주의 작가들처럼 기본적으로 시각적 경험 혹은 관찰의 역할을 강조했다. 그러나 그는 시각적 경험이 심리적 인식 기능으로부터 분리되어 객관적 기능으로 작용할 수 있다는 자연주의 작가들의 신조나, 관찰의 초점을 대상 자체에 한정하려는 그들의 시도에 반대했다.

제임스는 오직 과학적인 관찰을 통해서만 인간 현실을 파악할 수 있고 그에 대한 객관적 묘사만이 예술적 리얼리티를 구현할 수 있다는 자연주의적 가설의 정당성에 이의를 제기했다. 1865년에 공쿠르Goncourts 형제들이 『제르민느 라세르트』(Germinie Lacerteux)의 서문에서 공표했듯이, "소설이 과학의 연구와 임무를 떠맡게 되었다"("Preface," iv)라는 신념이 당시의 문학적 상황에 결정적 영향력을 행사했다. 예술적 리얼리티가 과학적 사실성과 동일한 것이라고 믿었던 프랑스 자연주의 작가들에게는 자신들의 과학적인 시각을 통해서 관찰된 것이 자신들의 예술적인 목적을 위해서도 유효한 인식이었다. 그러나 제임스의 예술적 감수성은 과학적인 시각을 통한 관찰이 인간 존재의 내적 현실을 조명하는 데도, 또한 예술적 리얼리티를 재구성하는 데도 충분하지 않다고 보았다.

자연주의 작가들은 인식의 주체나 인식의 행위에 주의를 기울이기를 거부하고 자신들의 과학적 시각을 통해 관찰되는 대상 자체에 예술적 관심을 집중했다. 이러한 태도는 외적 요소를 정확하게 관찰함으로써 내부에 숨겨진 진실―그들은 이 두 요소 사이에는 과학적인 인과 관계가 작용한다고 보았다―을 파악할 수 있다는 믿음에서 비롯된 것이다. 이에 비해서 순수하게 인상주의적인 글쓰기에서는 "인식의 행위가 인식된 대상이나 인식의 주체보다도 더 중요하다"(Kronegger 40)고 여겨진다. 즉 인상주의적 소설 기법은 관찰자에 의해서 느껴지는 일시적인 정신 작용으로서의 인상들―그 인상들을 불러일으키는 외적 원인이나 그러한 경험을 하는 주체의 심적 상태에 대해서보다도―자체에 관심을 집중한다. 이에 비해 제임스는 경험의 외적 조건과 내적 조건이 근본적으로 상호의존적이라고 보며, 따라서 경험의 요소들―대상과 행위, 그리고 주체-에 작용하는 연속성과 상호성에 관심을 둔다. 그러므로 제임스에게는 예술 의식이 대상에 대한 관찰로부터 출발해서 인식 행위로서의 인상들을 분석하며, 궁극적으로는 인식 주체의 의식 상태를 추적한다.

예술적 경험과 상상력에 대한 제임스의 입장에 따르면 작가는 예술적 리얼리티를 창조하기 위해서 감정이나 행위, 그리고 사건과 같은 그의 지각적 경험으로부터 변형된 자신의 인상에 의존한다. 제임스는 예술 창조에 있어서 과학적 사실뿐만 아니라 개인적인 인상도 각기 독립적으로는 그다지 쓸모가 없으며, 그것들이 상호 연관 속에서 고려되어야 한다고 보았다. 그래서 그는 지각적 경험 특히 시각적 관찰로부터 변형된 인상이 예술적 창조를 위한 생산적 사색의 기초가 된다고 주장한다.

> 경험은 결코 제한되지 않으며 결코 완성되지도 않는다. 그것은 무한한 감수성이며 의식의 방 속에 드리워진 섬세한 비단실로 짜인 일종의 거대한 거미줄로서 공중에 떠다니는 모든 입자들을 그 조직 속에 포착한다. 그것은 마음을 에워싸고 있는 대기 그 자체이며, 마음이 상상력으로 충만할 때-천재적 재능을 가진 사람의 마음속에서 그러한 일이 일어난다면 더욱더 그렇겠지만-그것은 스스로에게 가장 섬세한 삶의 암시를 받아들이고 그 대기의 맥박을 계시로 변형시킨다. (James, *Future*, 12)

제임스는 예술 의식에 대한 페이터식Paterian의 분석에서 지각적 경험과 인식을 인상으로 변형시키는 작가의 능력을 강조한다.[3] 예술 의식이 매우 적

---

3) 월터 페이터Walter Pater는 『르네상스: 시 예술에 대한 연구』(*The Renaissance: Studies in the Art of Poetry*)에서 미적 경험의 과정을 분석한다. 감각적 경험이 인상으로 변형되는 과정에 대한 페이터의 분석은 제임스의 미적 경험에 대한 분석과 매우 유사하다. "처음 보면 경험이 우리를 외적인 사물의 홍수 속에 묻어 버리는 것 같다. [...] 그러나 회상이 그들 사물들 위에 작용하기 시작할 때 그 사물들은 그 명상의 영향 하에서 산산이 흩어져 버린다. 응집

극적인 방식으로 기능함으로써 우리의 지각적 경험을 인상으로, 그런 다음 다시 예술적 표현으로 변형시키게 된다는 것이다. 제임스가 이와 같이 한 개인의 의식의 주관적인 기능을 부각시킨 것은 자연주의 작가들이 예술 표현에 있어서 객관성을 강조하고 환경과 인물의 외적 모습 관찰에 초점을 맞추려고 하는 것과 큰 대조를 이룬다.

소설을 "삶에 대한 개인적이고도 직접적인 인상"(*Future*, 9)으로 정의했던 제임스는 자신의 예술적 창조를 위해서 가시적인 대상들에 대한 면밀한 관찰뿐만 아니라 상상력과 사색적 회상 또한 필요로 했는데, 이는 그가 이러한 예술적 상상력과 사색을 통해서 객관성의 제약으로부터 자신의 시각을 해방할 수 있었으며 다양한 인간 경험을 무한한 예술적 인상으로 변형시킬 수 있었기 때문이었다.

제임스는 예술가에게 시각적 관찰의 경험이 그의 심리적 경험과 별개의 것이라는 전제에 의문을 제기한다. 과학의 정신에 심취된 자연주의 작가들은 관찰의 기능을 의식의 기능과 별개의 것으로 보았으며, 단지 시각적 관찰만을 자신들의 예술적 창조를 위한 정당한 수단이라고 믿었다. 그러나 제임스는 경험의 이 두 가지 요소가 서로 분리될 수 없으며, 작가의 인식 작용이 그 두 기능 사이에 연속적으로 진행된다고 보았다.

제임스는 진실truth이 사물 자체의 외관에 의해서 감추어지고 또 드러날 수도 있다는 자연주의적 가설을 부인했다. 관찰의 대상이 아니라 관찰자의 마음 상태에 관심의 초점을 두었던 제임스는 관찰자의 제한된 시각에 의해서

력이 요술처럼 정지되는 것처럼 보이며, 각각의 사물은 관찰자의 마음속에서 일단—圈의 인상들—색깔, 향기, 감촉—로 해체된다. 그리고 만약 우리가 사색하는 가운데 계속해서 이러한 세계—견고한 사물의 세계가 아니라 [...] 불안정하고 나풀거리며 일관성 없는 인상의 세계—에 머무르면 관찰의 모든 영역이 각각의 마음의 좁다란 방 속으로 축소된다"(*Selected Writing of Walter Pater*, 59-60).

가 아니라면 어떠한 사물도 스스로 그 자체를 숨기지 않는다고 주장한다. 제임스는 모파상에 관한 그의 평론에서 예술적 관찰과 묘사의 본질에 관해서 다음과 같이 기술한다.

> 모파상Guy de Maupassant은 "인간의 심리가 현실 생활에서 존재의 사실들 밑에 감추어지듯이 책 속에서도 감추어져야 한다"는 견해를 덧붙였다. [...] [그러나] 예술적 창조 과정을 논할 때 우리는 항상 극명한 구분을 내리려 해서는 안 된다. 왜냐하면 우리가 선택하는 어떠한 방법에는 분명히 그밖에 다른 모든 방법이 어느 정도 포함되기 때문이다. 어떠한 동기의 실질적 결과를 고려하지 않고 그 동기를 묘사하기가 어렵듯이 어떠한 행위의 동기나 도덕적 함의를 고려하지 않고 그 행위를 묘사하는 것도 마찬가지로 어렵다. (James, *Selected*, 94)

제임스는 한 소설가의 창작 과정 속에서 관찰과 묘사의 기능이—특히 그것이 인간의 삶을 관찰하는 경우—그 관찰의 대상에 대한 심리적인 분석과 도덕적인 해석으로부터 분리될 수 없다고 믿었다. 모파상은 인간의 인식에 대한 경험론적 과정—그 안에서는 지각적 경험이 본질적으로 심리적·지적 경험과 융합되어 있는—을 간과했다. 모파상이 관찰의 기능과 해석의 기능을, 그리고 묘사의 기능과 설명의 기능을 각각 별개의 기능으로 파악했던 데 비해서 제임스는 그 두 쌍의 조건들을 연속적인 상호작용으로 보았으며 관찰과 해석을 불가분의 인식 기능으로 보았다. 제임스의 예이츠W. B. Yeats식4) 인식

---

4) O chestnut tree, great-rooted blossomer,
   Are you the leaf, the blossom, or the bole?
   O body swayed to music, O brightening glance,
   How can we know the dancer from the dance? (from "Among School Children")

구조 속에서 그 두 조건들은 단지 이론적으로 구분될지 모르지만 실제 인간의 인식 작용 속에서는 불가분의 단일한 과정으로 나타난다. 그 결과 제임스는 인식의 차이를 관찰되는 객체가 아니라 관찰하는 주체의 심리적 차이로 설명한다.

> 만약 모파상이 주장하듯이 인간 심리가 현실 생활 속에 감추어지듯이 책속에서도 감추어져야 한다면 즉시 "그것이 무엇으로부터 감추어지는가?"라는 의문이 제기된다. 의심할 바 없이 그것은 어떤 사람들로부터 감추어진다고 할 수 있는데, 그것은 다른 사람들에게는 훨씬 더 적게 감추어질수도 있다. 그리고 모든 것은 관찰자, 관찰의 본성 그리고 어떤 사람의 호기심 등에 의존한다. (James, *Selected*, 94-95)

제임스는 현실의 외적 요소들로부터 부과되는 제약으로부터 자신의 시각적 인식을 해방시켜서 무한한 인상의 영역으로, 지각의 범주로부터 의식의 영역으로 옮겨 놓는다. 이어서 그는 시각의 주관적·심리적 기능을 강조한다.

> "만약 네가 인간의 육체적인 면을 과도하게 관찰한다면 그것이 가장 특징적인 것처럼 보일 것이다. 만약 네가 다른 쪽을 바라보지 않는다면 너는 그것을 과도하게 바라보는 것이다. [...] 네가 다른 쪽을 더 많이 바라보면 바라볼수록 프랑스의 소설가들이 영국의 독자들에게는 균형을 잃은 것처럼 보이는 전체의 직무―나는 그것을 감각으로서의 직무라고 말할 수 있는데―가 그만큼 덜 고유하고 전형적인 직무로 느껴질 것이다" (*Selected*, 110-11)

제임스는 프랑스 작가들이 오로지 대상의 외적 관찰에 치중한 나머지 인간의 심리적 상태와 의식의 기능을 간과함으로써 시각의 균형을 상실하고 있음을 지적한다.

일단 관찰의 기능이 과학적 물질주의의 제약으로부터 해방되면 그것은 객관과 주관의 경계를 지워버림으로써 그 영역을 무한히 확장한다. 그러면 소설가의 시각은 자신의 시각으로부터 그가 다루는 모든 인물의 시각으로 자유로이 옮겨 갈 수 있다. 따라서 그는 자신이 직접 관찰하는 것으로부터 뿐만 아니라 다양한 작중 인물들의 시각을 통해서도 예술적 리얼리티를 창조해낼 수 있다. 이에 대해 제임스는 "예술이란 진정으로 단지 관점에 불과하다. 그리고 천재란 사물들을 보는 한 방식일 따름이다. 예술가가 더욱 지혜로울수록, 천재가 더욱 뛰어날수록 그는 자신의 관점이 아닌 다른 관점들 즉 사물을 달리 보는 방식들을 보다 쉽게 착상할 수 있을 것이다"(*Painter's*, 183)고 기술한다.

자연주의 작가들의 언어 사용과 묘사 기법에 대해서도 제임스는 그 가치와 한계를 동시에 보았다. 그는 그들이 철저히 언어적 구성을 통해서 리얼리티를 구현하고자 하는 노력에 동의하면서도 그들의 언어가 인물의 심적인 움직임에 대한 묘사를 배제했던 점을 비판했다. 다시 말하면 그는 자연주의 작가들이 소설의 글쓰기 작업에 있어서 추상적인 개념이나 작가의 개인적인 감정에 호소하지 않고 견고한 언어적 구축을 통해서 객관화된 리얼리티를 창조하려는 노력에 대해서는 긍정적이었다. 그러나 묘사의 범주를 오로지 대상의 외적 상태에 한정해야 한다는 그들의 주장에는 반대했으며, 오히려 작가가 궁극적으로 묘사하고자 하는 것은 인물의 외양이라기보다는 그의 내면 의식이라고 믿었다.

자연주의 작가들은 개인의 정신적·육체적 존재를 철저히 그가 처한 환경의 산물로 보았다. 발자크에 관한 평론에서 텐느는 소설가란 한 인물을 "완전한 상태로" 창조하기 위해서 그 인물이 처한 환경의 "수많은 효과들"에 대한 묘사에 의존해야 하며 그렇게만 하면 그 "인물이 저절로 모습을 드러낸다"고 주장했다.[5] 외적 조건들의 사실기록적인 묘사를 통해서 인물을 창조할 수 있다는 텐느의 이론은 기계적인 인과적 추론에 근거한다. 첫째, 한 인간에게는 그의 수많은 '외부 환경'의 요소들이 그의 '정신적 존재'inner man 양상을 결정하며, 둘째, 결과적으로 그러한 정신적 존재로서의 인간은 그의 '외적 생활'outer life에 수많은 정신적 흔적을 남긴다는 것이다. 그러므로 소설에서는 그 무수한 외적 조건들을 상세히 묘사하기만 하면 완전한 한 인물이 스스로 모습을 드러낸다고 텐느는 주장한다.[6]

이에 비해 제임스는 「텐느의 영국 문학」("Taine's English Literature")이라는 평론에서 텐느가 언어를 생산적으로 사용한다는 점을 인정하면서도 "텐느의 조숙한 철학"(*Selected*, 19)에 대해서는 부정적이다. 제임스의 견해에 따르면 텐느의 무리한 추론은 물리적 현상뿐만 아니라 심리적 현상도 하나의 기계 구조로 단순화시킴으로써 "정신적 영역의 이해에 수반되는 정의를 내릴

---

5) 한 개인의 삶이란 그가 처한 환경의 과학적 산물에 불과하다고 보았던 발자크Balzac는 "삶을 영위해 나가도록 각 개인에게 주어진 [다양한] 환경에 따라서 사회는 인간을, 마치 동물 세계에 수많은 종種이 존재하는 것과 마찬가지로, 다양한 여러 종류의 각기 다른 사람으로 만들어 낸다"(*Oeuvres*, XXXI)고 주장했다. 이 단락에서 인용된 텐느의 평론에 나오는 표현들은 그로버Philip Grover의 *Henry James and the French Naturalists* 49-50쪽에서 재인용했음.

6) 그러나 그로버의 견해에 따르면 발자크의 상세한 묘사는 "그의 인물들을 인과적으로 형성하는 사실기록적인 증거가 아니라 그 인물들의 리얼리티를 우리에게 확신시키려는 수사적인 장치이다"(50)라는 것이다. 텐느의 이러한 인과적 추론은 제임스가 그의 "The Art of Fiction"과 "Guy de Maupassant"이라는 평론에서 경고하는 그릇된 이분법적 구분에 기초한다. 제임스는 "Guy de Maupassant"에서 "예술적 창조 과정을 탐구하는 데 있어서 우리는 항상 매우 극명한 선을 긋는 것을 경계해야만 한다"(*Henry James Selected Literary Criticism*. ed. Morris Shapira, 94)고 주장한다.

수 없는 성질을 간과하며", 따라서 "그의 주제를 그의 방법만큼이나 한정된 것"(*Selected*, 16)으로 만들어 버린다는 것이다.

그럼에도 불구하고 아이러니컬하게도 제임스는 "비평가로서 그[텐느]의 탁월한 오류 가능성, 그의 설득력 있고 생생한 진술과 표현"(*Selected*, 18)에서 텐느의 위대한 힘을 발견한다. 제임스는 텐느의 문체를 다음과 같이 평가한다.

우리는 [묘사에 있어서 텐느의 경우보다] 더 화려하면서도 동시에 더 분명하고 또한 더 많은 구조와 색채를 가지고 있는 경우를 알지 못한다. 그가 [표현의] 재능에 있어서 당연히 힘과 열정을 선호하듯이 그 자신도 일종의 표현의 엄청난 폭력적 누적monstrous cumulative violence of expression을 향하여 나아간다. 즉 [어떤 분명한] 개념이 울려 나오고 또 울려 퍼질 때까지 [세세한 표현들을] 못 박아 고정시키고, 치고, 세게 치고, 다시 치고, 색조가 극도로 나타나도록 폭력적으로 밀어붙이고, [표현되는 대상의] 비율이 육중하게 드러나도록 하는 것이 그가 생각하는 완전한 표현이다. (*Selected*, 19)

제임스는 텐느의 이러한 누적적 표현cumulative expression이 "그 자체로서 많은 훌륭한 효과들을 이끌어내지만 진리라는 것이 [명백히 드러나는 것이 아니라] 섬세한 그늘에 숨겨져 있고 [절대적 종류의 문제가 아니라 상대적] 정도의 문제라고 보는 한 그것은 진리에 대해서는 치명적이다"(*Selected*, 19)고 결론짓는다.

제임스는 인물이나 환경의 외부적 특징들이 "결코 그 자체를 위해서가 아니라 주제의 활성화the action에 관계되는 한에서만 묘사될 수 있다"(*North*, 273)고 주장한다. 제임스가 묘사적인 표현들을 주제의 활성화와 연관시키는

것은 그가 발자크의 문체에서 나타나는 묘사의 기능적 특성에 대해 수긍했다
는 것을 의미한다. 제임스는 외적 세부 사항들에 대한 누적적 묘사를 다양하
고 자유롭게 투사된 시각을 통해서 제시하면서 이어서 그것을 관찰자의 감정
이나 인상과 융합시키고, 나아가서 그것이 그 인물의 의식의 흐름을 드러내
도록 유도한다.

제임스는 자연주의 작가들의 묘사 양식이 "감촉을 느낄 수 있게 할 만
한 감수성"(tactile sensibility)(*Essays*, 159)을 갖추는 것으로부터 나아가서 "더
높은 수준의 감수성"(*Essays*, 154)을 표현할 수 없다는 점, 즉 그려지는 인물
의 의식을 전달해 줄 만한 인식에 이를 수 없다는 데 대해 불만을 가졌다.
따라서 그는 묘사의 기능적 특성이 최대한도로 심화되어 인간 마음의 미세한
움직임을 포착할 수 있어야 한다고 주장한다. 로티Pierre Loti[7]의 문학적 성취
와 한계를 분석하는 평론에서, 제임스는 한 작가가 리얼리티에 대한 감각과
도덕적 정서를, 작가로서의 중립성과 그가 창조하는 인물들의 내면에 대한
깊은 개인적 호기심을, 그리고 물리적 사실성의 구축과 심리적 리얼리티의
탐색을 결합해야 한다는 점을 지적한다.

[작중 인물과] 우리의 개인적인 관계가 더 가깝고 더 친숙할수록 인간 드
라마에 대해서, 그 드라마의 다양함과 복잡함에 대해서 그리고 우리가 네
발 달린 짐승을 사랑할 때는 가질 수 없는 책임감에 대해서 그만큼 더 많
은 것을 그 안에서 발견하게 된다. 이러한 방식으로 우리를 만족시키지
못하는 관계는 [우리에게] [...] 흥미가 없다. (*Essays*, 174)

제임스가 그의 소설에서 인물을 창조할 때 가장 중요시하는 것은 그

---

7) Loti, Pierre(1850-1923). 프랑스의 소설가

인물에 대해 객관적 입장을 유지하는 것이 아니라 그와 심리적·정서적 공감을 갖는 것이다. 그렇게 하기 위해서 그는 시각적 관찰을 인식과 인상 그리고 의식의 내면으로 확장하고 심화한다.

　　제임스는 자연주의 작가들의 '환기적인 문체'evocative style를 그들이 가진 외적 요소externalities에 집착하는 제한된 시각 때문에 불충분한 것으로 여겼다. 제임스에 따르면, 그들의 글쓰기에는 "더 깊고, 더 낯설며, 더 미묘한 정신적인 삶, 즉 인간 정신의 놀라운 모험들이 너무도 빈약하게 다루어지고 있어서" 그것들이 "전혀 묘사되고 있지 않다고 말할 수 있을 정도이다" (*Essays*, 153). 그는 자연주의 작가들이 심지어 삶의 심원한 감동의 순간을 경험했을 때조차도 작가 자신의 개인적인 차원의 선입견을 극복하지 못했다고 본다. 제임스의 평가에 따르면 "로티는 그것[개인적인 관계]이 그 자신의 입장에서 제시될 때 흥미로운 것으로 추정함으로써 너무도 자주 지나치게 단순화하는 우를 범한다"(*Essays*, 183)는 것이다. 이러한 시각적 제한을 극복하고 인간 마음의 드라마를 묘사하기 위해서 제임스는 작가 자신이 관찰한 대상을 직접 그리는 대신에 작중 인물들의 인상이나 인식 작용을 묘사할 것을 제안한다. 이러한 인상들이 개인의 물리적 환경과 그의 의식 상태 사이의 연결고리 역할을 한다. 결과적으로 개인의 의식과 외적 요소들의 융합은 작가로부터 그의 인물들에게로, 그리고 다시 독자에게로 "의식의 주입"(transfusion of our consciousness)(*Essays*, 175)으로 작용할 수 있다고 제임스는 주장한다. 이렇게 내면화된 시각과 인상, 인식의 묘사를 통해서 작가는 "외관과 감각의 화가"이면서 동시에 "개념과 심리 상태의 화가"(*Essays*, 158)가 된다고 제임스는 설명한다.

3. 인상의 묘사

자연주의적 글쓰기의 가능성과 한계를 동시에 파악했던 제임스는 소실의 표현이 근대적 인상주의 기법으로 발전되어야 한다고 제안한다. 그는 여러 자연주의 작가들 중에서도 특히 도데Leon Daudet와 모파상Guy de Maupassant의 인물 묘사가 필연적으로 그 인물의 내면에 대한 탐색으로 연결된다고 보았다. 즉 그는 이 두 작가들이 실행하는 강력한 언어적 실험을 통해서 감각과 인상, 그리고 도덕적 개념들을 융합하려는 시도로부터 문학적 근대성의 징후를 발견했다.

> 그것[도데와 모파상의 문체]은 부분적으로 물질적이고 부분적으로 정신적이며, 그에 대한 가장 가까운 정의는 그것이 현상을 보다 분석적으로 고찰한다는 것이다. [...] 그것은 감정과 외적 조건들을 연결하며, 이제까지 결코 표현된 적이 없었던 [그 둘 사이의] 관계를 표현한다. [...] 묘사의 예술이 가져다주는 마술적인 힘은 그들이 사물에 의해서 일깨워진 연상에 호소한다는 점에 있다. (*Partial*, 206)

제임스는 도데와 모파상이 현상의 치밀한 묘사에 의존하는 철저한 언어적 구성을 통해서 한 인물을 창조하려는 시도는 결국은 그 인물의 심리 상태, 즉 그의 성격에 대한 탐색과 묘사로 연결된다는 것을 알아차렸다. 여기서 제임스는 물리적 환경에 의해서 촉발된 지각적 인상이 심리적 의식으로 유도되는 지속적인 연상 과정을 제시한다.

졸라의 소설 이론에 대해서 유동적 입장을 가졌던 제임스는 졸라가 실제 소설 창작에 있어서 그의 실험적 방법과 과학주의 정신을 단지 부분적으로만 실행했다고 믿었다. 졸라의 『나나』(*Nana*)[8]에 대한 서평에서 제임스는 한편으로 그 작품의 묘사 기법에 대해 긍정적 평가를 내리면서도, 또 한편으로는 비판적 견해를 넌지시 드러내기도 한다. 제임스의 견해에 따르면, 그 소설에서 "졸라의 이론은 끊임없이 그 자체의 갈등을 드러낸다"(*House*, 277)는 것이다. 비비언 존스Vivien Jones는 졸라와 제임스의 소설 이론을 비교하면서 졸라가 "전적으로 상상력에 의존하는 소설"을 거부하고 "관찰에 의존하는 소설"에 집착한 것과 제임스가 "지각적 의식의 불가피한 인지적 역할"(97)을 강조한 것 사이에 유사성이 있음을 지적한다. 물론 그 두 사람이 모두 리얼리티를 창조하기 위해서 시각적 경험을 통한 인식의 중요성을 강조하고 있지만, 그럼에도 불구하고 졸라가 시각적 경험의 객관적 전달에 집착했던 데 비해서 제임스는 시각적 경험이 주관적 인상과 의식의 영역으로 변화될 수밖에 없다는 사실을 강조한다는 점에서 그들은 견해를 달리한다. 따라서 개인의식의 변화에 초점을 두었던 제임스는 자연주의적 소설 기법을 차용한 작품으로 여겨지는 『프린세스 카사마시마』(*The Princess Casamassima*)에서도 주인공이 환경의 영향에 의해서 어떻게 형성되는가에 관심이 있는 것이 아니라 그가 환경을 어떻게 인식하고 그로부터 그의 섬세한 의식이 어떻게 형성되는가에 초점을 두고 있다. 제임스는 "화가는 대상을 직접 대하여 작업하는 것이 아니라 그것이 반영된 삶의 영역을 다루는 것이며, [그러한 행위는] 적용의 영역이 아니라 감상의 영역이다"(*Art*, 65)고 표현한다.

제임스는 『보스턴 사람들』이나 『프린세스 카사마시마』와 같은 자연주의적 경향의 작품에서도 묘사를 위해 단지 작가 자신의 관찰에만 의존하지 않고 "반영된 삶의 영역", 즉 여러 작중 인물들이 삶으로부터 받아들이는 인

---

8) 졸라의 "루공 마까르"(Rougon-Macquart) 시리즈에 속하는 소설로 1880년에 발표되었으며, 열악한 환경의 영향 하에서 한 인간의 운명이 결정되는 과정을 다룬 전형적인 자연주의적 주제와 기법으로 쓰인 작품이다.

식과 인상에 의존한다. 따라서 외부 세계에 대한 작가의 자연주의적 관찰은 인상주의적 감상으로 연상되며 인물의 외부적 특징에 대한 묘사는 그들의 심리 상태에 대한 탐색으로 변환된다.

　　인물 묘사에 있어서 뿐만 아니라 환경의 외적 현상에 대한 묘사에 있어서도 제임스는 결정론적 가설의 입증에 집착하는 자연주의 작가들과는 달리 환기적 묘사 기법을 그의 유동적인 인식에 대한 개념에 적합하도록 바꾸어 버린다. 그러므로 제임스가 세팅의 세부적인 사항들을 묘사할 때 그것이 주어진 사회 환경의 안정되고 영속적인 구조를 나타낸다기보다는 가변적이고 일시적인 사회 분위기를 환기시킨다. 결국 제임스의 작품에서 한 인물과 그가 놓인 세팅 사이에는 지속적으로 변화하고 있는 상호작용이 존재할 뿐이며 영속적이고 필연적인 인과관계가 존재하지 않는다.

　　인물과 세팅, 개인의 의식과 외부 환경 사이의 이러한 연속성과 상호성을 묘사하기 위한 적절한 문체로 제임스는 다양한 묘사 양식들의 융합을 제시한다. 그는 개인의 심리 상태와 사회적 현실 사이에 명백한 단절이 있을 수 없듯이 "외부 묘사와 대화에 대한 기술, 그리고 행위로서의 사건과 배경 묘사"의 결합에는 "상호 살해적인 구별"(internecine distinctness)이 없으며, 오히려 그것들은 "표현의 일반적인 노력 속에서 매 숨결마다 서로에게 녹아 들어가야 한다"(*Future*, 14-15)고 지적한다.

　　이러한 스타일의 혼재와 표현 형식의 유동성은 제임스의 소설에서 개인의식뿐만 아니라 인간 사회의 본질적 특성 중 하나인 가변성과 상대성이라는 주제를 효과적으로 표현한다. 사유의 이분법적 구분을 철저히 경계했던 제임스는 소설의 글쓰기가 '무엇을 말하는가'와 그것을 '어떻게 말하는가' 사이의 구분을 스스로 지워 없애버릴 수 있는 묘사 기법을 취해야 한다고 주장한다. 제임스는 사유적 언어의 이 두 측면이 서로를 보증해 주어야 한다고 믿었다. 그는 "형식 그 자체가 주제의 본질만큼이나 흥미롭고 능동적으로 작용하는 것이며, 따라서 그 형식은 [주제에 대해] 매우 적합해야 하고, 그 생명력은 주제와 너무도 불가분의 관계에 있으므로 우리는 어떠한 순간에도 형식을 그 자체의 목적으로 받아들이지 않는다"(*House*, 198)는 입장을 견지한다.

제임스는 프랑스 자연주의 작가들이 소설의 형식과 언어에 대해서 보여 준 강렬한 예술적 실험정신과 시각적 경험에 의존한 견고한 묘사를 통해서 인간 존재의 현실을 제시하려는 노력에 깊은 관심을 가졌으며, 그러한 자연주의적 기법들을 『보스턴 사람들』이나 『프린세스 카사마시마』와 같은 중기의 작품에서 실제로 시도했다. 그러나 그의 자연주의적 글쓰기는 어디까지나 그러한 기법들을 그대로 수용했다기보다는 그것들을 인식과 의식을 다루는 자신의 예술적 관점에 적합하도록 변형시켰다는 점에 의의가 있다.

제임스는 자연주의 작가들의 건설적 묘사 기법에 대해서는 양가적 입장을 보인 반면에, 결정론적 관점에 얽매인 그들의 주제 의식에 대해서는 철저히 비판적이었다. 실용주의적 시각을 가진 그는 인간의 운명에 대한 그들의 독단적인 결정론과 인간 경험의 "추한" 면에만 몰입하는 그들의 태도에 비판적인 입장을 취했다. 제임스가 실제로 자연주의 작가들로부터 받아들일 수 없었던 것은 단순히 그들의 주제 선택의 취향이라기보다는 인간성의 특정한 요소에 대한 그들의 지나친 과장이었고 미와 도덕에 대한 전통적 관점을 거부하는 그들의 과민 반응이었다. 그는 "우리를 경악하게 하는 것은 그[졸라]의 주제 선택이 아니라 [그 주제를 소설에서] 실행하는 데 보여 주는 그의 우울증적 건조함이다"(*House*, 280)고 표현했다. 즉 그는 자연주의 작가들이 '무엇을 다루느냐'에 대해서보다는 '어떻게 다루느냐'에 대해서 불만을 가졌던 것이다.

소설이 도덕의 문제를 주제로 다루어야 하는가 하는 점에 있어서 제임스는 자연주의 작가들과 견해를 크게 달리했다. 제임스 자신도 예술이 직접적인 도덕적 처방을 제공하려고 시도해서는 안 된다고 보는 점에서 자연주의 작가들과 궤를 같이 했지만,[9] 그들과는 달리 예술로부터 도덕의식이 완전히 배제되어야만 한다는 점에는 반대했다. 그는 오히려 "도덕의식과 예술의식이 매우 밀접하게 연관되어 있다"(*Future*, 26)고 믿었으므로 예술이 도덕의식과는 완전히 분리되어야 한다는 자연주의적 신조를 배척했다. 그는 이어서 "어떠한 훌륭한 소설도 피상적인 마음으로부터 생겨나지 않는다. 그것이 나에게는 소설가에게 필요한 모든 도덕적 바탕을 포함하는 원칙인 것 같다"(*Future*, 26)고 기술한다.

졸라를 비롯한 자연주의자들의 도덕의식에 관해 논하면서 어빙 하우 Irving Howe는 그들이 "사회의 쓰라린 구석"(*Critic's*, 222)만을 소설의 주제로 고집하는 것이 아이러니컬하게도 그들의 도덕적 관심이 얼마나 지대한가를 나타낸다고 주장한다. 그는 또한 "자연주의 작가들이 작품을 쓰는 것은 그들의 취향taste의 영역 안에서이며, 그것은 궁극적으로 도덕의 영역을 의미한다"(*Critic's*, 222)고 말한다. 나아가서 그는 자연주의 작가들의 작품에서 나타나는 "첫 번째 저급한 [취향의] 감각은 사회 계급에 관계되며, 두 번째는 도덕과 풍습에 관계되고, 물론 이 둘은 밀접하게 연관되어 있다"(*Critic's*, 223)고 설명한다. 실제로 제임스는 『보스턴 사람들』과 『프린세스 카사마시마』와 같은 자연주의적 경향의 작품에서 사회 계급과 도덕, 그리고 풍속의 문제들을 밀접하게 연관 지어 주제 속으로 짜 넣는다. 그럼에도 불구하고 그는 자연주의 작가들과는 달리 이러한 것들을 어디까지나 자신의 미적 감각을 통해서

---

9) 제임스는 "예술의 문제는 [광범위한 의미에서] 실행execution의 문제이고, 도덕의 문제는 이와는 아주 별개의 일"(*Future*, 24-25)이며, "예술의 건강함"은 그것이 "완벽하게 자유로워야 한다"(*Future*, 9)는 점을 기본으로 한다고 주장한다.

심리적으로 그리고 심미적으로 처리하고 있다.

과학적 관찰의 가치에 몰입했던 프랑스 자연주의 작가들은 시각적으로 경험할 수 있는 인간의 추한 모습과 사회의 아픈 구석을 치밀한 언어적 묘사를 통해 표현함으로써 소설이 다루어야 할 주제의 범위를 개인과 사회의 어두운 구석으로까지 확장했다. 이에 비해 인물 마음의 움직임에 관심을 집중했던 제임스는 시각적 관찰의 기능을 인식과 인상, 그리고 의식의 영역으로 확장하고, 외적 묘사의 구체성을 인상주의적 문체의 유동성으로 변환시킴으로써 소설이 다루어야 할 범주를 인간의 심리적 영역으로 심화시켰다. 그의 소설은 이러한 심리적 영역 안에서는 고상함과 저속함, 도덕과 부도덕, 그리고 아름다움과 추함이 공존한다는 사실을 드러내 보인다. 제임스는 자연주의 작가들이 그러하듯이 인물과 환경의 물리적이고 외적인 특징에 대한 관찰과 묘사로부터 시작하지만, 이를 곧 인물의 인식과 인상에 대한 묘사로 이끌고 가며, 마침내는 그 인물의 의식의 중심으로 들어가 또 하나의 세계, 즉 내면 세계를 조명하고 창조한다. 바로 이 내면의 의식 세계가 그의 후기 소설들의 주요 관심 대상이 되는 것이다. 이러한 점에서 제임스의 중기 작품에서 나타나는 자연주의적 글쓰기에 대한 관심은 그의 초기 작품이 보여 주는 사회 풍속의 묘사로부터 후기 작품의 인간 의식에 대한 실용주의적 탐색으로 옮겨가는 전환기적 과정으로 볼 수 있다.

제2장

직업의식의 이중성

1. 전문 직업작가의 출현

헨리 제임스는 예술의 한 장르로서 소설이 가지는 생명력과 미래는 그
것이 실현하는 미적 가치의 정도에 달려있다고 예견했다. 그는 소설 창작의
주된 동기가 개인이나 사회를 도덕적으로 교화시키려는 것이라기보다는 미적
창조를 통한 자아성취라고 보았다. 제임스는 소설 창작을 하는 데 있어서 내
용보다는 형식을, 주제보다는 언어의 중요성을 강조하고 실행했다. 그 결과
20세기 중반까지 그의 소설에 대한 비평적 견해는 그를 언어와 스타일을 통
한 미적 창조의 대가로 보는 시각과 자기만족에 빠진 유미주의자로 보는 시
각으로 나누어졌다. 20세기 초반 제임스 비평의 주류를 이루었던 비평적 시
각은 그를 거액의 유산 덕분에 현실 문제를 외면한 채 미적 쾌락에 빠진 "상
류계급의 어두운 왕자, 국제적 문화 속에서 스스로 자신의 근원을 거부한 고
아, 구제도의 낭만적 역사가, 유럽의 상속자, 철저한 유미주의자"(Geismar
410)로 정의했다.[1] 그러나 제임스의 소설에 대한 이러한 비평적 시각은 20세

---

[1] 맥스웰 가이스머Maxwell Geismar와 버넌 페링턴Vernon Perrington을 포함한 소위 반 제코바

기 중반 이후 수정되면서 여러 비평가들이 그의 스타일과 언어적 성취에 주목했다. 이와 더불어서 일부 비평가들은 제임스의 유미주의적 태도 속에 숨어 있는 정치적·경제적 권력의지를 조명했다. 이들은 제임스의 예술적 태도 속에는 유미주의자가 짐짓 취할 법한 세상사에 대한 가장된 무관심과 표출되지 않은 공격성이 혼합되어 있으며, 그의 이러한 태도가 "예술과 권력의 이중 담론"(Seltzer 148)을 예시한다고 주장한다.[2] 그리고 그들 제임스 비평가들이 모두 유감스러워했던 것은 그의 소설에 사회적 혹은 현실적 관심이 부족하다는 것이었다.

그러나 제임스가 사회적 관심이 부족했다기보다는 그가 자신의 사회적 관심을 다른 작가들과 다른 방식으로, 즉 그것을 내면화하는 방식으로 표현했다고 말하는 것이 더 적절해 보인다. 실제로 제임스는 당시 사회에서의 전문직업의 의미와 거기에 수반되는 예술과 돈의 문제를 자신의 작품에서 다루고 있다. 그래서 그의 전기적 자료와 소설 작품에는 그가 가진 당시 사회적 현실에 대한 깊은 관심과 예리한 통찰력이 반영되어 있다. 그러한 그의 관심에도 불구하고 종종 그가 극단적 유미주의자로 규정되는 이유는 그의 사회적 관심이 그의 소설에서 철저히 내면화되기 때문이다.[3]

이트anti-Jacobite 비평가들이 이 부류에 속하며, 특히 밴 윅 브룩스Van Wyck Brooks는 제임스의 소설을 "무책임한 상상력의 산물, 가치에 대한 혼동된 감각의 산물, 인간의 [삶에 나타나는] 인과 작용을 이해하는 명료한 의식에 의해서 바로잡아지지 않은 채 공허함 속에서 작용하는 마음의 산물"(134)이라고 폄하하였다.

2) 권력과 지식의 상관관계에 대한 푸코Michel Foucault의 해석을 따르는 마크 셀쳐Mark Sheltzer와 마르크스주의Marxism 비평을 수용하는 캐롤린 포터Carolyn Porter 등의 비평가들이 여기에 속하며, 제임스의 유미주의적 초월성 속에는 권력을 지향하는 예술적 의지가 은밀히 작용하고 있음을 강조한 포터는 제임스의 초연한 듯하면서도 구체화하는 능력을 가진 예술적 시각 속에는 타자를 지배하고 조작하려는 권력이 겉으로는 교묘히 거부된 듯 보이지만 계획적으로 행사되고 있다고 주장한다.

3) 조나단 프리드만Jonathan Freedman은 제임스가 영국 유미주의 운동의 핵심 주장을 자신의

직업 작가로서 제임스가 겪었던 재정적・심리적 어려움은 19세기 이후 서구 상업 자본주의의 발달에 따른 전문직업profession[4] 개념의 출현과 깊이 관련되어 있다. 전문직업의 개념이 생겨나기 이전에 직업 개념은 생업의 의미로 한정되었으며, 그 경우 직업 활동은 지적 작용을 통한 정신적 가치의 추구와 구분되었다. 19세기 영국과 미국의 사회에서 의사, 변호사, 은행가 그리고 교사나 작가와 같은 전문직업이 새롭게 생겨나면서 그들은 자신의 직업에 대한 전분직업 의식을 갖기 시작했다. 즉 그들은 자신들의 전문직업 의미를 물질적 가치의 추구를 넘어서 정신적 가치를 추구하는 차원으로 확장했으며, 이를 통한 자기정의와 자기주장을 시도하였다. 새롭게 등장한 전문직업인들은 자신들의 직업 활동에 대해 전문성expertise을 주장했고 또 그것을 만들어내려고 시도했다. 그들은 또한 자신들의 직업 활동이 사회적 봉사와 도덕적 실천의 기능이 있음을 주장했다. 말하자면 그들 모두는 자신들이 각기 다른 재능과 수련 그리고 전문지식이나 기술을 통해서 사회 속에서 특별한 기능을 수행하고 있음을 주장했다. 즉 그들은 자신들의 직업 활동에 전문성과 사회봉사의 기능이 포함된다는 점을 근거로 하여 자신들의 직업 활동을 금전적 이득을 주목적으로 하는 상인 계층이나 장인 계층의 직업 활동으로부터 차별화하려 했다.[5]

고유한 미적 감각으로 재구성했다고 주장한다. 제임스는 엄격한 미적 기준에 헌신해야 한다는 유미주의적 주장을 따랐지만 동시에 유미주의자들의 쾌락주의적 경향과 예술적 비효율성을 거부했다. 그가 제시하는 고급 문화 창조자로서의 소설가는 다른 유미주의자처럼 섬세한 미적 감각과 폭넓은 예술 의식을 가지고 있으면서도 그 유미주의자와는 달리 지속적이고도 훈련된 창의력뿐만 아니라 철저한 전문직업 의식을 갖추어야 한다. 프리드만은 제임스가 자신의 이러한 예술적 의도를 "네러티브 스타일을 내재화하고 변형시키는 (narrative internalization and transformation) 복잡한 과정을 통해서"(xxv) 실행했다고 본다.

4) 여기에서는 'profession'이라는 어휘를 '전문직업'으로 그리고 'professionalism'이라는 단어를 '전문직업 의식' 혹은 '전문직업 기술'로 각각 구별하여 우리말로 번역한다.

당시 전문직업인은 외면적으로 예술적 창조나 전문 지식의 실행과 같은 정신적 가치를 표방했기 때문에 사회는 그들이 금전적 이해관계로부터 초연해야 한다는 의식을 가졌다.[6] 그들은 자신들의 직업 활동이 다른 사람들을 위해서 봉사한다는 도덕적 의무를 내세웠기 때문에 그들의 금전적 욕구는 억압되거나 위장된 형태로 나타났고, 그들이 비전문인들에 대해 누리는 권위와 권력은 그들의 점잖은 신분과 사회적 봉사라는 명분 속에 숨겨졌다.

사람들의 주장에 따르면 전문직업인은 [...] 이득보다는 의무를 더욱 중요시했다. 그는 시장market이라기보다는 고객client이 표시하는 감사의 마음으로부터 [자신이 하는 일의] 보람을 찾았으며, 기술적으로 표현하자면 그는 금전적으로 보수를 받는 것이 아니라 [고객이 스스로 가져다주는] 사례금honorarium을 받았다. 그는 광고나 금전적 성공에 의해서라기보다는 자신의 사려 깊은 행동, 재치, 전문지식 등에 의해서 명성을 얻었다. 그는 학식 있는 사람이었으며 폭넓고 포괄적인 교육을 받았다. 사업가는 인격

---

5) 직업의 의미를 오로지 생업이라는 차원으로만 한정한다면 인간의 직업 활동은 개미나 꿀벌이 일하는 것과 다르지 않다. 그럼에도 직업 활동은 여전히 생계를 위한 물질을 획득하려는 기본 목적을 가진다. 그러나 현대사회에서 직업 활동의 동인motive은 여러 가지 욕구-명예나 권력과 같은 사회정치적 욕구뿐만 아니라 예술적 창조와 학문적 탐구와 같은 미적·지적 욕구 그리고 이러한 욕구들이 궁극적으로 수렴되는 자아성취라는 심리적 욕구 등-를 포함한다. 우리는 직업 활동의 성과로부터 뿐만 아니라 그 활동 자체로부터 이러한 다양한 종류의 욕구 충족을 경험한다. 한편 개인적 차원에서 전문직업인들이 자신들의 직업에 부여한 의미는 단순한 기본적인 신체적 욕구 충족을 위한 생업의 차원을 넘어서 모호하지만 강력한 심리적 욕구를 충족하기 위한 수단으로 확장되었다. 말하자면 상업자본주의 하에서 그들이 직업 활동을 통해서 추구하는 경제적 욕구가 매우 복합적인 심리적 만족을 지향하게 되면서, 그것은 정치적·사회적·미적·지적 욕구와 분리할 수 없을 정도로 혼융되었다.

6) 전문직업인으로서 의사나 변호사의 직업적 활동은 그들이 연구한 전문지식을 다른 사람들을 위해 '실행'practice하는 것으로 인식되었다.

을 갖지 않은 시장 상황impersonal market situation 안에서 활동하였다. 이와
는 달리 전문직업인은 인격적이고도 친밀한 수준에서 자신의 고객들과 관
계를 맺었다. (Rothblatt 91-92)

　　전문직업인은 표면적으로는 자신의 전문지식을 통해서 보통사람들을
위해 봉사하는 데서 일의 보람을 얻는다는 생각을 가지고 있지만, 다른 한편
으로는 자신들이 가진 바로 그 전문지식 때문에 보통사람들에 대해서 권위와
권력을 행사할 수도 있다는 사실에 은밀한 만족을 느낀다. 전문직업인들에게
이러한 권위의 원천이 되는 특수한 지식에 대해 버튼 블레드스타인Burton
Bledstein은 "전문직업인은 상인이나 장인과는 달리 고유한 특성을 가진 주제
를 밝혀내며 [...] [그렇게 하기 위해서] 그는 자연을 면밀히 탐색하여 그 원리
나 이론적 규칙을 알아내고, 그 결과 [그의 지식은] 기계적 과정, 개별적인
사례, 잡다한 사실, 기술적 정보, 도구적 적용 등을 초월한다"(88)고 주장한
다. 그는 이러한 전문직업인의 예로 역사학자, 법률가, 청소년 문제 전문가,
여성문제 전문가 등을 제시한다. 그는 특히 그러한 "전문직업적 권위의 상
징"(98)으로 변호사의 경우를 예로 드는데, 이는 그[변호사]가 습득한 법률이
라는 "특수한 주제가 내포하는 복잡함과 그것이 가지는 금지적 특성"(98)이
보통사람들에게 권위로 작용할 수 있기 때문이라고 설명한다.
　　당시 작가라는 타이틀도 하나의 전문직업으로 인식되기 시작했으며,
의사나 변호사뿐만 아니라 작가도 자신의 직업 의미에 내포된 정신적 가치와
물질적 가치 사이의 괴리를 경험했다. 사실 그들 모두는 자신들의 특수하고
우월한 지식과 지위를 통해서 돈과 권위 그리고 권력을 동시에 추구했다. 다
만 직업 활동에 있어서 그들은 돈에 대한 사적인 욕구를 정신적 가치 창조라
는 공적인 의무 속에 감추고 있었다.

제임스가 문학적 직업을 천직calling으로 선택한 것은 당시의 시대적 상황과 자신의 가문의 분위기에 비추어볼 때 복잡한 심리적 갈등을 거친 결정이었다. 그는 1883년 부친 헨리 제임스Henry James Sr.로부터 물려받은 유산을 병든 누이인 엘리스에게 고스란히 주어버리고 자신의 생계는 오로지 펜을 통해서 스스로 유지하겠다는 결정을 했다.[7] 그리고 그는 전문 직업작가로서 자신의 고된 글쓰기 작업을 통한 수입으로 생활했다. 실제로 그는 매일 여섯 시간 동안 글을 쓰는 작업에 전념하려고 했다고 알려져 있다.

제임스가 이와 같이 작가가 되기로 결심하게 된 배경에 대해, 도날드 뮬Donald Mull은 그[제임스]가 자신에게 생애 최초의 고료로 주어진 "지폐"(greenbacks)[8]로부터 받은 강한 인상을 상징적 계기로 해석한다. 그 돈에 대한 인상이 제임스로 하여금 자신의 수준 높은 예술적 창조 욕구를 "저속한 이득"(sordid gain)의 차원이 아니라 "황금빛 약속"의 차원으로 조화롭게 승화

---

7) 제임스는 1882년 12월 부친인 헨리 제임스Henry James Sr.가 세상을 떠난 뒤 이듬해 봄까지 유산의 분배 방식을 두고 형인 윌리엄 제임스William James와 다툼을 벌였다. 부친 헨리 제임스는 9만 5천 달러에 상당하는 부동산뿐만 아니라 많은 액수의 주식과 채권을 남겼는데 부동산 형태의 유산은 네 아들 중 윌리엄, 헨리, 로버트슨Robertson James 등 세 아들에게 분배되도록 하였고 또 다른 아들인 가스 윌킨슨Garth Wilkinson James은 여기에서 제외시켰는데, 이것은 윌킨슨이 자신의 몫을 미리 받아 갔기 때문이었다. 그리고 나머지 증권과 채권 형태의 유산은 병약한 딸인 엘리스Alice James에게 남겨서 생활을 보장해주었다. 그는 이 모든 내용에 대한 유언 집행인으로 장남인 윌리엄이 아니라 차남인 헨리를 지명하였다. 아들들에게 할당된 부동산의 분배를 놓고 맏형인 윌리엄은 부친의 뜻대로 삼등분할 것을 주장하였지만 동생인 헨리는 당시 윌킨슨이 파산한 채 빚에 시달리고 있었을 뿐만 아니라 심각한 병에 걸려 자신의 아내와 자식들을 부양할 수 없는 처지에 있음을 감안하여 재산을 사등분하자고 주장했다. 결국 헨리는 자신의 주장을 굽히지 않고 그 유산을 사등분했을 뿐만 아니라 자신의 몫을 모두 엘리스에게 주어버렸다(*Henry James: The Middle Years: 1882-1895*. Leon Edel. 63-65).

8) 제임스는 『자서전』(*Autobiography*)에서 어린 시절 최초로 자신의 고료로 받은 "12불에 해당하는 지폐들"이 책상 위에 놓여있는 것을 보고 깊은 인상을 받았음을 기술한다(476). 그것은 그에게 장래에 대한 "황금빛 약속"(477)으로 비쳤다.

시킬 수 있다는 가능성을 확신시켰다는 것이다.9) 그러나 제임스의 그러한 결정에는 단순히 돈에 대한 요구를 넘어 "문학에 적극적으로 헌신"(*Autobiography*, 477)하겠다는 자신이 선택하려는 직업 활동에 내재된 정신적인 가치에 대한 긴박한 심리적 요구가 있었을 것이다. 사실 어린 시절 제임스는 자신의 아버지로부터 금전적 소득을 목표로 한 어떠한 직업도 갖지 않도록 가르침을 받았다. 그는 "[우리의] 집안 특징은 어떤 종류의 직업도 없었다"(*Autobiography*, 146)는 것이었으며, "우리는 단지 중요한 사람이 되도록to be something, 구체적인 [직업] 활동과 관련되지 않은 어떤 중요한 사람, 자유롭고도 [직업적으로] 얽매이지 않은 [그저] 어떤 중요한 사람이 되도록"(*Autobiography*, 268) 교육받았다고 회상한다.10) 그는 작가라는 직업 활동을 통해서 돈으로 상징되는 물질적 가치뿐만 아니라 무엇인가 중요한 정신적 가치도 실현할 수 있다고 보았다.

제임스는 작가라는 직업을 자신의 평생 직업career으로 기꺼이 선택하여 거기에 비교적 안정적으로 적응했던 몇 명 안 되는 사람 중 한 사람이었

---

9) 도날드 뮬Donald Mull의 *Henry James's 'Sublime Economy': Money as Symbolic Center in the Fiction* 3쪽 참조.

10) 제임스의 아버지는 자신의 자식들이 "아빠의 직업이 무엇이라고 사람들에게 말하죠?"라고 묻자 "철학자라고 해, 혹은 진리를 추구하는 사람이라고 하든지, 아니면 [...] 너희들이 그렇게 하고 싶으면 책을 쓰는 사람이라고 하는지, 그 무엇보다도, 그냥 학생일 따름이라고 말해라"(*Autobiography*, 337-38)라고 대답했다. 제임스의 소설에서 대부분의 주요 인물들이 구체적인 직업을 갖지 않았다는 것은 결코 우연이 아닐 것이다. 직업보다는 신분이 중요시되었던 시대나 사회에서 직업 활동은 낮은 신분 계층의 사람들에 의한 오로지 물질적 가치의 추구를 위한 활동으로 인식되었으며, 이로부터 주로 상인이나 장인을 지칭하는 개념으로서의 직업tradesman에 대한 부정적 견해가 생겨났다. 이와 더불어서 사람들은 이러한 직업 활동을 통해서 궁극적으로 추구하는 물질적 가치, 즉 돈에 대한 부정적 견해를 갖게 되었다. 과거에 우리 사회에서도 각종 직업에 대해 '쟁이', '꾼', '질', '놈' 등 부정적인 뉘앙스의 어미가 붙어있었다.

다. 그러나 외견상의 경제적 안정에도 불구하고 그는 그 직업 활동에 의존해야 하는 자신의 재정적 문제에 대해서 종종 불안감에 사로잡혔다. 생전에 제임스는 1880년대 이후로 미국과 영국에서 비평가들이나 편집자들에 의해서 꾸준히 주요 작가의 반열에 올려졌다. 그럼에도 불구하고 그의 수많은 소설과 극작품들 가운데서 『데이지 밀러』(Daisy Miller)나 『여인의 초상』(The Portrait of a Lady) 그리고 『미국인』(The American) 등 극히 소수의 작품만이 시장에서의 성공을 거두었을 뿐 그 외 대부분의 그의 주요 작품은 보잘것없는 판매 실적으로 그를 좌절시켰다. 따라서 그는 재정적 압박 때문에 엄청난 양의 글을 잡지에 기고해야만 했을 뿐 아니라 시장에 내놓은 자신의 문학 상품으로부터 최고의 값을 받아내기 위해 애써야만 했다. 그러나 다른 한편으로 그는 전문 직업작가로서 자신이 스스로 세운 높은 예술적 수준을 유지하려고 애썼다.

2. 전문성과 상업성

이처럼 전문작가로서 자신의 직업에 대한 제임스의 의식은 예술과 돈, 미적 창조와 시장에서의 성공을 사이에 둔 미묘한 내적 갈등으로 특징지어진다. 그가 작가라는 직업을 통해서 이렇듯 상반된 것처럼 보이는 물질적 가치와 정신적 가치를 조화시킨다는 것은 일종의 줄타기 곡예와도 같은, 늘 불안감을 수반하는 어려운 일이었다. 이쪽으로 떨어지거나 저쪽으로 떨어지거나 간에 그의 삶은 실패로 돌아갈 것이라는 우려가 잠재되어 있었기 때문이다. 시장에서 너무 성공하면 그는 문학적으로 실패하는 것이며, 문학적으로 성공한다는 것은 돈을 버는 데 실패한다는 것을 의미했다.

자신의 직업의 의미에 내포된 이러한 이중성에 접하여 제임스는 한편으로 언어 사용을 통한 미적 창조라는 자신의 믿음에 철저했지만 다른 한편으로는 직업인으로서 자신의 문학적 산물로부터 최대의 수입을 확보하기 위해 분투했다. 즉 그는 급속히 변하는 시장경제 속에서 자신의 문예적 직업을 면밀하게 설계하고 조절해 나갔다. 그는 협상 상대로 출판업자들과 편집자들을 교묘히 다루었을 뿐만 아니라 시장의 요구와 수요에 철저히 대처했었다. 보다 나은 수입을 위해 자신의 작품의 상품성을 평가하는 출판시장과 끊임없이 마찰해야 했던 제임스는 출판업자들을 전략적 차원에서 다루어 나갔다. 이것은 그가 문학적 수입을 최대로 확보하기 위해 자신이 상대했던 미국 및 영국 출판업자들과의 금전적 협상에 얼마나 철저한 자세를 취했는가를 보면 명백해진다. 마이클 아네스코Michael Anesko에 따르면 "제임스는 종종 '출판 악당들'의 가엾은 희생자로 가장해가면서 그들의 점잖은 척하는 태도를 이용해서"(ix, 원문 강조) 작품의 판권 수입을 최대로 하기 위해 애썼다. 그러나 그는 그렇게 하는 동안에도 다른 한편으로 출판 시장의 저급한 예술적 감각과 수요에 대해서 신랄한 비판을 계속했다.

　　작가라는 전문직업인으로서 제임스는 자신의 직업의 의미에 내재된 미적 창조와 재정적 성취 사이의 괴리를 경험했다. 그는 문학적 전문 직업의식 literary professionalism이 단순히 생계를 위한 일의 의미를 넘어서서 어떤 정신적 가치를 지향해야 한다고 믿었다. 제임스는 1895년 5월 10일 에드먼드 고스Edmund Gosse에게 보낸 편지에서 작가가 지나치게 금전적 이해에 얽매이지 않은 채 예술적 가치를 추구해야 하는 이유를 명백히 한다. 그는 월터 베전트 Walter Besant를 비롯한 당시 지나치게 대중의 기호에 영합하거나 상업적 성공을 강조했던 일군의 작가들에게 "너무도 자주 되풀이되는 돈 문제"(too-iterated money question)가 작가정신의 다른 측면을 덮어버리는 것을 비판했다.11)

저술업authorship은 [스스로] 일종의 "전문직업"(profession)으로서의 권리
를 형성하고 그것을 일반대중에게 알리는 데 있어서 크나큰 실수를 범하
고 있으며 [그러한 주장을 하는 데 있어서] 지혜라고는 도무지 찾아볼 수
없다. 다른 직업trades[을 가진 사람들]이 그것[저술업]을 그렇게[profession
이라고] 부른다면 그냥 내버려두어라—그리고 그런 행위에 주의를 기울
이지 말아라. 그렇게 하는 것으로 충분하다. 그것[저술업]은 전문직업의
여러 특징 가운데서 오로지 전문가적인 철저함professional thoroughness을
가져야만 한다. 그러한 철저함은 전혀 갖지 못한 채 그것이 식료품 상인
이나 구둣방 주인과 다를 게 없다고 세상을 향해 주장하는 것은 스스로를
조롱하는 꼴이며, 그렇게 되면 결국 그것은 스스로에 대한 조롱 속에서
그저 사라져버릴 것이다. (Anesko viii)

제임스는 특수한 지식을 바탕으로 하여 어떤 종류의 정신적 가치를 표
방하는 전문직업profession과 오로지 물질적 가치만을 추구하는 사업으로서의
직업trade을 구분한다. 후자의 경우 직업 활동의 목적이 금전적 이득이라는 단
일한 가치의 추구로 집약되지만, 전자의 경우 직업이 추구하는 목적이 물질
적인 것과 정신적인 것의 양면성을 가진다.

미적 가치의 추구를 지향했던 제임스는 시장경제 속에서 자신의 문학
적 상품이 다른 물건들과 동일한 차원에서 다루어지는 것에 거부감을 나타냈
다. 다른 한편으로 직업작가로서 제임스는 자신의 문학적 작업 성과가 최대
의 상품 가치로 평가되도록 하는 데 철저했다. 오래전부터 이미 저술업은 미
적 감각을 가지고 여가를 즐기는 귀족 계층의 전유물이 아니었지만 제임스

---

11) 이 표현과 이어지는 인용 단락은 헨리 제임스가 1895년 5월 10일 에드먼드 고스Edmund
   Gosse에게 보낸 편지에서 인용된 것으로 이것은 University of Leeds에 소장된 Brotherton
   Collection 가운데 포함되어 있다. 여기에서는 Michael Anesko의 *Friction with the Market*
   의 viii쪽에서 재인용했음.

시대에 작가의 지위는 양적으로나 질적으로 상승했었다. 이것은 전문직업으로서 자신들의 직업을 이해하고 인식시키려고 했던 많은 작가들에 의해서 가능했는데, 그들 중 대부분에게는 작품을 써서 출판한다는 것이 단지 일종의 지적 유희가 아니라 수입과 지위의 원천이었다. 제임스는 그런 부류의 작가를 "현대의 훈련된 문학가 계층 [...] 기분 내키면 이따금 작업을 하는 변덕스러운 시인이 아니라 손끝으로 살아가는 소설가, 즉 충실한 제작자들로 구성된 거대한 군단에 소속된 한 병사"(*Partial Portraits*, 196)라고 정의하였다. 그러나 제임스의 그러한 직업의식 속에는 예술과 돈이라는 조화되기 어려운 두가지 문제가 갈등을 일으켰다.

조나단 프리드만Jonathan Freedman에 따르면 이러한 딜레마에 처하여 제임스가 채택한 전략은 당시 전문적 영역을 개척하고 있었던 변호사나 의사 그리고 학자들처럼 작가로서 자신의 전문적 기술, 즉 작가정신을 "철저히 관념화하고 고도로 신비화하려는"(179) 것이었다. 제임스는 문학적 전문직업의식이 상인이나 장인 등의 직업의식과는 달리 "지혜롭고" 신중해야 한다고 주장한다. 그는 직업적 작가정신이 비록 금전적 이해로부터 완전히 자유로울 수는 없다 할지라도, "돈 문제"를 예술적 창작 동기 자체에 관련시켜서는 안된다고 본다. 대신에 그는 "전문가적 철저함"이 작가정신의 본성을 이루어야한다는 다소 추상적 기준을 제시한다.

제임스가 제안하는 작가로서의 "전문가적인 철저함"은 예술의 문제와 돈 문제를 동시에 충족하는 이상적인 직업의식을 말한다. 전문 직업작가로서 제임스는 당시의 시대적 환경으로부터 야기된 갈등—고급문화를 지향하는 유미주의와 저급 소비문화를 지향하는 상업주의 사이의 괴리—을 극복해야만 했다. 전자가 초기 모더니즘의 예술적 이념을 이루었다면 후자는 초기 자본주의의 경제 이념의 근간을 이루었다. 그리고 그 양극적 두 세계 사이의 연결 지점에 증가하는 중산 독자층을 바탕으로 한 출판업의 영역이 위치했으며, 제임스는 그러한 출판업계와의 철저한 거래와 협상을 통해서 '예술과 돈'이라는 자신의 직업에 내재된 갈등을 해소하고 그 양자 사이에 균형을 이루기 위해 노력했다.

제임스의 전문직업 의식 속에 내재된 이러한 긴장은 다양한 직업을 가진 작중 인물들이 자신들의 직업에 대한 태도 속에서 드러내는 이중의 우려에 반영된다. 그의 『워싱턴 스퀘어』(Washington Square)는 19세기 중반 상업의 중심으로 급속히 성장하고 있었던 뉴욕 사회에서 재정적으로 성공한 의사와 그에 맞서는 젊은 무직자를 다룸으로써 당시 뉴욕 사람들이 경험했던 직업과 돈의 가치에 대한 혼란을 그린다. 소설의 배경이 되는 1840년대로부터 1870년대의 뉴욕 사회에서 사람들은 상업적 성장과 더불어서 초래된 직업과 돈에 대한 개념의 변화를 경험했다. 사업에서 성공한 신흥 부르주아 계층의 기성세대를 상징하는 인물인 닥터 슬로퍼Dr. Austin Sloper는 직업과 돈에 대해 안정성을 절대시하며, 반면에 상업주의적 경제 환경 하에서 생겨나는 새로운 직업에 매력을 느끼는 젊은 세대를 상징하는 모리스Morris Townsend는 직업이나 돈에 대한 개념에 있어서 유동성을 우선시한다. 그리고 『워싱턴 스퀘어』의 플롯은 이 두 사람의 가치관의 갈등을 중심으로 전개되며, 그 과정에서 전문직업인으로서 닥터 슬로퍼가 경험하는 직업에 대한 이중적 태도를 들춰낸다.

제임스의 작품에서 주요 인물들이 직업이 없는 경우가 일반적이라는 사실을 고려하면, 그가 재정적 성공과 이에 수반되는 도덕성의 문제를 주제로 다루는 『워싱턴 스퀘어』에서 사업가가 아니라 의사를 주요 인물로 설정한 것은 주목할 만한 의미를 가진다. 의사라는 전문직업에는 의학이라는 특수한 지식뿐만 아니라 정서적 안정감과 합리성도 요구된다. 또한 의사가 개업을 하는 경우 당연히 사업적 수완도 필요로 한다. 닥터 슬로퍼는 이 모든 조건을 완벽하게 갖추었다. 그럼에도 그는 결코 금전적 이득을 자신의 직업 활동 명분으로 내세우지 않으며, 자신의 특수한 지식의 권위를 환자 고객들에게 노골적으로 내세우지도 않는다. 그는 제임스가 말하는 "상업적이고도 전문직업을 가진 귀족, 이른바 매우 안락하고 존중받는 삶을 사는 사람들, 그리고 자신들만의 편협한 방식으로 어김없이 [자신들의 삶이] 일류인 척하는 가식적 태도를 가진 사람들"(*Hawthorne*, 55) 중 한 사람이다.

닥터 슬로퍼가 실행하는 의사라는 전문직업의 의미는 봉사라는 드러난 목적과 영업이라는 가려진 목적의 이중성을 가지며, 그는 양립하기 어려운 그 두 가치에 대한 주관적이면서도 미묘한 균형을 유지하는 것처럼 보인다. 더욱이 그러한 이중성은 "치료 예술"이라는 의료 직업이 성격상 "실행의 영역에 속하면서 [...] [동시에] 학문적 지식과 관련된다"(*WS*, 5)[12]는 점에서도 적용된다. 제임스는 소설의 첫 단락부터 의학적 전문직업의 특징을 이루는 이러한 복합적인 이중성에 대해 묘사한다. 그러나 제임스가 사용하는 미묘한 아이러니는 슬로퍼의 그러한 균형감 속에 감추어진 돈에 대한 집착과 자기기만을 암시한다.

닥터 슬로퍼가 [의사로서] 명성을 얻을 수 있었던 데는 그가 학식과 기술을 매우 조화롭게 갖추었다는 사실이 한 요인이 되었다. 그는 소위 학구적인 의사였다. 그럼에도 불구하고 그의 치료 방법에는 추상적인 점이라고는 전혀 없었다. 그는 언제나 환자에게 어떤 것을 먹도록 일러주었다. 그는 환자들에게 자신의 일에 철두철미하다는 느낌을 주었지만 그렇다고

---

12) 이후 『워싱턴 스퀘어』(*Washington Square*)에서의 인용은 *WS*로 줄여서 표기함.

해서 불편을 느낄 정도로 이론적이지도 않았다. 비록 그가 때때로 환자들에게 그들의 증상과 치료에 대해서 필요 이상으로 자세히 설명해주었지만 설명 자체에만 의존하는—그런 식으로 일하는 일부 개업의들도 있다고 들었는데—정도까지 가지는 않았다. 오히려 그는 항상 그 환자가 떠난 뒤에 불가해한 처방전을 남겼다. 일부 의사들은 [환자들에게] 전혀 설명을 해주지 않은 채 처방전만 남기는 경우도 있었다. 그는 그러한 가장 저속한 부류에 속하지도 않았다. (*WS*, 5-6)

닥터 슬로퍼는 자신의 직업에 대해 거의 완벽에 가까울 정도로 철두철미하다. 그는 학식과 기술을 균형 있게 갖추었을 뿐만 아니라 환자들에게 그들의 상태를 자상하게 설명해줄 만큼 인격적이고, 더불어서 설명에만 그치지 않고 늘 처방전을 남겨둘 만큼 책임감도 있다. 그러나 그의 친절함에는 우월한 지식을 수단으로 한 권위의 흔적이 숨겨져 있으며 그의 직업적 철저함은 철저한 사업 수완으로 해석될 수도 있다. 왜냐하면 환자들이 보기에 "불가해한" 그의 처방전은 전문지식을 신비화하고 추상화함으로써 그에게 권위를 가져다주기에 충분하며, "최고조에 달한 그의 인기"는 그를 "그 지역의 명사"(*WS*, 6)로 만들어 주었기 때문이다. 더욱이 제임스는 "[직업적] 수입이 있어야만 행세를 할 수 있는" 그 사회에서 닥터 슬로퍼의 직업은 "명예로울"뿐만 아니라 금전적으로 "풍요로운"(*WS*, 5) 직업이라고 전제함으로써 의술업에서의 금전적 추구를 강하게 시사한다.

돈과 권위에 대한 닥터 슬로퍼의 속물근성snobbism은 소설의 플롯이 진행될수록 분명해진다. 재정적 성공을 이룬 전문직업인으로서 닥터 슬로퍼는 가난한 사람들로부터 자신의 신분을 스스로 구분하려고 함으로써 부르주아적 생활태도를 추구하는 경향이 있다. 우선 그는 상업주의와 물질적 가치에 대해 다분히 이중적 태도를 갖는다. 그가 안정된 재정 상태를 이룬 다음 가장 우선해서 한 일은 "미미한 웅성거림으로 시작된 상업의 소음이 우렁찬 으르렁거림이 되어"(*WS*, 6) 울려 퍼지는 남쪽 맨해튼의 상업 지역을 벗어나서 좀 더 고상한 워싱턴 스퀘어 지역으로 이사하는 것이다.13) 거기에서 그는 "고상한 안식"(*WS*, 16)을 즐길 수 있을 뿐만 아니라 주위 품위 있는 이웃들과의 좀 더 높은 신분을 확보할 수 있는 것이다. 그 자신이 보잘것없는 가문 출신인 닥터 슬로퍼는 물려받을 큰 유산에 자신보다 높은 신분까지 겸비한 여자와 결혼함으로써 자신의 재정 상태뿐만 아니라 신분도 크게 향상시킬 수 있었다. 그는 아내의 큰 재산 덕분에 "많은 고된 일상사에서 벗어날 수 있었으며, [뿐만 아니라] 자신의 아내가 [사회적으로] 교류하는 최상류층 사람들로부터 다수의 환자를 확보할 수 있었다"(*WS*, 7). 이제 신흥 부르주아 계층에 속하는 닥터 슬로퍼에게 워싱턴 스퀘어는 상업에 종사하는 계층의 저급하고 고달픈 삶으로부터 자신의 삶을 차별화하여 스스로의 존엄과 "훌륭한 권위"(*WS*, 16)를 주장하기에 알맞은 지역이다.

자신의 신분에 스스로 권위를 부여한 닥터 슬로퍼는 하찮은 가문 출신에 직업도 없는 모리스가 자신의 무남독녀인 캐서린Catherine Sloper과 결혼하려는 것을 필사적으로 막으려 한다. 그 이유는 모리스가 직업도 재산도 없다는 사실과 돈을 염두에 두고 캐서린과 결혼하려 한다는 추정 때문이다. 닥터

---

13) 닥터 슬로퍼가 워싱턴 스퀘어로 이사했던 1835년 뉴욕 맨해튼은 오늘날의 월 스트리트 Wall Street를 중심으로 상업 지역이 급속히 확장되고 있었으며, "캐널 스트리트Canal Street 가 상업 지역의 북쪽 한계선이었다"(Miller 71). 따라서 닥터 슬로퍼가 워싱턴 스퀘어로 이사한 것은 시끄러운 상업 지역에 대한 거부감, 즉 부르주아의 "반 도시 열정과 정서" (anti-urban passions and sentiments)(Tuttleton 269)를 나타낸다. 그럼에도 불구하고 워싱턴 스퀘어는 상업주의와 도시화의 열기로부터 완전히 벗어나 있지는 않았다. 그곳의 "상당 부분이 싸구려 농작물을 재배하는"(*WS*, 16) 모습을 여전히 유지하고 있으면서도 도시의 모습을 형성해나가는 "더욱 당당한 지역이"(*WS*, 16) 바로 이웃해 있었기 때문이다.

슬로퍼가 다른 사람의 가치를 판단하는 가장 중요한 조건은 그 개인이 전문 직업을 가지고 있느냐이다.[14] 그래서 그가 모리스에 관해 던진 첫 질문은 "그의 직업이 무엇이지?"(*WS*, 34)이다. 그리고 그는 모리스를 직접 만날 때 그[모리스]를 당혹시켜 캐서린에게 접근하는 것을 막기 위해서 직업에 관한 주제를 꺼낸다. 그는 모리스에게 "나는 자네가 직업을 구하고 있다고 들었네"(*WS*, 47)라고 언급한다. 이어지는 대화에서 그는 모리스가 개인교사로 자신의 조카들을 가르치고 있지만 그것이 돈벌이는 되지 못한다고 말하자, "자네 말일세, 돈을 너무 밝혀선 안 돼"(*WS*, 49)라고 충고한다. 그의 이러한 충고는 직업을 오로지 돈벌이의 수단으로만 생각하지 말라는 뜻도 있지만 캐서린과 결혼해서 불로소득을 얻겠다는 것을 꿈도 꾸지 말라는 의미도 포함한다. 그리고 그의 결론은 "나는 자네가 [우리와는] 다른 유형에 속한다고 말하는 것뿐이네"(*WS*, 63)이다.

닥터 슬로퍼가 모리스가 캐서린과 결혼하려는 것을 반대하는 또 다른 이유는 그[모리스]가 그 결혼을 통해서 막대한 재산을 손에 넣으려 한다는,

---

14) 제임스는 『호손』(*Hawthorne*)에서 "오늘날 미국에서 전문직업을 갖고 있지 않다는 것은 상당히 불편한 조건이라고 말하는 것도 과언이 아니다. 소위 실질적인 지위에 속하지 않는 어떤 일에 자신의 일생을 내맡기려는 젊은이, 즉 시내의 업무 지역에 있는-출입문에 자신의 이름이 새겨진-자기 사무실을 갖지 못한 젊은이는 이 사회 체제 속에서 오직 제한된 위치만을 차지하며, 횃대로 하여 앉을 수 있는 특별한 나뭇가지를 찾지 못한다"(45)고 말하여 당시 젊은이들에게 전문직업을 갖는 것이 얼마나 절실한 문제였는가를 우리에게 알려준다. 같은 맥락에서 그의 「가엾은 리차드」("Poor Richard")라는 단편의 주인공은 "사는 것을 배우는 것은 일하는 것을 배우는 것이다"(*Complete Tales*, 1:203)라는 사실을 깨닫는다. 요즘 우리에게도 직업과 삶은 동일한 것처럼 보인다. 우리 사회에서도 전문직업은 한 개인을 정의하는 절대적 조건이다. 지적 탐구를 명분으로 하는 대학에 대해 사용했던 상아탑이라는 표현은 이미 죽은 은유이며, 그 대신에 거기에 직업 추구를 위한 '상업탑商業塔'이라는 표현이 더욱 적절해 보인다. 일류 대학이나 인기 전공에 대한 열기는 모두 전문직업을 향한 우리의 절대적 관심을 표현하며, 이 경우 직업은 주로 더 나은 수입을 위한 수단으로써 의미가 있는 것처럼 보인다.

"돈을 목적으로 한 동기"(*WS*, 37)를 숨기고 있다는 점이다. 닥터 슬로퍼야말로 모리스의 그러한 속셈을 누구보다도 잘 꿰뚫어 볼 수 있다. 그것은 젊은 시절 그 자신이 결혼을 통해서 재정적 지위와 신분상승을 동시에 성취했었기 때문이다. 바로 그것이 그가 자신의 심리적 닮은꼴인 모리스를 자신과는 다른 유형으로 차별화하고 배척해야만 하는 이유이다.

닥터 슬로퍼 자신이 상업주의에 철저히 물든 사람이지만 그는 단지 그 것을 자신의 전문직업적 점잖음으로 위장하고 있을 따름이다. 사실상 위싱턴 스퀘어에 있는 "은으로 된 경첩과 손잡이가 붙어 있는 거대한 마호가니 미닫이문을 가진"(*WS*, 116-17) 그의 집은 그의 금전적 성공을 과시하는 상징물이며, 그는 심지어 자신의 딸 캐서린의 옷차림을 보고도 "연 팔천 불 소득을 가진 사람처럼 보이는구나"(*WS*, 23)라고 말하여 그녀를 철저히 금전적 잣대로 평가한다.

캐서린을 금전적 가치로 평가하기는 모리스도 마찬가지이다. 캐서린에 대한 그의 사랑은 거의 직접적으로 그녀가 상속받을 돈에 대한 관심과 동일시된다. 아내와 돈을 함께 얻기 위해 캐서린을 조종하는 모리스는 그녀가 "그[닥터 슬로퍼]를 설득하여 우리가 돈을 받아내도록 하겠다"(*WS*, 55)고 말하자 잔뜩 기대감을 갖는다.

이언 벨Ian Bell의 설득력 있는 주장에 따르면 캐서린은 닥터 슬로퍼의 상업주의와 모리스의 상업주의 사이에 붙잡혀 "마비되어버린 인간 상품"(5)이다. 닥터 슬로퍼와 모리스의 차이점은 그들이 돈에 대한 욕구를 표현하는 방식이 각기 다르다는 점과 직업에 대해 각기 다른 개념을 가지고 있다는 점이다. 모리스는 자신이 캐서린과 결혼하려는 데는 돈에 대한 욕심이 주요 동기가 된다는 것을 굳이 숨기지 않는다. 이에 비해 고상한 전문직업인 닥터 슬로퍼는 "확실한 지참금"(*WS*, 6)을 가진 자신의 아내와의 결혼이 "사랑으로"(WS, 6) 인한 것이며 따라서 부가적으로 생기는 금전적 이득에는 초연하다는 점을 애써 스스로 믿으려 한다. 그러나 제임스가 그 소설에서 사용하는 아이러니의 언어는 독자로 하여금 닥터 슬로퍼의 자기믿음에 결코 동의할 수 없게 한다. 독자는 그것을 오히려 신흥 부르주아의 문화적 자기차별화 욕구에 사로잡힌 닥터 슬로퍼의 자기기만으로 해석하는 것이다.

직업에 대한 그 두 사람의 개념은 상업 자본주의가 급성장하던 당시 뉴욕 사회의 직업관에 대한 세대 차이를 반영한다. 닥터 슬로퍼가 지적 혹은 육체적 노동에 대한 보수를 전제로 한 직업을 가진 구세대에 속한다면 모리스는 무역이나 자본투자 등 유통업에서 이윤을 추구하는 신세대이다. 직업이 없다는 사실 때문에 닥터 슬로퍼로부터 온갖 굴욕을 당한 뒤에 모리스가 마침내 얻게 되는 직업은 "위탁 판매직"(commission business)(WS, 126)이다. 또한 그의 사촌인 아서Arthur가 소위 각광받는 "증권거래인"(WS, 18)으로 "매삼사 넌마다"(WS, 26) 더욱 최신 가전제품을 구입하고, 더 크고 더 새로운 아파트를 찾아 이사하는 "대단한 이점"(WS, 26)을 즐기는 데 반해서, 닥터 슬로퍼는 워싱턴 스퀘어에 있는 "화강암으로 된 갓돌을 가진 [자신의] 붉은 벽돌집"(WS, 15)에서 평생을 지낸다. 닥터 슬로퍼가 성실한 노동의 대가와 안정성을 직업의 가치로 믿는 전통적인 직업관을 상징하는 데 반해서 모리스와 아서는 투기와 유동성을 선호하는 새로운 직업관을 대변한다.

3. 공공성의 이중성

제임스는 19세기 후반 보스턴에서 진행되었던 사회개혁, 특히 여권운동을 다룬 『보스턴 사람들』(The Bostonians)에서 새로운 종류의 전문직업이 생겨나는 양상, 그 직업 활동에 태생적으로 내재된 명분과 실제 사이의 이중성,

그리고 그 전문직업인들이 마음속에 숨긴 돈과 '대중성'publicity에 대한 위장된 욕구를 풍자한다.[15] 그 소설의 여주인공 버리나 타랜트Verena Tarrant의 아버지인 실라 타랜트Selah Tarrant는 심령치료사로서 가장 신성한 영적 봉사를 가장하여 금전과 대중성을 추구하는 철저히 타락한 인간 유형을 나타낸다. 사이비 종교 교주를 연상하게 하는 심령치료 최면술사인 그는 "습관적으로 성직자의 표정"(BS, 88)[16]을 짓고 다니며 세속적 이해관계에 초연한 듯 행동하지만 그의 위선은 너무도 뿌리 깊은 것이어서 심지어 자기 자신마저도 자신의 진의와 허식을 구분할 수 없을 정도다. "도덕심을 상실한 도덕주의자"(BS, 96)로서 타랜트는 자신의 딸 버리나를 여권운동가를 자임하는 올리브 챈슬러Olive Chancellor에게 팔아넘긴다. 타랜트가 영적으로 고양된 삶이라는 가면 뒤에 천박한 물질주의를 숨기고 있는 데 비해서, 올리브는 여권운동이라는 대의명분을 가장하여 대중성에 대한 자신의 위선적 욕구를 충족하려 한다. 그 두 사람은 버리나라는 매력적인 목소리와 연극배우 같은 어투로 대중의 인기를 끄는 재능이 있는 소녀를 두고 흥정하고 거래한다.

직업적인 사회개혁가로서 올리브의 활동 목적의 이중성은 그녀의 자아가 본질적으로 분리되어 있다는 사실에서 비롯된다. 그녀의 공적인 자아는 버리나의 신비스런 재능을 매개로 자신을 여성해방 운동에 헌신하도록 요구한다. 이에 반해 그녀의 사적인 자아는 버리나의 천부적인 상업적 호소력을 수단으로 유명해지고 싶은 자신의 억눌린 욕구를 실현하도록 요구한다. 표면

---

15) 영어의 'publicity'라는 단어의 사전적 의미는 "말로 전달하는 행위를 포함하는 모든 종류의 의사소통 수단을 이용함으로써 받게 되는 대중으로부터의 주목과 관심" 혹은 "사람이나 생산물 등에 대중의 관심을 끌게 하기 위한 사업이나 기교"이다. 따라서 홍보나 광고뿐만 아니라 그밖에 어떤 종류의 언어적 표현을 통해서라도 대중에게 자신의 가치나 중요성을 알림으로써 얻게 되는 인기나 명성을 뜻한다. 이 단어는 종종 '공지성'公知性이라는 표현으로 번역되기도 한다.

16) 이후 『보스턴 사람들』(The Bostonians)에서의 인용은 BS로 줄여서 표시함.

적으로는 버리나라는 수단을 이용해서 여성해방이라는 목적을 실현하려는 것처럼 보이지만, 사실상 여성해방이라는 당시 유행하는 이념적 수단을 통해서 자신의 숨겨진 심리적·재정적 자기만족을 실현하려는 것이다. 따라서 그녀가 계획하고 시도하는 행사는 사회개혁 운동이라기보다는 연예오락의 흥행 기획에 더 가깝다. 그녀 스스로는 "남성의 독재"로부터 여성을 해방시키기 위해 "순교"(*BS*, 153)하려는 데 버리나를 동참시킨다고 생각한다. 그러나 실제로 그녀는 버리나가 자신에게 성공적인 "공연"(*BS*, 51)을 보장해줄 것이라는 확신 때문에 타랜트와의 "금전적 거래"(*BS*, 100)를 통해서 버리나를 사 오는 것이다.

> 그녀[올리브]는 자신의 책상으로 다가가서 상당한 금액의 수표를 써주었다. "우리 일에 일 년 동안 간섭하지 마세요, 절대로. 그러면 그때 가서 다시 또 돈을 주겠어요." 이렇게 말하면서 그녀는 그 조그맣고 기다란 종이 한 장을 그에게 건네주었다 [...] 실라[타랜트]는 그 수표를 바라다보더니 [올리브] 챈슬러 양을 바라다보았고, 다시 그 수표를 바라다보가다, 천장을 바라다보다가, 마룻바닥을 바라다보다가, 시계를 바라다보다가, 다시 한번 그 여주인[올리브]을 바라다보았다. 그런 다음 그 수표가 그의 레인 코트의 옷깃 밑으로 사라졌다. (*BS*, 144)

이처럼 부도덕한 거래를 통해서 버리나를 소유하게 된 올리브가 버리나를 여성해방 운동을 위한 투사로 훈련시키는 행위나 방식은 그 행사를 후원하는 버라지 여사Mrs. Burrage의 눈에는 일종의 "연예오락"(*BS*, 229) 이벤트로 비칠 따름이다. 보스턴 음악 홀에서의 본격적인 "데뷔"(*BS*, 350)를 앞두고 시험 삼아 뉴욕 상류층의 사교 무대에서 버리나가 행한 공연의 대가로 돈을 챙기는 올리브의 모습은 결코 사회개혁가의 모습이 아니다. "이 젊은 여자[버리나가 연설을 하고 받은 액수 중 가장 큰 액수 [...] 그 돈이 버리나에게 지불되었다면 그것은 자신[올리브]에게 지불된 것이나 마찬가지였다. 이런 돈을 받는 것에 대해서 올리브는 이미 완전히 익숙해져 있었다"(*BS*, 263).

올리브의 왜곡된 여권 운동에 맞서 남부 출신의 변호사이자 남성우월주의자인 배실 랜섬Basil Ransom이 남성의 힘과 권위를 회복하겠다는 명분으로 버리나를 차지하기 위해 그 싸움판에 합류하고, 다시 여기에 도덕심을 상실한 신문기자 머사이어스 파든Matthias Pardon이 특종을 잡기 위해 끼어들게 되면서 그들의 밀거래와 인신매매는 협박과 납치의 양상으로 악화된다.17)

자신의 변호사로서의 사업에 적응하지 못한 랜섬은 올리브로부터 버리나를 빼앗아옴으로써 사회정의를 실현하겠다고 벼르지만 실제로는 시사평론 잡지에 글을 실어서 대중성을 얻음으로써, 그리고 버리나라는 떠오르는 스타[연예인]를 전유함으로써 자신의 전문직업에서의 실패를 만회하려 한다. "공인으로서의 삶에 대한 염원"(*BS*, 163)을 가지고 있는 랜섬은 "주간 간행물이나 월간 간행물을 주관하는 권력자들"(*BS*, 163)에게 여러 편의 시사평론을 기고한다. 이러한 시도에서 거듭 좌절감을 맛본 뒤 그는 마침내 "『합리적인 논평』"(*BS*, 318)이라는 잡지에 자신의 글을 실을 수 있게 된다. 그리고 이를 통해 자신이 얻게 된 대중성에 힘입어 스타 버리나를 대성황이 예견된 보스턴 음악 홀의 공연으로부터 빼돌려 도망한다. 그는 자신의 그러한 행위를 올리브가 상징하는 사기착각에 빠진 개혁적 세력에 반격을 가하는 것으로 생각

---

17) 올리브가 하는 활동은 여권신장이라는 가장된 그녀의 정치 이념을 제외하면 오늘날 새롭게 유망 직업으로 등장한 연예 기획인talent agent의 활동을 연상시킨다. 또한 그들이 벌이는 이러한 타락한 싸움판은 오늘날 우리가 간혹 목격하는 소위 '끼'가 있는 스타 연예인을 두고, 즉 그 연예인의 인기에 잠재된 돈이라는 먹이를 차지하기 위해 그의 부모와 기획사 혹은 매니저 그리고 연예부 기자 등이 벌이는 파렴치한 싸움과 모든 면에서 정확하게 닮은꼴이다.

한다. 그러나 사실은 올리브가 그러하듯이 랜섬도 역시 버리나라는 대중스타를 이용해서 자신들의 대중성에 대한 욕구를 대리 만족하는 것에 불과하다.

『보스턴 사람들』은 19세기 후반 보스턴의 특징적인 사회적 분위기의 일면, 즉 대중성에 대한 편집적인 열기를 풍자한다. 그러한 사회 분위기 속에서 기존의, 혹은 새롭게 생겨나는 다양한 전문직업에 종사하는 타랜트, 올리브, 파든, 그리고 랜섬 등은 모두 자신들의 직업 활동에 수반되는 명분과 실제 사이의 이중성과 괴리에 대해 자기최면 혹은 자기착각의 상태에 빠져 있다. 그들은 각각 영적인 삶, 여성의 권리, 사회 정의, 언론의 자유 등 그럴듯한 명분을 내세우지만 실제로 한결같이 그들이 추구하는 것은 돈과 대중성이다. 신비로운 영적 세계에 사는 초월주의자 행세를 하는 타랜트는 "사실 인간 존재가 자신에게는 하나의 거대한 대중성이다"(*BS*, 89)라고 믿으며, 언젠가 "일간지에 자신에 관한 기사가 실리게 되기를 염원"(*BS*, 89)한다. 에머슨Ralph Waldo Emerson의 고상한 이념을 동경하는 올리브는 뛰어난 홍보 전략가로 버리나의 공연을 성공시키기 위해서 신문에 대대적 광고를 낸다. 신문팔이 소년들이 "타랜트 양의 사진이 실렸습니다—그녀의 삶의 스케치도 있습니다. [...] 연사의 사진 있어요. 그녀의 경력에 관한 기사도 실렸어요."(*BS*, 372)라고 외치는 모습은 대중성을 얻는 데는 홍보와 광고가 절대적이라는 올리브의 믿음의 결과이다. 기자인 파든은 버리나의 공연장을 찾아와서 "그녀가 오늘 저녁 식사로 무엇을 먹을 거죠?"(*BS*, 366) 따위의 선정적이고도 무의미한 질문을 해대며 독자들의 알 권리를 주장한다. 대중성의 매력에 중독되기는 랜섬도 마찬가지다. 그 자신도 출판을 통한 명성을 추구할 뿐만 아니라 버리나가 스타로서 성공하는 날은 "사람들이 가게에 그녀의 사진이 붙어있는 것을 보게 될 때"(*BS*, 176)라고 믿는다.

더욱이 대중성에 대한 그들의 이러한 열기에는 직접적으로나 간접적으로나 돈에 대한 욕구가 스며있어서 그들 사이에 버리나를 대상으로 하는 은밀한 돈 거래가 행해진다. 그들이 스스로 내세우는 대의는 물질적 가치를 획득하기 위한 수단에 불과하지만 그들에게 그 대의는 필수적이다. 그것은 그들이 그러한 명분이 없이는 금전적 실리가 결코 주어지지 않는다는 것을 잘 알고 있기 때문이며, 자신들의 수단을 수단이 아니라 목적이라고 스스로 주장하기 때문이며, 그러한 자기착각을 자기확신으로 바꾸어버리기 때문이다. 따라서 그들은 그 두 가지 가치 중 어느 것도 포기할 수 없고, 그들의 삶에서 그것들을 어떤 방식으로든 병존시키려고 한다.

제임스는 중산층 독자의 문학적 감각과 기호라는 문제에 있어서도 역시 이중의 우려를 가졌었다. 독자 대중의 요구와 작가의 예술적 지향 사이에는 일반적으로 상당한 수준의 차이가 존재하며, 그것 때문에 어떤 문학 작품이 상업적 성공과 예술적 성공을 동시에 거두는 경우는 흔하지 않다. 제임스는 독자 대중에게 너무 가까이 갈 수도, 또 그들을 너무 멀리할 수도 없었다. 전문 직업작가로서 그는 그들의 저급한 미적 감각을 비판하면서도 동시에 그들을 만족시켜야만 하는 운명이었으며, 창작 활동에 있어서 그 양극 사이에 그려진 미묘한 선을 따라 걸었다고 볼 수 있다.

제임스가 작가로서 활동을 시작했던 19세기 중반 미국의 작가들과 출판업계 그리고 독자들은 멜로드라마적 선정성을 바탕으로 하는 인기소설과 사실주의적 문학성을 바탕으로 하는 소위 "신소설"에 대한 논의로 양분되어 있었다. 대부분의 독자들과 일부 비평가들에게 제임스와 윌리엄 딘 하우웰즈 William Dean Howells 등이 주도한 사실주의 소설은 즐겨 읽을 수 있는 작품이 아니라 "인물들을 연구해야"18) 하는 어려운 책이었으므로 그들은 그러한 종

---

18) 제임스 러셀 로웰James Russell Lowell의 "James's Tales and Sketches," *Nation*, 20 (June

류의 소설에 거부감을 나타내었다. 따라서 비록 제임스가 내심 자신의 작품이 베스트셀러가 되어 최대의 수입을 가져다주기를 원했다 할지라도 그의 소설은 결코 그것을 보장해줄 수 없는 운명이었다.

제임스가 경험한 이러한 딜레마는 1895년 자신의 『가이 돔빌』(*Guy Domville*)이라는 극이 공연에서 참담한 실패로 돌아간 뒤 곧 발표한 「다음 번」("The Next Time")이라는 단편에 생생하게 극화된다. 그는 그 단편에서 상품성을 목표로 하는 작가와 작품성을 목표로 하는 작가 사이에는 어떤 본질적인 시각과 기질의 차이가 있음을 제시한다. 그는 그 단편의 창작 동기가 되었던 각기 다른 두 종류의 작가에 대한 아이디어를 자신의 노트북에서 다음과 같이 표현한다.

> 한 가난한 사람, 예술가이자 작가인 사람, 그의 일생 동안 줄곧－먹고살기 위해서－무엇인가 저급한 것을 시도하는 사람, 즉 대중의 거대하고도 밋밋한 역량을 저울질하는 그런 사람, [...] 매력적인 예술적 기질과 재능을 가진 인재, 그러나 바로 그 헛된 노력의 순교자나 희생자가 되어버린 사람, 앞서 말한 그 대중의 저급한 요구에 부응하기 위해 오랫동안 헛된 노력을 하는 사람, 그 결과 자신의 근본 조건에 역행하는 사람의 역사를 묘사하라. (*Complete Notebook*, 109)

제임스는 그 단편소설에서 이처럼 진지한 예술적 상상력과 감수성을 가졌음에도 불구하고 독자 대중의 요구에 부합하는 베스트셀러 소설을 써서 오로지 시장에서 성공하려고 애쓰는 한 예술가의 이미지를 제시한다. 이어서 그는 그 예술가와 정반대 유형의 또 다른 작가의 이미지를 제시한다. 그 작가

24, 1875), 425-27쪽 참조.

는 "자신의 뿌리 깊은 저속함을 어렴풋이 의식하고 있으면서 항상 예술적 품위를 유지하려고 애쓰지만, 그러한 노력이 [자신이 시장에서] 성공하는 데 조금도 방해가 되지 않는"(*Complete Notebook*, 110) 그런 사람이다. 제임스는 그러한 유형의 작가를 여성으로 설정하는데, 그의 「다음 번」이라는 단편에서 하이모어 여사(Mrs. Highmore)라는 인물로 표현된다.[19]

하이모어 여사는 이미 여든 권의 베스트셀러 소설을 썼는데, 그녀는 이제 독자들의 취향보다 좀 더 고상한 문학성이 있는 작품을 쓰려고 노력하지만 독자들은 그것을 의식하지도 또 그녀의 그런 속임수에 대해 의심하지도 않는다. 오히려 그녀의 고객들은 "그녀가 너무 높이 던져주어서 받아먹지 못할 것이라고 기대했던 고깃덩이를 당장에 일어나서 유쾌하게 덥석 받아 한입에 먹어버리고, [고깃덩이를] 더 달라고 그들의 거대한 집단 꼬리를 볼품없이 흔들어댄다"(*Complete Tales*, 9:187). 자신의 예술적 재능의 한계를 깨닫지 못하는 하이모어 여사에 대한 제임스의 신랄한 풍자는 별도로 하더라도, 그가 독자 대중을 개의 이미지에 비유하는 것은 시사적이면서도 흥미롭다.

작가와 대중, 그리고 예술과 돈 사이의 관계는 상호적이지만 동시에 거기에는 거리감이 수반된다. 하이모어 여사는 천부적으로 그 상호성에 감응하는 작가이다. 반면에 하이모어 여사의 반대 유형으로 제임스가 제시하는 작가인 레이 림버트(Ray Limbert)는 기질에 있어서 대중과 일치할 수가 없다. 하이모어 여사가 시장에서 잘 팔리지 않을, 높은 수준의 문학성을 가진 작품을 쓸 수 없는 데 반해서, 림버트는 잘 팔릴 수 있는—독자 대중의 저급한 구미를 충족시키는—작품을 쓸 수 없는 천재 소설가이다. 어떤 문학잡지의 편집

---

19) 제임스는 하이모어 여사를 당시 다년간 다수의 최고 흥행 소설을 썼던 메리 엘리자베스 브래든(Mary Elizabeth Braddon)과 관련짓는다. *The Complete Notebook of Henry James* 124쪽 참조.

책임을 맡게 된 림버트는 그 잡지가 높은 수준의 문학성뿐만 아니라 시장에서의 높은 판매율도 유지하도록 해야만 한다. 그래서 그는 자신에게 "나는 [그 책을] 팔기를 원한다. [...] 나는 시장을 개척해야만 한다. 그것은 다른 것과 마찬가지로 과학이다. [...] 나는 인기가 있어 본 적이 없다―[그러나 이제] 나는 인기가 있어야만 한다. 그것은 또 다른 예술이다―혹은 그것은 전혀 예술이 아닌지도 모르겠다. 그것은 어떤 다른 것인지 모른다. [나는] 그것이 무엇인지를 알아내야만 한다"(*Complete Tales*, 9:208)고 선언한다. 실제로 그는 하이모어 여사가 쓴 책의 인기 비결을 알아내기 위해서 그것들을 탐독한다. 그러나 막상 그 자신의 책은 판매에 완전히 실패한다. 오직 몇 사람만이 그의 책들을 칭송하지만 그들마저도 그 책들을 구독하거나 구매하는 데는 결단코 반대한다. 다만 그 단편 소설의 서술자만이 림버트의 소설의 진가를 인정해 준다. 그는 그 소설에 대해서 "거기에서 꽃잎이 하나씩 하나씩 피어나고 불꽃이 하나씩 하나씩 타오르는 것을 우리가 은밀히 바라볼 수 있는 불꽃같은 심장을 가진 장미"(*Complete Tales*, 9:198)라는 찬사를 보낸다. 림버트가 자신이 쓸 수 있는 '최악의 소설'을 쓰려고 의도했던 작품을 밤새워 읽던 그 서술자는 림버트의 "왜곡된 노력이 그의 순수한 재능에 의해서 수포로 돌아가 버린" 것을 깨닫고 그 소설을 "눈부신 실수"(*Complete Tales*, 9:213)의 산물로 정의한다.

예술과 돈 중에서 림버트에게 천부적으로 주어진 것은 오직 전자일 뿐이며, 그것은 노력한다고 해서 바뀔 수 있는 조건이 아니다. 림버트의 천재성과 지적 능력은 독자 대중의 기호에 부응하는 평범한 인기 소설을 쓰려는 그의 시도를 결국 실패로 돌아가게 한다. 그는 돈을 버는 데 실패하고 잡지의 편집자로서의 직위도 잃고 만다. 제아무리 노력해도 그는 결코 저급하게 될 수가 없는데, 왜냐하면 저속하게 된다는 것이 그에게는 본래 주어지지 않았기 때문이다. 제임스는 결론적으로 그것을 "애당초 어림 반 푼어치도 없는 일"(*Complete Tales*, 9:220)이라고 일축한다.

　예술과 돈, 정신적 가치와 물질적 가치라는 치환될 수 없는 두 가지 가치 사이에서 딜레마에 빠진 전문직업인의 비극적인 운명이 『프린세스 카사마시마』(*The Princess Casamassima*)에서 그려진다. 소설의 주인공 하이어신스 로빈슨Hyacinth Robinson의 분리된 본성은 영국의 귀족이었던 아버지와 프랑스 출신 여점원이었던 어머니 사이에 사생아로 태어난 그의 출생으로부터 비롯된 것처럼 보인다. 그러나 그의 분리된 의식의 원인은 보다 직접적으로 그가 자신의 직업 활동을 통해서 실현하려고 하는 두 가지 서로 상충된 욕망에 기인한다. 그는 제본직공book-binder으로서 자신의 직업을 통해서 재정적 성취와 예술적 성취의 두 가지 가치를 충족하려 한다.

　제임스가 자신의 평생 직업으로 선택했던 저술업이 그러한 것처럼 하이어신스에게 주어진 제본업도 예술적 요소와 상업적 요소를 함께 가진다. 고아인 하이어신스를 길러주었고 대리모 역할을 하는 양재사인 아만다 핀센트Amanda Pynsent는 하이어신스의 직업을 선택해주는 데 한 가지 절대적인 기준을 가지고 있다. 그것은 "그가 벽돌공이나 생선행상을 할지언정 결코 소매업에 종사해서는 안 된다"(*PC*, 118)는 것이다.[20] 그것은 그가 귀족인 아버지로부터 물려받은 고상한 새능을 살릴 수 있는 어떤 직업이어야 한다는 그녀의 믿음 때문이다. 그렇다고 해서 그녀가 그를 변호사의 도제로 보내는 데 드는 수업료를 감당할 수도 없었으므로 타협안으로 그를 크루켄덴 씨Mr. Crookenden의 제본소에 도제로 보내기로 결정한다. "그가 [여러 가지] 기계적인 예술 가운데서도 최고로 훌륭한 지식을 습득하기에 그곳보다 더 좋은 곳

---

20) *The Princess Casamassima*에서의 인용은 *PC* 다음에 쪽수를 표기함.

은 없었다. 그리고 그렇게 훌륭한 예술가의 의뢰로 그렇게 안정된 직장에 들어가는 것은 인생의 멋진 출발이 될 것이다"(PC, 119-20). 섬세한 예술적 감각을 타고난 하이어신스는 제본업이라는 자신의 일에서 일종의 예술적 성취감을 추구하려 하지만 그는 그 일에 포함된 예술적 성취의 한계를 느낀다. 더욱이 철저히 현실적인 시각을 가진 그의 어린 시절 여자 친구인 밀리슨트 헤닝Millicent Henning에게는 제본업은 그저 일종의 장사일 따름이다.

> "제본업이라구요? 이런 참!" 헤닝은 말했다. [...] "나는 항상 그[하이어신스]가 책과 관련된 어떤 일을 할 거라고 생각했어요"라고 말한 다음 그녀는, "그러나 그가 장사 일을 할 거라고는 생각도 못 했어요"라고 덧붙였다.
> "장사라고?" 핀센트 아줌마가 소리쳤다. "너 로빈슨 씨[하이어신스]가 그 일에 대해서 어떻게 생각하는지 알게 되면 생각이 달라질걸. 그는 그것을 순수 예술 중에 한 가지라고 생각해." (PC, 97)

그러나 정작 하이어신스는 제본업이 기계화되어가고 거기에서 장인정신이 사라질 것을 예견하며, 자신이 진정 원하는 것은 내심 책을 제본하는 일이 아니라 책을 쓰는 일이라는 생각을 한다. "그는 그녀[헤닝]에게 자신이 다른 사람들에게 알리지 않고 글을 쓰고 있다는 것을 고백한다. 그는 문학적으로 두각을 나타내겠다는 꿈을 가졌다"(PC, 112). 그가 그러한 "문학으로의 전환"(PC, 403)을 꿈꾸는 것은 "비록 그 과정이 매력적이기는 하지만 책을 제본하는 것은 책을 쓰는 것보다 훨씬 본질적이지 못하다"(PC, 403-04)는 것을 믿기 때문이다. 하이어신스는 여러 차례 "아름다운 생애 마지막 작품swan song을 쓰는 것은 멋진 일일 것"(PC, 404)이라고 생각한다.

그리고 그는 자신의 출생과 직업 그리고 의식의 바탕에 자리 잡은 귀족성과 천민성, 예술과 돈, 미와 현실의 요구라는 양극적 가치가 빚어내는 갈등을 극복하지 못하고 자살함으로써 자신이 꿈꾸던, 죽음에 임해서 쓴 마지막 작품을 책으로 쓰는 대신에 자기파괴를 실제 행동으로 옮겨버린다. 그의 이러한 비극적 결말의 배경에는 왜곡된 정치 이념과 위험한 급진 혁명사상이 작용한다. 그러나 개인적인 차원에서 그의 직업의식에 내포된 미적 성취와 성공에 대한 욕구의 조화될 수 없는 이중성이 그의 비극적 종말의 한 중심 요소로 작용한다.

제임스가 『미국인』(*The American*)에서 그려내는 크리스토퍼 뉴만 Christopher Newman과 같은 사업가에게는 "자신의 삶의 유일한 목적이 돈을 버는 것이다"(*American*, 32). 그는 자신의 직업 활동에 단일한 의미와 목적을 부여했고 그 목적을 달성했다. 그리고 그에게 그 돈을 어떻게 쓰느냐 하는 문제는 직업과 관련된 문제가 아니라 삶의 다른 차원에 속하는 문제이다. 그러나 작가인 제임스 자신의 삶에서뿐만 아니라 그의 소설 속의 여러 전문직업인들의 직업 활동에서도 외면적으로 정신적 가치가 표방되기 때문에 금전적 욕구는 그 내면에서 은밀히 작용하게 된다. 따라서 자신들의 직업의 의미에 대한 그들의 의식은 봉사에 대한 신념과 대중성에 대한 욕구, 겸양과 우월감, 정신적 가치와 물질적 가치, 특히 예술과 돈 등 상반된 가치 사이에 분열되어 있다. 제임스 자신은 이러한 분열된 의식으로 인해서 생겨나는 내적 갈등을 극복하고 그 두 상반된 가치 사이에 미묘하고도 주관적인 균형을 유지하려 노력했다. 그러나 그가 소설 속에서 창조한 대부분의 전문직업인들은 그 양극 사이의 균형을 이룰 수 있는 중심점을 찾지 못한 채 위선적인 자기기만에 빠지거나 극도로 좌절하기도 한다.

특히 그들 소설 속 인물들의 돈에 대한 욕구는 흔히 위장된 형태로 주장되고 은밀한 방식으로 실행되기 때문에 부패의 가능성을 포함한다. 자본주의적 가치관이 아직 확고히 자리 잡히지 않았던 19세기 당시 지적 혹은 예술적 전문직업인들은 자신들의 직업 활동의 물질적 결과물인 돈에 대해서 미묘한 죄의식을 가졌다.[21] 자본의 가치가 그 밖의 모든 가치를 압도하는 오늘날에 대부분의 전문직업 분야에서 돈에 대한 욕구를 스스로 위장하려 하는 경향은 이미 구시대적 유물이 되었다. 그리고 전문직업인professional이라는 용어는 더 이상 지적 전문인만을 제한적으로 지칭하지 않는다. 프로페셔널은 이제 학문과 예술 분야의 지식뿐만 아니라 스포츠, 오락, 연예 등 인간 활동의 모든 분야에서 최고 수준의 수행을 뜻하게 되었다. 어떤 의미에서는 재정적 성공만이 그 전문직업인의 직업적 성공을 가늠하는 척도가 되기도 한다. 그럼에도 불구하고 특히 학자나 예술가 등 전문 지식인들에게 돈에 대한 욕구는 여전히 은밀하거나 위장된 형태로 작용한다. 신분이 권력을 의미했던 전제 왕정의 시대에는 많은 지식인들과 전문인들은 '성은'聖恩을 입기를 은근히 염원했지만, 직업과 거기에 수반되는 돈이 절대적 권력으로 군림하는 자본 통치의 시대인 오늘날에 그들은 '전은'錢恩을 입기를 은밀히 바란다. 그들이 자신들의 직업 활동을 통해서 아직도 숭고한 정신적 가치에 크고 작은 관심을 기울이고 있다는 것도 사실이지만, 다른 한편으로 돈벌이에도 깊은 관심을 가지고 있다는 것도 또한 부인할 수 없는 사실이다. 그들이 돈에 대해 보이는 크고 작은 관심은 많은 경우에 정신적 가치라기보다는 물질적 가치를

---

21) 『보스턴 사람들』의 닥터 타랜트와 올리브가 버리나를 매매하면서 보여주는 오염된 상업주의가 이러한 돈에 대한 죄의식의 신랄한 예가 되지만, 그러한 죄의식 혹은 양심의 거리낌의 흔적은 오늘날 우리의 생활에도 남아 있다. 예컨대 사례금이나 강연료 등 자신의 전문지식의 대가를 돈으로 평가해야 할 때 우리는 그 돈에 대한 자신의 관심이나 속마음을 드러내는 것을 꺼린다. 그런 다음 그것이 타인의 의사에 의해서 결정된 뒤에 내심 후회한다.

추구하는 쪽에 가까우며, 자기보존의 욕구라기보다는 자기상승의 욕구를 표현하는 것으로 보인다. 지적 활동에 내재된 정신적 가치와 물질적 가치 사이의 이러한 이중성은 일부 전문직업 분야—교원, 작가, 성직자 등—에서 그 직업의 본질상 어느 정도 불가피한 것처럼 보이며, 그러한 분야의 전문 지식인들이 자신들의 금전적 욕구를 표면화하는 데 여전히 다소간의 죄의식을 느끼는 것도 불가피해 보인다. 그러나 금전적 욕구를 과도하게 숨기거나 위장하려는 경향이 그것을 더욱 타락한 형태로 변형시킬 위험성이 있다.

제3장

사회의식의 혼란

1. 사회정치적 이념

　　헨리 제임스는 『보스턴 사람들』(*The Bostonians*, 1886)과 『프린세스 카
사마시마』(*The Princess Casamassima*, 1886)를 쓰는 데 있어서 그의 다른 어떤
작품들에서보다 더욱 직접적으로 당시 미국과 영국 사회로부터 시사적인 문
제를 선택하여 주제로 발전시키고 있다. 라이오넬 트릴링Lionel Trilling은 "그
두 소설 속에서 제임스는 작가로서의 전 활동 과정을 통해서 사회에 대한 생
각이 가장 강렬하게 그의 마음을 사로잡았던 시기에 있었다"(*Liberal*, 66)고
평한다. 그 두 소설에서는 당시의 보스턴과 런던의 사회 조직이 사실적이고
도 구체적으로 묘사되고 있기 때문에 비록 그 작품들의 주제에 정치적 이념
이 풍부하게 함축되어 있음에도 불구하고, 그 작품들은 정치적 이념에 관한
논의라기보다는 사회 현상에 관한 논의 쪽에 더욱 가깝게 접근하고 있다. 따
라서 『보스턴 사람들』의 주제의 초점은 '페미니즘과 반페미니즘' 식의 양극적
인 논쟁이라기보다는 남북전쟁 직후에 보스턴에서 나타났던 두드러진 사회
현상의 탐색에 모아지는 것이다. 제임스는 그것을 "남성과 여성의 고유 영역

에 관한 전통적 정서의 쇠퇴"(*Complete*, 20)라고 표현하고 있다. 마찬가지로 사회주의 혁명가들의 지하 활동을 다루고 있는 『프린세스 카사마시마』도 주제에 있어서 "옛 영국의 쇠퇴"(*Letters* Vol. III, 67)를 문제시하고 있다. 거기에서 제임스는 '보수주의와 급진주의' 식의 직접적인 정치 논쟁보다는 그러한 이념 대결이 당시 런던의 전통적 사회 구조를 어떻게 위협하며 나아가서 그 도시에 팽배했던 혁명의 기운이 사람들의 의식과 생활에 어떻게 영향력을 행사하는가를 탐색한다. 제임스는 그러한 상황을 "옛 영국의 쇠퇴"(*Letters* vol. III, 67)라고 보았다. 그는 그 소설들의 배경이 되고 있는 미국과 영국의 두 도시에서 고조되었던 사회 개혁 열기―여권운동과 사회주의―를 주요 작중 인물들의 삶에 가장 강력한 영향을 행사하는 지적 환경으로 선택해서 강조한다.

　　페미니즘과 무정부주의와 같은 당시의 시사적인 문제들을 예술적 상상력의 소재로 다루는 데 있어서 제임스는 자연주의적 소설 양식과 풍속소설 novel of manners의 양식을 결합하고 있다. 논의되고 있는 두 작품에서 제임스는 그 두 가지 소설 양식의 규범들 중 어느 하나만을 취하는 대신에 그것들을 융통성 있게 절충하고 있다. 제임스가 작중 인물들의 삶에 미치는 사회 환경의 영향력을 강조한 것은 프랑스 자연주의 작가들이 한 인물의 성격 형성에 있어서 사회적 현실의 영향을 강조한 것과 관련이 있다. 그러나 관심의 초점에 있어서 제임스는 자연주의 작가들과는 달리 각 개인의 삶이 그가 처한 사회 환경의 영향에 의해서 결정된다는 결정론적 견해를 입증하려고 의도하지 않는다. 대신에 작품에 나오는 각각의 사회 개혁가들이 그들에게 주어진 사회의 환경에 지적·심리적으로 어떻게 반응하는가를 탐구하고 있다. 이러한 관점에서 『보스턴 사람들』과 『프린세스 카사마시마』는 "우리가 사회 역사의 흐름과 한 개인의 의식의 흐름 사이에 존재하는 상호 작용을 인식할 수 있는 시점"(Schorer ix)을 통해서 극화되어 있음을 알 수 있다.

이 두 소설 속에서 제임스는 이념적 환경이나 출생 조건을 올리브 첸슬러Olive Chancellor, 버리나 타랜트Verena Tarrant, 프린세스 카사마시마Princess Casamassima, 그리고 하이어신스 로빈슨Hyacinth Robinson과 같은 주요 등장인물들의 삶에 가장 큰 영향을 미치는 요소로 다룬다. 그 두 작품의 또 하나의 특징은 풍속소설의 요소인데 이는 당시의 다양한 사회 풍조들이 등장인물들의 사고와 행위에 동기를 부여하는 요소들로 작용한다는 점에서 입증된다. 예를 들면 그는 계급의식, 공공성에 대한 열정, 공적 생활과 사적 활동의 혼동, 세속화된 심령주의, 부의 악용, 그리고 속물근성snobbism 등과 같은 사회 풍조와 풍습들을 주제적 차원에서 이념적 논의와 긴밀히 연관시키고 있다. 따라서 이 두 소설에서 이념적 논쟁은 정치적 입장에서라기보다는 사회 풍속의 풍자라는 입장에서 전개되고 있다.[1] 제임스는 이처럼 그 두 소설의 지적 배경으로 페미니즘과 사회주의라는 당시 열기를 띠었던 사회 이념들을 이용하고 있다. 그는 당시 유행했던 혁명적 이념들을 지적 능력에 있어서 스스로의 한계를 벗어나지 못했던 사회 개혁가들의 사고와 행위에 적용함으로써 자기 착각에 빠진 이들 개혁가들이 어떻게 그 이념들에 의해서 이끌리고 혼동되었던가를 탐구한다.

개혁을 향한 욕구는 가장 복잡한 인간의 지적 기능 중 하나이다. 따라서 한 사회 개혁가가 어떤 방식으로 개혁 운동에 참여하는가는 근본적으로 그의 경험, 신념, 가치관, 도덕관 등의 미묘한 차이를 반영할 뿐만 아니라 그가 속하는 사회의 풍습과 관행을 반영하기도 한다. 그러므로 사회 개혁을 향

---

[1] 터틀턴James W. Tuttleton은 풍속소설에서는 "흔히 풍속의 묘사가 이념적 논쟁을 불러일으키기 위해서 사용된다. 즉 풍속소설의 중심에 어떠한 이념이나 논쟁거리가 위치한다"(*Novel*, 10)고 기술한다.

한 열정을 둘러싸고 일어나는 의견의 불일치나 마찰 그리고 소요는 그들 사회 개혁가들의 사회적·경제적·성적 지위와 배경의 다양성을 반영한다. 그런 점에서 『보스턴 사람들』과 『프린세스 카사마시마』는 각기 다른 다양한 사회적 배경을 가진 사람들이 사회 개혁을 위한 대의에 헌신하고자 할 때 생겨날 수 있는 다양한 심리 상태와 내적 갈등을 탐색하고 있다.

　　그 두 소설에서 사회 개혁가들이 겪는 이념적 혼동과 심리적 갈등은 그들이 개혁 활동에 참여하는 동기의 복합성뿐만 아니라 그들의 사회가 가졌던 본질적인 가변성에서도 원인을 찾을 수 있다. 제임스가 묘사하는 보스턴과 런던의 사회는 계급 제도의 유동성, 경제 제도의 변화, 그리고 사회 철학의 혼동 등으로 특징지어진다. 그 두 사회가 가졌던 또 하나의 특징은 개혁 욕구와 보수주의라는 상반된 욕구 간에 빚어졌던 갈등이다. 개혁가들이나 보수 반동주의자들은 모두 변화하고 있는 그들 사회의 본질을 이해하지 못하였다. 개혁가들은 지나치게 추상적이거나 시대착오적인 개혁 이념과 이미 효력을 상실한 개혁 전략들에 집착한 나머지 대중의 적극적 지지를 얻는 데 실패했으며, 보수 반동주의자들은 변화의 당위성을 간과한 나머지 대중으로부터 공감을 얻지 못했다. 이러한 사회적 불안정 속에서 일반 대중의 마음은 불안과 혼동에 처해 있었을 뿐만 아니라, 혁명의 필요성과 사회 안정을 유지하려는 욕구 사이에서 결정을 내리지 못한 채 흔들리고 있었다.

2. 여권운동의 저변

　　『보스턴 사람들』에서 제임스는 1870년대에 보스턴의 몇몇 여성 해방 운동가들에 의해서 펼쳐지고 있었던 여권신장 운동을 그 사회를 통찰할 수 있는 한 단층적 현상으로 분석한다. 남북 전쟁 이후 뉴잉글랜드 사회는 실로 모든 분야에서 변화를 겪고 있었다. 그 소설에서 제임스는 여성의 사회적 역할에 관한 의식 변화를 사회 변화의 전형으로 선택했다. 그는 그 소설에서 당시 미국 사회에서 남성과 여성의 역할에 대한 전통적 구분이 쇠퇴하고 있었던 점에 주목한다. 그는 올리브, 랜섬Basil Ransom, 그리고 버리나와 같은 주요 작중인물들 사이에 전개되었던 삼각관계에서 빚어지는 심리적 갈등을 극화하면서 거기에 다양한 사회적 풍습과 관행들을 섞어 짜고 있다. 제임스는 한편으로 보스턴 뮤직홀Boston Music Hall에 모여드는 관중들에 의해 상징되는 자족하는 보스턴 사람들의 피상적인 자부심을 풍자함으로써 보스턴 사람들의 왜곡된 정신 상태를 비꼬며, 다른 한편으로 그는 자기 착각에 빠진 여성 개혁 운동가들의 내적 갈등을 극화함으로써 그들의 지적 혼동을 들춰낸다. 그렇게 하는 가운데 제임스는 결과적으로 다양한 사회적 특징들의 묘사를 통해서 남북 전쟁 이후 보스턴 사회의 무기력한 분위기를 그려낸다.

버논 페링턴Vernon L. Parrington은 1870년대의 미국 사회를 그 저변에서 근본적인 변화가 일어나고 있었던 "대 변혁의 시기"(debacle)(48)로 정의한다. 그 시기는 한 정부가 물러가고 다음 정부가 들어서기 전의 "혼란스러운 권력 공백의 기간(이었고), 미국은 생경한 에너지의 소용돌이, 즉 낭비적인 소모와 경쟁적 다툼의 과도기로 특징지어지는 볼품 없었던 사회"(Parrington 4)였다. 남북 전쟁 이후 이러한 사회적 변화는 정치적·문화적 환경에 있어서 뿐만 아니라 경제 체제에 있어서도 급격히 진행되었는데, 이러한 급속한 변화는 당시의 사람들에게는 실질적인 환경의 변화를 의미했다. 현실의 외형적 조건은 전쟁이라는 중대한 외부적 사건에 의해서 이미 급격히 변했었다. 그러나 상대적으로 사람들의 의식 상태나 믿음과 같은 내적 조건의 변화는 외부적 변화와 보조를 같이할 수 없었다. 이 시기에 사회 개혁 운동을 일생의 업으로 삼았던 사람들은 이제는 구시대의 유물이 되어 버린 남북 전쟁 이전의 개혁 열기와 개혁 이념 및 전략에 계속해서 집착하려고 했었다. 『보스턴 사람들』에서 제임스는 이처럼 긴박성과 생명력을 상실한 개혁 활동에 몰두하는 일군의 시대착오적인 보스턴의 여권 운동가들이 펼치는 여성 해방 운동과 이에 맞서는 역시 시대착오적인 남성 우월주의자들—미국 사회가 전반적으로 여성화될 것을 두려워하는 극단적 보수주의자들—의 지적 혼란을 극화한다. 제임스는 당시 보스턴의 사회 개혁 운동가들의 정신 상태가 19세기 초반에 일어났던 개혁 기운의 이념과 도덕성을 어떤 식으로 변질시키고 오도했는지를 풍자한다. 그러므로 『보스턴 사람들』에서 묘사되고 있는 1870년대의 여권 운동은 1840년대에 그 지역에서 크게 번졌던 개혁 충동과 분리되어 논의될 수 없다.

1830년대와 1840년대의 뉴잉글랜드 지역을 지적으로 결속했던 특징은 개혁의 기운이었다. 데이비드 레이놀즈David S. Reynolds의 주장에 의하면 그 시대에 개혁 운동과 관련하여 다양한 주장들이 갈등을 일으켰으며, 확산된 개혁 열기는 당시의 시대정신을 지적·사회적·정치적 분야에서 "개혁 충동"(reform impulse)의 시기로 정의할 만큼 강렬했다.[2] 에머슨은 그의 에세이 "개혁가 인간"("Man the Reformer")에서 당시의 시대 분위기에 대해 "세계의 역사상 개혁에 대한 신조가 오늘날처럼 광범위한 영역을 차지한 적이 없었다"(*Essays*, 135)고 진단했다.

그러나 이러한 전반적인 개혁 충동의 분위기에도 불구하고 보스턴에서는 개혁의 대상과 방법을 둘러싸고 이념적 불화와 파당적 갈등이 없었던 것

---

2) 레이놀즈Reynolds는 『미국적 르네상스의 저변』(*Beneath the American Renaissance*)이라는 책에서 1800년대부터 1850년대까지의 시대 정신을 설명하면서 'reform impulse'라는 말을 사용한다. 그 책의 두 번째 장인 "The Reform Impulse and the Paradox of Immoral Dedication"과 세 번째 장인 "The Transcendentalists, Whitman, and Popular Reform" 참조

이 아니었다. 열렬한 노예 해방 운동가였던 로이드 개리슨William Lloyd Garrison 은 1835년에 보스턴에서 노예 제도에 반대하는 한 여성 단체가 주최하는 회 의에 참석하려다가 노예 제도를 찬성하는 군중들에 의해서 저지되었고, 나아 가 린치를 당하는 고초를 겪었는데 이에 대해 그는 "이 '신성한 장소'에서 나 는 조소와 경멸의 대상이 되었다. 수천 명이나 되는 나의 동료 시민들이 지켜 보는 앞에서 나의 몸은 거의 벌거벗겨졌다. 이러한 행위는 그들 조상들의 혈 통으로부터 물려받은 전통에서 벗어난, 얼마나 조잡한 타락인가!"(Garrison 21-22)라고 외쳤다. 개리슨의 이러한 반응은 혁명의 도시로서 보스턴의 전통 적 지위뿐만 아니라 흑인 노예에 대한 문제나 여성의 사회적 지위와 같은 민 감한 문제들을 두고 그곳에서 빚어지고 있었던 사회적 갈등을 반영하고 있다.

밴 윅 브룩스Van Wick Brooks는 당시에 뉴잉글랜드 지역에서 일어났던 개혁 충동을 "사회 지향적 성향"과 "시poetry 지향적 성향"으로 구분했다.3) 시 적인 마음을 가진 개혁 운동가들이 도덕적 자기 개혁self-reform에 주력했던 반면에 사회적인 문제에 관심이 컸던 개혁 운동가들은 사회 제도와 관행 개 선에 역점을 두었다. 도덕 개혁 운동가들은 '초월주의'Transcendentalism라는 '새로운 이념'new ideas으로 사람들의 지적 의식을 개혁하고자 했으며, 반면에 사회 개혁 운동가들은 보다 실질적으로 사회 문제들을 정치적으로 해결하려 고 했다. 전자가 초월주의 운동을 통한 의식 개혁 운동으로 전개되었다면 후 자는 노예 폐지 운동을 통한 사회 제도의 개혁 운동으로 발전했다.

제임스는 『보스턴 사람들』에서 올리브를 비롯한 여성 개혁 운동가들의 자기도취적이고 편협한 개혁 활동의 묘사를 통해서 전후 퇴락한 노예 해방 이념의 쇠퇴뿐만 아니라 초월주의 정신의 왜곡을 풍자한다. 즉 그는 1870년 대의 완고한 개혁 운동가들에 의해서 이전 시대의 사회 지향적 개혁가들의

---

3) *The Flowering of New England*, 180-81쪽 참조.

개혁 전략은 물론 도덕 지향적 개혁가들의 개혁 이념이 어떤 형태로 변질되고 오용되었는가를 제시한다.

19세기 초에 여러 부류의 사람들이 초월주의 운동이나 절제와 무저항주의 운동, 채식주의 운동, 노예 폐지 운동, 사회주의 운동 등 다양한 종류의 사회 개혁 운동을 펼쳤으며, 그러한 사회 운동이 지적 재능을 가진 여성들에게 공적인 사회 활동에 참여할 수 있는 기회를 제공했다. 그때 사회 개혁 운동에 참여했던 경험이 이후 그들이 여권 신장 문제를 주장하게 되는 동기를 부여했다. 에머슨은 마가렛 풀러Margaret Fuller의 생애를 논의하는 글에서 당시 전반적인 여성들의 사회적 지위에 관해 다음과 같이 관찰하고 있다.

> 우리 사회에서 한 여성은 사회 활동으로부터 배제되어 사적인 생활 속에 한정되어 있을 때 안전과 행복을 느끼려 한다. 그녀는 시장으로, 법정으로, 투표장으로, 무대로, 혹은 오케스트라로 나오도록 부름을 받지 않았을 때 스스로 다행이라고 생각한다. 단지 일부 가장 비범한 천재적인 여성들만이 예술적인 진로를 보장받으며 만족해한다. 학문 분야에 종사하는 여성 강사나 대학 교수는 거의 극복할 수 없는 정도의 규제들에 직면한다. 그리고 법률의 횡포에도 불구하고 여성들의 합법적인 고유 영역으로 인식된 자선 활동의 분야를 제외하고는 여성 정치인이 우리에게 알려져 있지 않다. 아마도 우리의 문화적 진보가 이렇게 더딘 것은 여성의 진로가 이렇듯 위험스러울 정도로 제한되어 있다는 사실에 기인하는 것 같다. 그리고 여러 가지 징후들을 볼 때 이미 여성의 사회적 지위에 관한 혁명이 임박했음을 알 수 있다. (*Memoirs* vol. 2, 124-25)

19세기 전반에 진행된 다양한 개혁 운동들은 여성들에게 오랜 기간 동안 그들을 묶어 두었던 사적인 생활 영역으로부터 벗어나 공적인 활동의 영역 속으로 들어올 수 있는 기회를 제공했다.[4] 여성 개혁 운동가들은 초월주의자들이 이끌었던 지적 도덕 개혁 운동이나 정치적 성향의 노예 해방 운동가들이 주도했던 사회 개혁 운동에 적극적으로 참여했다. 여성 문제에 접근하는 데 있어서 초월주의자들은 교육을 통한 여성의 지적 계몽을 강조했던 반면에 정치적 성향의 개혁 운동가들은 여성의 정치적·사회적 지위 향상에 주력했다. 이들 개혁 운동 단체들이 엘리자베스 피이바디Elizabeth Palmer Peabody, 마가렛 풀러, 엘리자베스 스탠턴Elizabeth Cady Stanton, 수잔 앤토니 Susan B. Anthony와 같은 훗날 여권 운동의 지도자들을 위한 훈련장이 되었다.

엘리자베스 피이바디와 마가렛 풀러가 주도했던 여성의 지적 개혁 운동은 '검소한 생활과 고고한 지성'이라는 이념에 근거하여 진행되었던 초월주의적 도덕 개혁 운동과 직접 관련된다. 헨리 제임스 자신이 부인했음에도 불구하고 『보스턴 사람들』에서의 연로한 개혁 운동가인 미스 버즈아이Miss Birdseye라는 인물은 당시 보스턴에서 널리 알려졌던 초월주의자이자 사회 개혁가였던 엘리자베스 피이바디의 삶을 재현한 것으로 비평가들은 보고 있다. 미스 피이바디는 도덕 개혁 운동을 추구하면서 자신의 신념을 열정적으로 실행에 옮겨 나갔다. 그럼에도 그녀는 개혁에 대해 지나치게 이상주의적 견해를 가졌기 때문에 그녀의 개혁 열정은 당시 사람들에 의해서 대체로 현실성이 결여된 다소 우스꽝스러운 것으로 여겨졌다. 그녀는 "'심지어 책을 한 권 파는 데 있어서조차도' 고매한 마음"(Brooks, *The Flowering*, 228)을 가져야 한다고 믿었다. 주로 어린이들의 교육에 열정을 쏟았던 미스 피이바디에게는 삶이란 교육의 한 과정이었으며 삶의 목표는 그러한 교육의 완성에 있었다.

---

4) 배너Lois Banner는 "1840년도까지 해서는 미 여성 도덕 개혁 회의The American Female Moral Reform Society는 500개가 넘는 보조 기구를 가지게 되었으며 한 주간 여성 잡지는 20,000명의 정기구독자를 가졌었다"(94)고 기술한다.

그녀는 실제로 책방을 운영하면서 바람직한 사회 제도를 위한 자신의 계획을 실행하는 데 전념함으로써 자기의 신념을 실천적으로 실행했었다. 그녀는 도움을 필요로 하는 어떤 사람에게나 지적이건 물질적이건 그녀가 줄 수 있는 모든 도움을 기꺼이 주고자 하였다.

브룩스는 그녀의 이러한 열성적인, 그러나 현실감이 결여된 봉사 활동에 대해서 언급하면서 그녀가 운영했던 그 요술과 같은 책방은 "동화에서나 읽을 수 있는 그런 종류의 것으로 거기에서 그들은 책 한 권이나 강연 티켓 한 장의 형태로 알라딘의 램프를 팔았다"(*The Flowering*, 230)고 표현한다. 도덕 개혁에 대한 그녀의 지나친 열정은 보스턴에 있는 그녀의 책방을 방문했던 한 동료 초월주의 운동가마저도 그들의 운동의 중심지였던 그 책방이 "현실 감각을 잃고 들떠 있는 상태"(*The Flowering*, 230)인 것을 보고 아연하게 만들었다. 미스 피이바디는 그녀의 순수한 개혁 열정 때문에 한편으로 당시 사람들에 의해서 "보스턴의 소금"(*The Flowering*, 231)으로 여겨지기도 했지만, 또 한편으로는 방향 감각을 상실한 듯한 그녀의 개혁 충동 때문에 당시 젊은 총기로 충만했던 윌리엄 제임스는 그녀를 "보스턴에서 가장 방만한 여인"(*The Flowering*, 231)으로 표현하기도 했다.

『보스턴 사람들』에서 올리브의 지적 사표가 되었음 직한 마가렛 풀러는 미스 피이바디의 동료 운동가로서, 소위 '새로운 사상'의 신봉자들 중 한 사람으로서 주로 여성들의 정신 교육에 자신의 지력을 쏟아부었다. 그녀는 미국의 여성들이 남성들의 독재로부터 벗어날 수 있다는 믿음으로 여성들을 일깨우려고 노력했다. 정열적인 페미니스트였던 마가렛 풀러는 보스턴 여성들의 마음속에 초월주의적 진리와 가능성을 불어넣으려고 시도했다. 나아가서 그녀는 여성의 문제를 인류의 일반적인 문제로 보았으므로 여권 운동을 자신의 시대의 일반적인 도덕 향상 운동과 동일한 시각에서 다루었다. 그녀는 『19세기의 여성』(*Women in the Nineteenth Century*)이라는 저서에서 에머슨의 철학적 개인주의와 그녀 자신의 도덕적 힘의 페미니즘을 결합시키고 있는데,[5] 거기에서 그녀는 여성들로 하여금 진리에 헌신하고, 궁극적인 문제들을 깊이 생각하여 내적 수용력의 완전한 개발에 전념할 것을 촉구했다. 즉 그녀는 여성들이 사적인 영역에 묻혀 오직 가정의 한 부분으로만 남아 있어서는 안 된다는 것을 강조했다.

그러나 가공할 만한 지적 능력을 가진, 그리고 거리낌 없이 자신의 신념을 표현했던 페미니스트로서 풀러는 당대 사람들에 의해서 약간은 상궤를 벗어난 인물로 여겨졌는데, 그 이유는 그녀가 자기 신뢰와 자기 완성이라는 초월주의 원리를 무분별하게 받아들임으로써 가지게 된 조야한 자기 찬양 때문이었다. 제임스 터틀턴은 "우리 스스로 완벽에 이를 수 있고, 우리 모두는 신이며 […] 보다 우월한 권위에 복종하고 굴복하는 것은 일종의 악이라는 에머슨의 주장을 도매금으로 받아들임으로써, 풀러는 주제 넘는 사고에 빠진 것 같고 그녀 자신을 웃음거리로 만들어 놓은 것 같다"(*Vital*, 79-80)고 진술한다.

『보스턴 사람들』에 묘사된 사회 개혁가들은 이념적으로 대부분 에머슨의 초월주의 사상으로부터 영향을 받은 듯 보인다. 그러나 그들이 실제로 추구하는 것은 올리브처럼 피상적이고 왜곡된 지적 고고함에 매몰되어 있거나, 최면술사인 닥터 타랜트처럼 세속적이고 퇴폐한 심령주의를 실행하거나, 혹은 미스 버즈아이처럼 방향 감각을 상실한 박애주의를 지향하고 있다. 『보스턴 사람들』에 등장하는 여권 운동가들은 스스로 자신들의 지적 · 정신적 지주

---

5) 마가렛 풀러는 『19세기의 여성』에서 여성의 도덕적 힘을 강조하면서 "여성의 가슴이 인간이 가져야 하는 고상함과 명예를 요구한다고 그들 남성들에게 말하세요. […] 여성 여러분들이 힘을 갖고 있다면 그것은 정신적인 힘입니다"라고 역설하고 있다(Wade, *The Writings of Margaret Fuller*, 210)

로 여기는 초월주의에 대한 이념적·도덕적 본질뿐만 아니라 그의 역사적 변천도 이해하지 못한 상태이다. 제임스는 한편으로 미스 버즈아이라는 인물을 통해서 지적으로 쇠잔한 구세대 여성 개혁 운동가들을 풍자하면서, 다른 한편으로는 올리브라는 인물을 통해서 신세대 여성 운동가들의 이념적 혼동과 왜곡 및 자기 착각도 동시에 비판한다.

『보스턴 사람들』은 한편으로 초월주의 사상이 1870년대에 이르러서 여권 운동가들에 의해서 어떻게 왜곡되고 있는가를 풍자한다. 또한 그 작품은 선정적이고 전투적이었던 이전 시대의 노예 해방 운동가들의 개혁 열정과 전략이 올리브와 같은 자기 혼돈에 빠진 여성 해방 운동가에 의해서 어떻게 무조건적으로 답습되고 있는가를 비꼰다. 『보스턴 사람들』에서 올리브가 전개하는 여성 해방 운동은 개리슨이 펼쳤던 노예 해방 운동의 급진적이고 투쟁적인 성격과 전략을 답습하고 있다. 그래서 그녀는 자신이 실행하는 여성 해방 운동에서 모든 남성들을 결코 화해할 수 없는 적으로 여기며 여성들이 그 적들에 대항해서 전투를 벌여야 한다고 믿는다. 그리고 그녀 자신은 그 전투에서 장렬한 순교자가 될 수 있기를 은밀히 갈망한다. 제임스는 올리브의 개혁 활동과 심리 상태의 묘사를 통해서 그녀가 진정으로 원하는 것이 여성 해방이라는 순수한 대의의 실현인가 아니면 그러한 대의를 향한 그녀의 열망의 밑바닥에 깔린 왜곡된 자기만족의 욕구인가라는 도덕적 의문을 제기한다.

시적 성향을 가진 인간 정신 개혁가들과 대조되어 사회 지향적 성향의 개혁가들은 노예 제도의 폐지라는 보다 현실적인 사회 운동을 전개했다. 19세기 여권 신장 운동은 이러한 반노예 제도 운동과 밀접한 관계 속에서 시작되었고 발전되었다. 반노예 제도 운동의 경험을 통해서 여성 개혁가들은 혹인 노예들이 당했던 고난과 박해와 여성들이 당하는 사회적 억압 사이에 유사성이 있다고 보게 되었다. 그래서 그들은 노예 해방 운동의 이론적 근거를 여성 해방 운동을 위한 이론적 근거로 차용했다. 1830년대 중반에 들어와서 여성들은 미국의 반노예 제도 운동에서 현저한 역할을 담당하기 시작했다.[6] 도날드 케논에 따르면 이때부터 여성들은 노예제도 폐지 운동 회의에서 남성들과 동등한 역할을 주장하기 시작했다.

1830년대 후반에 들어서서 이러한 "소위 여성 문제"―여성들이 공적인 활동에 참여해야 한다는―가 반노예 제도 운동의 내부에서 "분열을 야기하는 문제점으로 대두되었다"(Kennon 244). 인간의 자유를 진보적으로 연장하려는 대상에 흑인 노예들뿐만 아니라 여성들도 포함되어야 한다고 믿고서 개리슨은 여성들이 공공의 업무에 충분히 참여해야 한다는 요구에 지지를 보냈다. 보다 실질적인 측면에서 그는 그가 주도하는 노예 해방 운동을 위한 많은 개인적인 지원이 여성들로부터 온다는 것을 깨달았었다. 개리슨이 1840년에 여성 동료들의 지지에 힘입어 '미국 반노예 협회'American Anti-Slavery Society의 의장이 되었을 때 루이스 태판Lewis Tappan이 이끌었던 그 협회의 전임 지도부는 개리슨의 정책에 반대하여 사퇴하였고 '미국 및 외국 반노예 협회'The American and Foreign Anti-Slavery Society라는 새로운 기구를 결성했다.

그러나 케논은 여권 운동이 노예 해방 운동으로부터 분리되는 결정적인 동기를 1840년 런던에서 열렸던 제1차 '세계 반노예 제도 총회'World's Anti-Slavery Convention에서 찾는다. 그 총회는 개리슨의 'AASS'에 의해서 파견되었던 여성 대표들이 대표단을 위한 지정석에 들어가는 것을 거부했다. 이

---

6) 그의 에세이 "'An Apple of Discord': The Woman Question at the World's Anti-Slavery Convention of 1840"에서 도날드 R. 케논Donald R. Kennon은 반노예 제도 운동과 여권 운동 사이에 이루어졌던 연대와 그 이후 뒤따랐던 분리에 대한 역사적 배경을 상술한다.

회의에서는 여성 문제가 근본적으로 말썽을 일으키며 분열적인 문제들 중 하나가 되었고, 따라서 "공공 활동 영역과 사적 활동 영역이라는 이분법의 전형적인 틀을 이루었던 성 역할에 대해 의문이 제기되었다"(Kennon 246).

1840년의 '세계 반노예 제도 총회'에서 제기된 여성 문제에 대한 논란은 "노예 해방 운동으로부터 여권 운동의 분리를 촉진시켰으며 나아가 별도의 여권 운동을 발전시킬 수 있게 하였다"(Kennon 247). 그 총회에서 여성 개혁가들이 겪었던 굴욕적인 경험은 남성들에 대항하여 여성 자신들 간에 강력한 동맹 의식을 형성하는 계기가 되었다. 여성 개혁가들 사이에 형성된 이 새로운 결속력은 그들로 하여금 동등하고 자율적인 존재로서의 자기 위상을 가질 수 있게 했으며, 나아가 그들이 여권 운동을 추진하는 데 있어서 자신들의 이상을 실현하기 위해 남성의 힘이 아니라 여성들 자신의 집단적 노력에 의존해야 한다는 믿음을 갖게 되었다.[7]

『보스턴 사람들』에서 제임스는 이러한 사회 현상, 즉 여성 자신들 간의 강력한 연대 의식으로부터 발생할 수 있는 일종의 동성애적 관계를 미묘한 뉘앙스를 통해서 풍자적으로 묘사한다. 여성들 간의 동맹 의식은 당시 실제 여성 개혁가들의 상호 관계에 있어서나 제임스의 소설 속에서 올리브와 버리나의 관계에 있어서나 지적인 유대를 넘어서 정서적인 결합으로 발전된다. 당시 여권 운동의 두 지도자였던 루크레티아 모트Lucretia Mott와 엘리자베스 캐디 스탠턴Elizabeth Cady Stanton 사이의 관계가 19세기에 미국 여성들 상호 간의 한 가지 특징적인 유대 관계를 나타내는 패턴이 되었다. 1840년의 '세계 반노예 제도 총회'에서 함께 겪었던 쓰라린 경험을 통해서 스탠턴과 모

---

7) 루크레티아 모트Lucretia Mott와 엘리자베스 스탠턴Elizabeth Cady Stanton은 1848년에 뉴욕의 세네카 폴스Seneca Falls에서 미국에서 최초로 열린 '여성의 권리를 위한 대회의'Women's Right Convention를 개최했다.

트의 관계는 단지 페미니즘운동 동료로서의 관계를 넘어서 그 이상의 정서적 유대감으로 발전된다. 이러한 현상을 두고 케논은 "19세기에 여성들이 종종 그들의 결혼 생활에서 결여된 정서적 온기와 이해를 자주 다른 여성들과의 관계에서 찾았었다"(259)고 진술한다. 스탠턴이 모트와 가졌던 관계는 사회적·정서적 욕구를 동시에 충족시키는 그런 종류의 유대감이었는데, 그 관계는 나중에 한 여성으로서 스탠턴이 동료 여권 운동가이자 동성의 친구인 수잔 안토니와 일생을 두고 가지게 되는 관계의 표본이 되었다. 활달하고 능변인 스탠턴과는 대조적으로 퀘이커교도이며 절제 운동가였던 안토니는 진지하고 내성적이었다. 루이스 배너는 "안토니의 지도를 받아서, 스탠턴의 아이디어들이 강력한 힘을 가진 연설이나 글로 표현될 수 있었다"(96)고 진술했다. 스탠턴과 안토니 사이에 실재했던 이러한 사회적·지적·심리적 상호 보완 관계로부터 『보스턴 사람들』에서 올리브 첸슬러가 버리나 타랜트에 대해서 가지는, 혹은 가지려고 염원하는 동성애 관계의 전형을 찾을 수 있다.

남북 전쟁 이후 몇십 년 동안 보스턴 사회는 쇠퇴하고 있었으며 미국 내에서 지적인 분위기를 주도하는 영향력을 잃기 시작했다. 제임스의 소설 속에 등장하는 여성 개혁 운동가들에 의해서 예시되는 1870년대 보스턴의 개혁 운동가들은 빠르게 변하는 그들의 환경에 적응하지 못했었다. 그들은 그 도시가 지난 시절 개혁과 혁명의 중심지로서 누렸던 지적 자부심에 집착한 채 정치적·경제적인 변에서 국가적 추진력의 중심이 보스턴으로부터 뉴욕, 필라델피아, 워싱턴, 그리고 서부의 몇몇 지역으로 옮겨갔다는 사실을 이해하지 못했다. 남북 전쟁이 남부에서 도덕적 퇴락과 경제적 붕괴를 초래했다면, 그 전쟁은 뉴잉글랜드 지역에서 지적 쇠퇴와 무기력을 초래했다. 전쟁의 종식과 더불어 노예 폐지론자들의 목표가 성취되었으며 초월주의 운동도 활기를 잃었기 때문에 1870년대의 개혁 운동가들은 새로운 개혁의 주제와 전략을 필요로 했었다. 그럼에도 불구하고 그들은 변화된 시대적 상황에 부응하는 이념과 전략을 찾지 못한 채 1840년대의 개혁 쟁점들과 전략들을 재생해서 사용했거나, 새로운 개혁 주제를 선택한 경우에도 사회적 호응을 얻지 못한 채 단지 개혁을 위한 개혁에 매달렸었다.

『보스턴 사람들』에서 제임스가 묘사하는 여성 해방 운동은 바로 이처럼 현실감을 상실한, 상궤에서 벗어나고 우스꽝스러운 1870년대 개혁 운동을 풍자한다. 시대착오에 빠진 그들 보스턴 여성 개혁 운동가들은 자신들의 임무를 변화된 정치적 현실과 역사적 의미에 비추어 이해하지 못한 채 앞선 시대의 추상적 이념들에 고집스럽게 매달려 있다. 그들은 당시 여권 운동의 현실적·정치적 상황을 이해하지 못한다. 즉 지적 혼돈에 빠진 그 여성 개혁 운동가들은 이미 생명력을 잃은 노예 해방 운동가들의 논리와 전략들을 고스란히 그대로 여성 해방 운동에 적용하려고 열렬히 시도한다.

남북 전쟁 이후에 보다 현실적 지반 위에서 진행되었던 여권 운동은 실제로 스탠턴, 안토니, 루시 스톤Lucy Stone 등이 이끌었던 여성의 참정권 suffrage 획득 운동을 의미했다. 이에 비해 『보스턴 사람들』에서 묘사되는 여성 개혁가들의 활동은 비현실적이고, 자기만족적이며, 자기 착각에 빠져 있다. 이들 보스턴 여성들은 그들의 정치적·사회적 현실에서 일어난 변화를 이해하지 못한 채 여권 운동을 진행하는 과정에서 선정적인 투쟁 전략에 의존하거나, 연극적으로 꾸민 듯한 자기표현에 연연하거나, 도덕적 자기 착각의 상태에 빠져 있다. 실제로 당시 일부 "여성 심령주의자들, 여성 설교자들, 여성 강연자들, 그리고 여성 편집인들"(Brooks, *New*, 122)에 의해서 대표되는 보스턴 여성들의 사회 활동은 정치적 현실로부터 이탈되어 있었으며, 현실적 실천 가능성이 결여되었었다. 일례로, 엘리자베스 피어바디는 전 시대에는 박애주의적이고 실천적인 사회 활동가로 맹활약을 했지만, 이제는 그녀의 개혁 의지가 초점을 잃게 되었다. 그녀가 방향 감각과 주제 의식을 상실한 채 개혁을 위한 개혁 활동에 분주히 움직이는 것을 두고 브룩스Van Wyck Brooks 는 "[그녀에게는 이제] 백조와 거위가 다 똑같은 것으로 보였다"(*New*, 123)고 풍자하였다.

『보스턴 사람들』에서 묘사되는 사회적 환경은 명백히 브룩스가 "인디 안 써머 분위기"(*New*, 124)라고 정의한, 바로 그러한 종류이다. 브룩스는 "우 리는 영웅적 시대가 남긴 여파의 가장 기억할 만한 이미지, 즉 지금은 우둔함 과 무기력 속에서 사라져 버린 그 모든 박애주의적 충동들의 썰물 같은 흔적 을 [...] 『보스턴 사람들』에서 찾아볼 수 있다"(*Pilgrimage*, 35)고 진술한다. 1870년대의 뉴잉글랜드 사회에는 이전 시대의 사회 개혁가들이 쏟았던 생명 력을 찾아볼 수 없었고, 신세대 개혁가들에게는 정신적 응집력이 상실되었다. 젊은 사람들의 관심은 모든 방향으로 흩어지고 있었으며 그들은 더 이상 도 덕적 혹은 사회적 개혁 운동에서 자신들의 임무를 찾지 않았다. 그들은 개혁 의 이념 대신에 보다 실질적이고 상업적인 분야에서 자기 성취를 추구하는 경향이 있었다. 남북 전쟁 이후 개혁 운동가들이 이미 변했거나 혹은 변하고 있었던 사회 환경에 적응하지 못했기 때문에 개혁 충동은 쇠퇴하고 변질되기 시작했다. 대부분의 구세대 개혁 운동가들은 그들의 주된 개혁 욕구를 상실 했으며, 다른 소수의 완고한 개혁가들은 현실감이 결여된 방식으로 몇 가지 사회 문제들의 개혁에 집착했다.

3. 사회주의와 테러리즘

제임스는 『프린세스 카사마시마』에서도 역시 개혁 충동에 의해서 오도 된 한 심리적 양상을 조명한다. 런던의 지하 무정부주의 운동을 다루는 그 소설에서 제임스는 개혁 충동에 수반되는 자기모순과 복잡한 심리 상태, 그 도덕적 순수성의 한계, 그리고 그것이 변질될 가능성 등을 탐색한다. 주제적으로 그 소설은 감수성이 강한 한 젊은이가 사회주의라는 당시 대두되기 시작했던 새로운 이념적 환경에 의해서 어떻게 영향을 받게 되는가를 다룬다. 그 젊은 주인공은 자신의 출생과 관련된 유전적 양극성으로부터 비롯된 내적 갈등에 의해서 뿐만 아니라 당시의 상반된 정치적 이념들 사이에서 심리적 딜레마에 빠져서 좌절하다가 결국 자기 파괴에 이르게 된다. 그 소설에서 제임스의 주된 관심은 『보스턴 사람들』에서의 경우와 마찬가지로 개혁가들과 보수주의자들이 각기 주장하는 양극적 정치 이념들에 대한 정당성의 논의에 있는 것이 아니고, 그들이 그런 이념에 몰입하는 과정에서 드러나는 심리적 양태를 탐색하는 데 있다.

제임스는 『프린세스 카사마시마』에서 두 가지 다른 차원에서 자연주의적 신념에 문제를 제기한다. 한편으로 자연주의적 사고에 바탕을 두고 빅토리아 시대의 사회 경제 철학의 근간을 형성했던 경제적 개인주의 혹은 경제적 자유주의의 이념적 한계를 지적하며, 다른 한편으로는 문예 사조로서의 자연주의적 관점과 기법이 가지는 가치와 한계를 시험한다. 제임스는 그 소설의 시대적 배경을 빅토리아 시대의 후기―개인의 사회경제적 자유를 우선시했던 자유방임주의 사회 철학이 사회 제도를 재구성하려는 인간의 집단적 의지를 강조했던 사회주의에 의해서 도전받던 시기―에 둠으로써 이 두 사회 이념의 갈등을 극화한다.

경제적 개인주의는 빅토리아시대 영국의 두드러진 사회 철학으로서 당시 과학적 발견을 사회 현상과 인간 본성의 해석에 제한적으로 적용했던 사상이다. 이러한 자연주의적 사회 철학은 다윈의 진화론과 적자생존의 원칙에 기초하며 사회 현상의 분석에 있어서 과학적 정신과 원칙을 강조한 나머지

도덕적 판단을 배제했다. 따라서 개인의 경제 활동에 있어서 자유가 보장되어야 한다는 조건 하에서 개인의 운명이나 경제적 성패에 대해서 국가나 사회는 제도적·도덕적 책임이 없다고 믿었다. 이에 비해 새롭게 대두된 사회주의는 전체주의적 입장에서 국가가 개인의 복리를 책임져야 한다고 주장했다. 『프린세스 카사마시마』는 이러한 이념적 갈등과 혼동의 시기에 사회주의의 피상적 이념에 심취한 일군의 사회 혁명가들이 지나치게 이상화되고 급진적인 자신들의 개혁 의지에 집착함으로써 어떻게 그들이 파괴적이고 자기 모순적인 지하 무정부주의자들로 전락하는가를 그린다.

제임스는 다수가 빈곤 상태에 빠진 1870년대와 1880년대 영국의 사회적 상황으로부터 피어오르는 혁명의 긴박성을 느꼈다. 그는 그러한 혁명의 징후를 구체제 영국의 쇠퇴로 보았는데, 바로 그러한 사회적 상황이 그에게 매우 의미 있는 예술적 주제를 제공해 준다고 생각했다. 제임스는 1877년 그레이스 노튼Grace Norton에게 쓴 편지에서 "나는 우리가 진정 우리의 강력한 모국이 정치적으로 부패하도록 돕고 있다고 생각한다. 『더 타임즈』(The Times)처럼 말만 번지르르한 언론 기관이 다수의 정서를 대변한다고 주장되는데 그것은 틀림없는 사실이다. 그러나 심지어 영국의 쇠퇴도 나에게 거의 고무적일 만큼 굉장한 구경거리가 되는 것 같다고 말할 수밖에 없다"(Letters vol. II, 145)라고 말했다. 또한 『프린세스 카사마시마』가 단행본으로 출판된 바로 그 해에 제임스는 영국의 부패한 귀속 사회와 어리석은 하층 계급 모두가 임박한 혁명에 책임이 있음을 지적했다. 그는 1886년 12월 6일 찰스 엘리어트에게 쓴 편지에서 "그 가증스러운 콜린 캠프벨Colin Campbell의 이혼 사건은 이미 손상되어 있었던 영국 귀족 사회에 대한 이미지에 극도로 먹칠을 했다.8) 그 귀족 사회의 상태는 여러 가지 점에서 혁명 전 프랑스 귀족 사회의

---

8) 콜린 캠프벨 경Lord Colin Campbell(1853-1895)은 스코틀랜드 출신의 정치인으로 1878년부

상태처럼 썩어 무너져 내릴 것 같은 상황이다. [...] 영국의 백성들이 오늘날 겪고 있는 이 비참한 상황으로부터 훈스족과 반달족the Huns and Vandals이 틀림없이 나타날 것"(*Letters* vol. III, 146)이라고 예견했다.

『프린세스 카사마시마』는 바로 이러한 혁명을 잉태한 1880년대의 영국 사회를 배경으로 전개된다. 당시 영국은 확산되는 빈민층, 증가하는 실업자, 그리고 부의 분배에 있어서 불균형 등 심각한 사회 문제에 처해 있었는데 바로 이러한 사회 문제들은 19세기 중반에 영국 경제의 진보와 확장을 가져다주었던 경제적 개인주의와 자본주의의 부정적 산물이었다. 바로 이 시기에 이러한 사회 문제들을 인간의 집단적 의지와 계획을 통해서 해결하고자 했던 사회주의가 경제적 자유주의와 갈등을 일으켰다. 이 두 사회 철학이 소설 속의 하이어신스 로빈슨, 프린세스 카사마시마 폴 뮤니먼트Paul Muniment, 그리고 레이디 오로라Lady Aurora와 같은 주요 인물들의 의식 속에서뿐만 아니라 '선앤문'Sun and Moon이라는 선술집에 모여서 혁명을 논하는 사회 하층 계급의 여러 노동자들과 기능공들의 생각 속에서 혼돈을 야기한다. 그들 모두는 자신들의 사회가 안고 있는 도덕적·경제적 문제들을 혁명을 통해서 해결하려는 열망에 차 있다. 그들 각자는 한결같이 자신을 혹은 상대방을 사회주의자라고 생각하지만 그들 중 어느 누구도 사회주의에 대한 이념적 이해와 확신을 가지지 않는다. 실제 그들이 믿고 따르고자 하는 것은 정체불명의 국제적 무정부주의자로서, 영웅화되고 신비화된 호펜달Hoffendal이라는 인물일 따름이다. 또한 그들이 주장하는 혁명이라는 대의의 밑바닥에는 제각기 다른 각자의 개인적 욕망이 동기가 되어 있으므로 그들 모두는 자기모순과 자기착각에 빠져 있다.

터 1885년까지 영국 하원의원이었다. 그의 아내였던 레이디 콜린 캠프벨Lady Colin Campbell이 제기한 1886년 이혼소송에서 그녀는 패소했다.

『프린세스 카사마시마』에서 묘사되는 무정부주의 운동은 그 시대가 사회적 문제점들에 대한 관심이 이전 어느 시대보다 크게 고조되었던 시기라는 사실뿐만 아니라 이를 해결하기 위해 제시된 사회 이념에 대해 지적인 혼란을 겪었던 시기라는 사실도 반영한다. 헬렌 머렐 린드Hellen Merrell Lynd는 『1880년대의 영국』(England in the Eighteen-Eighties)이라는 저서에서 당시 영국이 자유방임적인 경제적 개인주의로부터 사회가 그 구성원들의 자유뿐만 아니라 복지도 책임져야 한다는 새로운 사회 철학으로 옮겨가는 지적 전환의 시기였다고 기술한다. 헬렌 린드에 따르면 빅토리아 시대 영국에서 자기신뢰self-reliance의 원칙과 과학적 발견에 대한 신뢰는 경제적 개인주의 혹은 자유방임주의를 태동시켰다. 경제적 개인주의는 인간의 본성을 전적으로 한 개인의 부에 대한 욕구의 입장에서만 이해하려고 했다. 이러한 이념의 주된 주창자 중의 한 사람이었던 말록W. H. Mallock은 부를 문명과 동일시했다. 따라서 그에게는 어떤 사람이 부에 대한 강한 욕구를 갖는다는 것은 큰 특권을 가지는 것을 의미했다.

물질적 부에 대한 욕구가 인간으로 하여금 결핍을 느끼게 하며, 그것을 만족시키고자 노력함으로써 문명이 시작되었다. 그러나 대부분의 인류는 부가 결핍된 상태에 있으면서도 단지 생존을 위한 최소의 욕구들을 충족시키고자 할 따름이다. 그들은 오직 그만큼만을 가지고 싶어 하며 따라서 그들은 단지 그 정도만을 생산할 것이다. 부에 대한 강한 욕구는 애초부터 소수의 예외적인 사람들만이 누리는 특수한 선물이다. (Mallock 202)

노동 계층이 처한 경제적 상태는 그들이 가진 부에 대한 욕구의 정도와 능력에 비례한다. 만약 그들이 가난하고, 누추하며, 의존적이라면, 그것은 그들이 그 이상의 것을 바랄만한 효율적인 욕구를 가지고 있지 않기 때문

이다. (Mallock 207)

따라서 말록은 한 개인이 경제적으로 어떠한 상태에 처해 있는가는 그 자신의 부에 대한 욕구의 강도에 비례하므로 그의 처지는 전적으로 그 자신만의 책임일 따름이라고 믿는다. 즉 말록은 국가나 사회가 그 구성원들의 활동에 대해 자유를 보장해 주기만 한다면 각 개인의 빈곤이나 불행에 대해서는 책임이나 의무를 갖지 않는다고 주장한다.

다윈의 진화론으로부터 유래된 허버트 스펜서Herbert Spencer의 철학적 구조는 자유 경쟁의 원칙이라는 경제적 자유주의를 강화하기 위해서 적자생존의 원칙을 단순화하여 사회 현상의 이해에 적용했다. '자연법칙'the law of nature에 대한 스펜서의 견해는 인간 사회의 본질과 물리적 자연 현상 사이에서 평행적 유사성이 성립됨을 전제로 하고 있다. 자연과 사회의 본질적 바탕에 변경할 수 없는 힘의 원리가 작용한다고 믿음으로써, 스펜서는 자연법칙을 사회와 경제 현상의 이해에 적용했다. 이렇게 자연법칙을 인간 본성과 사회 현상 해석에 제한적으로 적용함으로써 스펜서의 이론은 인간의 권리보다는 인간의 무력함을 부각시켰으며, 따라서 인간은 이러한 가상적인 사회 법칙에 복종해야만 한다는 필요성을 주입시켰다. 자연과 사회의 법칙에 대한 스펜서식 해석에 따르면 인간은 정글의 법칙만큼이나 냉혹하다고 여겨지는 사회 법칙과 조화로운 관계를 가진다기보다는 그 사회의 법칙에 의해서 지배받게 된다. 그러므로 그는 국가 권력을 엄격하게 제한하는 것만이 적자생존의 원칙을 보장해 준다고 생각했다. 만약 자유방임주의가 아무런 간섭을 받지 않고 사회의 지배적인 원리로 작용하게 된다면 자연법칙에 의해서 사회가 잘 유지될 것이고 만사가 원만히 진행될 것이라고 믿었던 것이다.

이러한 스펜서식의 사회관에 근거한 경제적 개인주의는 귀족 계층과 중상류 계층이 사회와 개인의 관계를 이해하는 이념적 토대가 되었다. 『프린세스 카사마시마』에서 제임스는 이들 특권층과 기득권을 가진 계층의 이념을 귀족 계급에 속하는 유한 신사인 캡틴 숄토Captain Sholto를 통해서 대변하게 한다. 숄토는 가난한 사람들이 오늘날 처한 비참한 상태는 그들의 본성으로부터 비롯된 당연한 대가일 따름이라는 자신의 믿음을 주인공인 하이어신스에게 냉소적으로 털어놓는다. 이러한 생각은 정확하게 스펜서식의 시각을 대변하는 것으로 당시 지배 계층들은 확산되고 있는 빈민층과 실업이라는 사회적 문제에 대해서 관심이나 책임감 대신에 사회가 그들에 대해서 아무런 책임이 없음을 강조하려고 했거나, 가난한 사람들, 즉 부에 대한 욕구와 능력이 부족한 자들에 대해서 분개하게 되었다.

고통받고 있는 사람들에 대해서 동정심을 가질 때 우리는 그 사람들이 가진 여러 가지 허물들을 잠시 기억하지 않게 된다. 고통에 처한 사람을 보고 '가엾은 사람'이라고 말할 때 우리의 감정은 그가 나쁜 사람일 수도 있다고 생각할 수 있는 가능성을 배제해 버린다. 그러나 다른 경우에 우리는 그런 생각을 가질 수도 있다. 그러므로 가엾은 사람들이 사회에 알려져 있지 않거나 단지 어렴풋이 알려져 있을 경우에 그들 비참한 사람들이 가지고 있는 많은 결함들이 당연히 무시되었다. 그런데 우연히 오늘날처럼 가난한 사람들의 비참한 상태가 사회적으로 드러나 묘사될 때 그들의 불행은 비록 물질적으로 결핍을 겪고 있지만 사회로부터 동정을 받을 만한 가치가 있는 사람들의 불행이라고 생각된다. 그러나 실제로는 이와는 반대로 여러 가지 면에서 그들 비참한 사람들은 그들이 받아야 할 당연한 대접을 받고 있는 것일 뿐이며 그들은 사회로부터 동정을 받을 만한 가치가 없는 사람들로 여겨져야 한다. 여러 가지 간행물들을 통해서 이들 가난한 사람들의 고통이 알려지고 온 사회에 울려 퍼지는 설교나 연설들을 통해서 그들의 어려움이 드러날 때, 그들은 모두 귀중한 영혼들로서 유감스럽게도 부당한 대접을 받고 있다고 여겨진다. 그리고 그들 자신들 어느 누구도 스스로의 잘못에 대해서 당연한 형벌을 받고 있다고 생각하지 않는다. [...] [이러한 관점은] 첫째로 모든 사람들의 고통이 예방되어야 한다는 것을 당연시하는데 그것은 사실이 아니다. 사람들이 겪는 고통 중에 많은 부분은 치료적 효과가 있기 때문에 그 고통을 사전에 예방해 버리는 것은 고통을 초래하는 근본 원인에 대한 치료의 가능성을 미리 없애 버리게 된다. (Spencer, "The Coming Slavery," 469)

스펜서는 빈곤 문제를 사회 문제로서가 아니라 가난한 사람들만의 문제, 즉 단지 특정 개인들이나 그룹의 문제로 생각했다. 이러한 19세기의 경제적 개인주의를 믿었던 귀족 계급과 중상류 계급들은 그들이 이들 가난한 사람들에 대해 취할 수 있는 조치는 그 빈민들을 자극하여 자기 신뢰와 부에 대한 더 강한 욕구를 가지도록 하거나, 혹은 기껏해야 그들에게 자비심을 베푸는 정도라고 생각했다.

빅토리아 시대 초중반에 영국 사회를 지탱했던 계급 구조와 경제적 자유주의는 1870년대와 1880년대에 대두된 사회주의와 민주주의의 개념에 의해서 도전받기 시작했는데, 이와 더불어 빈곤에 빠진 다수의 사람들에 대한 관점과 태도도 달라지기 시작했다. 종전에 경제적 개인주의의 관점에서 빈곤층의 문제가 그들 자신의 특수한 본성에 관한 문제라고 여겨졌던 데 비해서, 사회주의적 관점에서는 그들이 노동력으로 여겨졌고 사회 현상으로 간주되었다. 밀J. S. Mill은 "나는 평등의 이념이 하층 계급들 사이에 매일 더욱 널리 퍼지기 시작하는 오늘날 노동 계급들이 임금 노동의 조건을 그들의 궁극적 지위로 받아들이고 영구히 만족해할 것이라고 생각할 수 없다. 그리고 인류를 고용주와 고용인이라는 두 세습적 계급으로 구분하는 것이 영원히 유지될 수 있다고 기대할 수 없다"(*Principles*, 760-61)라고 주장하여 새로운 사상의 도래를 예견했다. 이 시기에 사회 현상을 이해하는 데 자연법칙을 적용하는 것이 정당한가에 대해 회의적인 시각이 나타나기 시작했다. 더불어서 개인이 자신의 삶의 조건에 전적으로 책임이 있다는 개인주의적 시각이 다수의 빈곤이라는 문제를 해결하기 위해 사람들의 집단적 계획과 실행이 필요하다는 전체주의적 사고에 의해서 도전받기 시작했다.

한편 밀은 경제적 개인주의의 정당성에 대한 과학적 확신에 대해서도 이의를 제기했다. 개인의 자유와 사회적 통제 사이의 관계를 이해하는 데 있어서 그는 자연법칙에 의존하는 것보다는 인간의 노력이 가져다 줄 수 있는 창의적 가능성에 더 큰 희망을 두었다. 스펜서와는 대조적으로 밀은 자연법칙을 인간이 준수해야만 하는 어떤 원칙으로 보는 대신에 인간이 이해하고 이용할 수 있는 하나의 과학적 결론으로 보았다. 토마스 헉슬리Thomas Henry Huxley와 마찬가지로9) 밀도 자연법칙이 사람들에 의해서 이용될 수 있는 것이지, 그것이 결코 인간 행위를 규정하는 규범이나 지침이 될 수 없다고 믿었다. 밀은 사회 계층의 운명은 고정된 것이 아니며 인간 본성은 단순히 경제적인 동기, 즉 부에 대한 욕구의 입장에서만 설명될 수 없다고 주장했다. 개인의 운명이 훨씬 큰 가변성과 다양성을 가진다고 생각했던 것이다. 자연주의적 사회관을 정면으로 반박하며 밀은 "나는 인간 삶의 정상적인 상태가 생존을 위한 투쟁이라고 보는 사람들이 가장 이상적인 상태라고 주장하는 삶의 조건에 매력을 느끼지 않는다. 즉 오늘날 실제 사회생활의 유형이 보여 주는

---

9) 헉슬리는 19세기를 콩트A. Comte, 다윈C. Darwin, 에디슨Edison, 파스퇴르Pasteur와 같은 과학자들의 발견으로 상징되는 과학의 시대로 보았는데, 그럼에도 사회의 모든 분야에서 과학적 정신이 "암울한 실수"로 나타났다고 주장했으며 "과학이 많은 예언자들을 불러왔지만 단 하나의 구세주의 약속도 가져오지 못했다"고 결론지었다(Leonard Huxley, *Life and Letters of Thomas Henry Huxley*, 374).

것처럼 짓밟아 뭉개고, 박살내고, 팔꿈치로 떠밀고, 서로의 발뒤꿈치를 몰아 붙이는 식의 투쟁적인 삶의 양태가 인류의 가장 바람직한 운명이라고 믿는 그러한 사람들 혹은 이러한 삶의 양태가 산업적 진보의 결과 나타나는 한 불쾌한 증상이 결코 아니라고 믿는 그러한 사람들이 이상적인 삶의 조건이라고 주장하는 것에 매력을 느끼지 못한다'(*Principles*, 478)고 주장했다. 밀의 이러한 생각은 적자생존의 법칙이 자연법칙이자 사회와 개인의 법칙이기도 하다는 스펜서식 경제적 개인주의에 대한 믿음에 정면으로 이의를 제기한다.

1880년대에 들어오면서 이러한 사회적·이념적 배경 하에서 사회주의를 표방하는 정치 단체들이 사회 개혁을 주도하려고 시도했다. 사회주의자들은 억제되지 않은 자연의 힘이 인류에게 비참함과 혼돈을 초래할 뿐이라고 믿음으로써 경제적 자유방임주의에 반기를 들었으며, 따라서 현 사회 문제를 해결하기 위해서 그 사회 구성원들에 의한 지적인 계획의 수립과 이행이 자연법칙에 의존하는 것보다 훨씬 바람직하다고 생각했다. 사회 개혁을 삶의 과업으로 여겼던 적극적인 사회 개혁가들은 사회가 자연적인 과정에 따라서 변화하도록 맡겨둘 수 없었다. 그들은 영국의 사회 제도와 경제 체제가 보다 적극적인 변화를 요구하고 있다고 보았다.10)

그러나 사회주의 원칙들이 영국에서는 사회 변화의 주도적 요소로 발전되지 못했는데, 이는 급진적 혁명을 원치 않았던 다수 영국인들의 성향 때문이었다. 19세기 후반 계급 제도에 대한 저항 의식이 성장했을 때에도 영국 사람들에게는 계급투쟁의 개념이 러시아 사람들에게만큼 큰 설득력을 갖지 못했다. 비록 대다수의 영국인들이 경제적 자유주의에 대해서 회의를 느꼈지

---

10) 실제로 1880년대에 'The Social Democratic Federation'(1881), 'The Socialist League' (1884), 'The Febian Society'(1883) 등과 같은 여러 사회주의적 정치 단체들이 결성되어 활동했다.

만 그들의 의심이 계급에 기초한 영국 사회를 파괴할 만큼 강렬한 것은 아니었다. 비록 노동 계급이 사회 변화의 필요성을 인식하기 시작했지만, 그들은 사회 질서를 파괴함으로써가 아니라 기본적으로 당시의 사회 제도를 유지한 채 그들의 정치력을 증가시키기를 원했다. 그리고 세 차례에 걸친 선거법 개정Reform Bills을 통한 그들의 정치적 목적 달성이 그들의 이러한 태도를 입증해 준다.11)

이 시기에 사회주의 운동에 대한 반감을 불러일으킨 또 하나의 이유는 사회주의자들의 정치적 활동이 사회 전복을 꾀하는 과격한 국제적 음모자들에 의해서 자행된 테러 행위와 그 종류에 있어서 똑같은 것으로 대중에게 비쳤으며, 그렇게 되자 대중이 사회 불안에 대한 우려에 사로잡혔다는 점에서 찾을 수 있다. 『프린세스 카사마시마』에서 묘사되고 있는 '무정부주의자들' Anarchists은 과격 아일랜드 독립 운동 단체인 '피니언즈'Fenians 그리고 러시아 출신의 국제적인 테러 조직인 '허무주의자들'Nihilists과 더불어 대표적인 지하 혁명 세력이었다. 이들 과격한 지하 폭력 단체들은 그들의 급진적인 정치적 목적을 달성하기 위해서 때로 사회주의 이념을 표방하거나 계급 간의 갈등과 다수의 빈곤이라는 사회 문제를 이용하려고 했다. 『프린세스 카사마시마』에서 무정부주의 활동에 가담하는 사람들 중에는 순수하고 충동적인 하이어신스처럼 사회주의 혁명을 지나치게 이상화하거나, 냉혹한 정치적 인물인 뮤니먼트와 같이 그것을 자신의 개인적인 정치적 목적을 위해서 의도적으로 악용하거나, 지난 시절 프랑스 혁명의 투사였던 유스타셔 포핀처럼 향수에 찬 자기만족적 회상의 대상으로 삼거나, 귀족 출신의 레이디 오로라처럼 귀족적

---

11) 영국 사람들의 이러한 신중하고 보수적인 성향에 관하여 데릭 브루어Derek Brewer는 "영국의 노동자는 매우 분별력이 있으며, 제임스도 '우리가 영국 사람에게서 발견하는, 자신이 출세하는 만큼 신사가 될 수 있다는 욕구'에 대해 주목하고 있다"고 언급한다 ("Introduction," 23).

자비심의 극단적 표현을 위한 방편으로 여기거나, 귀족적 삶의 권태에 대한 반동으로 지하 활동에 참여하는 프린세스 카사마시마처럼 그것을 삶의 유희를 위한 한 오락적 수단으로 취급하기도 한다. 이들 주요 등장인물들뿐만 아니라 '선앤문'에 모여 취중에 사회주의적 혁명을 논하는 이름이 알려지지 않은 여러 노동자들과 기능공들에게도 그러한 행위 자체가 일과 후나 일요일에 즐기는 하나의 오락거리인 셈이다. 즉 그들 대부분은 이념이나 대의를 위해 서라기보다는 각기 다른 다양한 개인적인 동기로부터 그 지하 혁명 조직에 가담하는 것이다.

『프린세스 카사마시마』는 이와 같이 경제적 개인주의와 사회주의라는 대립된 두 사회 철학이 영국 사람들의 생활과 생각 속에서 갈등과 혼란을 야기했던 1880년대를 배경으로 무정부주의 지하 활동에 가담한 한 무리의 사회 혁명가들이 직면하는 이념적 혼동과 도덕적 타락 그리고 위선을 극화할 뿐만 아니라, 나아가서 당시에 영국 사람들이 겪었던 지적 혼란과 불안을 묘사한다. W. H. 틸리W. H. Tilley는 "영국에서 대부분의 사회주의자들은 무정부주의적 성향을 갖지 않았었다—혹은 심지어 혁명적이지도 않았었다"(31)고 기술한다. 그러나 사회주의를 표방하는 기구들의 정치적 활동이 대중을 선동하려고 시도했을 때, 종종 사람들은 그들의 활동을 무정부주의자들이나 허무주의자들, 혹은 피니언즈와 같은 국제적 지하 폭력 단체들이 유명 인사들이나 공공장소를 대상으로 저질렀던 테러리즘과 혼동하게 되었다. 그러므로 1886년에 '사회 민주 연합'Social Democratic Federation의 구성원들의 주도하에 실업자들이 돌을 던지며 시위 행진을 했을 때, 일반 대중은 그것을 피니언즈나 무정부주의자들에 의해서 저질러진 폭력 행위와 동일시했다. 이에 대해 바바라 멜키요리Barbara Armett Melchiori는 "다이너마이트 폭력자들과 사회주의자들이 공히 정부의 세력을 와해시키려는 의도하에 불안과 불신을 조장하는

세력으로 여겨졌다"(190)고 주장한다.[12]

　　다수의 빈곤이라는 사회 문제로부터 사람들의 의식 속에서는 개혁을 위한 요구가 생겨나기 시작했지만, 그것이 아직 제도의 개선을 수반할 수 없었던 사회적 상황에서 대중은 개인의 자유와 사회적 통제, 그리고 사회 개혁과 사회 안정이라는 상반된 개념들 사이에서 갈등과 혼란을 겪고 있었다. 1880년대에 사회주의적 이념이 집단적 인간의지가 사회를 주도적으로 개선해야 한다는 필요성을 강조했다. 그러나 전체주의에 입각해서 계획된 사회개혁 활동이 급진적 혁명 세력들의 파괴적 활동과 혼동되면서 보수적 성향의 집단으로부터 저항을 받았으며 일반 대중의 마음속에 불안을 야기했다.

　　『프린세스 카사마시마』에서 제임스가 보여주는 사회 풍자는 다양한 양상을 띤다. 한편으로 프린세스 카사마시마나 유스타쉬 포핀 그리고 폴 뮤니먼트와 같은 무정부주의적 활동가들이 자신들의 각기 다른 개인적 목적을 위해 당시의 사회개혁 이념과 욕구를 심각한 정도로 왜곡한다. 반면에 하이어신스와 같은 순진한 젊은이는 이념적 딜레마에 빠져 비극적인 운명에 처하며, 또 다른 한편으로 '선앤문'에 모이는 노동 계층의 사람들은 무책임하고 피상적인 사회 개혁 논의에 열을 내기도 한다. 그밖에도 제임스는 미스터 베치Mr. Vetch와 같은 신중한 보수주의자의 시각을 빌려서 당시 대중이 가졌던 사회 안정에 대한 바람과 사회 혁명에 대한 불안을 표현하며, 로시 뮤니먼트Rosy Muniment와 같은 극우적 성향의 등장인물들을 통해서 사회개혁에 대한 극단적

---

12) 그녀는 『더 타임즈』(*The Times*)를 이러한 대표적인 보수 성향의 언론으로 제시하는데, 그 신문은 1883년 3월 16일 자 기사에서 "런던에는 자포자기식이고 결의에 차 있으며 타협할 줄 모르는 사람들이 있다. 그들은 더블린의 분열주의적 불한당들만큼이나 영국의 적이다. [...] 그들은 도대체 주저함이 없는 무리들이다. [...] 그들에게는 인간의 생명이나 인류가 이룩해 놓은 것, 그리고 사회 자체의 조직이 자신들의 난폭한 욕구에 비해서 아무런 의미도 없는 것이라고 여기는 자들이다"고 표현하고 있다.

인 불신을 드러내기도 한다.

『프린세스 카사마시마』에서 제임스는 영국 역사의 한 전환기로부터 사회 혁명의 주제를 선택하여 그것을 감수성이 특별히 강한 젊은 주인공인 하이어신스 로빈슨의 이념적 혼동과 심리적 갈등에 관한 드라마로 표현하고 있다. 하이어신스의 딜레마는 자신이 귀족과 천민의 피를 함께 타고났다는 태생적 조건으로부터—혹은 적어도 스스로 그것을 사실로 믿으려는 노력으로부터—비롯되어 사회를 개혁하려는 자신의 충동적 욕구와 사회 체제와 문화를 보존하려는 자신의 상반된 욕구 사이의 내적 충돌로 발전되며, 이는 결국 비극적 자기 파괴로 끝을 맺는다.

제임스 자신이 "아이리쉬 다이너마이트 테러리스트들"에 의해서 저질러진 파괴의 현장을 목격했으며,13) 또한 영국의 한 급진적인 사회 선동가의 장례식에 모인 "런던의 폭도들"의 시위 현장을 목격하기도 했었다.14) 이러한 그의 경험을 토대로 제임스는 『프린세스 카사마시마』에서 사회주의자들에 의해서 주도된 군중 시위나 지하 혁명 세력들에 의한 테러 행위를 직접 묘사하는 대신에, 한 무리의 지하 혁명가들의 지적 혼돈과 기대, 불안, 자기모순 등 심리적 유동 상태를 탐색한다. 그리고 제임스의 주된 관심은 무엇보다도 충동적이고 민감한 성격의 혁명가인 하이어신스의 심리적 상태—그의 혁명을 향한 충동과 그 활동에 참여하게 되는 동기, 욕구와 기대, 내적 갈등과 착각, 혼란과 좌절 등—를 탐색하는 데 초점이 모인다. 제임스는 이러한 심리적

---

13) 1885년 1월 5일 노튼Grace Norton에게 보낸 편지에서 제임스는 "웨스트민스터 홀 Westminster Hall과 런던 타워the Tower가 이틀 전에 아일랜드 다이너마이터들에 의해서 반쯤 날아가 버렸다"고 쓰고 있다(*Henry James Letters* vol. III, ed. Leon Edel, 66).

14) 제임스는 그가 런던에 머물렀던 첫해의 경험을 기록하는 중에 "그 집회는 런던의 폭도들로 구성되어 있었는데, 그들은 대도시의 군중이었고, 남자들과 여자들이었으며, 소년소녀들이었고, 가난하지만 점잖은 사람들이거나 상스러운 사람들이었다. 그런 사람들이 거리에 가득 줄지어 모여들어 있었다"고 표현했다(Edel, *The Middle Years*, 181).

드라마를 하이어신스가 관계를 맺고 접촉하게 되는 다양한 사회 계층의 풍속에 대한 묘사와 함께 엮어서 짜내고 있다. 즉 제임스는 그들의 계급의식과 편견, 귀족 계급의 위선과 부패, 하층 계급의 귀족 숭배 정신과 신분 상승 욕구, 그리고 무엇보다도 다수의 빈곤이라는 사회 문제에 대한 각기 다른 부류의 사람들의 각기 다른 반응을 하이어신스의 비극적 삶과 거기에 연루된 수많은 등장인물들의 사고와 행위를 통해서 그려낸다.

4. 진보와 보수

『보스턴 사람들』과 『프린세스 카사마시마』에서 제임스는 19세기 후반 미국과 영국의 역사에 있어서 한 과도기에 전개되었던 사회개혁 운동을 극화한다. 그는 당시 대두되었던 페미니즘과 사회주의라는 이념적 바탕 위에서 그 대의를 위해 헌신하고자 하는 사회 개혁가들의 지적 혼돈과 개혁 충동의 허실을 분석한다. 페미니즘과 남성 우월주의, 그리고 급진적 사회주의와 보수적 개인주의와 같은 민감한 정치적 논의를 배경으로 하는 두 소설에서 제임스는 한편으로 사회적 모순과 문제점들을 효과적으로 제시하여 사회 개혁의 당위성을 부각시키는 반면에 다른 한편으로 지나치게 이상화되고 급진적인 개혁 열기가 초래하는 파괴적 결과에 대해 경고한다.

『보스턴 사람들』에서 제임스는 올리브 첸슬러로 상징되는 편협한 페미니즘을 베실 렌섬으로 대표되는 같은 정도로 완고한 남성 우월주의와 대비시키고 충돌하게 함으로써, 양자가 모두 버리나 타랜트라는 감수성이 강하고 순수한 한 인간성을 해방이라는 이름으로 억압하며 보호라는 명분으로 전유하려는 결과를 초래한다는 것을 보여준다. 그 두 양극적 시각은 현실과 이상에 대한 균형감을 상실한 채 상궤에서 벗어나 자기착각과 자기만족에 빠지게 된다. 『프린세스 카사마시마』에서는 사회주의적 혁명과 문화적 보수주의라는 양극화된 이념적 갈등을 순수하고도 충동적인 젊은 주인공인 하이어신스의 심리적 딜레마로 극화하는데, 그 내적 드라마의 결과는 『보스턴 사람들』보다 더욱 비극적인 자기 파괴로 드러난다. 이렇듯 균형감각을 상실한 개혁적이거나 보수적인 시각으로부터는 이미 도덕적 순수성도 생산적 진보도 찾아볼 수 없다. 그들 모두는 자기 성찰과 자기 개혁을 도외시한 채 자신들의 사회 환경을 개조하거나 유지하려는 데 집착한다. 두 소설에서 제임스는 이와 같이 첨예하게 대립된 시각을 제시함으로써 개혁과 보수 사이의 역동적 상호성과 보완적 공존의 필요성을 인식하게 한다.

제4장

내면화된 연대기: 『워싱턴 스퀘어』

1. 계급의식의 내면화

　　헨리 제임스는 『워싱턴 스퀘어』의 시작과 끝부분에서 맨해튼 그린위치 빌리지Greenwich Village에 인접한 워싱턴 스퀘어 공원의 역사에 대해 자세히 묘사한다. 작품의 배경이 되는 그 공간이 19세기 중엽 뉴욕시의 사회적 특징을 압축적으로 보여주기 때문일 것이다. 터틀턴James W. Tuttleton에 따르면 "이러한 자세한 현장 보고discursive reportage는 풍속 소설the novel of manners의 특징을 띤다"(The Novel, 82) 그러나 『워싱턴 스퀘어』는 사회역사적인 배경에 대한 이처럼 분명한 묘사를 포함하고 있음에도 불구하고 당시 뉴욕시가 사회적으로 어떻게 작동되고 있었는가를 보여주는 실제적인 연대기로 읽히지는 않는다. 그 이유는 그 소설 대부분의 분량이 주요 등장인물들 사이의 사적인 심리적 갈등을 다루고 있기 때문이다. 즉 그 작품은 19세기 중엽 뉴욕 사회를 주도했던 가치관의 갈등과 심리적 난기류를 집중적으로 극화한다. 『워싱턴 스퀘어』가 비록 영국 사회에서의 일화를 바탕으로 쓰인 것이지만 작가인 제임스 자신은 그 소설을 "순수하게 미국적인 이야기"(The Letters, 73)라고 규정했다. 그리고 그는 작품을 창작해내는 데 "자잘한 세부 사항paraphernalia이 부족한 점"(*The Letters*, 73)에 대해 아쉬워했다. 그래서 그는 『워싱턴 스퀘어』를 집필하는 데 있어서 역사적인 사실들을 이용하는 대신에 한 가정사를 선택하여 거기에 내재된 갈등을 극화한다. 그렇게 함으로써 그는 당시 미국의 사회문화적 특색이 어떻게 형성되었는가를 보여준다.

작품의 세팅이 되고 있는 워싱턴 스퀘어 공원은 당시로써는 뉴욕시의 시내 중심 지역에서 벗어난 외곽에 위치해 있어서, 상업적 영향과 목가적 피정이라는 주제 상의 양가성을 적절히 수용한다. 1830년대와 1840년대 동안에 맨해튼 섬은 급격하게 도시화되고 있었으며, "커널 스트리트Canal Street가 [상업적 압력의] 북쪽 경계선을 표시했다"(Miller 71). 소설의 주인공인 닥터 슬로퍼Dr. Sloper가 1835년 워싱턴 스퀘어 지역으로 이사를 한 것은 그러한 상업지역의 번잡함에 대한 거부감의 표현이다. 따라서 그의 그러한 정서는 터틀턴James W. Tuttleton이 도시 생활을 묘사하는 미국 소설의 특징으로 지적하는 "반도시 열정과 정서"(*Modern*, 269)와 직접 관련된다. 그럼에도 불구하고 작품 속에서는 그곳의 입지상 미묘함뿐만 아니라, 파악하기 어려운 닥터 슬로퍼의 마음상태 때문에도, 워싱턴 스퀘어가 상업적 도심의 영향력으로부터 완전히 벗어나 있지는 않다. "적지 않은 면적에서 이루어지는 저급한 식물 경작"으로 표현된, 잔존하는 시골풍에 대비되어 "더욱 당당한 구획"의 도시적 징후가 공원 바로 모퉁이에 모습을 나타내고 있다(16). 간단히 말하면 워싱턴 스퀘어는 신흥 부르주아 계층이 근처 더 아래쪽 맨해튼 지역에서 펼쳐지는 각박한 도시 생활로부터 구분되어 그들의 존엄과 "훌륭한 권위"(16)를 드러내 주장하는 교외 생활을 상징하는 공간이다.

따라서 워싱턴 스퀘어는 그곳 주민들에게 공동체의 특권의식과 자부심을 느끼게 해주는 주거지역이다. 그러나 그들이 내세우는 계급적 동질성은 자신들의 문화적·정신적 원천에 기초한다기보다는 단지 귀족적인 행세와 부에 의존하고 있다. 그러한 맥락에서 허친슨Stuart Hutchinson은 "제임스에게나 워싱턴 스퀘어의 울타리 속에서 살아가는 사람들에게나 그들의 권리의식은 그 자체의 한계를 벗어나서 어떤 정당성을 주장하지 못했다"(11)고 지적한다. 그 공원 주변의 주택들은 서로 "정확하게 닮은꼴로"(16) 새로 지어진 것들이어서, 마치 최신 유행 상품들처럼 보인다. "이러한 지형적 특색을 묘사하는 구절을 삽입한 데 대한 변명"(17)을 위한 작가 제임스의 어조는 그 지역이 가진 문화적 진정성의 한계를 넌지시 암시한다. "그곳[워싱턴 스퀘어]은 거대한 통행로로부터 위쪽으로 세로로 뻗어 나간 도로들 중 어떤 것보다도 더 성숙하고 더 부유하며 더 명예로운 분위기를 띠고 있었다. 그 분위기는 일종의 사회역사적 어떤 내용을 가진 듯한 표정이었다"(16). 사실상 워싱턴 스퀘어는 당시 뉴욕 사회의 상류층이 지향했던 "품위 있는 은퇴 생활"(16)의 겉모습만을 갖추었을 따름이다.

워싱턴 스퀘어 공원이 불러일으키는 주제상의 또 하나의 특징은 그것이 가진 기하학적 균형으로부터 비롯된다. 그 공원의 기하학적 구조는 닥터 슬로퍼의 융통성 없는 시각뿐만 아니라 그의 사고나 생활방식에 있어서 경직성과 상응한다. 이언 벨Ian Bell은 그 공원이 가진 지형적 균형의 상징적 의미에 관해서 "어떤 지도라도 그 공원이 좁고 구불구불한 길이 나 있는 아래쪽 맨해튼으로부터 옛 도시의 북쪽으로 뻗어 나간 기하학적으로 정확한 널찍한 거리들이 시작되는 경계 지점에 어떻게 위치해 있는지를 보여준다"(*Journal*, 53)고 지적한다. 그 작품에서 지각 있는 인물 중 한 사람인 아몬드 부인Mrs. Almond이 닥터 슬로퍼에게 모리스 타운센드Morris Townsend에 대한 생각을 바꿀 여지가 있는지 물을 때, 닥터 슬로퍼는 "기하학적 정리proposition가 누그러지던가relent?"(106)라고 되묻는다.

또한 워싱턴 스퀘어 공원의 기하학적 특징은 당시 사람들의 의식에 실질적인 영향을 주었던 과학적 가치판단을 반영하기도 한다. 웨터링Maxine Van De Wetering은 당시 생물학적 진화론이 "자연과학과 사람들의 의식에 중요한 진보"(7)를 이루었다고 기술한다. 작품 안에서 실제로 닥터 슬로퍼의 직업은 생물학이나 과학과 깊은 관련이 있으며 그의 성공과 권위는 과학적 지식과 지성에 대한 믿음에 근거하고 있다. 그래서 그의 새로 지은 집조차도 최신의 "건축적 과학"(16)에 따라서 건설된 것이다.

닥터 슬로퍼의 워싱턴 스퀘어 저택은 주인의 이상과 취향을 구현하고 있다. 즉 그것은 신흥 부유층의 신고전주의적 경향을 나타낸다. 그것은 "근사하고 현대적이며, 널찍한 전면을 가진 주택으로, 거실 유리창 앞쪽에 커다란 발코니를 가지고 있으며, 하얀 대리석 층계로 된 계단이 현관으로 나 있었고, 현관의 전면도 역시 하얀 대리석으로 꾸며져 있었다"(16). 닥터 슬로퍼의 저택은 미국 건축사에서 연방 시대the Federal Period 후기에 속하는 건축 양식을 띠고 있는데, 폴리Mary Mix Foley에 따르면 그 시대 건축 양식은 소위 "신고전주의적 혹은 '아담 스타일'Adam style"의 형식으로서 "크기나 풍요로움"으로 특징지어졌다(117, 원문 강조). 폴리는 이 건축 양식의 시작과 더불어 "미국의 건축이 영국으로부터 마침내 독립을 성취하게 되었다"(117)는 것이다. 신흥 부르주아 계층이 선호했던 이 풍부하고 정교한 건축 스타일은 유럽의 건축과 차별화되었을 뿐만 아니라 맨해튼의 위쪽uptown에 남아 있었던 "산만한 네덜란드풍 주택들의 가파른 지붕"(17)의 볼품없는 모습과도 확연히 달랐다. 말하자면 워싱턴 스퀘어 공원 주변에 들어선 이 건축 양식은 전적으로 유럽풍도 아니었고 그렇다고 해서 "충분히 미국적인 스타일"(Foley 117)이라고 볼 수도 없었다.

워싱턴 스퀘어 공원으로 이사 오기 이전에 살았던 닥터 슬로퍼의 옛집은 "화강암 갓돌과 문 위에 나 있는 큼직한 채광창을 가진 건물"(15-16)로 그 의사가 성공을 이룰 수 있었던 견실한 능력과 기품을 드러내고 있었다. 이에 비해 워싱턴 스퀘어에 마련한 그의 새로운 저택은 영적인 깊이나 전통은 갖지 못했으면서, 단지 경제적 성공을 거둔 그 의사의 사회적 입지를 잘 드러내고 있을 따름이다. 그 두 주택은 공히 닥터 슬로퍼의 명예심과 견고한 자기의식을 나타내고 있는데, 그것은 그 집들의 전반적인 이미지가 벽돌과 화강암, 흰 대리석으로 주도되고 있다는 점에 의해서 입증된다. 고상한 듯한 품행의 이면에 가려진 닥터 슬로퍼의 모진 마음이 점점 드러나게 되면서, 그 저택뿐만 아니라 그것과 닮은꼴인 이웃집들에 대한 작가 제임스의 묘사에서 작용하는 아이러니는 "거의 그 계층의 모든 사람들에 대한 저주처럼 보일 정도로 [계속해서] 강화된다"(Bowden 41): "여러 이웃집들과 그것들을 정확하게 닮은 이 건물은 [...] 오늘날까지도 견고하고 고귀한 주택들로 남아 있다"(16).

　　19세기 미국 사회에서 점점 더 상업적 경쟁이 심화되어감에 따라 가정과 집에 대해서는 시장의 북적거림으로 상징되는 경제 활동 영역으로부터의 벗어난 신성한 은퇴 공간으로서의 기능이 강조되었다. 그것은 사회가 지속적으로 도시화되고 산업화되어감에 따라 가정이 목가적 휴식과 사적인 평화의 공간으로 역할을 해야 한다는 믿음을 반영했다. 바꾸어 말하면 사회적 관행이 변화와 진보를 촉진하는 반면에 가정에 대해서는 옛 방식을 따르는 보수적인 경향을 강조하게 되었다. 이러한 상황에서 닥터 슬로퍼는 반쯤 목가적인 분위기를 간직하고 있는 워싱턴 스퀘어 공원 지역에 신고전주의 풍의 새 저택을 지은 것이다. 견고한 자기신뢰로 무장된 닥터 슬로퍼는 이제 그러한 자신의 새 저택에 어울릴만한 고상한 가족 전통을 세우기를 염원하는 것이다. 보다 더 정확하게 말하면 그는 자신의 가정을 가족들 간의 정서적인 충만감을 위한 공간이라기보다는 직업과 결혼을 통한 그의 사회적 성공을 입증해줄 수 있는 또 하나의 공적인 상징으로 만들려고 시도한다. 그러나 워싱턴 스퀘어가 문화적 전통이 결여된 채 당시의 피상적인 자본주의적 사회 현상을 나타내고 있듯이, 닥터 슬로퍼의 가정도 역시 단지 피상적이고 외형적인 귀족주의를 받아들이고 있을 따름이다. 게다가 그 의사의 아내와 아들의 때 이른 죽음은 그의 집안에서 온유한 사랑이나 상호 이해와 공감, 창조적인 휴식과 같은 가정적인 미덕을 근본적으로 빼앗아가 버렸다.

19세기 중반 미국에서 상업적 사회 활동이 증가하면서 사람들은 가정 생활을 도덕적 중심으로 여기게 되었다. 그와 더불어서 공식적인 교회official church의 폐지 조치도 역시 당시 사람들에게 가정의 가치를 강조하게 하는 원인이 되었다. 이와 관련하여 웨터링Wetering은 "특히 1833년 이후에 종교적 조직이 지적 질서와 도덕적 양육의 모범으로서 봉사기능을 상실한 것처럼 보였다"(6)고 기술한다. 공식적인 교회의 쇠락과 더불어 가정이 영적인 종교 활동을 위한 장소로서 중요한 역할을 담당하게 되었다. 하지만 주로 닥터 슬로퍼의 성격적 경직성 때문에 그의 가정은 가족들에게 자아실현이나 영적 재생을 위한 공간이 되지 못한다. 도리어 그 의사에게는 자신의 완고한 자기 확신이 종교적 위안이나 도덕적 안정을 대신하며, 그의 가정에서는 그의 억압적인 권위가 거의 종교적인 질서를 대신하다시피 한다. 자신의 집안에서 닥터 슬로퍼는 가장의 역할을 넘어서 거의 절대자의 권위를 행사한다. 그는 스스로 과학적 원칙에 따라 생활하면서 다른 가족 구성원들에게도 그에 따른 엄격한 규범을 강요한다. 닥터 슬로퍼는 누구든지 그의 뜻에 거스르는 행위를 하는 것을 "심각한 반역 [...] 일종의 중대한 위반행위"(96)로 간주한다. 이처럼 엄격한 가정환경 하에서 아버지에 대한 캐서린Catherine Sloper의 불복종은 "장엄한 신전에서 불경죄를 범하는 행위나 다름없었다"(91).

    소설의 배경이 되는 1830년대에 미국은 정치적으로 독립된 지 50여 년이 지났지만 고유한 문화적 전통이나 사회 풍속을 충분히 형성했다고 볼 수는 없었다. 벨Millicent Bell은 『워싱턴 스퀘어』가 "어설픈 선택하기의 순간"(a moment of awkward choice-making)을 극화하고 있다고 보며, 그러한 관점에서 "문학적 어조에 있어서 뿐만 아니라 행동 방식이라는 의미에 있어서도 스타일"이 그 소설의 주제가 된다고 말한다(19). 실제로 주요 등장인물들은 사고와 행동, 언어에 있어서 각기 다른 스타일을 가지고 있다. 다시 말하면 그들은 예법과 사고방식에 있어서 어떤 안정된 공통지반을 갖고 있지 못한 것이다. 높은 수준의 교양을 지향하는 닥터 슬로퍼의 귀족주의와 아이러니를 즐겨 쓰는 그의 언어 습관, 캐서린의 순진한 성품과 그녀의 침묵의 언어, 모리스의 천박한 태도와 말재주, 페니먼 부인Mrs. Penniman의 멜로드라마 풍의 감성과 번지르르한 언변 등은 그들이 가진 각양각색의 라이프 스타일을 보여준다. 닥터 슬로퍼가 주변 다양한 사람들을 유형type별로 범주화하는 습관을 가진 것처럼, 작가인 제임스는 그들의 인물들을 다양한 스타일로 구분하고 있다.

    닥터 슬로퍼는 재정적 성공과 더불어 얻게 된 중상류 계층의 사회적 지위를 지닌 인물로서 점잖은 체면과 정직성을 중시한다. 그는 "뉴욕 최고 수준의 사회에서 그 세계를 대변하는 인사"(6)로 통한다. 그의 언행은 지극히 잘 다듬어진 것이어서 점잖은 행동과 말쑥한 차림새 아래 자신의 감정을 능숙하게 숨기거나 억제하고 있다. 그래서 그는 "늘 잔잔한 미소를 짓고 있으며 결코 크게 웃는 법이 없다"(22). 닥터 슬로퍼는 자기 딸인 캐서린이 미적 감각이 부족하다는 점에 내심 실망하고 있으면서도 그녀에게 다른 사람들에게 "모범이 될 만큼 정성을 다하여 자신의 의무"(13)를 실행한다. 하지만 작가의 아이러니컬한 어조는 그 의사의 점잖음이 사실상 매우 피상적인 수준이라는 것을 암시함으로써 그 가치를 깎아내려 버린다. 닥터 슬로퍼는 "몹시 천박한"(6) 무리의 의사들로부터 기꺼이 자신을 구분 짓곤 하는데, 아무런 설명도 하지 않고 처방전만 내리는 그런 부류의 의사들과는 달리 자신은 환자들에게 처방전뿐만 아니라 설명도 곁들인다는 점에 자부심을 느낀다. 하지만 소설의 화자는 닥터 슬로퍼의 처방전도 역시 다른 저급한 의사들의 그것과 마찬가지로 "해독할 수 없는"(5) 것이라고 비꼰다.

한편 모리스는 자신이 자연스러운 예법을 몸에 익혔다고 스스로 믿고 있지만, 실제 그의 태도는 부자연스러운 언행을 대변한다. 그의 사촌이 보기에 모리스의 태도는 "지독하게 사교적인"(27) 것처럼 보이는 것이다. 하지만 순진한 캐서린의 눈에는 모리스의 부자연스러울 정도로 사교적인 태도가 "너무나 진지하고 너무나 자연스러운"(21) 것처럼 비친다. 그러나 대상을 통찰하는 닥터 슬로퍼의 안목에 그 젊은이의 매너는 "과도하게 세련된"(240) 혹은 지나치게 매끄러운 것으로 판명된다. 실제 플롯이 진행되어감에 따라서 모리스는 점점 더 위선적이고 불투명한 인물로 바뀌어 간다.

캐서린의 태도나 사고방식은 모리스의 겉만 번지르르한 언행뿐만 아니라 그녀 아버지의 귀족연하는 스타일과도 다른 또 하나의 유형을 보여준다. 그녀 아버지의 지적인 세련됨이나 모리스의 인위적인 매너에서는 전혀 찾아볼 수 없는 그녀의 품행은 거의 원시적일 정도로 자연스럽다. 그녀의 자연스러움이나 순수성은 처녀지로서 미국의 기원을 환기시키는 듯하다. 도덕적 순수성에 걸맞게 그녀의 언행에는 오염의 기미조차도 없다. 그녀는 자신의 감정을 주로 침묵으로 표현하며, 드물게 말로 표현하는 경우가 있다고 해도 그녀의 언어는 표리부동이나 거짓이 전혀 없다는 점에서 에머슨의 언어 개념을 떠올리게 한다. 에머슨은 "한 사람이 가진 자신의 생각을 그에 합당한 기호로 연결하는 힘은, 즉 그것을 발화하는 능력은 그의 성격의 단순성에 달려 있다.

다시 말하면 진실에 대한 사랑이나 어떤 손실도 없이 진실을 전달하고자 하는 그의 열망에 달려 있다"(*Nature*, 35)고 기술한다. 실제로 캐서린은 "진실을 말하는" 습관이 굳어져 있으며 어떤 "정교한 술책이나 [...] 농담조의 꾸민 말"(29)도 사용하지 않는다.

닥터 슬로퍼는 맨해튼 아랫동네의 소란스러운 상업적 분위기에 대한 반감에서 한적한 교외 지역으로 이사 온 듯 보이지만, 그의 가정을 영적이거나 목가적인 피징의 공간으로 보기는 어렵다. 오히려 그 집안의 분위기는 닥터 슬로퍼의 은폐된 상업주의적 성향과 페니먼 부인의 피상적인 낭만주의적 정서에 의해서 물들어 있다. 이언 벨Ian F. A. Bell이 지적하듯이 캐서린은 아버지인 닥터 슬로퍼의 부르주아 기질에 "일종의 상품만큼이나 이용 가능한 상태이다"(*Henry James*, 28). 그 가정의 분위기는 캐서린에게 인격적·정서적 성숙을 위한 조건을 갖추지 못했다. 도리어 가정 내에서 캐서린의 착하고 순수한 성품이 아버지와 고모의 자기중심적인 인생관에 의해서 이용당하고 상처받을 뿐이다.

2. 가치 체계의 충돌

이처럼 워싱턴 스퀘어라는 장소로부터의 미묘한 영향력과 격변하는 당시의 사회적 분위기를 바탕으로 해서 제임스는 닥터 슬로퍼 가정의 내부 갈등을 풍속소설로 극화한다. 그러한 가정적 갈등 속에서 캐서린의 모든 성격적 요소-그녀의 천성적 순수성, 우직할 정도로 착한 마음씨, 정서적 고결성, 굽힐 줄 모르는 의지-가 당시의 여러 가치체계의 소용돌이에 의해서 시련을 겪는다. 그런 의미에서 워싱턴 스퀘어라는 공간은 제임스에게 "다양한 흥밋거리를 제공하는 세계인 것처럼 보인다"(17).

『워싱턴 스퀘어』는 주인공인 캐서린을 도덕적 중심에 두고 읽는 한, 한 가정에 관한 이야기이다. 거기에서 순수함과 도덕성 그리고 절제된 열정을 가진 주인공 캐서린은 그 집의 주인이자 신흥 부자인 자기 아버지와 그 집의 주인이 됨으로써 신분 상승을 꿈꾸는 모리스 타운센드 사이에서 발생하는 갈등의 소용돌이 속에 던져 넣어진다. 제임스 소설의 이미저리에 관한 연구에서 게일Robert L. Gale은 "『워싱턴 스퀘어』에 사용된 이미지들 중에서 충분히 십 분의 일 정도는 전쟁이나 무기와 관련된 것들이다"(98)라고 분석한다. 당시의 결혼과 관련된 온갖 종류의 예리한 가치들이 캐서린에게 거듭해서 마음의 상처를 입힌다. 그러는 동안에 삶과 현실에 대한 그녀의 인식은 점점 확대되고 심화되다가 마침내는 자신만의 창조적 상상력의 세계 속에 스스로를 가두어버린다.

무엇보다도 캐서린의 꾸밈없는 열정이 그녀 아버지의 왜곡된 지성의 힘에 의해서 시련을 당한다. 닥터 슬로퍼는 아내와 아들의 죽음에 관한 자신의 은밀한 자책에 사로잡혀서 있어서 그의 마음, 즉 정서적 기능이 거의 마비된 상태에 있다. 게다가 그는 죽은 아내의 고상한 성품과 뛰어난 미모에 대해서는 과도하게 집착하는 반면에, 자기 딸이 가진 온정과 인내, 사랑과 같은 여성성에 대해서는 기본적으로 불신의 태도를 가지고 있다. 이처럼 정서적으로 황폐한 상태에서 닥터 슬로퍼는 인간의 여러 정신적 기능들 중에서도 오직 지성만을 선택적으로 강조한 나머지 그것을 갖지 못한 캐서린에게 크게 실망한다. 그 의사의 내세울 만한 정신적 특징은 모두 이성의 힘에 대한 그의 믿음과 관련되어 있다. 그는 여성은 "불완전한 성"(imperfect sex)이어서 "이성reason의 아름다움"을 결여하고 있다고 믿기 때문에 딸인 캐서린의 출생을 매우 실망스럽고 부자연스러운 인생의 보상이라고 생각한다(10). 그래서 심지어 그의 아내가 캐서린을 낳다가 세상을 떠났다는 사실, 즉 그녀가 "살아서 캐서린이 출생을 지켜보지 못한 것"(12)을 오히려 다행이라고까지 생각할 지경이다.

닥터 슬로퍼는 자신의 지적인 능력을 과신한 나머지 딸인 캐서린이 가진 열정의 힘을 간과한다. 그는 캐서린이 강한 열정을 가진 유형의 사람이라는 점에 내심 실망한다. 실제 그녀는 자신의 삶을 지적인 능력에 의존해서라기보다는 열정의 힘에 의해서 이끌어 간다. 그녀는 "못생겼다고 할 것까지는 없지만 그저 평범하고 활기 없으며 유순한 용모를 가졌었다"(11). 또한 그녀가 "총명하지 않다는 것은 확실했으며, 책을 읽는 데 머리가 잘 돌아가지 않았고 그밖에 다른 일에도 똑똑하지 않았다"(12). 그녀의 지적인 능력은 너무나 미약하고 단순해서 "그녀 아버지의 대단한 재능이 확장되어 가는 동안에 일종의 광채를 발하는 아득함 속에서 길을 잃어버리는 것처럼 보이는데, 그것은 그 의사의 지적 능력의 활동이 중단되었다기보다는 캐서린 자신의 마음이 그것을 따라잡지 못하고 있다는 것을 의미했다"(12).

캐서린의 외모나 지적 능력과 관련해서 웨건네트Edward Wagenknecht는 "캐서린이라는 인물을 그려내는 데 작가가 가진 어려움은 외모가 그처럼 매력 없는 한 젊은 여성을 독자에게 충분히 매력적으로 만들고 정서적으로 무게감을 실어 독자가 그녀에게 무슨 일이 일어날 것인지에 대해 관심을 갖게 하는 일이었다"(72)고 지적한다. 확실히 캐서린이라는 인물의 무게감은 그녀의 성서적 성상과 더불어 커져 가는데, 마침내 그것은 그녀 아버지의 지적 능력이 행사하는 권위에 대등하게 될 정도에 이르게 된다. 옷을 입는 취향이 개화하는 그녀의 감정의 첫 징후를 보여준다. 그 의사의 고상한 취향에는 캐서린이 즐겨 입는 선명한 빛깔의 의상은 그녀의 감수성과 재치의 결여를 의미한다. 그는 "자신의 아이가 못생긴데다가 어울리지 않는 옷으로 지나치게 치장한다"(15)고 생각한다. 그러나 제임스는 캐서린을 "가장자리에 금색 술

장식을 두른 붉은 공단 가운"(15)을 입는 것을 고집하는 인물로 묘사함으로 써, 그녀가 자신의 순수한 열정, 즉 자신의 자아를 그런 방식으로밖에 표현할 수 없음을 시사한다. 캐서린의 성격적 강점은 지성과 매너에 있는 것이 아니라 강인한 열정과 도덕적 순수성에 있는 것이다.

그럼에도 불구하고 닥터 슬로퍼는 캐서린이 "철두철미하게 착하며, 애 정이 깊고, 유순하며 복종적이다"(11)고 판단하며, 실용주의적 철학을 바탕으로 한 그의 불만은 "착해서 어디에 써먹나? [...] 총명하지 못하다면 착하다는 건 아무짝에도 쓸모가 없다"(10)라고 자기의 딸에게 말한다. 실제로 모리스에 대한 캐서린의 순수하고 헌신적인 사랑은 금전을 노리며 접근한, 자기중심적 이며 겉만 번지르르한 그의 매너에 의해서 이용당한다. 19세기 초반 미국 여 성의 사회적 위상과 역할에 대한 역사적 설명의 일환으로 1830년에 출판된 한 여성잡지에 실린 에세이가 남녀 성의 천성적 양극성에 관한 적성과 성향 에 관한 당시의 인식을 선명하게 보여준다. 그 에세이의 편집자는 "모성애적 감응성"(maternal sympathy)(*Ladies*, 442)을 가진 여성이 천성적으로 남성보 다 더 도덕적이라고 말한다. 그런데 비록 여성의 그와 같은 천성적인 도덕성 이 "인간의 의무감이라는 보편적인 영역을 향상시키는 영향력을 발휘하고" 있음에도 불구하고 여성의 그러한 덕성이 남성의 "거친 인식과 조잡한 습관" 에 의해서 늘 가로막히고 훼손당한다는 것이다(*Ladies*, 442). 『워싱턴 스퀘어』 에서도 캐서린의 여성적 열정은 모리스에게 헌신적인 사랑을 쏟으려 하지만 오히려 그것 때문에 그녀는 그에 의해서 이용당하게 된다. 모리스에 대한 애 정이 싹트기 시작할 무렵, 그녀는 "사랑이란 열렬하고도 쓰라린 열정이며, 자 기 자신의 마음속이 자기 삭제와 희생을 향한 충동으로 가득 차 있다"(42)고 생각하게 된다.

애초부터 모리스는 캐서린의 마음을 환히 읽어내고 있으며 자신의 감취진 금전적 목적을 위해 그녀를 조종하고 이용한다. 워싱턴 스퀘어 저택에 두 번째로 방문했을 때 그는 캐서린에게 "언젠가 다음번에"(32) 노래를 불러주겠다고 약속한다. 그리고는 돌아오는 길에 "그녀가 반주를 해준다"(32)는 조건을 덧붙이지 않았던 것을 못내 아쉬워한다. 캐서린에게 좀 더 강렬한 인상을 남겼어야 했다는 것이다. 하지만 캐서린은 모리스가 말한 "언젠가 다음번에"라는 표현의 암시만으로도 이미 충분히 감동을 받아서 그 말이 자신의 마음속에서 "계속해서 울려 퍼지는"(32) 것처럼 느낀다. 나중에 그가 그녀를 배신할 때에도 모리스는 유사한 정서적 책략을 사용한다. "당신이 나를 다시 만날 수 있다는 것을 약속합니다"(148). 그 고통스러운 약속은 캐서린의 마음속에 평생 동안 남아 그에 대한 기대와 거절의 원천이 된다.

나아가서 모리스에 대한 캐서린의 낭만적이고 이상주의적인 태도는 그의 물질주의적 사고에 의해서 이용당한다. 출세주의자인 모리스는 캐서린에 대한 자신의 사랑이 자신의 금전적 욕망과 분리될 수 없다는 생각을 가지고 있다. 닥터 슬로퍼의 저택에 두 번째로 방문했을 때 모리스는 그 집의 "거실을 마음껏 둘러보았고, 방 안에 있는 물건들도 둘러보았으며, 물론 캐서린도 찬찬히 바라다보았다"(31). 모리스가 캐서린을 그 집에서 자기가 차지할 수 있는 여러 가지 물건들 중 하나로 여기고 있다는 것이 암시되는 상황이다. 그는 그녀를 자신의 물질적 욕망을 충족하기 위한 하나의 상품으로 여기고 있는 듯 보인다. 모리스에게 워싱턴 스퀘어 저택은 그가 그처럼 성취하고 싶어 하는 부와 사회적 지위를 상징한다.

닥터 슬로퍼의 "지독하게 안락한 저택"(87)에 대한 모리스의 욕망은 그집을 본 순간 즉각적으로 생겨난 것이지만 그 욕망의 강도는 집착적이고 심원하다. 그가 처음으로 그 집에서 저녁식사를 함께 했던 날 그는 닥터 슬로퍼의 와인 저장고가 그 집 주인의 완벽하고도 훌륭한 취향을 대변한다는 생각에 젖어 남몰래 만족해한다. 이후에 캐서린과 닥터 슬로퍼가 유럽 여행을 떠나있는 동안에 그 집으로 페니먼 부인을 찾아가 닥터 슬로퍼의 서재에서 그 의사가 평소 앉아서 담배를 피우던 의자에 앉아 느긋하게 시가 담배를 피우기도 한다. 그리고 닥터 슬로퍼에 의해서 그의 딸의 구혼자로서 자격 미달로 거절당하자 "행복으로의, 닫혀버린 우람한 문"(86)을 그 집의 입구에 서서 바라본다.

모리스는 자신이 제아무리 머리를 쓴다 해도 닥터 슬로퍼의 판단력과 의지를 바꿀 수 없다는 것을 인식하게 되었을 때 자신이 직접 닥터 슬로퍼에 맞서기보다는 그의 딸인 캐서린의 순수한 열정을 배후 조종함으로써, 그녀 아버지의 불굴의 자기 확신에 도전하게 하는 전략을 채택한다. 모리스는 닥터 슬로퍼의 반대에도 불구하고 그 의사가 집에 없을 때 그 집으로 고양이처럼 살금살금 캐서린을 몰래 찾아간다. 그런데 흥미롭게도 닥터 슬로퍼는 고양이를 끔찍이 싫어한다. 모리스가 자신의 집에 몰래 찾아오는 것을 눈치챈 닥터 슬로퍼가 여동생인 페니먼 부인에게 상황을 묻는다.

"우리 집에서 혹시 내가 모르는 무슨 일이 일어나고 있는 건 아닌지 좀 말해 주었으면 좋겠구나," 그는 그런 상황에서는 상냥해 보이는 어조로 그녀에게 말을 건넸다.

"무슨 일이 일어나고 있다니요, 오빠." 페니먼 부인이 호들갑스럽게 말했다. "아, 저는 아무것도 아는 게 없어요! 나이 든 회색 고양이가 지난밤에 새끼들을 낳은 것 말고는요."

"그렇게 늙은 고양이가 말이냐?" 그 의사가 말했다. "놀랄 일이구나, 거의 경악할 일이야. 그것들을 모조리 물에 빠뜨려 죽여 버리는 선행을 좀 베풀어다오. 그건 그렇고 그밖에 다른 일은 없었냐?"

"아, 세상에나, 그 귀여운 아기 고양이들을 어떻게 물에 빠뜨려 죽인단 말이에요."

그녀의 오빠는 잠시 동안 시가 담배 연기를 내뿜으며 말없이 있었다. "그 아기 고양이에 대한 너의 그 동정심 말이다, 래비니아, 그건 너 자신의 성격에 깃든 고양이 같은 속성 때문에 생겨난 게로구나", 그가 이윽고 말을 이었다.

"고양이는 우아하고 매우 영리하며 청결하기까지 한 동물이에요", 페니먼 부인이 미소 지으며 말했다.

"그리고 매우 은밀하게 행동하는 녀석이지. 너는 우아함과 깔끔함을 겸비했지. 하지만 너는 정직성이 부족해." (43)

모리스는 캐서린의 마음을 사로잡았을 뿐만 아니라 그녀의 고모인 페니먼 부인을 이미 자신의 편으로 끌어들였고, 그들[페니먼 부인과 모리스] 사이에는 "비밀스러운 제휴"(44)가 이루어져 있다. 그러는 사이에 모리스는 닥터 슬로퍼의 예상되는 공격에 대비해서 철저히 현실적인 전략을 제공하여 그녀[캐서린]를 무장시킨다. 이 소설이 가정 내에서 흔히 볼 수 있는 가족 간의 갈등을 다루는 작품임에도 불구하고 그 묘사에 있어서는 전쟁과 전투에 관한 이미지가 빈번히 사용된다는 점이 작품이 가진 아이러니의 또 하나 요소이다. 닥터 슬로퍼가 착하기만 한 자기의 딸을 일방적으로 억압하고 희생시키는 관계가 아니라 아버지와 딸이 각기 자신의 굽힐 줄 모르는 의지를 가지고 정면으로 맞부딪혀 대결하는 양상을 띤다. 모리스는 닥터 슬로퍼가 자신[모리스]이 돈을 노리고 접근한다고 그녀에게 말할 것이라고 미리 주지시킨다. 그의 그러한 언급에 캐서린이 "내가 아빠를 설득하겠어요. 그렇게 되면 우리가 많은 돈을 가졌다는 사실이 우리에게 더 즐거운 일이 되겠죠"라고 대답하자, 모리스는 "그러한 강건한 논리"를 말없이 귀 기울여 듣는다(55). 그리고 그는 "당신에게 나의 방어를 맡기겠습니다"(55)라고 대화를 결론 짓는다.

각 개인의 각기 다른 성향이나 욕구, 가치관이 인식의 차이를 초래하게 하는 요인이 된다. 캐서린과 닥터 슬로퍼, 페니먼 부인은 자신들의 각기 다른 인식 기준에 의해서 모리스라는 인물을 상반되거나, 매우 다른 정서적, 윤리적, 경제적 대상으로 인식한다. 캐서린의 인식은 이제 막 피어나는 자신의 순수한 연애 감정에 의해서 지배받는다. 반면에 닥터 슬로퍼의 경우에는 이성적이고 과학적인 경제 논리에 의해서, 그리고 페니먼 부인의 경우에는 그녀의 무분별한 낭만주의적 성향에 의해서 각각 인식이 지배받는다. 캐서린은 모리스라는 젊은 남자를 현실적인 인물이라기보다는 일종의 이상형ideal type으로 보게 된다. 그녀에게 모리스는 "소설 속에서나 혹은 더 나아가서 연극 무대에서나"(21) 활동하는 인물로 비친다. 그녀의 사촌인 매리언Marian이 모리스를 두고 "지독하게 젠체하는"(21) 사람이라고 평할 때 캐서린은 거기에 결코 동의할 수 없다.

엄격한 과학과 차가운 이성을 대변하는 닥터 슬로퍼는 모리스에게서 불로소득의 일확천금과 신분 상승을 노리는 재산 사냥꾼으로의 모습만을 본다. 슬로퍼가 모리스에게서 본 그러한 모습은 아이러니컬하게도 젊은 시절 슬로퍼 자신의 일면을 상기시키기도 한다. 그러한 관점에서 모리스는 닥터 슬로퍼 자신의 심리적 반영, 혹은 더블이기도 하다. 닥터 슬로퍼에게 모리스는 자신[슬로퍼]이 끔찍이 싫어하는, 비속한 재산 사냥꾼일 따름이다. 캐서린이 모리스를 "시에 나옴 직한 젊은 기사knight"(31)로 인식하고 그의 우아한 매너에 완전히 매료된 데 반해서, 그녀의 아버지는 그를 "그럴듯하게 겉멋만 부리는 인물coxcomb"(41)로 인식한다.

제임스는 닥터 슬로퍼가 캐서린에 대한 모리스의 청혼에 반대해서 벌이는 전쟁의 동기와 원인을 설명하기 위해 그 의사의 심리적 보상 메커니즘과 계급의식, 과학의 가치에 대한 그의 신뢰 등을 세심하게 드러내 보인다.

닥터 슬로퍼는 의사로서 대단한 자부심과 자기신뢰의 저변에 자기가 경험했던 "치유 예술"(5)의 한계를 통렬하게 느끼고 있다. 의사로서 그는 막상 자신의 아내가 요절하고 아들이 유아기에 사망한 데 대해서는 아무런 조치도 취할 수 없었던 것이다. 그러한 불행과 수모를 감추기 위해서 그는 자신에 대해서 뿐만 아니라 다른 사람들에게도 지나치게 엄격하다. 그는 "평생 동안 자책의 무게에 짓눌려" 살아왔으며, "그의 아내가 세상을 떠난 날 밤에 몹시 거센 손길이 그에게 안겨준 징벌의 상처를 영원히 감냉해 왔다"(8).

닥터 슬로퍼는 자신과 모리스 사이에 현재의 지위와 스타일에 있어서 엄연한 차이가 있음을 의식하고 있지만 무의식적으로 모리스에게서 자신의 감추고 싶은 과거를 보고 있다고 할 수 있다. 젊은 시절 닥터 슬로퍼 자신이 내세울 것 없는 집안 출신이었으며, 큰 재산을 물려받은 상속녀와 결혼을 통해서 신분 상승에 해당할 만한 이득을 누렸었다. 더 높은 계층의 여자와 결혼함으로써 그는 "최고의 사람들"(7)로부터 꽤 많은 환자들을 확보할 수도 있었다. 그 자신이 상속녀와 결혼했는데, 이제 모리스가 그런 이득을 꾀하려고 시도하고 있는 것이다. 그 의사는 모리스에게서 자신이 너무도 잘 이해할 수 있는 심리적 기제를 새삼 발견한 것이다.

돈을 노리는 모리스의 욕망을 공격하기 위해 닥터 슬로퍼가 가진 최대의 무기는 사회적 계급에 따른 개인적 유형type에 대한 믿음이다. 그는 모든 사람을 "계층, 즉 유형"(73)으로 분류한다. 즉 그는 자신만의 이론적 기준이나 경험에 의거해서 주변 사람들을 비속한 유형인지 세련된 유형인지로 습관적으로 구분한다. 일단 자기 자신이 중상류층의 사회적 지위를 확보한 입장에서 하위계층의 사람들에게 배타적인 태도를 취하는 것이다. 그 의사의 꼼꼼한 눈에 모리스는 낮은 계층 출신일 뿐만 아니라—그는 "행세하는 신분"(reigning line)(34)에 속하지 않고—현재 사회적 지위도 불확실한 젊은이이다. 닥터 슬로퍼에게는 모리스의 사교적인 매너나 달변인 말투도 그저 천박한 감정과 비속한 의도를 드러내는 표시일 뿐이다. 그는 모리스를 "점잖은 사람"(a gentle man)이 아니라 "천박한 본성을 가진"(40), 속이 들여다보이는 재산 사냥꾼으로 정의하며, 그 젊은이의 면전에서 "나는 단지 자네가 잘못된 부류에 속한다고 말하는 것뿐일세"(63)라고 결론짓는다. 닥터 슬로퍼나 모리스가 속했던 19세기 전반 뉴욕시는 전문직업의 중요성이 유난히 강조되는 사회였다. 그러므로 그 사회에서 어떠한 직책도 갖지 못한 모리스가 부유층인 자신의 딸에게 청혼한다는 데 대해 닥터 슬로퍼가 의심스러운 눈초리를 보내는 것이 자연스러워 보인다. 제임스는 이러한 문제에 대해 자신의 소설 평론서인 『호손』(*Hawthorne*)에서 다음과 같이 밝히고 있다.

> 오늘날까지도 미국에서 어떤 사람이 '자기 사업을 하고 있지 않다는 것'이 상당히 불편한 입장에 처해있다는 것을 의미한다고 말해도 그것은 그리 지나친 표현이 아니다. 어떤 젊은이가 소위 실용적인 분야practical order에 속하지 않는 직종의 일을 시작하려 한다면, 다시 말해서 그가 시내 업무지역에 위치해있고, 출입문에 자신의 이름이 새겨진 사무실을 마련하지 못했다면 그는 이 사회 체제에서 제한된 신분을 가지고 있다고 볼 수 있으며, 자리를 차지하고 내려앉을 특별한 횃대를 찾지 못했다고 볼 수 있다. (45)

직책을 갖지 못한 모리스는 심지어 캐서린의 눈에도 그 사회의 주변인으로 비친다. 모리스의 사촌인 아서Arthur로부터 모리스가 직업을 가지고 있지 않다는 말을 들었을 때, 캐서린은 매우 놀라며 "직업이 없다구요?"(28)라고 되묻는다. 그녀는 "상류계층의 젊은이가 이런 상황에 처해 있는 경우에 대해 들어본 적이 없었던 것이다"(28). 닥터 슬로퍼가 모리스에 관해 알고 있는 자기 여동생인 아몬드 부인에게 한 첫 질문은 "그의 직업이 무엇이냐?"(34)는 것이다. 모리스를 두 번째로 만났을 때도 마찬가지로 닥터 슬로퍼는 "나는 자네가 직장을 구하고 있다고 들었네만"(47)이라고 언급한다. 이는 의사라는 선망받는 직업을 가진 닥터 슬로퍼가 무직의 모리스를 자기 딸의 배우자감으로, 워싱턴 스퀘어 사회의 구성원으로 받아들일 수 없다는 의도를 명백히 하는 것으로 볼 수 있다.

닥터 슬로퍼는 자신이 속하는 상류층의 문화적 취향이 모리스의 비속성에 의해서 오염되는 것을 결코 허락하지 않으려는 것이다. 또한 근면하고 성실한 닥터 슬로퍼는 불성실한 재산 사냥꾼으로 보이는 모리스에게 자신의 재산이 넘어가 낭비되는 것을 결코 용납할 수 없는 것이다. 그런 관점에서 보면 그 의사가 자기 딸에게 모리스가 청혼하는 의도에 대해 의심스러운 눈초리로 바라보는 것은 충분히 수긍할 만하다. 다분히 논리적인 닥터 슬로퍼의 추론에 따르면, 모리스가 평범한 외모를 가진 캐서린에게 반했을 리 없으며 단지 그녀에게서 기대되는 재산을 탐하고 있다는 것이다.

이기적이고 무책임한 개인주의를 표상하는 인물로서 모리스는 성실성을 통해 사회적 성취를 이룬 닥터 슬로퍼의 대척점에 있는 인물이다. 웨터링 Wetering에 따르면, 소위 "무분별한 개인주의"(10)가 19세기 미국 사회에서 유포되기 시작했다. 그러한 사회적 풍조는 자기중심적이고 이기적이라는 도덕적 비난의 대상이 되기도 했다. 닥터 슬로퍼에게는 자신의 감정과 이득에 몰두하는 모리스가 바로 그러한 개인주의의 화신으로 보였음 직하다. 실제로 모리스는 과거 "방종한"(wild)(34) 생활을 통해서 유산으로 물려받은 재산을 모두 탕진해버렸고, 현재에는 자신의 가난한 누나 집에 "얹혀살고"(36) 있다. 그러한 사실을 파악한 닥터 슬로퍼는 "그[모리스]가 너[캐서린]의 재산을 탕진해버릴 것"(59)이라고 믿을 만한 충분한 근거를 가진 셈이다. 그래서 실제로 그 의사는 죽기 전에 결국 자신의 재산을 병원이나 의과대학에 모두 기부해버린다.

모리스의 자유분방한 기질과 국제적으로 보일 만큼 매끄러운 매너는 닥터 슬로퍼의 보수적인 성격이나 지역적인 사고방식과 대비를 이룬다. 보헤미안적인 생활 방식을 가진 모리스는 캐서린의 눈에도 "외국인"(27)처럼 비칠 정도이다. 모리스는 뉴욕 태생이지만 거의 평생 동안 국내외의 이곳저곳을 여행하며 생활해 왔다. 그래서 그는 닥터 슬로퍼가 "삼킬 준비가 되어 있는" 것보다 외국에 관한 더 많은 "정보"를 그에게 줄 수 있다(38). 그 결과 그 의사는 모리스를 단지 자신의 보수적인 워싱턴 스퀘어 사회에 침입하려는 자로 여기는 차원을 넘어서 자신의 정체성에 대한 위협으로 느끼는 것이다.

배타적인 계급의식을 가진 인물로서 닥터 슬로퍼는 캐서린을 향한 모리스의 청혼에 관해서 그[모리스]의 언어가 아니라 신분 상승을 꾀하는 그의 의중을 꿰뚫어 본다. 모리스는 닥터 슬로퍼가 그[슬로퍼]를 "잘못된 부류에 속한다"(63)고 단정 지을 때 그 판단에 대해 반박할 어떤 근거도 내세울 수 없다. 과학과 이성, 근면성을 신조로 하는 닥터 슬로퍼는 금전을 노리는 모리스의 의도뿐만 아니라 그[모리스]에 대한 캐서린의 사랑도 용납할 수 없다. 그 이유는 그들의 관계를 허락하는 것이 자신의 가치관과 신념체계를 무너뜨리는 것이기 때문이다. 그래서 그는 모리스에 대한 캐서린의 열정을 무분별한 연애감정이 불러일으킨 "미혹infatuation, 애착, 미신"(73)으로 간주해버린다.

페니먼 부인에 의해서 대변되는 무분별한 감상주의도 역시 캐서린의 순박한 심성을 이용하여 자기만족을 꾀하기는 마찬가지이다. 그러나 페니먼 부인의 그러한 시도는 결국 캐서린의 현실 인식을 일깨우는 촉매제가 된다. 캐서린을 자기만족을 위한 도구로 여기는 페니먼 부인의 태도는 그녀를 자기 정당성self-righteousness을 입증하기 위한 수단으로 여기는 닥터 슬로퍼의 태도와 일맥상통한다. 또한 그녀의 무분별한 감상주의는 모리스의 무분별한 개인주의를 닮았기도 하다. 한편 페니먼 부인의 과도한 낭만적 상상력은 이 소설에서 유머의 주된 요인이 되기도 하지만, 결국에는 캐서린의 정서적 강인함을 드러내 보여주는 서술적 장치로 기능하기도 한다. 그녀의 수다스러운 언어 패턴과 가변적인 태도가 캐서린의 과묵함이나 일관성에 대비되기 때문이다. 또한 그녀의 정서적 피상성이 캐서린의 정서적 깊이에, 그녀의 경박함이나 가식적 태도가 캐서린의 성실성과 자연스러운 태도에, 그리고 그녀의 파괴적인 상상력이 캐서린의 창조적 상상력과 대비를 이루기도 한다.

페니먼 부인은 감상적인 상상력에 빠져서 자신의 행위가 어떤 결과를 초래하게 될지에 대해 인식하지 못한다. 그녀는 모리스를 통해서 자신의 낭만적인 감정을 간접적으로 대리 경험하는 과정에서 여러 가지 값싼 애정 행위를 보여준다. 그녀는 모리스를 몰래 워싱턴 스퀘어 저택으로 끌어들이기도 하고, 비밀 편지를 주고받기도 하며, 밖에서 은밀한 만남을 갖기도 한다. 진실성이나 공감 능력이 결여된 페니먼 부인은 모리스에 대한 자신의 대리 로맨스로부터 만족을 얻기 위해서 캐서린을 이용한다. 그녀의 그러한 무분별한 태도는 캐서린의 정신적 고통이나 외로움을 가중시키는 결과를 빚는다. 모리스와 페니먼 부인은 캐서린을 한 인격체로 대한다기보다는 각기 자신들의 이기적인 목적을 위한 하나의 수단으로 취급하는 경향이 있다. 그들의 그러한 부도덕한 태도에 대해 로버트 롱Robert Emmet Long은 당시 뉴욕 사회에 확산되고 있었던 상업주의적 분위기와 그로부터 비롯된 도덕적 혼란을 지적한다. 롱은 모리스나 페니먼 부인이 캐서린을 일종의 상품처럼 취급하며, 특히 모리스가 "그녀를 팔아 치워버린다"(*The Great*, 90)고 주장한다.

3. 아이러니의 부메랑

　　인물들이 표방하는 각기 다른 가치 체계 사이의 갈등 이외에도 이 작품에서 주제 차원으로 작동하는 또 다른 갈등 구조는 닥터 슬로퍼가 사용하는 언어와 서술자가 사용하는 언어 사이의 미묘한 대립에서 찾을 수 있다. 그러한 언어적 특징을 조명하며 마이니Darshan Singh Maini는 『워싱턴 스퀘어』를 "아이러니의 한계에 대한 극적인 탐구"(76)라고 규정한다. 닥터 슬로퍼가 사용하는 아이러니는 종종 서술자에 의해서 주제적 차원에서 재활용된다. 닥터 슬로퍼의 "아이러니의 단편들"(snippets of irony)(23)이 캐서린의 성격을 규정하는 데 사용되는 것과 마찬가지 방식으로, 서술자가 사용하는 아이러니는 그 의사가 드러내는 자신의 귀족성과 사회적 성취에 대한 언급을 단지 피상적인 자기과시의 문제로 격하시켜 버린다.

　　닥터 슬로퍼의 인격을 표현하는 모든 요소들—그의 직업 활동, 철학, 성공과 명성—이 표면적으로 그를 유명인사로 부각하는 듯하지만, 그 저변에서 그것은 오히려 그를 편협한 시각과 제한된 인식을 가진 지역적인 인물임을 드러내는 방향으로 작용한다. 다시 말하면 그 의사의 언어는 자신의 신분과 전문지식, 교양에 대해 자부심을 나타내는 듯하지만, 오히려 그것은 그가 "지역 인사"(a local celebrity)(6)에 불과함을 드러낸다. 즉 닥터 슬로퍼의 인식 한계는 맨해튼 섬의 경계 안에 제한되어 있다. 같은 맥락에서, 그가 지성과 미모, 교양의 화신처럼 믿고 있는, 오래전에 세상을 떠난 그의 아내 슬로퍼 부인Mrs. Sloper의 명성도 지역적 편협성에 의해서 제한된다. 서술자는 그녀를 "작지만 전망이 밝은 그 수도capital에서, 배터리 공원the Battery park 지역에 들러붙어 있으며 그 앞의 만 지역the Bay을 바라다보고 있는 그 지역에서, 영역의 [동북단] 끝이 커널가Canal Street의 잡초 무성한 길가로 표시되는 그 지역에서"(6) 가장 아름다운 여성 중의 한 명이었다고 소개한다. 심지어 그녀의 눈조차도 "맨해튼 섬에서"(6) 가장 매력적인 것이었다고 묘사된다. 서술자가 닥터 슬로퍼와 그의 아내에 대해 칭찬의 어투를 늘어놓을수록 아이러니하게도 그 두 인물은 그만큼 더 편협한 사람들로 전락하게 된다. 요컨대 닥터 슬로퍼는 자신이 속한 사회의 한계에 대해서 인식하지 못하는 지극히 지역적인 인사일 따름이다.

닥터 슬로퍼가 스스로 내세우는 귀족주의적 태도도 역시 주제적 차원에서 이중적으로 작용하는 아이러니에 의해서 평가절하된다. 캐서린이 현실 의식과 자아의식에 있어서 점차 성장하는 데 반해서 닥터 슬로퍼의 현실 감각과 이해력은 점차 경직되어 탄력을 잃게 된다. 캐서린을 향한 닥터 슬로퍼의 아이러니는 그의 인식 능력에 따라서 기능하는 것이 아니라 서술자의 표현 능력에 따라서 기능한다. 다시 말하자면 서술자의 아이러니를 통해서 그 의사의 귀족연 하는 태도나 물질주의가 점차 시들어가는 반면에 캐서린의 정신력과 통찰력은 점점 성장해간다는 것이 드러난다. 닥터 슬로퍼는 딸인 캐서린의 정서와 정신적 능력을 헤아리는 데 실패한 채 그녀의 장래에 관해서 두 가지 판단을 내린다. 첫째 그는 캐서린의 의지를 과소평가하여 "그녀는 내가 명령한 대로 행할 것이다"(77)라고 예측한다. 그는 그녀를 "대단한 정신력을 가진 여성"(77)이 아니라고 본 것이다. 다른 한편으로 그는 그녀가 지적으로 지극히 단순한 여성이라고 생각한 채 작품의 주제와 연결될 수 있는 예언을 자기 자신에게 한다. 닥터 슬로퍼는 "나는 그 애가 끝까지 고집을 꺾지 않을 거라고 믿어"(96)라는 예언적인 표현을 스스로에게 두 번이나 확인해가며 내뱉는다. 서술자의 아이러니는 닥터 슬로퍼의 그처럼 자기 확신에 찬 태도를 닥터 슬로퍼 자신에 대한 자기 진단으로 되돌려 놓는다. 그래서 그 말은 다소 우스꽝스러운 성격을 띠게 된다. 즉 닥터 슬로퍼가 "나는 그 애가 끝까지 고집을 꺾지 않을 거라고 믿어"라는 말을 스스로에게 두 번이나 반복하는 데 대해서 서술자는 "캐서린이 '고집할 것'이라는 그[닥터 슬로퍼]의 생각은 다소 우스운 측면이 있어 보인다. 그리고 그것은 일종의 오락적인 기대감을 제공한다. 그는 스스로에게 그것을 끝까지 지켜보겠다고 다짐했다"(96, 원문 강조)라고 언급한다. 닥터 슬로퍼의 그러한 판단은 서술자의 아이러니에 의해서 재평가된다. 플롯이 진행됨에 따라서 닥터 슬로퍼의 고집은 결코 캐서린의 고집을 이기지 못하게 되기 때문이다. 게다가 물질주의와 지적 자만심에 끝까지 집착하는 닥터 슬로퍼의 태도는 작품의 블랙 유머로 작용한다. 캐서린이 "고집을 꺾지 않을 것"(sticking)이라는 닥터 슬로퍼의 예언이 작품의 비극적 결말을 유도하는 셈이다.

캐서린은 모리스에 대한 애정과 아버지에 대한 도덕적 의무 사이에서 정서적·심리적 고난을 겪으면서 자신의 상황에 대한 사색을 통해서 인식의 성장을 이룬다. 그러는 중에 그녀의 감정적 절제와 도덕적 태도가 그녀에 대한 닥터 슬로퍼의 '합리적' 판단을 빗나가게 한다. 아버지의 억압적인 권위로부터 스스로를 해방시키기 전에 그녀는 자신의 도덕적 의무감의 한계를 테스트하려는 것이다. 나르시시즘에 빠진 닥터 슬로퍼가 자기 정당성을 스스로 입증하는 데서 흥분과 쾌감을 느낀다면, 강고한 도덕주의자로서의 캐서린은 자신의 도덕적 성실성을 스스로에게 입증하려는 데서 일종의 흥분과 쾌감을 느낀다.

반면에 캐서린은 [닥터 슬로퍼의 기대와는] 매우 다른 종류의 어떤 것을 발견하게 되었다. 착한 딸이 되려고 노력한다는 데서 대단한 감흥a great excitement을 느낄 수 있다는 것이 그녀에게 명확해졌다. 그녀는 완전히 새로운 느낌을 경험했다. 그것은 그녀 자신의 행동에 관해 예기되는 긴장감의 상태라고 묘사될 수 있는 것이었다. 그녀는 자신을 마치 다른 사람을 바라보듯이 바라보았다. 그리고 자신이 무슨 일을 하게 될 것인지 궁금해졌다. 자신이면서 동시에 자신이라고 할 수 없는 그 다른 사람이 갑자기 존재 상태로 떠올라서 그녀에게 시험 되지 않는 역할을 수행하는 데 대한 자연스러운 호기심을 불어넣어 주었다. (77)

닥터 슬로퍼와 캐서린 사이의 대립은 아버지와 딸의 감정적 갈등의 차원을 넘어서 일종의 강고한 두 의지나 고집의 한 치 양보 없는 존재론적 대결의 양상을 띤다.

닥터 슬로퍼가 자신의 지적 완전성을 스스로에게 입증하려 한다면, 캐서린은 자신의 도덕적 완벽성이나 정서적 일관성을 스스로에게 입증할 작정이다. 이러한 상황에서 캐서린은 자신이 "심각한 어려움에 처해 있다"(78)고 모리스에게 고백한다. 닥터 슬로퍼의 자기 정당성이 "신성한 법칙"(111)이라는 일종의 종교적 차원의 권위를 띠는 것과 마찬가지로 캐서린의 도덕적 신념도 거의 종교적 의지의 성격을 띤다. 그녀는 어떤 상황에 처하더라도 "적어도 착할 수는 있다, 그리고 만약 그녀가 충분한 정도로 착하다면 하늘이 이 모든 어려움을 해결할 수 있는 어떤 방책을 마련해줄 것이다"(78)라고 믿는다. 이러한 딜레마를 극복하기 위해서 그녀는 "착하기 위해서는 인내해야만 한다"(77)는 원칙을 스스로에게 다짐한다.

캐서린이 아버지로부터 허락받으려고 하는 것은 재산 상속이 아니라 결혼에 대한 허락이다. 그러나 닥터 슬로퍼는 자기 재산의 가치를 지나치게 높이 평가한 나머지 그것이 캐서린이 내세우는 도덕적 가치를 눌러 이길 것이라고 오판한다. 물질적 가치를 정서적·도덕적 가치보다 더 높이 평가하기는 모리스의 경우에도 마찬가지이다. 그는 캐서린에게서 기대되는 막대한 유산을 전유할 수 있다는 기대에 차서 자신에 대한 캐서린의 애정을 이용하려고 시도하기 때문이다. 그런 점에서 닥터 슬로퍼나 모리스는 둘 다 당시 만연했던 상업주의에 깊이 물든 인물들이다.

침묵과 긴 숙고의 과정을 거친 후에 캐서린은 아버지에 대항해서 자신의 의지를 관철시키려고 결심한다. 그녀는 아버지에 대한 도덕적 의무—착한 딸이 되겠다는—보다는 자신의 감정에 더 충실하기로 결심한다. 게다가 그녀는 자신의 양심의 결백을 아버지에게 기어코 입증해 보이기로 마음먹는다. 그래서 그녀는 "나는 아버지가 돌아가시기 전에 결혼하지 않는다면 돌아가신 이후에도 결코 결혼하지 않을 것입니다"(94)라고 아버지에게 맹세한다. 그러나 이 시점에서 그녀는 도덕적 결백을 지향하는 자신의 이상주의적인 결정이 실질적인 물질주의자인 닥터 슬로퍼나 이기적인 현실주의자인 모리스, 그 어느 쪽으로부터도 받아들여지지 않으리라는 것을 알지 못한 것이다.

아버지의 제안으로 함께하게 된 알프스로의 여행에서 캐서린은 자신의 결혼 문제에 대한 그의 의지가 확고부동한 것을 확인하고, 결혼하지 않을 것이라는 자신의 결심을 밝힌다. 알프스산맥에 대한 묘사는 닥터 슬로퍼의 감정적 내면, 즉 그의 정서적 황무지 상태를 상징적으로 보여준다. 워싱턴 스퀘어 공원과 그곳에 위치한 그의 저택이 닥터 슬로퍼의 공적인 자아와 사회적 성취—그의 지적인 언행, 교양과 문화에 대한 그의 취향, 그의 전문지식, 귀족적인 삶의 스타일에 대한 그의 지향 등—를 구현한다. 반면에 이 작품에서 자연은 평화나 아름다움, 풍요나 안식과는 완전히 반대되는 이미지로 그려진다. 그래서 "알프스산맥의 쓸쓸한 계곡"이나 "붉게 물든 눈 덮인 산꼭대기"는 닥터 슬로퍼의 내면과 거기에 감춰진 심리적 좌절감을 상징한다(120). 즉 알프스는 그의 뒤틀린 심사, 불모화된 감정, 굳어버린 인식 등을 반영한다고 볼 수 있다. "그 계곡은 너무도 황량하고 험악했으며, 그들의 걸음걸이는 차라리 기어오르는 것과 같았고 [...] 서쪽에 차갑고 붉은빛의 거대한 홍조가 드리워져 있었는데, 그 때문에 조그만 계곡의 측면들이 더욱 울퉁불퉁하고 어스름하게 보일 따름이었다"(120).

이처럼 황량하고 쓸쓸한 곳에서 닥터 슬로퍼의 지적인 능력이 실패하기 시작하면서, 그는 감정적 통제를 잃고 분노를 드러내게 된다. 그는 "나는 매우 화가 난다. [...] 나는 그다지 좋은 사람이 아니다. [...] 너에게 확실히 해두겠는데 나는 지독하게 모질어질 수 있다"(121)고 털어놓는다. 이러한 상황에서 캐서린은 자신에 대한 아버지의 불신이 죽은 어머니에 대한 과도한 집착에서 비롯된 것임을 깨닫는다. "그는 어쩔 수가 없는 거야. 우리가 우리 자신의 애정을 통제할 수는 없으니까. 내가 나의 애정을 통제하는가? 아버지가 그것을 나에게 말씀하시면 안 되는가? 그것은 그가 오래전에 돌아가신 어머니를 너무 좋아하기 때문이야. 어머니는 너무도 아름다우셨고 너무도 지적이셨어. 아버지는 항상 어머니를 생각하고 계시지. 그런데 나는 전혀 어머니와 닮지 않았어"(132).

나아가서 캐서린은 아버지가 그녀를 정신적으로 강요하는 데는 한계가 있다는 것을 직관적으로 알아차린다. 그녀는 알프스의 황량한 산악 환경으로 은유화된 닥터 슬로퍼의 압박도 "자신에게 어떤 해도 끼칠 수 없다"(121)는 것을 인식한 것이다. 이어서 그녀는 아버지의 가학적인 물질주의가 그녀가 자기희생을 걸고 자신의 도덕적 완벽성을 입증해야 할 만한 가치가 없는 것이라고 판단한다. 그 결과 그녀는 자신을 얽매왔던 도덕적 굴레로부터 자신을 해방시켜버리고, "난생처음으로 아버지에게 거친 말을 해버린 데 대한 흥분감에 자신의 심장이 고동치는 것"(122)을 느낀다. 그런 다음 그녀는 "도덕적 편안함"(131)을 얻는다.

캐서린이 아버지의 속박에서 벗어나서 도덕적 해방감을 얻었지만 모리스에 대한 감정적 환상에서 벗어난 것은 아니다. 유럽에서 돌아온 다음에야 그녀는 모리스의 인격에 내재된 표리부동에 대해 깨닫게 되며 자신의 정서적 환상으로부터도 벗어난다. 모리스가 그녀를 가혹하게 배신하자 그녀는 "가면이 그의 얼굴에서 갑자기 떨어져 나가버렸다는 것"(148)을 알게 된다. 그녀는 마침내 이제껏 자신이 모리스의 금전적 이기주의와 아버지의 냉정한 지성주의에 의해서 하나의 상품으로 다루어졌으며, 고모인 페니먼 부인의 무책임한 감상주의에 의해서 하나의 수단으로 이용당했다는 사실을 "열정의 투시력"(155)을 통해서 꿰뚫어 볼 수 있게 된다. 요컨대 그녀는 "모리스 타운센드가 자신의 애정을 가지고 놀았으며, 자신의 아버지가 그 장난감의 스프링을 부숴버렸다"(165)는 것을 깨닫는다.

닥터 슬로퍼는 아몬드 부인이 캐서린은 "틀림없이 자신의 의지를 고수할 것입니다"(106)라고 말하는 것을 듣고 그녀가 "고집을 꺾지 않을 것"이라는 자신의 판단이 옳았다는 점을 재확인한다. 그러나 그의 언어는 서술자의 이중 아이러니에 의해서 또다시 부메랑이 되어 그 자신에게 되돌려진다. 즉 서술자는 닥터 슬로퍼가 자신의 물질주의적 가치관에 끝까지 집착할 것이며, 캐서린도 역시, 모리스에게가 아니라, 그녀 자신의 고집 자체에 집착하게 될 것이라고 암시한다. 이처럼 한 치도 양보하지 않으려는 두 사람의 고집의 대결은 거의 사활을 건 싸움에 가까운 성격을 띤다. 게다가 닥터 슬로퍼의 그러한 자기만족적 확신에는 일종의 승리에 대한 기대감이나 쾌감 같은 것이 깃들어 있다. 그는 캐서린의 불행을 대가로 치르고서라도 자신의 자기 정당성을 입증하려는 것이다.

그러나 닥터 슬로퍼의 지적 판단은 결함을 가진 것으로 드러난다. 그는 자신이 죽고 나면 모리스가 "다시 돛을 올리고 들어올 것이며, 그때 그녀[캐서린]가 그와 결혼하게 될 것"(163)이라고 예견한다. 모리스에 대한 그의 판단은 완벽하게 옳은 것으로 입증되지만, 정작 자신의 딸에 대한 판단은 그녀가 모리스의 재구혼을 냉정하게, 영원히 거절해버릴 때 완전히 빗나가고 만다. 캐서린은 자기 자신의 의지의 일관성에 끝까지 고착하지만, 모리스와의 결혼에 대해서는 마음을 단호하게 바꿔먹은 것이다.

캐서린의 인식은 자신의 도덕적·정서적 환상을 극복할 만큼 충분히 성장하지만, 자신이 경험한 고통스러운 인상을 지워버릴 만큼은 성숙하지 못한다. 캐서린에게 지울 수 없는 것은 감정이 아니라 인상이다. 그녀는 스스로 "분노는 여러 해 동안 그대로 지속되지 않[지만] 강렬하게 새겨진 [그녀의] 인상은 지속된다"(179)고 생각한다. 그런 관점에서 닥터 슬로퍼는 그녀의 성품을 정확하게 파악했고 그의 예견은 사실로 입증된다. 그는 그녀가 "구리주전자 같은" 성품을 가졌으며 거기에 일단 "눌려 들어간 자국"(dent)이 생기면 아무리 잘 닦는다 해도 "결코 지워지지 않을 것"이라고 단언한다(106). 그녀는 자신이 받은 상처에 대한 분노를 가해자들에게 복수의 화살로 되갚으려는 것이 아니라, 자신의 도덕적 일관성을 스스로에게 입증하려는 자기 시련으로 돌려버린다. 그처럼 감정적 죽음을 선택함으로써 다시 한번 아이러니컬하게도 그녀는 성격적으로 점점 자신의 아버지를 닮아간다. 즉 그녀는 단호한 거절과 완고한 의지, 냉소적인 태도에 있어서 닥터 슬로퍼에 필적하는 인물로 드러난다. "그녀는 자신이 완고하다는 것을 인식하고 있었다. 그리고 그러한 사실이 그녀에게 어떤 만족감을 가져다주었다"(168). 게다가 그녀는 자신이 모리스와 결별한 사실에 대해 아버지에게 철저히 함구함으로써 아버지의 "냉소의 남용"에 대해 그녀 자신의 "효과적인 냉소"로 되갚는다(161).

서술자의 눈에 비친 닥터 슬로퍼는 모리스에 못지않게 물질주의에 물든 인물이며, 그의 인식은 캐서린 못지않게 제한되어 있다. 아버지와 딸은 둘 다 성격적·도덕적 경직성 때문에 고통스러운 기억―닥터 슬로퍼의 경우는 자신의 아내와 아들을 잃은 상처 그리고 캐서린의 경우는 모리스부터 당한 배신의 상처—으로부터 벗어나지 못한다. 그 두 부녀는 각기 자신의 원칙을 고수하기 위해서 자신의 인생을 희생시키는 것이다. 닥터 슬로퍼의 유언장— 그가 발급한 마지막 처방전—은 그가 자신의 물질주의와 지성주의를 끝까지 붙들고 늘어졌음을 보여준다. 그는 그 유언장에서 캐서린이 어머니로부터 물려받은 재산이 "파렴치한 [구혼] 협잡꾼들이 군침을 흘릴 만큼 이미 충분히 큰 액수"라고 규정하며, 캐서린이 그 협잡꾼들을 "흥미로운 계층이라고 여겨" 그 청혼을 받아들일 것이 분명하므로, 자신의 모든 재산을 사회에 기부한다고 명시한다(169). 그처럼 간결하고 단호한 언급을 통해서 닥터 슬로퍼는 그의 가치관과 계급의식을 명백하게 드러낸다. 또한 그것은 서술자의 어조에 의해서 그가 자신의 아이러니와 빈정거리는 말투, 그리고 자기 착각에 빠진 제한된 인물이라는 것을 보여주는 수단이 된다.

닥터 슬로퍼의 언어와 신념에서 작용하는 그러한 아이러니는 캐서린의 삶의 방식으로 이어지면서 다시 한번 작품의 주제와 관련된 아이러니로 재해석된다. 소설의 암시적인 결말에서 캐서린은 신흥 귀족으로서 워싱턴 스퀘어 사회의 정신을 점점 흡수하여, 그 저택의 주인으로서 권위를 갖추어간다. 그녀는 자신의 아버지가 단지 외적 태도와 분위기에 피상적으로 집착했던 귀족성을 보다 더 실질적으로 실행하는 인물로 변모한다. 그녀는 한편으로 모리스의 비속성을 혐오하면서, 다른 한편으로는 자기 아버지의 위엄과 자부심을 몸에 익히게 된다: "젊은 시절에 그녀는 너무도 겸손했었음으로 이제는 조금은 자부심을 가질 수 있게 되었다. [...] 가엾은 캐서린의 존엄은 공격적인 형태를 띠지는 않았다. 그것이 당당한 모습으로 드러나지는 않았다. 하지만 만약 네가 충분히 밀어붙인다면 너는 그것을 발견할 수 있게 될 것이다"(168).

닥터 슬로퍼가 당시 뉴욕 사회에 퍼져 있던 상업주의를 경멸하면서 내적으로 수용하는 데 반해서 캐서린은 그것을 철저하게 거절한다. 게다가 그녀는 결혼 자체를 거부함으로써 아버지의 삶의 방식을 답습하며 세상을 향한 감정의 창을 닫아버린다. 자기 아버지의 배타적인 태도를 물려받은 것이다. 모리스를 마지막으로 만나게 되었을 때 그녀는 그를 "이상한 눈초리로 주시한다"(177). 그녀의 달라진 시각으로는 이제 모리스는 "그 사람인 것 같기도 하고 그 사람이 아닌 것 같기도 하다. [한때는] 자신에게 모든 것이었던 바로 그 사람이었지만 지금은 아무 의미도 없는 존재이다"(177). 그녀의 결론은 "만약 그녀가 처음부터 이런 방식으로 그를 보았더라면 그를 좋아하지 않았을 것"(178)이라는 것이다. 캐서린이 궁극적으로 취하게 된 시각과 기질, 삶의 태도는 그녀 아버지인 닥터 슬로퍼의 그것과 정확하게 닮아 있다.

닥터 슬로퍼는 그의 재산을 캐서린에게 물려주지는 않았지만 그의 워싱턴 스퀘어 저택과 그것이 구현하는 가치관―배타적이고 귀족적인 태도―을 물려준 셈이다. 그녀가 그 저택에서 겪었던 모든 좌절과 고난에도 불구하고 캐서린은 그 집을 떠나지 않는다. 오히려 그녀는 거기에 끝까지 집착한다: "그녀는 그 어떤 주거 환경보다도 워싱턴 스퀘어를 선호했다. [...] 그녀는 이전 시대의 건물을 좋아했다―그때쯤에는 그 건물이 '구식' 집이라고 일컬어지기 시작했었다―그리고 그녀 스스로에게 그 집에서 생을 마감하겠다고 다짐했다"(170-71, 원문 강조). 로버트 롱이 지적하듯이 작품 전체를 통해서 "그 집은 그 안에서 벌어졌던 드라마와 필수적인 관계를 가지고 있다"(*Henry*, 99).

닥터 슬로퍼의 저택은 소설의 시작 부분에서 당시 건축학의 최신 스타일로 지어져서, 삼십여 년의 세월이 흐른 뒤, 제임스의 도식적인 "시대적 혼란"(Winter 426)에 의해서, 소설의 끝부분에 이르러서는 낡은 집이 되어 있다. 그러는 동안에 여주인공 캐서린은 그녀의 아버지보다도 더욱 음울하고 배타적인 사람이 되어 있다. 그러나 그 집안에서 캐서린의 삶이 전적으로 황폐한 상태인 것만은 아니다. 닥터 슬로퍼의 삶의 스타일이 기본적으로 외적 교양의 겉모습과 지적인 자기 확신, 자기정의 등으로 특징지어지는 데 비해서 캐서린의 삶의 스타일은 자기 소모적인 정신과 창조적인 열정으로 특징지어진다. 소설의 마지막 문장에서 그녀는 "한 조각의 수예품"(180)을 만드는 일에 여생을 보내고 있다.

터틀턴James W. Tuttleton은 "풍속소설이 미국에서 존재할 수 없었다고 주장하는 하나의 근거는 미국이 무계급의 사회라는 점이다. 유럽의 시각에서 보면 그렇다"(*The Novel*, 74)라고 진술한다. 이어서 그는 그럼에도 불구하고 미국에서도 "사회 계급적 구별이 풍속소설을 쓰는 작가들에게는 이용 가능했었다. 우리는 쿠퍼의 작품에서 그리고 제임스의 초기 작품에서도 그것을 찾아볼 수 있다"(*The Novel*, 74)고 말한다. 풍속소설의 입장에서 보면『워싱턴 스퀘어』는 제임스가 "매 5년마다 모든 것을 완전히 새로 만들어가는"(26) 개발의 시대에, 순수하게 미국적인 의미로 이제 막 형성되기 시작했던 계급의식과 사회계급의 구분이 어떤 상태로 발생하고 있었는지를 보여주는 작품이라고 평가할 수 있다.

제임스는 닥터 슬로퍼를 19세기 초반 미국의 신흥 부르주아 계층을 상징하는 인물로 그려내고 있다.『워싱턴 스퀘어』에서 제임스는 당시 미국의 그러한 사회계급에 대해서 "소위 상업적이거나 전문직을 가진 귀족사회—매우 안락하고도 존경받는 삶을 살고 있지만 그들의 협소하고 지역적인 태도로 명백히 배타적인 자부심을 가진"(*Hawthorne*, 57)—계층으로 풍자한다. 한편 캐서린은 부녀간의 기질적 유사성뿐만 아니라 차이점 때문에 설익은 귀족적 은둔 생활 속에 스스로를 가두어버린 인물이다. 그리고 제임스는 닥터 슬로퍼의 워싱턴 스퀘어 저택을 잭슨 시대Jacksonian period의 귀족 사회를 상징하는 하나의 축소판으로 묘사한다.[1] 작가로서 제임스는 미국이 유럽의 귀족사

---

1) 앤드루 잭슨Andrew Jackson은 1829년부터 1837년까지 미국의 제7대 대통령으로 재직했으

회와 "오래된 대지주의 저택"(*Hawthorne*, 55)을 갖고 있지 않았던 것을 아쉬워하면서, 『워싱턴 스퀘어』에서 그의 전형적인 회고적 명상을 통해서 19세기 전반 뉴욕 사회에서 미국 귀족 사회가 탄생하는 상황의 일면을 극화하고 있다.

며, 그의 정치적 영향력은 당시 미국의 민주주의 발달에 큰 영향력을 미쳤다. 그는 정치권력이 귀족적 엘리트 집단으로부터 정당에 기반을 둔 보통의 유권자들에게로 옮겨져야 한다고 생각했다. 그는 또한 주정부나 연방정부의 권한이 제한되어야 부패가 줄어든다고 보았으며, 재계와 사업계가 공화정의 가치를 부패하게 할 것을 우려했다.

제5장

문화의식의 혼동: 『보스턴 사람들』

1. 개혁충동

헨리 제임스의 모든 소설들 중에서 『보스턴 사람들』(*The Bostonians*)은 미국 사회에 대한 제임스의 현실 참여 의식이 가장 구체적이고 직접적으로 나타난 작품이다. 그래서 『보스턴 사람들』에 대한 비평에서 주된 관심사는 자연스럽게 그 작품의 창작 과정에 제임스가 당시 보스턴의 사회적 현실에 대해서 어떤 입장을 취했는가에 모인다. 즉 제임스 비평가들은 19세기 후반 보스턴을 중심으로 전개되었던 여권 운동에 대한 제임스의 입장을 밝히려고 다각도에서 시도한다. 그러한 논쟁에 있어서 흥미로운 점은 여권 운동에 대한 제임스의 태도에 대해 비평가들이 극단적으로 상반된 주장을 하고 있다는 것이다. 루이스 어친클로스Louis Auchincloss나 필립 라브Philip Rahv와 같은 성적 보수주의자들이 그 작품에 강한 흥미를 가지는 것은 거기에서 제임스가 무분별한 여권 운동가들을 신랄하게 풍자하고 있다고 보기 때문이다.1) 반면

---

1) 예를 들면 어친클로스는 남자 주인공인 랜섬Basil Ransom의 "우월한 섹슈얼리티 자체가 제임스에 의해서 반드시 '훌륭한'good 것으로 단정된 것은 아니다. 그러나 그것은 하나의 자

에 주디스 페털리Judith Fetterley나 데이비드 리어David Van Leer와 같은 성적 진
보주의 비평가들은 그 소설이 남성들의 억압에 맞서 싸우기 위해 여성들 간
의 동지애를 바탕으로 한 굳은 연대를 예견한다고 주장한다.[2]

한편 알프레드 해베거Alfred Habegger는 『보스턴 사람들』에서 극화된 여
성 해방 운동에 대해 '남근적인' 보수주의자들의 시각과 급진적인 페미니스트
들의 시각 둘 다로부터 거리를 두고 절충적인 해석을 제안한다. 해베거는 제
임스의 생애와 당시의 시대적 상황에 근거해서 『보스턴 사람들』을 해석함으
로써, 그 소설의 주제가 구조적으로 "단절되고 모순되어 있다"(6)고 평한다.
그 결과 그 소설의 구조 자체가 가해자로서의 남성과 희생자로서의 여성에게
"공히 충실하도록 분할되어"(6) 있다는 것이다. 그리고 바로 그러한 시대적
상황과 그로부터 영향을 받은 플롯상의 근본적인 단절이 그 소설에 대한 해
석상의 대립을 불러일으킨다고 주장한다.

이러한 전기적 · 역사적 접근 이외에, 제임스가 자연주의 소설에 대해
서 가졌던 특수한 입장도, 그가 급진적인 페미니즘과 완고한 남성우월주의의
충돌이라는 논쟁적인 주제를 어떻게 다루고 있는가를 이해하는 데 중요하
다.[3] 제임스는 『보스턴 사람들』에서 자연주의의 신념과 기법을 제한적으로

연력이다. 그것은 소리를 질러대는 한 무리의 여성들에 대항해서, 그리고 심지어 부유하고
결의에 찬 레즈비언에 대항해서 그 앞을 가로막는 모든 것들을 일소해버린다'(80, 원문 강
조)고 견해를 밝힌다.

2) 페털리는 『보스턴 사람들』에서 페미니즘을 위한 제임스의 "숨겨진 혁명적인 메시지"를 찾
을 수 있다고 주장한다. 그녀는 제임스가 여자 주인공인 "올리브Olive Chancellor의 성격에서
그리고 올리브와 버리나Verena Tarrant의 운명에서 급진적인 페미니즘의 핵심이 되는 강령"
을 포착하고 있다고 본다. 페털리에게 그 강령이란 "여성들이 그들의 기본적인 결속이 자신
들끼리의 결속이라는 것을 알게 될 때까지는, 그리고 그들이 서로에게 진정으로 헌신을 하
는 법을 배울 때까지는 결코 자유롭게 자아실현에 이를 수 없고 또 자신이 될 수도 없다'는
것이다(152-53).

3) 라이얼 파우어즈Lyall Powers는 헨리 제임스가 프랑스 자연주의 작가들의 이론과 실행으로

수용함으로써, 성적 정서의 대립이라는 주제를 이념 대결의 양상으로 전개하는 대신에 북부와 남부의 문화적인 충돌로 변형시킨다. 제임스는 두 주인공인 올리브와 랜섬을 각각 뉴잉글랜드와 남부의 문화적 환경에 의해서 형성된 인물로 구체화하는데, 그러한 전략을 통해서 그들의 이념적 대결을 문화적인 충돌로 변형시킨다. 그는 그 두 인물들을 각각 북부와 남부의 상반된 문화적 요소들을 구현하는 인물로 묘사함으로써 그들의 개혁 활동의 동기와 그에 수반되는 이념적 혼란을 풍자한다.

　『보스턴 사람들』을 창작하는 데 있어서 제임스는 개인의 삶이 환경에 의해서 크게 영향을 받는다는 자연주의적 신념을 부분적으로 수용했다. 그러나 그는 자연주의 작가들의 결정론적 시각과 도덕적 객관성에 대한 신념을 받아들이지는 않았다. 그는 또한 프랑스 자연주의 작가들과 마찬가지로 예술이 삶의 문제에 대해 직접적인 도덕적 처방을 제공하려 해서는 안 된다고 보았지만, 그들과는 달리 도덕의식이 예술 의식으로부터 완전히 배제될 수 있다고 생각하지 않았다. 오히려 그는 예술적 창작 과정에 있어서 그 두 요소가 "매우 밀접하게 연관되어 있다"(*Future*, 26)고 믿었다. 나아가서 제임스는 프랑스 자연주의 작가들이 사용하는 누적적 표현cumulative expressions의 효과에

부터 영향을 받아 『보스턴 사람들』에서 "인물들이 살아 움직일 수 있는 생생하고도 사실적인 세계"(*Naturalist*, 67)를 창조했으며, 특히 "그들의 모습, 자세, 몸짓에 대한, 그들의 옷매무새와 언어의 특징에 대한, 그리고 그들의 주거 공간과 생활 장면에 대한 풍부한 묘사"(*Naturalist*, 67)를 통해서 리얼리티를 효과적으로 이끌어낸다고 주장한다. 이 점에 대해 오스카 카길Oscar Cargill도 "『보스턴 사람들』에서 가장 흔히 간과되는 문제가 올리브 챈슬러와 같은 인물을 탄생하게 했으며, 그리고 [그녀가] 버리나를 차지하기 위해서 벌였던 경쟁을 가능하게 했던 환경을 구성하기 위해서 제임스가 들였던 수고이다"(137)라고 지적한다. 한편 사라 블레어Sara Blair는 1880년대에 사실주의에 대한 제임스의 관심이 미국의 "국가적 문화 자체를 형성하려는 계획"으로 연결되었다고 보며, 그가 『보스턴 사람들』에서 "신중하게 중립성을 유지하는 서술자"의 시각을 통해서 여성의 지위와 관련해서 미국 문화의 근대성에 나타난 가변성과 다원성에 효과적으로 대처한다고 평가한다(152).

대해서도 제한적으로 동의했다. 그는 견고한 외적 묘사가 "많은 훌륭한 효과들"(Selected, 19)을 이끌어 낼 수 있다고 생각했지만, 오로지 그것들만을 통해서도 내면에 감추어진 진리를 완전하게 표현해 낼 수 있다는 자연주의적 가설에는 반대했다. 따라서 제임스는 예술적 창작 과정에 "어떠한 행위의 동기나 도덕적 함의를 고려하지 않고 그 행위를 묘사하는 것이 어렵다"(Selected, 94)고 보았다. 그러한 입장에서 제임스는 『보스턴 사람들』에서 여권 운동의 이념적 진위를 밝히려 한다기보다는 사람들이 그 개혁 운동에 참여하는 실질적인 동기를 밝히는 데 관심의 초점을 둔다.

제임스는 남북전쟁을 전후해서 뉴잉글랜드에서 고조된 개혁 열기를 당시 그곳의 지적 흐름을 지배했던 문화적 환경으로 인식했다. 따라서 그는 『보스턴 사람들』에서 경직된 이념에 빠진 한 무리의 개혁 운동가들의 삶을 재현함으로써 보스턴의 문화적 혼란을 조명한다. 특히 주인공인 올리브는 보스턴의 지적・도덕적 분위기에 깊이 물든 인물이면서 다시 그 보스턴의 문화적 환경을 구성하는 인물로 부각된다.[4] 그러므로 제임스는 올리브가 그녀의 개인적 특이성에도 불구하고 보스턴 사람으로서 그 "일정한 '환경'(set, 원문 강조)에 속하지 않을 리 없다"(154)고 본다. 즉 그는 그녀를 "전형적인 보스턴 사람"(154)으로 규정한다.[5]

『보스턴 사람들』을 쓰기 시작할 무렵 제임스는 보스턴 사람들의 생활 속에서 성 역할이나 성적 정체성에 대한 생각이 크게 변화되고 있음을 알아차렸다. 그리고 그는 그러한 인식의 변화를 "인간 정신의 최대 의미뿐만 아니

---

4) 한 사람이 속한 환경이 "그 사람을 결정하고 완성한다"(Josephson 543)는 졸라Émile Zola가 세운 자연주의적 규범을 제임스의 창작 기준에 적용한다면, 『보스턴 사람들』은 프랑스 자연주의적 소설 기법을 충족한다. 그러한 입장에서 두피F. W. Dupee는 『보스턴 사람들』에는 "노골적인 자연주의가 내러티브 전체를 지배한다"(131)는 견해를 제시한다.
5) 이후 『보스턴 사람들』로부터의 인용은 쪽수만 표기함.

라 최소 의미를 나타내 주는 풍속"(Trilling, *Liberal*, 206)의 변화로 보았다. 6년 동안 유럽에서 지낸 뒤 미국에 돌아와서, 그는 보스턴 사회에서 여성들의 역할이 전례 없이 급증하고 있음을 감지했다. 리온 에델Leon Edel에 따르면, 제임스는 "여성들의 '수많음'numerosity을 보고 깜짝 놀랐[으며], '여성복의 대홍수'가 일어나고 있다"(*Middle*, 67, 원문 강조)고 느꼈다. 제임스는 "자신이 여성들의 도시, 여성들의 나라에 와 있다고 느꼈고, 이것이 그의 다음 소설의 주제를 선택하게 하는 동기가 되었다"(Edel, *Middle*, 67). 그가 보기에 뉴잉글랜드는 "대화와 사회생활, 그리고 모든 것들이, 너무나 철저하게 반대 성을 가진 사람들의 손에 달려있어서, 전쟁을 치르느라 남자들이 멀리 전쟁터로 떠나가 버린 나라에 자신이 와 있는 것은 아닌가 하는 의구심이 들 정도였다"(Edel, *Middle*, 67).

제임스는 『보스턴 사람들』에서 올리브에 의해서 주도된 급진적인 여성 해방 운동을 그 동기와 태도에 있어서 다소 상궤를 벗어난 것으로 묘사한다. 그러나 그의 풍자의 대상은 당시 보스턴에서 실제로 여권 운동을 전개했던 특정한 인물들이 아니고, 그러한 운동의 사회적 정당성 여부도 아니다. 오히려 그가 사용하는 풍자의 창끝은 남북전쟁 이전에 최고조에 달했던, 그러나 이제는 "그 모든 박애주의 충동들의 썰물 같은 흔적"(Brooks, *Pilgrimage*, 35)으로 나타나고 있는, 개혁 충동reform impulse과 그 결과로부터 비롯된 성 역할에 대한 문화적 혼란을 겨냥하고 있다. 그가 『보스턴 사람들』에서 사용하는 풍자의 이러한 문화적 맥락은 그가 성적 대립의 현상을 일종의 남북전쟁 모티브를 통해서 희화화하고 있다는 사실로부터 명백해진다. 제임스는 여성 해방 운동의 지도자를 자처하는 주인공 올리브를 북부의 진보주의자로, 이에 대항하는 극우적 남성우월주의자인 랜섬을 남부 출신으로 각각 설정하고 있다. 그 결과 그 두 사람 사이의 대결은 일종의 남북전쟁이 되는 셈이다.

주요 작중인물들이 함축하는 문화적 의미를 염두에 두면, 주인공 올리브는 단순히 어떤 이념의 대변인이 아니라 뉴잉글랜드의 문화적 혼란을 재현하는 상징적인 인물이 된다. 그러한 관점에서 매씨슨F. O. Matthiessen은 올리브를 보스턴의 문화적 영향 하에서 형성된 "근본적으로 비극적인 인물"(xx)로 규정한다. 그러므로 올리브의 비극적인 성격을 충분히 이해하기 위해서는 그녀가 속하는 뉴잉글랜드의 다양한 문화적 현상을 복합적으로 이해할 필요가 있다. 그녀의 개혁 충동 속에는 그녀가 직접 관여하는 여성 해방 운동뿐만 아니라, 청교도주의와 초월주의, 그리고 인도주의와 노예 해방 운동 등 이전 시대에 뉴잉글랜드를 휩쓸었던 여러 가지 문화적 현상에 덧붙여서, 당시 새롭게 나타난 미디어의 발달과 상업주의, 공적 영역과 사적 영역에 대한 개념의 혼란 등이 뒤섞여 작용한다. 한편 그처럼 북부 문화를 표상하는 올리브에 맞서 싸우는 랜섬의 마음속에는 남북전쟁의 패자로서 정서적 상흔이 아직 실질적으로 남아 있을 뿐만 아니라, 그의 의식 속에는 가부장적 권위 의식, 목가주의, 기사도 정신 등 남부의 전통적인 가치관들이 역시 왜곡된 상태로 자리 잡고 있다.

2. 사고와 정서

실제로 올리브는 이처럼 복잡하게 뒤섞인 문화 현상들이 야기하는 "모순 속에서 혼란에 빠져있다"(133). 그녀의 자아의식은 자신의 지적 욕구와 정서적 욕구가 각각 지향하는 두 가지 상반된 가치에 의해 분열되어 있다. 남북전쟁 이전 뉴잉글랜드의 지적 환경 영향 하에서 형성된 그녀의 공적 자아의식은 여권 운동의 이념적 가치를 추구한다. 반면에 현재 자신의 정서적 욕구에 감응하는 그녀의 사적 자아는 버리나를 전유하고 그녀와의 관계를 통해서 마음의 위안을 얻으려 한다. 그녀는 한편으로 가난한 사람들을 돕는 봉사 활동에 의도적으로 참여하지만, 다른 한편에서 기질적으로는 그 가난한 사람들의 천박함을 싫어하며 자신의 고상한 미적 취향을 유지하려고 한다. 더 구체적으로 말하면, 여권 운동가로서 그녀는 정형화된 성 역할에 대해서 강한 거부감을 드러내지만 동시에 젊은 독신 여성으로서 그녀는 자신의 여성다움에 대해 민감하다. 그녀는 "여성답지 못한"(unwomanly)이라는 표현을 "그 반의어를 싫어하는 것에 못지않게 싫어[하지만]"(14), 그녀의 정서적 반응은 자신이 여성답지 못한 것으로 "그[랜섬]에게 비쳤을[까봐]"(14) 몹시 신경을 쓴다. 즉 그녀는 이념적으로는 '여성답다'거나 '남성답다'는 전통적인 성 역할 구분에 거부감을 가지고 있지만, 동시에 정서적으로는 자신이 여성답지 못한 것으로 비칠까 불안하다.

　올리브의 이러한 내적 갈등은 그녀의 불안정한 심리 상태로 나타나기도 한다. "반짝이는 초록색 얼음 조각"(18) 같은 눈동자를 가진 올리브는 마치 "마법에 걸려 눈을 드는 것을 금지당한"(10) 사람처럼 대화 도중에 결코 상대방을 쳐다보지 못한다. 심지어 "그녀는 거울에 비친 자신의 눈도 쳐다보지 못한다"(10). 그녀의 이러한 태도에 대해 랜섬은 그녀가 불안정한 심리 상태에 있으면서 그것을 감추려고 하고 있다고 파악한다. 요컨대 불안하고 신경 과민한 태도를 가지고 있는 올리브가 "눈에 띄게 병적"(11)이라는 것이다. 그러나 아이러니컬하게도 그녀의 그러한 불안과 그것을 숨기거나 극복하려는 욕구가 그녀로 하여금 그 반대 가치인 관대함과 용기를 강렬히 염원하게 한다.

　올리브는 모든 것에 대해서 두려움을 갖고 있었다. 그러나 그녀가 가장 두려워하는 것은 두렵게 될 것이라는 두려움이었다. 그녀는 마음이 관대할 수 있기를 무한히 소망했다. 그런데 우리가 위험을 감수하지 않고서 어떻게 관대할 수 있겠는가? 그녀는 위험에 처하게 되면 언제라도 그것을 감수하겠다는 것을 행동 규칙으로 삼았었다. 그런데 그녀는 자신이 결국 안전한 상태에 있다는 것을 알고서 번번이 굴욕감을 느꼈다. (14)

그녀의 이러한 내적 모순은 그녀로 하여금 세상에 대해서 과격한 대응 방식을 갖게 한다. 그 결과 언니인 루나 부인Mrs Adeline Luna은 올리브의 급진적인 태도에 대해서 "존재하는 모든 것이 잘못되었다"(7)고 생각하는 사람이라고 규정한다. 그래서 그녀는 올리브가 만약에 할 수만 있다면 "태양계라도 개혁하려 들 것"(8)이라고 비꼰다.

올리브가 개혁하려고 하는 주된 대상은 전통적인 성 역할 개념과 결혼 제도이다. 그녀의 그러한 개혁 목표는 제임스 자신이 말하는 이른바 "성 역할에 대한 정서의 쇠퇴"(*Complete*, 20)와 관련된다. 19세기 초반 여성의 역할에 대한 전통적인 시각—여성을 오로지 가정과 사적인 영역 내에 제한된 존재로 여겼던 관행—에 변화가 생기기 시작했다. 제임스가 『보스턴 사람들』에서 이러한 주제를 선택한 데는 미국 사회에서 생겨나는 문화적 변화에 대한 그의 정서적 반응이 반영되어 있다. 에델은 제임스의 소설에서 "부재 남편과 빈둥거리는 아내들로 구성된 그런 종류의 사회가 완전히 여성화되어 버리지는 않을까 하는 그[제임스]의 커져가는 우려를 발견할 수 있다"("Introduction," xviii)고 기술한다. 제임스의 우려는 그런 사회에서는 "아이들을 양육하는 데 있어서나 문화적·문명적 역량이 성장하고 발달하는 데 있어서나 남성적 책임감이 결여될 수도 있다"(Edel, "Introduction," xviii)는 것이다. 제임스 자신이 미국 문화가 여성화되어가는 문제에 대해 직접 언급하기도 했다. 그는 전형적인 미국의 남성 사업가들이 "시장에서 입은 상처 때문에 몸이 온통 만신

창이가 되어" 문화적 분야를 여성들에게 내맡기면서, 그로부터 남성과 여성 사이에 "특이하고도 고유한 관계"가 초래될 수도 있다고 우려를 나타냈다 (*American Essays*, 202).

제임스는 『보스턴 사람들』에서 남성과 여성의 전통적인 역할이 뒤바뀐 다양한 사례들을 제시한다. 독단적인 성적 태도를 가진 루나 부인, 다른 사람들을 늘 통제하려는 정치적 태도가 두드러지는 파린더 부인Mrs Farrinder, 여성성이 결핍된 프랜스 박사Dr. Mary Prance 등은 모두 전통적인 여성상으로부터 거리가 멀다. 미스 버즈아이Miss Birdseye의 동거인인 프랜스 박사는 "곡선미나 굴곡 혹은 우아함"(36)이 없는 여성이다. 반면에 보스턴 남성들은 여성화되었거나 남성성을 상실해가는 모습을 보인다. 파린더 씨Mr Farrinder는 자신의 성last name을 자기 부인이 사용하도록 하는 역할을 제외하고는 가정적으로나 사회적으로나 거의 존재감이 없는 인물이다. 그는 그의 아내가 주도하거나 참석하는 모든 정치적 행사에 그녀를 묵묵히 수행할 따름이다. 하버드 대학의 초보 법학도인 헨리 버라지Henry Burrage는 어머니의 고분고분한 아들로 버리나와의 관계도 그의 어머니가 요구하는 대로 복종적으로 따른다. 또한 보스턴에서 잘 알려진 언론인인 파던Matthias Pardon은 여성운동가들의 행사에 찾아가서 그녀들로부터 가십거리를 찾아내기 위해 몰두한다. 기자로서 그는 언론을 통해서 여성들에게 "봉사"하느라 "어떡해"(Mercy on us)나 "어머나" (Goodness gracious) 등의 여성적인 표현을 습관적으로 사용하게 되었다 (107).

『보스턴 사람들』은 성 역할에 대한 이처럼 변화하는 인식뿐만 아니라 결혼 제도 자체에 대한 상반된 시각을 극화한다. 서술자는 올리브가 "확연한 노처녀"였는데 "그것은 그녀의 자질이자 운명"(17)이라고 단정한다. 즉 "그녀가 독신녀인 것은 셸리가 서정 시인인 것과 마찬가지이며 8월이 무더운 것과 마찬가지"(17)라는 것이다. 이어서 서술자는 그녀가 단지 "우연히" 결혼을 하지 않은 것도 아니고, 그렇다고 "자신의 선택에 의해서" 결혼을 하지 않은 것도 아니며, 그녀의 "존재에 함축된 모든 요인에 의해서" 결혼을 하지 않았다고 부연한다(17). 이러한 상황에서 올리브와 랜섬이 버리나를 차지하기 위해 벌이는 필사적인 전투는 다름 아닌 결혼에 대한 양극적 견해의 충돌을 의미한다. 올리브는 결혼과 가정이라는 제도를 버리나의, 나아가서 여성의 존재를 말살하려는 "악"(24)으로 규정한다. 반면에 랜섬은 버리나가 결혼과 가정을 포기하고 공적인 활동을 하려는 의도 자체가 묵과할 수 없는 사회적 위협이라고 믿는다.

결혼 제도 자체를 법적·사회적 모순으로 여겼던 당시 급진적인 페미니즘의 경향을 대변하는 올리브는 버리나를 결혼으로부터 막는 것이 그녀를 "구원하는"(114) 것이라는, 거의 '종교적인' 신념을 가지고 있다.6) 그러나 사실 그녀가 결혼 제도에 대해서 반감을 가지게 된 것이나 버리나를 결혼으로부터 차단하려는 것은 애초에 지극히 사적인 동기에서 비롯된 것이다.

올리브는 결혼의 속박에 대해 자신이 그것을 싫어해야만 한다는 것 말고는 다른 견해를 가지고 있지 않았다. 그녀는 그 특정한 개혁에 대해서는 고려하려는 생각도 없었다. [다만] 그녀는 그러한 제도를 논의의 대상으로 삼고 있는 집단의 '분위기'를 좋아하지 않았다. 지금도 그 특정한 개혁에 대해서는 검토해보려는 생각도 갖고 있지 않았다. 그럼에도 그녀는, 확실히 해두기 위해서, 단지 버리나가 그것[결혼 제도]을 인정하지 않는지

---

6) 19세기의 급진적인 페미니스트들에게 한 여성이 결혼하는 것은 곧 자신의 속박에 동의하는 것을 의미했다. 엘리자베스 앨런Elizabeth Allen에 따르면, 당시 페미니스트들에게 "결혼은 자유로운 주체성을 가질 수 있다는 환상을 포기하겠다는" 것, 즉 오로지 사회적 "타자로서" 존재하겠다는 데 동의하는 것을 의미했다(25).

에 대해 물어보고 싶었다. (74, 원문 강조)

올리브는 결혼 제도 자체의 문제점에 대해서, 그리고 그 개혁에 대해서는 별로 관심이 없다. 다만 그녀는 모든 남성을 "사투를 벌여야 할"(119) 대상으로 간주하고 버리나에게 청혼할 가능성이 있는 남성들로부터 그녀[버리나]를 떼어놓으려고 필사적으로 애쓴다. 결혼 제도와 관련된 그녀의 반감은 근본적으로 개인적인 것이며, 그녀가 원하는 것은 단지 버리나가 결혼하지 못하도록 만드는 것이다.

"버리나가 결혼할지도 모른다는 두려움"(102-03)에 사로잡혀 있는 올리브는 파던이나 버라지와 같은 젊은 남자들의 청혼에 대해 버리나를 단념시키기 위해 그녀를 압박한다. 올리브는 버리나의 집에 초대되어 저녁식사를 마친 후 버리나를 데리고 잠시 집 밖에 나와, 버리나에게 "젊은 남자들은 너를 조종하고 혼란시키려 들며" 여성들의 처지에 관심이 있는 것이 아니라 "오로지 자신들의 쾌락에 관심이 있을" 뿐이라고 역설한다(116). 이어서 그녀는 버리나로 하여금 결혼하지 않겠다고 약속하도록 요구한다. 버리나를 붙잡고 "약속해"라는 말을 반복해서 강요하고 있던 올리브는 집안으로부터 사람들이 나오자 그녀를 황급히 놓아주며, 그 순간에도 그녀에게 "결코 결혼하지 않겠다고 나에게 약속해!"라고 신랄하게 다그친다(117). 그 "마지막 다섯 단어"는 이후에 "버리나의 당황스러운 마음속에서 울려 퍼지며 메아리로 반복된다"(117). 그리고 올리브는 "네가 종종 하도록 요구받게 될 것─그리고 나는 절대로 하지 않을 것─그것을 '하지 않는 것'(원문 강조)을 종교적 차원으로 삼는 것 말고는 너와 나에게는 자유가 있을 수 없다"(120)라고 버리나의 귀에 대고 속삭임으로써 그 강요에 쐐기를 박는다.

『보스턴 사람들』에서 성적 정서의 갈등에 관한 주제는 올리브와 버리나 사이의 관계가 넌지시 동성애의 성격을 띰으로써 더욱 복잡한 사회적 이 슈로 확장된다.[7] 제임스 자신이 그 두 여성 사이의 관계에 대해서 "뉴잉글랜 드 여성들 사이에서 나타나는 매우 흔한 우정들 가운데 하나에 대한 연구가 될 것이다"(*Complete*, 19)라고 표현했다. 그는 당시에 여성 개혁가들 사이에 이념적 결속을 위해서 뿐만 아니라 정서적인 욕구를 위해서도, 여성들끼리의 연대가 일반적이었음을 환기시킨다. 소설에서 올리브와 버리나가 서로 결속 하는 것은 엘리자베스Elizabeth Peabody와 수잔Susan Blow이라는 당시 실제 여 성 개혁가들 사이의 잘 알려진 제휴 관계를 연상시킨다. 침착하고 내성적인 수잔이 활동적이고 능변인 엘리자베스를 지도해서 그들의 사상을 설득력 있 는 웅변으로 표현할 수 있었다. 마찬가지로 소설에서도 올리브의 의도는 자 신이 "이론적이고 논리적인 측면"(137)을 담당하고, 버리나로 하여금 "소위 가톨릭교도들이 일컫는 축성unction"(137)과 같은 성스럽고 감동적인 그녀의 어조를 통해서 여성 해방 사상을 설파하게 하려는 것이다.

또한 여성 개혁가들 사이의 이처럼 특별한 관계의 원형은 당시 여권 운동의 지적 지도자로 여겨졌던 마가렛 풀러Margaret Fuller와 그녀의 학생들 사이의 관계에서도 찾아볼 수 있다. 학자들은 풀러의 성적 성향과 정서에 대 해서도 그것을 다소 이례적인 것으로 보는 경향이 있다. 터틀턴James W. Tuttleton은 마가렛 풀러의 성적 정체성에서 여성적 열정과 남성적 지성이 결 합된 "보편적 양성성" 이론에 기초한 "기이한 성적 정서의 혼란"을 찾아볼

---

7) 데이비드 반 리어David Van Leer는 『보스턴 사람들』을 "동성애적 관계에 대한 의식을 고무 시키는 텍스트"로 간주하고, 올리브를 "근대 소설에서 최초로 충분히 구상된 레즈비언 주 인공"이라고 평가한다(93). 나아가서 맥콜리 캐슬린McColley Kathleen은 "제임스의 전복적인 글쓰기 전략이 여성성the feminine에 특권을 부여한다"(151)고 보고, "올리브와 버리나의 주 변화된marginalized 동성애적 결연alliance이 그들의 담론을 통해서 그리고 [그 소설의] 서사 적 산문이 여성들 사이의 제휴에서 [보여주는] 구조적인 대화a structural dialogic를 통해서 권능을 부여받게 된다"(152)고 주장한다.

수 있다고 말한다(80). 풀러가 젊은 시절에 "영리하지만 못생기기로"(to be bright and ugly)(Emerson, *Memoirs* vol. I, 306) 스스로 결심했을 때, 그녀는 이후로 남성들과의 관계에서보다는 여성들과의 관계에서 삶의 만족과 위안을 구하겠다고 마음먹었다.

단순히 지적인 유대였든지 아니면 그것이 레즈비어니즘의 어떤 상태였든지 간에, 풀러가 그녀의 강의를 들었던 소녀들과 가졌던 "열렬한 관계" (Tuttleton 83)는 『보스턴 사람들』에서 올리브와 버리나 사이의 관계와 흡사하다. 제임스는 당시 여성 개혁가들 사이에 '흔했던' 관계를 선명한 이미지로 제시한다. "그들[올리브와 버리나]은 차가운 하늘에 마침내 별들이 떠서 나타나는 것을 바라보았다. 그런 다음, 한기에 몸을 떨면서 서로 팔짱을 낀 채 몸을 돌려 [창가로부터] 사라졌다. 그들은 겨울밤이 남성들의 학대보다도 훨씬 더 가혹하다고 느끼면서 드리워진 커튼 뒤로 되돌아갔다"(153).[8] 또 다른 장면에서 올리브는 버리나를 "빤히 바라다보면서, 그녀[버리나]가 마음 깊이 동요되었다"고 느끼고, 이어서 "천천히 그녀에게 다가가서 오랫동안 껴안고 있다가, 그녀에게 소리 없는 키스"(261)를 하기도 한다. 트릴링은 문화적 현상으로서 올리브의 이러한 태도에 대해 "올리브 챈슬러라는 이름 자체가 타락한 미네르바를 암시한다. 그녀는 신세계의 아테네에서 동성애적 순결을 관장

---

8) 셀리 레저Sally Ledger는 20세기 비평가들이 『보스턴 사람들』에 나타난 레즈비언 관계를 강조하는 데 대해, "올리브 챈슬러와 버리나 타랜트의 관계가 결코 명백하게 레즈비언의 관계가 아니며, 그 소설을 질병으로서의 레즈비어니즘에 대한 연구로 해석하는 것은 포스트 프로이트 시대에 나타난 현상"(60)일 뿐이라고 말한다. 이어서 그녀는 19세기 후반 미국 사회에서 여성들 사이의 상호의존적인 관계가 무성적인asexual 관계로 인식되었기 때문에, 남성들과 관계를 맺지 않고 독립적인 삶을 살아가는 여성들 사이의 지속적인 관계를 나타내는 "보스턴 결혼"(Boston marriage)이라는 표현이 결코 비난의 대상이 아니었다고 본다. 또한 그녀는 그 소설에 대한 비평의 관심이 레즈비어니즘의 문제에 치우치면서 그것이 표현하고 있는 풍부한 문화적 근대성의 경험을 간과한다고 주장한다(55-61).

했다'(*Opposing*, 101)라고 지적한다.

올리브는 버리나의 결혼을 막으려는 자신의 임무를 "일종의 성직"(119)으로, 그리고 그 임무를 실행하는 자신의 투쟁을 "성전"(137)으로 간주한다. 그러나 그녀가 표방하는 그러한 대의는 시대착오적이며 자기착각적인 성격을 띤다. 올리브는 정서적으로는 1870년대 당시 보스턴 사회에 속하지만, 이념적으로나 지적으로는 남북전쟁 이전 영웅적인 개혁의 시대에 속한다. 즉 그녀가 자임한 개혁 운동은 그 목표와 실행 방식에 있어서 다분히 시대착오적인 것으로 드러난다. 로버트 롱Robert Emmet Long은 올리브의 개혁 성향을 "청교도적이고 초월주의적인 유산"(143)에서 물려받은 것으로 본다. 실제로 그녀는 항상 "쾌락이 아니라 의무"(17)를 마음속으로 추구하며, "거의 모든 일상적인 것은 부정한 것"(12)이라고 생각한다. 현실에서 동떨어진 그녀의 이념적·도덕적 성향은 사실상 이제는 그 생명력을 상실한 이전 세대의 개혁 충동에 청교도주의와 초월주의의 이념이 피상적으로 조합된 것이다. 즉 올리브는 이전 시대 개혁 충동의 이념과 열정을 이어받았으나 그 도덕적 순수성을 물려받지는 못했다.

올리브의 "철학적인 성향"(141)은 남북전쟁 이전에 고조되었던, 그러나 이제는 쇠퇴한 초월주의의 관념적 이상주의를 피상적으로 이해하고 흡수한 것이다. 다른 여러 초월주의 사상가들 중에서도 특히 마가렛 풀러는 올리브의 침묵의 조언자처럼 보인다. 올리브는 학문적 의지, 지적 고결함에 대한 관심, 그리고 무엇보다도 급진적인 페미니즘의 추구라는 측면에서 풀러의 성향을 닮았다. 풀러가 괴테 철학의 열렬한 숭배자였던 것처럼, 올리브도 괴테를 "그녀가 좋아하는 거의 유일한 외국 작가"(76)로 삼는다. 특히 고매한 지성에 대한 올리브의 동경은 풀러의 관념적 지성주의로 잇닿는다. 올리브와 버리나는 지적으로 비약하기 위해서 긴 겨울 동안 왕성하게 이념 학습을 실행한다. 그 공부를 통해서 올리브는 버리나를 "공중의 새처럼 사로잡[아]. [...] 아찔한 공허 속으로"(69) 데려간다. 이에 반응하여 버리나는 스스로 노력하지 않고도 "높이 솟구쳐 올라 그처럼 높은 곳에서 모든 피조물들과 모든 역사를 내려다보는 것"(69)을 즐긴다. 그 결과 그 두 사람의 지적 비상은 여성 해방이라는 실질적인 목적을 지향한다기보다는 현실과 유리된 채 공허한 관념에 치우쳐 있다.

올리브는 자신의 관념주의의 지적인 힘을 이용해서 정서적으로 버리나를 소유하려고 시도한다. 그녀는 버리나를 자신의 백 베이(Back Bay)9) 저택으로 처음 초대했을 때, 버리나에게 여성 해방이라는 대의를 위해 "삶을 바치도록" (75) 요구한다. 그러나 그녀가 괴테에 관해 언급하면서, 버리나에 대한 그녀의 집착이 대의를 위한 것이라기보다는 자신의 정서적 욕구를 충족하기 위한 것임이 드러난다.

'너 독일어를 이해할 수 있니? 너 "파우스트"에 대해서 아니?'라고 올리브가 말했다.
"'너는 포기해야만 해. 포기해야만 해!'"10)
'저는 독일어를 몰라요. 그래서 그것을 배우고 싶어요. 모든 것을 알고 싶어요.' [버리나가 대답했다. (75)

독자는 올리브가 버리나에게 여성 해방이라는 대의를 위해서 결혼을 "포기하도록" 요구하고 있다고 추측할 수 있다. 그러나 그녀가 그것을 파우스

---

9) Back Bay는 보스턴의 부유층이 거주하는 지역.

10) 올리브는 "Entsagen solllst du, sollst entsagen!"이라고 버리나에게 독일어로 말한다. 버리나에게 삶의 전부 혹은 결혼을 포기하라는 다그침이지만 물론 버리나는 독일어를 이해하지 못한다.

트에 관해서 언급하면서 직접 독일어로 표현할 때, 그 상황은 메피스토펠레스가 파우스트의 영혼을 거래를 통해서 소유하고 지배하려는 모습을 연상시키기에 충분하다.[11] 그런 의미에서 올리브의 지적 왜곡과 정서적 집착은 이전 시대의 인도주의적 개혁 충동의 도덕적 타락을 암시한다.

올리브는 초월주의에 바탕을 둔 이전 시대의 도덕 개혁 운동 이외에도, 반노예제도 운동으로 대표되는 사회 개혁의 전통도 역시 이어받았다. 그러나 그녀의 여성 해방 운동은 노예 해방 운동의 인도주의적 정신보다는 주로 그 열렬한 분위기를 모방하는 쪽으로 치우쳤다. 올리브의 저택에서 버리나는 몇몇 여권 운동가들을 상대로 연설을 하면서 흑인 노예 해방 운동을 주도한 존경스러운 여성 인물로 엘리자 모슬리Eliza P. Moseley를 강조해서 언급한다. 그러나 실제 그 이름은 해리어트 스토우Harriet Beecher Stowe의 『톰 아저씨의 오두막』(Uncle Tom's Cabin)에 나오는 흑인 노예 엘리자 해리스Eliza Harris의 이름을 이용해서 버리나가 어린 시절에 꾸며낸 것이며, 그녀[버리나]는 자신이 아끼는 인형에게 스스로 그 이름으로 세례를 주기도 했었다. 그러한 사실을 간파한 랜섬은 여성의 역사적 힘을 주장하는 버리나의 연설을 "하찮은 장광설"(80)이라고 일축한다. 그리고 다음 날 그는 버리나를 다시 만나서 그녀의 그러한 혼동에 대해 짐짓 진지한 어조를 취하며 비웃는다: "지난밤 연설에서 언급되었던 그 '유명인사'가 누구였지요? 엘리자 P. 모슬리였던가요(필자 강조). 나는 엘리자야말로 역사가 그 기록을 간직하고 있는 가장 큰 전쟁의 근원이었다고 생각합니다"(80).

특히 올리브는 이전 시대 노예 해방 운동이 지향했던 순수한 사회 개혁 의지보다는 급진적인 노예폐지론자들의 전투적인 성향과 전략을 주로 답습한

---

11) 실제로 올리브는 나중에 버리나의 아버지에게 "거액의 수표"(144)를 건네주고 버리나에 대한 '사용권'을 얻게 된다.

다. 그녀는 여성 해방 운동을 수행하면서 흑인 노예에 대한 인종적 불평등과 억압의 개념을 여성에 대한 불평등과 억압의 개념으로 대체해서 수용하고, 가재 노예chattel slaves의 개념을 가정 노예domestic slaves의 개념으로 치환한다. 그러나 그녀의 개혁 충동을 설명하는 서술자의 미묘한 어조는 그것이 근본적으로 자기만족적 욕구임을 드러낸다. 올리브는 랜섬이 남북전쟁에서—비록 북부의 적인 남부 연합에 속하기는 했지만—목숨을 걸고 싸웠다는 사실 때문에 그에 대해 존경심을 가진다. 나아가서 그녀는 그가 그처럼 목숨 바쳐 싸울 수 있는 기회를 가진 데 대해 "일종의 미묘한 부러움"을 느끼며, 자신도 그러한 기회를 잡을 수 있기를, 즉 자신도 언젠가 "순교자의 황홀경"(127)을 경험할 수 있기를 간절히 희망한다. 그리고 랜섬에게는 그처럼 전투적인 성향을 이어받은 올리브가 "그[랜섬]에 맞서 죽을 때까지 싸우려는 투사 여인"(338)으로 여겨진다.

중립적인 시각을 유지하는 서술자의 어조는 올리브의 급진적인 개혁 충동이 과격한 감상주의에 물들어 있음을 암시한다. 여성의 고난에 찬 삶에 대해 전개하는 그녀의 긴 명상은 자신의 경험과 반성적 사고를 거쳐 이루어진 것이라기보다는, 학습된 피상적인 개념과 과장된 감정적 표현들을 엮어놓은 것이다. 그러한 명상에 빠져 있는 동안 그녀는 자신의 "귓가에 여성들의 고통이 울려 퍼지며 [...] 그녀들의 눈물이 자신의 눈을 통해서 쏟아져 내리는 것처럼"(34) 느낀다. 그리고 그녀는 이제 압제의 시대를 끝장내기 위한 위대한 "혁명"(35)의 서광이 비치기 시작했고, 그 혁명을 "가로막는 모든 것을 쓸어버려야 한다"(35)고 상상 속에서 목소리를 높인다. 그처럼 격앙된 감정 상태에서 그녀는 남성 전체를 "저 적들, 저 야수와 같은, 피로 얼룩진 채 강탈을 일삼는 저 족속들"(35)로 규정한다.

올리브가 주도하는 여성 해방 운동은 그 감상적 낭만성 때문에 다른 사람들에게는 비현실적이고 상궤를 벗어난 것으로 비치며, 때로는 조롱거리가 되기도 한다. 현실로부터 유리된 채 이상주의에 빠진 올리브와는 달리, 파린더 부인은 광범위하고도 실질적인 여권 운동을 이끌고 있다. "미국에 있는 모든 여성들에게 투표권을 부여하는 것"(28)을 목표로 하는 파린더 부인이 보기에, 올리브는 여권 운동에 "모종의 낭만적이고 심미적인 요소"(143)를 끌어들여 그 운동의 현실성을 훼손할 우려가 있다. 또한 그녀는 올리브가 버리나를 발탁하여 교육시키는 행위를 "나이 든 사람이 하는 우스꽝스러운 인형 옷 입히기 놀이doll-dressing"(143)에 불과하다고 일축한다.

3. 문화적 대결

더욱이 "반동보수주의자"(164)인 랜섬은 그처럼 감상주의적인 올리브의 여권 운동을 가짜일 뿐만 아니라 사회적으로 유해한 것이라고 여긴다. 그는 자신의 시대가 "수다스럽고, 불평불만이 만연했으며, 히스테리에 빠져있고, 감상주의에 물들어 있으며, 거짓 이념들로 넘쳐나고, 건강에 좋지 못한 병원균들로 가득하다"(164)고 생각한다. 랜섬은 여성들이 "지나치게 많은 생각을 하지 않는 것"이 좋으며, "공적인 일은 더 두꺼운 피부를 가진 성에게 맡겨두는 것"(11)이 남성과 여성 모두에게 바람직하다고 믿는다. 또한 그는 만약 세상을 개혁하겠다고 "소리쳐대는 이 여자들 무리의 힘에 문명이 내맡겨진다면 그것이 위험에 처하게 될 것"(44)이라고 우려한다. 즉 랜섬은 올리브와 같은 여성 해방 운동가들 자체를 일종의 사회적 병폐로 여긴다. 따라서 그가 가진 개혁에 대한 비전에 있어서 최우선적인 원칙은 "개혁가들을 개혁하는 것"(18)이다.

올리브가 뉴잉글랜드와 북부의 문화를 상징하는 여성인 데 반해서, 랜섬은 남부의 문화와 역사를 상징하는 남성이다. 아론 셰힌Aaron Shaheen은 제임스가 랜섬을 북부의 지배적인 문화적 가치에 대항하여 쇠퇴해 가는 남부의 가치를 재실현하려는 인물로 구상하고 있다고 주장한다. 그 결과, 올리브와 랜섬이 버리나를 차지하기 위해서 벌이는 대결은 남녀 간의 성적 전쟁일 뿐만 아니라, 북부와 남부 사이의 이념적·계급적·산업적 갈등을 상징하기도 한다. 셰힌에 따르면, 남부의 쇠락한 귀족 집안 출신으로서 "신사 농부"(a gentleman farmer)(188)를 상징하는 인물인 랜섬이 "목가적 남부를 구현할 수 있는 잠재력을 가진"(181) 버리나를 차지하기 위해서, 북부의 부유한 부르주아 출신인 올리브에 맞서 싸우는 것이다. 따라서 그 갈등 속에는 산업주의에 기반을 두고 '언덕 위의 도성'을 건설하려는 북부의 이념에 대항하여, 농업주의에 기초를 두고 목가적 이상향을 건설하려는 남부의 이상이 충돌하고 있다. 이처럼 남부의 문화적 근원을 상징하는, 미시시피 출신의 랜섬은 "한눈에도 캐롤라이나나 앨라배마 출신이라는 것을 입증해줄 수 있는"(6) 외모를 가졌으며, 그의 말투는 남부 억양을 띠고 있다. 결국 랜섬은 생물학적으로뿐만 아니라 문화적으로도 "그의 성의 대표자"(a representative of his sex)(6)로서, 올리브에게 어울리는 적수가 된다.

랜섬의 신념에는 그 바탕에 전쟁에서 패배한 남부 출신으로서의 의식이 뿌리내리고 있을 뿐만 아니라, 그 핵심에는 가부장적 남성우월주의와 시대착오적인 기사도 정신이 응축되어 있다. 또한 올리브와 마찬가지로 랜섬도 역시 개인적인 욕구의 좌절이 그를 사회 개혁에 대한 관심으로 이끌었다. 랜섬은 변호사로서 자신의 직업에서 거의 실패에 이르자, 각종 잡지에 정치적 평론을 게재해서 자신의 존재 가치를 확인하려고 시도한다. 그러나 그의 기고문은 번번이 편집자들로부터 거절당한다. "소수자의 권리에 관해서 쓴 그의 글"이 거절당한 이유에 대해 한 잡지의 편집자는 그의 정치적 "신념이 대략 3백 년 정도는 시대에 뒤처진 것이어서, 의심할 바 없이 16세기의 어떤 잡지라면 그 글을 기꺼이 게재했을 것이다"(163)라고 밝힌다. 특히 성 역할에 대한 그의 기사도적인 견해는 그의 시각이 중세에 머물러 있음을 보여준다.

그는 숙녀들을 대하는 데 있어서 옛 방식의 정중한 태도와 헌신이 몸에 배어 있었다. 그는 여성들이 섬세하고 상냥한 존재이며, 신이 그들[여성들]을 보호하는 임무를 "수염이 난 성"(167)에게 맡겼다는 생각을 가지고 있다. "남부의 신사들이 어떤 결함을 가지고 있든지 간에, 여하튼 그들이 기사도에 있어서는 훌륭하다"(167)는 것이 그에게는 단지 하나의 우스꽝스러운 생각이 아니었다. "속된 표현이 판치는 요즘 시대"에도 그는 "여전히 완전히 진지한 얼굴로 그 단어[기사도]를 말할 수 있는 사람"이었다(167).

> 그러한 호방함도 그가 여성이 근본적으로 남성보다 열등하다고 생각하는 것을 막을 수는 없었다. 그리고 그는 남성들이 여성들을 위해서 마련해준 운명을 받아들이기를 거부할 때 한없이 성가신 존재가 된다고 생각했다. [...] 그는 여성들의 권리를 인정했다. 그 권리란 더 힘이 센 종족의 아량과 배려에 대한 지속적인 권리 요구에 근거한다. 그와 같은 견해를 실행하는 것은 남성과 여성 모두에 대한 이점으로 가득하다. 그리고 물론 그러한 정서는 여성이 은혜를 느끼고 감사해할 때 가장 자유롭게 샘솟아 날 것이다. (167)

랜섬에게 기사도 정신은 오래전에 소멸한 중세의 특수한 문화적 현상이 아니라, 지금 자신이 실천해야 하는 삶의 도덕적 가치이다. 그는 여성들이 운명적으로 남성 기사들의 피보호자이자 수혜자로서의 태도를 유지하는 것이 마땅하다고 믿기 때문에, 올리브처럼 논쟁적인 여성에 대해 강한 거부감을 나타낸다. 대신에 그는 여성들의 "부드러움과 고분고분함이야말로 남성들에게 최고의 기회이며 감화력"(167)이 된다고 믿는다. 이처럼 시대착오적인 랜섬의 신념을 표현하는 서술자의 어조는 진지하다기보다는 희극적이다. 결국 서술자는 랜섬의 왜곡되고 편협한 사고방식에 대해 "의심할 바 없이 지겨울 정도로 조야한"(167) 것이라고 결론짓는다.

올리브와 마찬가지로 랜섬도 세상을 구제하겠다는 대의를 스스로 떠안는다. 랜섬에게는 올리브가 주도하는 여성 해방 운동은 목적 자체가 비정상적인 것이며, 그녀가 버리나에게 행사하는 영향력은 유독한 것이어서 그녀[버리나]를 "파멸로 몰아넣는"(215) 것이다. 그러므로 그는 그처럼 위험에 빠진 버리나를 구해내야 하며, 그렇게 하기 위해서는 어떤 "고통이라도 달게 받을 기대에 차 있다"(215). 즉 그의 사명은 "더없이 지독한 여성화"(290)로부터 남성성을 구원하는 것이다. 그는 사람들의 일상생활이 지나치게 여성화되어 "한 세대 전체가 여성화되었다"(290)고 믿는다. 그래서 그는 남성성이 소멸되어가고 있는 세상에서 그것을 "보존하고 싶은 것, 아니 더 정확히 말하면 복원하고 싶은 것"(290)이다.

랜섬과 올리브가 부딪히는 또 하나의 문화적 충돌 지점은 여성의 사회적 지위에 관한 것이다. 올리브는 여성을 가정이라는 사적인 영역에 붙잡아 두는 사악한 관행이 타파되어야 한다고 믿는 반면에, 랜섬은 여성이 가정 안에 머무는 것을 최고의 선이라고 믿는다. 그는 여성이 "공공의, 공민의 봉사를 위해서는 의심의 여지 없이 철저히 나약하며, [단지] 이류"(294)에 불과하다고 확신한다. 따라서 그는 여성이 공적인 지위를 가져서는 안 되고, "여성에게 가장 바람직한 일은 남자들의 마음에 드는 것이며, 그것이야말로 인류의 시작 이래로 만고의 진리"(292)라고 믿는다. 그래서 그의 계획은 버리나를 자신의 "가정 안에 두고"(291), 자신의 "식탁을 무대로 삼아, 버리나가 거기에 올라서서 [...] 뮤직홀에서가 아니라 나를 위해서 노래를 부르게"(337) 하는 것이다.

　　그러나 랜섬이 행하는 공적인 활동의 바탕에는 숨겨진 사적인 동기가 자리 잡고 있다. 올리브의 급진적인 진보주의에 그녀의 개인적인 동기가 숨겨져 있듯이, 랜섬의 극우적 남성우월주의에도 그의 좌절된 욕구에 대한 보상 심리가 감추어져 있다. 세상에 대한 그의 과격한 비판과 왜곡된 이해 방식의 "저변에는 그의 모질고 독한 감정이 숨겨져 있는"(284) 것이다.

　　그녀[버리나]는 그가 강경한 보수주의자라는 것을 알고 있었다. 그러나 보수주의자가 된다는 것이 한 사람을 그처럼 공격적이고 가혹한 사람으로 만들 수도 있다는 것을 알지는 못했다. 그녀는 보수주의자들이란 단지 점잔 빼고 완고하며, 현실에 만족하며 살아가는 자기만족적인 사람들이라고만 생각했었다. 그러나 랜섬 씨는 그녀가 희망하는 종류의 세상에 대해서 나타내는 불만보다도 더욱 큰 불만을 현재 존재하는 세상에 대해서 품고 있는 것 같았다. [...] 그녀는 무엇 때문에 그의 성미가 그처럼 꼬이게 되었을까에 대해 궁금한 생각이 들었다. 아마도 그의 인생에 무언가가 잘못되었을 수도 있었다. 세상에 대한 그의 시각을 온통 물들여버린 어떤 불행한 일이 있었을 수도 있다. 그는 냉소주의자였다. (284)

　　버리나는 보수주의자들을 현실에 만족하여 현상 유지를 원하는 세력으로 생각했었다. 그러나 강경한 보수주의자인 랜섬은 급진적 진보주의자인 올리브 못지않게 현실에 대해 부정적인 태도를 가지고 있다. 즉 버리나와 랜섬은 이념적으로는 완전히 상반된 시각을 갖고 있지만, 심리적 과격성에 있어서는 서로 닮은꼴이다. 그들의 과격성은 모두 개인적인 욕구의 좌절로부터 비롯된 것이며, 자신들의 사적인 욕구를 공적인 대의로 스스로 착각하는 심리적 반응과 밀접하게 관련된다. 그 결과 그 두 사람은 똑같이 근대 사회에서의 성적 정서의 변화를 적절하게 수용하기보다는 그에 대해 과도한 반감을 갖는다. 다만 그들 사이의 차이점은 버리나가 여성 인권에 대한 사회적 인식의 변화가 너무 더디다고 생각하는 데 반해서, 랜섬은 그 변화가 너무 빠르다는 데 대해 분개한다. 즉 그 두 사람은 그들 사회의 동일한 문화적 현상을 정반대의 입장에서 인식하며 각각 상대방의 입장을 악으로 규정한다.

4. 공적 자아와 사적 자아

　　보스턴에서 진행되는 여권 운동과 관련해서 급진적인 시각을 가진 올리브나 보수적인 반응을 보이는 랜섬은 똑같이 이념적으로 편협하고 경직되었으며, 그들의 개혁 활동은 한결같이 시대착오적이며 자기착각에 빠져 있다. 그런데도 올리브가 랜섬보다 풍자의 대상으로 더욱 부각되는 이유는 그녀가 랜섬보다 훨씬 더 풍부하게 보스턴의 문화적 의미로 충전된 인물이기 때문이다. 비록 제임스가 『보스턴 사람들』에서 한 인물의 운명이 환경에 의해서 결정된다는 자연주의적 결정론을 액면 그대로 수용한 것은 아니지만, 그는 올리브를 뉴잉글랜드의 지적 환경의 영향에 깊이 물든 인물로 그린다. 제임스가 서술자의 목소리를 빌려서 "한 인물은 그가 속한 배경이 없이는 아무런 의미도 갖지 못한다"(160)고 기술함으로써 환경의 중요성을 역설한 것은 랜섬과 올리브에게 동일하게 적용된다. 실제로 플롯의 전체 전개 과정에서 당시 보스턴의 문화적·지적 분위기가 그녀의 사고방식과 신념 그리고 행동 등을 통해서 표현된다. 소설의 첫 장면에서부터 올리브의 심리 상태는 1870년대 뉴잉글랜드 젊은 세대의 미묘하고 복잡한 심리적 기질을 정확하게 반영한다.

　　올리브는 공적인 태도와 사적인 태도에 있어서 상호 모순된 도덕의식을 드러낸다. 그녀는 사소한 일상사에서 일종의 도덕적 결벽증을 나타낸다. "정직성으로 충만한"(5) 인물인 올리브는 랜섬이 그녀의 집을 처음 방문했을 때, 이층에 머물다가 언니인 루나를 시켜 곧 내려가겠다고 그에게 말을 전한다. 그 경우 그녀는 언니에게 10분 후에라고 하면 안 되고, 10분쯤 후에라는 '정직한' 표현을 사용하도록 요구한다. 왜냐하면 그녀가 초 단위까지 정확하게 10분 후에 나타날 수는 없는 노릇이므로 10분쯤이라고 말하는 것이 "사소한 거짓말"(5)을 하지 않게 되는 것이라고 생각하기 때문이다. 게다가 그녀는 어떤 사람을 처음 만날 때 자신이 그 사람을 반가워하는지 그렇지 않은지 알 수 없기 때문에, '만나서 반갑습니다'라는 가장 의례적인 인사말도 하지 않는다. 그런 인사말도 역시 자신의 정직성을 거스르는 일이기 때문이다. 그녀의 그러한 태도는 "보스턴에서는 누구나 사소한 거짓말도 하지 않는다"(5)는 일반적인 사회적 분위기를 반영한다. 즉 올리브의 이처럼 철저한 정직성은 보스턴의 양심으로 연결될 수 있다. 그러나 그러한 정직성은 그녀가 표방하는 대의와 그녀의 정서적 욕구 사이의 부조화나 버리나에 대한 그녀의 도덕적 마비에 비추어 보면 다분히 모순적이다.

올리브의 그러한 내적 모순은 그녀의 자아의식이 공적 자아와 사적 자아 사이에서 분열된 데서 비롯된다. 밴 윅 브룩스Van Wyck Brooks는 1870년대에 보스턴은 남북전쟁 이후 사회적으로 급격한 변화를 맞이하고 있었으며, 그곳의 젊은 지성인들이 그처럼 빠르게 변화하는 환경에 심리적으로 적응하지 못한 상태였다고 진단한다. 올리브가 대변하는 보스턴의 젊은 지성인들은, 앞선 세대의 젊은이들과는 달리, 자신들의 열정을 바쳐 헌신할 만한 삶의 실질적인 이상을 갖지 못했다. 그래서 브룩스는 "그들이 안정되어 있지 못했으며, 냉소적이었고, 회의적이었으며, 확신을 갖지 못했고, 자의식에 빠져 있었으며, 우려하는 경향이 있었고, 양심의 가책으로 마음이 분열되어 있었다"(New, 201)고 파악한다. 브룩스가 제시하는 1870년대 보스턴 젊은 세대의 그러한 정신성은 『보스턴 사람들』에서 올리브에 의해서 거의 문자 그대로 구체화된다.

올리브는 자신이 벌이는 여성 해방 운동이 이타주의에 근거하는 것이라고 스스로 믿고 있지만, 실제로 그녀의 개혁 활동은 자신의 문화적 우월감에 근거한 자기만족의 성격을 띤다. "보스턴의 신분 계급에서 [...] 가장 전통 있고 가장 우수한 부르주아 계급에 속하는"(31) 올리브는 그러한 계급에서 자신의 역할이 공허하다고 느끼고, 백 베이에서의 생활에 신물이 났으므로 각종 개혁 활동에 참여하게 되었다. 그녀는 한 세대 이전에 헌신적인 봉사 활동가였던 미스 버즈아이를 추종하여 비슷한 봉사 활동을 시작했다. 그러나 미스 버즈아이의 봉사 활동이 어려움에 처한 사람들을 도우려는 순수한 의지에서 비롯된 데 반해서, 올리브의 사회봉사 활동은 삶의 지루함을 극복하고 자기만족을 얻으려고 의도된 하나의 방편임이 드러난다.

> 올리브는 시의 사회구제 시설에서 수년간 봉사했었다. 그녀도 역시 씻지 못한 아이들을 목욕시켰으며, 방마다 가정불화가 고조되고 소음들이 이웃 사람들을 불안에 떨게 하는 누추한 가정집에 찾아갔다. 그러나 그녀는 그러한 힘든 봉사 활동을 마친 다음 자신의 아름다운 집과 꽃들로 가득한 응접실, 솔방울들을 던져 넣으며 그것들이 탁탁 소리를 내며 불붙어 타게 했던 벽난로, 수입산 차 세트, 치커링 피아노,[12] 그리고 『독일 논평』[13]이라는 제목의 잡지 등을 누리며 상쾌한 시간을 가졌던 것을 기억했다. (157)

---

12) "치커링 앤 선즈"(Chickering and Sons)는 1823년에 설립된 보스턴에 위치한 미국의 유명한 피아노 제조업체로, 우수한 품질과 디자인을 가진 피아노를 생산했다.
13) 독일에서 발간되는 유력한 정기간행물로 정치, 문학, 문화 분야의 주제들을 다룬다.

올리브는 "그녀의 기질과 미적 취향tastes을 말해주는 수많은 물건들" (15)로 꾸며진 응접실에서 생활한다. 이에 비해 미스 버즈아이는 평생 동안 허름한 집에, 장식이라고는 없는 텅 빈 응접실에서 간소한 삶을 살아왔다. 그리고 올리브는 자신과 미스 버즈아이의 생활 방식이 그처럼 대비되는 데 대해 마음속 깊이 자의식을 가지고 있다. 그녀는 한편으로 미스 버즈아이의 순교자와 같은 삶을 동경하지만, 다른 한편으로는 미스 버즈아이의 누추한 생활 방식을 결코 이해할 수 없다. 사실 천박함을 혐오하는 올리브는 미스 버즈아이의 집의 삭막한 실내를 몹시 싫어한다. 더욱이 올리브가 "모욕과 감정적 상처를 당하는 상태로 자신을 몰아넣는 활동", 즉 봉사 활동을 하면서 그녀가 겪는 가장 큰 고통은 "자신의 미적 취향이 상처를 입는 것"(27)이다. 그래서 그녀는 한편으로 자신이 소중히 여기는 고상한 미적 취향이라는 것이 실은 "지극히 사소한 것"(27)이라고 믿으려고 애씀으로써, 자신의 그러한 양심의 거리낌을 극복하려고 시도한다. 그러나 그녀의 마음속 다른 한편에서는 "멋진 장식품이 없이 살아가는 것이 인간애를 위한 열정에 [굳이] 필수적인 것인지"(27)에 대한 의문을 여전히 가지고 있다. 이처럼 문화적 우월감을 가진 올리브는 자신의 집에 사람들을 초대하는 경우에도 "그녀가 '진정한' 사람들이라고 부르는 부류의 사람들만을 선호한다"(154, 원문 강조).

제임스는 문화적 우월감에 빠져 있는 여권 운동가인 올리브를 1870년대의 전형적인 보스턴 사람 중 한 명이라고 본다. 그녀가 "보스턴 안에 있지만 보스턴의 인물은 아니다"라는 말들이 있지만, "그녀는 다른 사람들의 집을 찾아가고 또 다른 사람들을 자기 집으로 초대할 만큼 충분히 보스턴 사람"이라는 것이다(154). 당시 보스턴의 특징적인 문화 현상으로서 올리브와 같은 일부 여권 운동가들은 안정된 도덕적 규범을 갖지 못했다. 제임스가 보기에는, 자기 성찰 능력이 결여된 그들은 "모든 생각의 방향이 철저히 외부 지향적"이었다(*American Scene*, 12). 그들은 자신의 생활 방식을 반성적으로 이해할 수 있는 능력이 결여된 상태에서 오로지 타자와 사회를 개혁하려는 과도한 열정을 가지고 있다.

루나 부인은 그 여성 해방 운동가들을 "마녀들, 영매들, 심령술사들, 그리고 으르렁대는 과격분자들"(7), 즉 특이한 사람들이라고 분류한다. 그리고 랜섬도 역시 그러한 운동을 주도하는 올리브를 병적이라고 판단한다. 그러나 서술사는 바로 그 순간 랜섬이 "가장 우둔한"(11) 판단을 하고 있다고 꼬집는다. 왜냐하면 만약 올리브를 더 충분히 이해하게 된다면, 그녀의 심리 상태가 병적이라는 판단에 대한 "완전히 반대쪽"(11) 견해가 오히려 사실로 드러날 것이라고 생각하기 때문이다. 즉 올리브는 결코 특이한 인물이 아니며, 그녀의 "병적인 상태"는 당시 보스턴에서는 "전형적"이라는 것이다(11). 서술자의 균형 있는 시각에는 랜섬의 시각도 올리브의 시각 못지않게 왜곡되어 있다.

올리브와 랜섬은 서로 상대방에 대해서뿐만 아니라 보스턴의 문화적 현상에 대해서도 똑같이 제한된 시각으로 인식한다. 그 결과 그들은 동일한 문화적 현상을 상반된 시각에서 파악하고, 그것이 자신들의 가치 기준에 부합하는가의 여부에 따라서 각각 선 혹은 악으로 규정한다. 그러나 버리나는 사실상 매우 유연한 문화적 수용력을 가진 인물이다. 올리브의 지배 하에서 일시적으로 여성 해방 운동의 연설가로 활동하지만, 그녀는 이념적으로 경직된 올리브나 랜섬과는 달리 열린 감수성을 가진 다음 세대 미국 여성을 상징한다. 나아가서 그녀는 대다수의 보스턴 사람들이 관심을 가지는 대중문화의 아이콘이기도 하다. 그녀의 사회적 경험은 여권 운동, 신비주의적 심령술, 광고 산업에 기초한 대중 공연 문화 등 당시 미국 대중문화의 주요 요소들을 포함한다. 실제로 뉴욕에 있는 버라지 부인의 저택 음악실에서 "하얀 드레스를 입고 가슴에 꽃을 꽂은 채 조그만 단상 위에서" 연설하는 버리나는 "마치 무대 조명을 받고 있는 여배우처럼"(228) 보인다. 그래서 랜섬은 그보다 더 자신을 매혹시키는 "오락"(238)을 경험한 적이 없다고 생각한다. 또한 소설의 결말에서 버리나는 보스턴 "뮤직홀에서의 [본격적인] 데뷔"(350)를 위해서 막 무대에 오르려는 순간에 있다. 뮤직홀 밖에서는 소년들이 거리에서 "타랜트 양의 사진"(372)을 담은 홍보물을 소리치며 팔고 다닌다.

　　이처럼 복합적인 문화 현상을 표상하는 버리나에 대해서, 올리브와 랜섬은 오로지 자신들의 개인적인 욕구를 투사함으로써 그 존재 의미를 해석한다. 더욱이 그들은 "항상 자신들을 의미하고, 개인적인 어떤 것을 의미하면서도 늘 그것이 다른 사람들이 의도한 것"(289)이라고 믿음으로써, 그것을 대의라는 명분으로 포장한다. 제임스는 그처럼 자신의 신념만을 절대적인 가치로 주장하는 급진적인 태도에는 그 동기로 작용하는 이기심과, 그에 수반되는 폭력성이 숨겨져 있음을 지적한다. 『보스턴 사람들』에서 올리브와 랜섬이 각기 내세우는 대의는 그들의 사고의 경직성과 편협성 그리고 과도성 때문에, 그리고 그들의 감춰진 이기적인 동기 때문에 필연적으로 자기모순에 빠질 수밖에 없다. 제임스는 여권 운동을 중심에 두고 급진적인 진보와 강경한 보수가 대결하는 이념적 시소게임에서 어느 한 편을 선택하여 걸터앉기를 거부한다. 대신에 그의 풍자적인 시각은 그러한 시소 대결로부터 일정한 거리를 두고 보스턴의 개혁 충동이 자아내는 문화적 혼동 자체를 통찰한다.

제6장

이념의 파괴성: 『프린세스 카사마시마』

헨리 제임스의 소설에서는 사회문화적 경험의 의미나 도덕적 메시지가 주로 모호한 상징체계로 제시되기 때문에 그에 대한 결론이 늘 열린 토론의 대상으로 남겨지게 된다. 마찬가지로 그의 소설에서 다루어지는 사회적 이념의 주제도 구체적인 개념으로 주장된다기보다는 표현 방식의 차원에서 의미가 드러나게 된다. 즉 제임스 소설에서 서사의 초점은 주인공들이 경험을 통해서 얻게 되는 삶의 특정한 의미가 아니라, 그들이 삶의 새로운 조건과 변화를 경험하고 인식하는 고유한 방식에 맞추어져 있다. 따라서 그의 소설에서 제기되는 도덕적·이념적 가치에 대한 논의도 주제적 차원에서라기보다는 인식론적 차원에서 지각 양상의 문제로 다루어질 필요가 있다. 바로 그러한 이유에서 제임스 소설에 대한 인식론적 논의의 중요성이 생겨난다.

제임스의 전체 소설 중에서 『보스턴 사람들』(*The Bostonians*)과 『프린세스 카사마시마』(*The Princess Casamassima*)는 구체적인 사회 이념의 주제를 직접적으로 다루는 소위 사회소설로 분류된다. 그중 『프린세스 카사마시마』

의 글쓰기에서 제임스는 19세기 후반 런던의 사회적 환경에 대한 묘사와 주인공의 심리 묘사를 병행시키고 있다. 그렇게 함으로써 그 소설은 당시 사회주의 정치 이념이 주인공 하이어신스Hyacinth Robinson의 의식에 어떻게 작용하는가를 보여준다. 그 주인공은 19세기 후반 런던의 특수한 사회문화적 환경 아래 자아 정체성과 자아실현을 추구하는 과정에서 자아의식의 분열을 겪게 되는데, 그의 그러한 경험의 특징은 합리론과 경험론이라는 대립된 인식론적 관점에 비추어서 해석될 수 있다.[1]

심리적 사실주의 작가로서 제임스는 자신의 대부분 소설에서 인상impressions과 인식perception, 관념ideas과 생각이나 감정thoughts and feeling, 그리고 경험과 인격personality 등의 요소들이 우리의 의식 속에서 어떻게 작동하는지에 서사의 초점을 맞추고 있다. 즉 이성이나 관념과 같은 합리론적 요소와 감정이나 인상과 같은 경험론적 요소가 우리의 인식 기능 속에서 각각 어떻게 작용하는지를 탐색한다. 『프린세스 카사마시마』에서는 주인공 하이어신스의 내면에서 그 상반된 두 인식론적 성향이 모순을 일으키며 그의 삶을 비극적 결말로 이끈다.

제임스가 창조한 대부분의 주요 인물들은 어떤 이념을 표상하거나 도덕적 가치를 구현하는 완성체가 아니라, 주어진 환경과 지속적으로 상호작용하는 인식 주체들이다. 그래서 그가 묘사하는 인간 의식은 감각 경험, 지각,

---

1) 합리론Rationalism과 경험론Empiricism의 대립이 근세 인식론의 흐름을 지배했었다. 합리론은 인간의 이성을 인식과 지식의 근원으로 본다. 합리론의 주장에 따르면 참된 인식은 필연성과 보편타당성을 지녀야 하는데, 인간의 감각 경험은 필연성이나 보편타당성을 담보하지 않기 때문에, 참된 인식은 오직 이성에서만 가능하다. 반면에 경험론은 모든 지식이 감각 경험에서 비롯된다고 주장한다. 초경험적 존재나 추상적 관념보다 감각과 반성reflection을 통하여 얻는 구체적인 사실을 중시한다. 따라서 경험론은 합리론이나 관념론idealism 등과는 대조적인 성격을 띤다. 특히 J. 로크John Locke는 모든 인식을 감각 경험에 의해 설명하려고 했다.

느낌, 추상적 관념, 반성적 사고, 상상과 추론, 신념, 인상 등 인식 작용의 모든 요소들을 포괄한다. 제임스는 한 개인이 자신의 지각적 경험을 통한 감정과 사고를 거치지 않고 단지 유포된 관념에 휩쓸리는 것을 경계했다. 이를 두고 엘리엇T. S. Eliot은 제임스의 마음이 "너무도 섬세해서 관념에 의해서 침해될 수 없다"(46)고 표현했다.[2] 즉 제임스가 합리론적 인식론에 부응하지 않았다는 것이다. 그렇다고 해서 그가 인간의 지식이나 의식 자체가 전적으로 감각 경험의 결과물이라는 존 로크John Locke나 데이비드 흄David Hume 등이 주장하는 경험론적 입장을 전적으로 수용했던 것도 아니다.[3] 그 결과 『여인의 초상』(*The Portrait of a Lady*)의 이사벨 아처Isabel Archer나 『대사들』(*The Ambassadors*)의 램버트 스트레더Lambert Strether와 같은 주요 인물들은 예민하고도 섬세한 지각적 경험에 기초해서 주체적으로 사고하는 지적인 인물들로 그려진다. 즉 그들은 감정이 수반된 지적 사고를 실행하는 주체들이다. 그들은 사회적으로 유포되는 도덕적 관념에 기생하거나 사회적 이념을 막연히 수용하는 부류이기를 거부한다.[4] 이에 비해 『프린세스 카사마시마』의 주인공

---

2) "헨리 제임스의 비판적 재능은 관념ideas을 능란하게 다루면서도 어찌 된 이유에서인지 관념을 회피하는 능력에서 가장 현저하게 드러난다. 능숙함과 회피는 아마도 최고 수준의 지성에 대한 마지막 시험이 될 것이다. 그는 너무도 섬세해서 그 어떤 관념에 의해서도 침해될 수 없는 마음의 소유자였다. […] 영국에서는 관념들이 마구 날뛰면서 감정을, 마치 소가 풀을 뜯듯, 먹어 치워버린다. 감정이 수반된 사고를 하지 않고―사고와 감정은 매우 다른 것인데―우리는 관념으로 감정을 오염시켜버린다. 공적인 것, 정치적인 것, 감정에 젖은 관념을 생산해내면서 감각과 사고를 회피해버린다. […] 제임스는 기생적인 관념에 의해서 물들지 않은 관점을 유지한다는 측면에서 최고 수준의 프랑스 비평가들과 유사하다. 그는 당대의 가장 지적인 인물이다"(46).

3) 흄은 추상적 관념의 기원을 감각 인상에서 찾았다. 흄의 경험론은 미국으로 건너가서 윌리엄 제임스의 근본적 경험주의radical empiricism를 거쳐 프래그머티즘 이론으로 자리 잡았다.

4) 관념ideas이라는 표현을 사고와 감정thoughts and feeling이라는 표현과 구분할 필요가 있다. 관념은 우리가 어떤 대상을 경험하여 이해했거나 인지하게 된 결과로 생겨나는 의식의 내용이며, 사고나 감정은 경험의 첫 단계에서 감각적·지적 인지 활동, 혹은 마음의 작용을

하이어신스는 합리적 사고를 통해서 사회적 자아정체성을 확인하려고 시도하지만 결국 실패하게 되고, 이후 감각 경험에 의존해서 자신의 심미적 인식을 강화하려 하지만 그러한 전향적 시도도 역시 결국 좌절되고 만다. 그의 인식은 관념에 의존하는 공적 자아의식과 인상에 의존하는 사적 자아의식 사이에 모순과 충돌을 일으킨다. 그 결과 그는 지적 사고를 통해서든 정서적 지각을 통해서든 인식의 성장에 이르지 못한 채 그 둘 사이의 딜레마 상황에 매몰되고 만다.

1. 관념과 사적 자아

　　『프린세스 카사마시마』의 도입부에서 제임스는 허구적 관념이 하이어신스의 인식작용에 영향을 미치는 두 가지 요소를 제시한다. 그 하나는 런던의 빈민가인 로맥스 플레이스Lomax Place에서 양장점을 운영하는, 주인공의 양어머니인 미스 핀센트Miss Amanda Pynsent에 의해서 꾸며내지고 어린 주인공에게 주입된 그의 출생의 비밀이며, 다른 하나는 크루켄덴 씨Mr. Crookenden의 제본소에서 그의 동료 직원이며 프랑스인 망명자인 유스타시 포퓐Eustache Poupin에 의해 주입된 사회주의 혁명 사상이다. 먼저 미스 핀센트는 어린 시절 하이어신스에게 자체 모순되는 자아의식의 씨앗을 심어 놓는다. 한편으로 그녀는 그가 귀족적 태생이라는 근거 없는 믿음의 씨앗을 그의 상상력의 텃밭에 의도적으로 심어준다. 다른 한편으로 그녀는 감옥에서 임종을 맞이하는 그의 생모인 플로렌틴 비비어Florentine Vivier에게 그 아이를 데리고 가서 만나게 함으로써 자신의 어머니가 가난과 범죄로 얼룩진 하층민 출신이라는 사실에 대한 지워질 수 없는 인상을 새겨준다. 자신의 가상의 귀족 아버지에 대한

───────────────

말한다.

환상이 하이어신스로 하여금 귀족계급에 대한 원한감이 섞인 동경을 갖게 하는 반면에, 자신의 범죄자 어머니에 대한 쓰라린 인상은 부조리한 사회에 대한 저항의식의 근원이 된다.

하이어신스는 자신이 귀족 혈통을 가졌다는 허구적 관념을 합리적 추론에 의해서 확인하려고 시도하며, 나아가서 그것을 일종의 독단적 신념으로 굳혀버린다. 반면에 자신의 하층민 범죄자 어머니에 대한 인상과 기억은 의도적으로 억압함으로써 인식과 경험을 왜곡시킨다. 하지만 실제로 그의 아버지에 대한 정보는 허구에 가깝고, 그의 어머니에 대한 인상은 지각 경험에 근거한 사실이다. 자신의 출생 조건 중 하층민 혈통에 관한 사실이 그를 사회주의 이념의 세계로 이끌고, 귀족적 혈통에 관한 허구적 관념이 그를 심미적 세계에 대한 동경으로 이끈다. 따라서 그의 의식에서는 그 두 가지 모순된 충동이 상호 충돌한다.

하이어신스의 출생 배경은, 특히 그의 귀족적 혈통은 지각적으로 확인될 수 없으며, 객관적으로 입증될 수도 없는 추상적 관념이다. 그래서 그는 그것을 믿음의 영역으로 돌리고, 그 신념을 계속해서 강화해나간다. 그의 부친이 프레더릭 경Lord Frederic Fervis이라는 설, 즉 그의 귀족적 출생에 관한 "희미한 그림자"는 본래 미스 핀센트가 "돌발적으로 유포"시킨 것에 불과하지만 하이어신스 자신은 그것을 당연한 사실로 받아들인다(533). 로슬린 졸리Roslyn Jolly는 미스 핀센트가 그러한 이야기를 꾸며낸 것을 "전통적인 로맨스 플롯과 관련된 일종의 소망 충족 환상"(61)으로 해석한다. 즉 하이어신스에게 귀족의 피가 흐른다는 미스 핀센트의 낭만적 환상이 지어낸 관념이 하이어신스에게 이르러서는 독단적 신념으로 변형되는 것이다.

소설의 시작 부분에서 미스 핀센트와 밀뱅크Milbank 감옥의 교도관인 바우어뱅크 여사Mrs. Bowerbank는 하이어신스 아버지가 누구인가에 관해 서로 완전히 다른 견해를 피력한다. 그의 아버지가 "매우 높은 신분이었다"(56)는 미스 핀센트의 주장에 대해 바우어뱅크는 자신이 목격한 사실과 조사 결과를 토대로 반박한다. 작품의 서술자에 따르면, 미스 핀센트의 주장은 그녀 스스로 "차곡차곡 쌓아 올린 높다란 상상의 구조물"인 반면에 바우어뱅크의 주장은 "형법 체계의 차가운 빛"을 상징하는 객관적 시각을 반영한다. 바우어뱅크는 플로렌틴이 프레더릭 경을 "등 뒤에서 매우 긴 칼로 찔렀다"는 것이 객관적 사실이며, 플로렌틴이 붙잡혀 들어왔을 때 그녀[플로렌틴]가 "어떤 심적 상태에 있었는지" 알 수 있었고, "단언컨대 그녀[플로렌틴]의 진술은 선택하기 나름"이었다고 말한다(57). 마찬가지로 작품에서 객관적 시각을 대변하는 인물인 베치 씨Mr Vetch도 플로렌틴이 그 아이의 아버지에 관해 주장한 바에 대해 언급하면서 "그래요, 사실 누가 알겠어요? 그녀[플로렌틴] 자신인들 무엇을 알 수 있었겠어요?"(71)라고 말한다. 베치 씨가 말할 수 있는 분명한 사실은 하이어신스의 신분이 "수많은 애인"을 가졌던 "매춘부의 사생아"라는 것일 따름이다(71).

일반적으로 개인의 감각 경험에 의거한 주장은 그 현실성의 제약 때문에 다른 사람들에게 관념적 지배력을 갖지 못한다. 반면에 상상력이 지어낸 관념은 그 추상성 때문에 그에 대한 절박한 요구를 느끼고 있는 사람들에게 막대한 영향력을 갖게 된다. 그러한 맥락에서 미스 핀센트의 허구적 주장은 하이어신스에게 일종의 매혹적인 관념이 되고 나아가서 신념으로 바뀐다. 미스 핀센트는 "낭만적인 정신"(58)과 "맹렬한 상상력"(66)을 가졌으며 "옷깃의 장식을 고안해내듯이 자유롭게 거짓말을 꾸며내는"(58) 인물이다. 그녀는 하이어신스가 자신의 귀족적 출생 배경으로부터 일시적으로 배척당한 상태에 있지만 결국에는 그의 정당한 사회적 신분을 되찾게 될 것이라는, 동화 같은 이야기를 지어낸 것이다. 그리고는 그것을 자기 확신에 찬 이론으로 바꾸고,

나아가서 "찾아내져야만 될 [...] 진실"(73)이라고 제멋대로 믿어버린다. 그녀는 하이어신스를 결국에는 세상 최고의 신분과 연결되게 될 "완벽한 꼬마 신사"(71)로 간주해버린다.

그러한 상황에서 하이어신스도 자신의 신분상승 욕구에 부합하는 추상적인 관념을 쉽게 사실로 받아들인다. 그래서 그는 자신이 '거지 옷'을 입은 '왕자'라고 믿게 된다. 그러나 사실 귀부인인 프린세스 카사마시마Princess Casamassima의 심부름꾼 노릇을 하는 캡틴 숄토Captain Sholto는 하이어신스를 "허영심에 찬 작은 거지"(226)일 따름이라고 평가한다. 그가 보기에 하이어신스는 미스 핀센트의 상상력이 지어서 입혀준 왕자의 옷을 입은 거지에 불과한 것이다. 미스 핀센트가 운영하는 양장점의 창문에 붙어있는 간판의 "터무니없는 표현" - "모든 분야의 의상 제작. 왕실 드레스, 망토와 최신 유행의 보닛"(74) - 은 그녀의 그러한 환상의 세계를 상징적으로 보여준다. 하지만 실제 그녀의 봉제 사업은 런던의 빈민가인 로맥스 플레이스에서 하찮은 싸구려 옷을 만드는 일일 따름이다. 현실적으로 "세상에서 더할 나위 없이 낮은" 신분인 하이어신스는 미스 핀센트가 들려주는 "그의 아버지가 공작이라는 이야기를 매 삼 분마다"(73) 듣고 자라게 된다.

이처럼 어린 시절 하이어신스의 인식과 의식은 미스 핀센트에 의해서 주입된 낭만적 관념에 의해서 지배당하게 된다. 그래서 그는 로맨스 소설에 묘사된 귀족들의 생활 모습에 강렬하게 이끌린다. 그는 동네 골목에 있는 누추한 사탕가게 유리창 앞에 서서 거기에 진열된 『패밀리 헤럴드』(*Family Herald*)나 『런던 저널』(*London Journal*)에 실린 로맨스 소설의 첫 페이지를 찬찬히 들여다보며 서 있곤 한다.[5] 그 인쇄물들에 실린 "그림의 형태로 묘사된

---

5) *The Family Herald*는 1843년부터 1940년까지 발간되었던 문예 잡지이며, *The London Journal*은 1845년부터 1928년까지 발간된 소설을 게재했던 주간 잡지이다.

귀족 등장인물들의 모습ㅡ그들은 언제나 최고 신분이었다ㅡ이 욕망에 찬 그의 눈길에 비쳤었다"(54).

하이어신스의 인식 기능에서는 추상적 관념이 현실을 지배하고 허구가 사실을 압도한다. 그런 상태를 꿰뚫어 보는 베치 씨는 결국 하이어신스의 의식 속에서 장차 현실과 환상이 완전히 거꾸로 될 것이라고 예견한다.

> 스무 살 될 무렵이면 그[하이어신스]는 로맥스 플레이스가 일종의 악몽이었다고, 당신 집에 하숙 들었던 사람들과 당신의 봉제일dressmaking이 비속한 만큼이나 허구였다고 [...] 자신을 설득하게 될 것입니다. 그는 그런 것을 모두 잊어버리도록 스스로를 설득할 것입니다. [...] 그의 상상력에 의해서 당신은 특이한 변신을 당하게 되고야 말 것입니다. 상상력이 항상 그를 설득하니까요. 그가 당신에게 특수한 복장을 입혀버릴 것입니다. (74)

베치 씨는 하이어신스의 상상력에 주입된 귀족 신분이라는 환상이 현실을 부정하게 하며, 관념이 인식을 지배하고, 나아가서 그것이 신념이 되어 허구를 실재로 바꾸어버릴 것이라고 예견한다. 스스로를 귀족으로 신분을 상승시킨 하이어신스가 베치 씨나 미스 핀센트와 같은 하층민과 맺었던 관계를 부인하게 될 거라는 것이다. 그래서 베치 씨는 "더 이상 [하이어신스에게] 환상을 주입시키지 말고 충분하고도 엄격한 분량의 진실을 제공하라"(75)고 미스 핀센트에게 충고한다.

자신이 어떤 사회적 계급에 속하는지를 확인하고 결정하려는 과정에서 하이어신스는 감각 경험에 의한 인식을 거부하고, 오히려 추상적 관념을 적극적으로 수용한다. 미스 핀센트가 지어내어 그에게 주입한 귀족 아버지에 관한 관념적 정보를 바탕으로 해서 하층민이며 살인범인 어머니에 관한 지각적 사실을 무효화하려 하는 것이다. 미스 핀센트로부터 전해 들은 자신의 부모에 관한 정보는 그에게 결국 "희미하고도 끔찍하며 혼란스러운 전설"(166)이 된다. 자신의 어머니에 관한 지각 경험과 기억은 소년 하이어신스의 "마음속에 수치와 증오의 씨앗"이 되었고, 나아가서 "낙인"이 되어버린다(98). 반면에 그는 귀족 아버지를 확인하려는 노력 속에서 미스 핀센트로부터 전해 들은 불확실한 정보를 토대로 "자신의 정체성에 관한 수백 가지 다른 이론들을 개발해내게 된다"(166). 이어서 그는 "계몽된 무지 속에서" 그것을 다시 "한 편의 신조"로 만들어버린다(166). 자신의 태생에 관한 "터무니없는 가상의 구조물"(57)을 지어 낸 것이다.

성인이 된 하이어신스는 문서 기록을 확인함으로써 자신의 그러한 관념적인 인식을 더욱 굳게 하려고 시도한다.

그는 새롭고도 더욱 통렬한 의식 속에서 자신의 [출생에 관한] 관계를 점차 복원해 내었다. 조금씩 그의 조상을 재구성해갔으며, 가능한 한도까지 자신이 물려받은 유전의 한계를 측정해 나갔다. 그가 대영박물관The British Museum의 한 열람실에서 『더 타임즈』(The Times)를 뒤져서 프레드릭 퍼비스 경 살인 사건에 관한 [...] 자기 어머니의 재판 기록을 발굴해 낼 용기를 갖게 된 것은 비교적 최근의 성취였다. [...] 마음 내키는 대로 믿을 수는 없는 노릇이었다. 그런데 다행스럽게도 이 경우에 그는 특별히 노력을 기울이지도 않았다. 왜냐하면 그가 그것들―비록 극히 파편적이며 빈약하고 끔찍한 내용이기는 했지만―을 확증된 사실로 받아들이는 순간, 그는 자신을 싫든 좋든 간에 희생당한, 비겁한 프레더릭 경의 아들로 여겼다. 그에 대해서는 추론할 필요도 없었다. 그의 모든 신경과 맥박이 그 사실을 변론했고 입증했다. (167)

하이어신스에게 자신이 사생아라는 생각이 드는 것은 지각적 경험에서 비롯된 "살아있는 표시"(168)로서의 자아인식이다. 반면에 자신이 "신사"라고 스스로 생각하는 것은 미스 핀센트에 의해서 주입된 관념이 신념으로 변형된 것이다. 즉 그러한 신조는 지각적 경험과 무관하며, 그것을 뒷받침해줄 어떤 증거도 없는 공허한 상상의 결과물이다. 그가 신문을 뒤져서 확인했다고 하는 기록의 내용이란 프레더릭 경의 친척들이 그[프레더릭]를 살해한 여자가 낳은 아이에 대한 "각하의his lordship's 책임을 절대 인정할 수 없다"(167)는 것뿐이었다.

그럼에도 불구하고 하이어신스는 자신의 부친 쪽 혈통과 관련된 불확실한 정보를 근거로 해서 신사연 하는 태도를 습득해간다. 그의 심미주의적 성향은 귀족계급에 대한 동경 속에서 자라난 것으로 볼 수 있다. 한편으로 하이어신스는 자신의 존재를 거부한 프레더릭 경의 비겁함과 그의 친척들의 "이기주의"(169)에 반감과 증오를 느끼면서도 다른 한편으로는 그들의 귀족성을 물려받기를 염원한다. 그는 그러한 계급의식, 즉 "자신이 귀족 출신이라는 믿음"(169)을 마음속에 은밀히 간직한다. 더욱이 그는 자신이 "최고의 감수성을 갖게 된 원인이 될 만한 혈통"(169)을 가지고 있다는 느낌에 스스로 만족해한다. 하지만 이러한 상황에 관한 서술자의 냉소적인 언급은 주인공과 미스 핀센트 사이의 특이한 상응 관계를 시사한다. 이 문제에 있어서 하이어신스가 "미스 핀센트의 편을 들었을 것이라는 점은 말할 나위도 없다"(168)는 것이다. 요컨대 하이어신스의 귀족적 혈통에 관한 "열렬한 관념론"(idealism)[6]은 미스 핀센트에 의해서 꾸며내서 그의 의식 속에 심었고, 그 결과에 대해서

---

[6] 실재론Realism은 사물이 의식에서 독립하여 그 자체로 실재한다는 주장이며, 이에 반해 관념론idealism은 객관이나 외계가 모종의 형태로 인식 주관에 의존하며, 외계의 사물은 의식의 현상이나 소산이라고 주장한다.

는 전적으로 "그의 처분에 맡겨졌다"(156).

자아와 사회에 대한 하이어신스의 인식은 허구적·추상적 관념과 지각적·감각적 경험 사이의 괴리에 의해서 비극적 모순을 일으킨다. 그가 은밀히 간직하고 있는 귀족의식에 수반된 자부심이 그를 심미적 성향으로 이끌어가며, 반면에 하층민 범죄자의 사생아라는 의식에 수반된 수치와 증오가 사회주의 혁명을 향한 충동을 자극한다.

2. 이념과 공적 자아

하이어신스는 당시 런던 사회의 계급의식과 정치의식이 집약적으로 내재화된 인물이다. 개인의식에 투영된 사회의식이라는 이 작품의 특징에 관해 언급하면서 두피F. W. Dupee는 제임스의 모든 소설 중에서 『프린세스 카사마시마』는 "패턴에 의해서 전체의 판the whole piece" 즉 "시민사회 전체의 구조"를 이해하려는 "최대의 시도"였다고 말한다(133). 19세기 후반 런던을 휩쓸었던 추상적인 사회주의 이념 갈등이 하이어신스의 공적 자아의식을 형성하는 요소가 된다. 사회의식과 개인의식의 이러한 접점에 대해 워드J. A. Ward는 『프린세스 카사마시마』에서 "런던은 배경 이상의 것이다. [...] 그래서 그것은 의당 한 인물로서의 권리를 갖는다"(117)고 지적한다.

하이어신스가 사회적 자아실현을 추구하는 과정에서 직면하는 곤경은 당시 런던의 사회계급적 모순을 둘러싼 이념적 혼란과 맞물려 있다. 작품의 시대적 배경이 되는 1880년대 런던 사회는 귀족계층이나 노동계층 할 것 없이 사회주의의 유포와 계급의식의 유동 속에서 이념적·도덕적 혼란에 빠져 있었다. 이러한 상황에서 하이어신스도 사회적 계급의식과 정치적 이념에 있어서 혼란 상태에 빠져 있다. 그의 자아의식은 귀족의식과 천민의식 사이에,

심미적 향유와 혁명 충동 사이에 "영구적으로 잡아 찢기는 상태"(479)에 있다. 또한 프린세스로 상징되는 귀족 계층은 도덕적으로 타락했으며, 약제상의 조수인 폴 뮤니먼트Paul Muniment로 대표되는 하층 계급은 사회주의 이념을 표방하지만 실제로는 무정부주의 활동과 테러리즘을 지향하고 있다.

　　19세기 후반 유럽은 사회주의 이념이 기세를 떨치던 시기였으며, 그러한 이념적 열기는 지적 혼란을 수반했다. 그래서 작품 속 거의 모든 등장인물들이 사회주의 이념에 관한 논쟁에 참여한다. 더욱이 그들은 사회주의나 무정부주의의 의미에 관해, 그리고 사회주의 경제와 경제적 개인주의에 관해 개념적 혼란 상태에 빠져 있다. 포핀이나 폴과 같은 인물들은 사회주의라는 새로운 사회철학으로부터 삶의 희망과 비전을 찾으려고 시도하는 반면에, 베치 씨와 같은 인물은 그 이념의 저변에 깔린 급진성에 대해 다분히 회의적인 시각을 갖고 있다. 특히 사생아로 태어나서 런던의 빈민 지역에서 자라났고 열악한 조건에서 제본소 직공으로 일하는 하이어신스는 당시 사회주의 물결에 치명적으로 휩쓸린 인물이다.[7] 자신의 출생과 관련된 이중적 자의식과 모순된 감정으로부터 그는 충동적으로 사회 혁명 지하세력에 가담한다.

　　하이어신스는 미스 핀센트로부터 전해 들은 자신의 프랑스계 모친 쪽 정보 중에서 그의 외조부인 하이어신스 비비어Hyacinth Vivier가 프랑스 혁명에 가담했다는 확인되지 않은 내용만을 기꺼이 수용한다. 미스 핀센트는 그의 외조부가 공화파 혁명가로서 "피로 얼룩진 파리의 거리에서 총을 손에 쥔 채 바리케이드 위에 쓰러졌다"(167)고 들려주었으며, 하이어신스는 그런 그의 외조부의 이름을 물려받았다는 것이다. 외조부의 그러한 영웅주의를 닮고 싶

---

7) 사회주의의 발흥이 당시 영국에서는 사람들의 사회적 관심에 두 가지 각기 다른 방식으로 영향을 미쳤다. 공인된 정치 조직에 의해서 주장되고 실행된 사회주의가 그 하나였고, 국제적인 지하 조직에 의해서 행해진 무정부주의적 사회주의 운동이 다른 하나였다.

은 하이어신스는 프랑스어와 프랑스 예법을 습득하려고 애쓴다. 외조부에 관한 역시 어렴풋한 정보를 바탕으로 자신의 사회주의 운동을 위한 영웅적 자아상을 그려낸 것이다.

19세기 후반 유럽에 팽배했던 사회주의 운동 중에서도 제임스가 『프린세스 카사마시마』에서 묘사하는 세력은 폭력적인 사회혁명 그룹들로, 그들은 사회주의 이념을 이용해서 자신들의 급진적인 정치적 목적을 달성하려고 시도했었다. 이런 유형의 지하 혁명 세력은 주로 사회 개선보다는 사회 전복에 관심을 가진 무정부주의자들이이었다. 그들의 활동 동기에는 가난한 노동자 계층에 대한 연민보다는 부유한 귀족계층에 대한 적개심이 더 강하게 작용하고 있었다. 그들이 의도하는 사회 정의의 실현이란 지배 계급에 대해 복수를 하는 것을 의미했다. 하이어신스가 가담하게 되는 국제적 조직을 가진 지하 세력도 특정한 인물을 살해하려는 목표를 실행하려 한다는 점에서 사회주의 정치 조직이라기보다는 테러리스트 집단으로 규정될 수 있다.

제임스는 『프린세스 카사마시마』에서 자신이 다루는 사회주의자들에 대해서 "거드름 빼는 거대한 사회 표면 아래서 화해될 수 없는 방식으로, 그리고 전복적인 방식으로 어떤 일이 '진행되고 있다'는 것을 우리가 알고는 있으나 단지 짐작하거나 의심하거나 무시하려고 애쓰고 있을 따름인" ("Preface," 48, 원문 강조) 세력이라고 규정한다.[8] 하이어신스는 "선앤문" (Sun and Moon) 술집에 모인 지하 혁명 조직의 토론에 처음으로 참석한 다음, 그 "거대한 지하세계"(330)에 이끌린다. 특히 그 조직의 지도자인 호펜달

---

8) 트릴링Lionel Trilling은 1880년대 초반 런던에서 활동했던 무정부주의자들에 대한 제임스의 묘사가 당시 실상을 정확하게 반영하고 있다고 주장한다. 트릴링에 따르면 당시 무조직부주의자들은 무조직적이었으며, 주로 급진적인 이론과 폭력적인 활동에 의존했다. "조직화된 대중 운동은 없었다. 조직되고 훈련된 당도 없었으며 단지 음모를 꾸미는 강한 중심만 있었다. 정권을 잡겠다는 계획도 없었고 사회의 미래에 대한 계획도 없었다"(74).

Diedrich Hoffendahl과의 인터뷰에서 강렬한 인상을 받게 된다. 그것을 계기로 해서 그는 사회주의에 관한 용어나 피상적인 개념들을 충동적으로 흡수한다. 그의 신념의 피상성은 사회의 "침묵과 어둠 속에서, 그리고 우리 각자의 발굽 아래서 혁명이 살아 숨 쉬며 작동하고 있다"(330)는 식의 그의 언어에서 드러난다. 하이어신스가 혁명적인 지하 세력의 이념에 그처럼 매료되는 주된 이유는 그들이 표방하는 이념의 관념성 때문이다. 다시 말하면 그것이 고통스러운 현실 세계를 넘어서는 추상적인 가능성의 이미지로 주어지기 때문이다.

하이어신스에게 사적인 자아 정체성의 근거인 귀족의 피가 관념의 산물이었듯이 그의 공적인 자아 성취를 위한 기반인 사회주의 역시 공허한 이념과 헛된 개념어들에 지나지 않는다. 그는 자신의 출생에 관한 정보 못지않게 모호하고 추상적인 사회주의 이념에 투신함으로써 자아실현을 꾀한다. 게다가 그가 그렇게 사회주의 혁명에 이끌리게 된 데는 자신의 외조부가 프랑스 혁명의 영웅적 투사였다는 막연한 믿음도 역시 한몫을 한다. 그런 측면에서 하이어신스에게 사회주의 이념이 영향을 미치는 방식은 철저히 관념적 차원에서 이루어지는 것으로 볼 수 있다.

하이어신스의 사적 자아를 형성하는 데 미스 핀센트가 역할을 했다면, 그의 공적 자아실현에 관한 신념 체계를 형성하는 데는 포핀과 폴이 역할을 한다. 특히 사회적으로 그의 "대부이자 보호자"(114) 역할을 하는 포핀은 그를 정치적 이상주의로 이끈다. "공론가이자 낙천가이며 몽상가"(116)인 포핀은 지구상의 모든 국가들이 "파리로부터 뻗어 나간 가로수길로 연결될 것"이며, 그러한 세상에서 "전 인류가 한 가족이 되어 동족들끼리 각기 조그마한 테이블에 모여 앉아서 커피를 마시는" 날이 오게 될 것이라고 주장한다(116).

모든 가치를 오로지 평등의 관점에서만 판단하는 포핀은 "하늘의 모든 별들을 똑같은 크기로 만들기 위한 협회를 설립하려는"(467) 의도를 가지고 있다. 하지만 그런 이론을 주장하는 그의 태도에는 결코 진정성이 깃들어 있지 않다. 오히려 그에게 "책동"과 "사회주의"는 자기만족을 위한 공상적인 "습관의 문제"가 되어 있다(467). 그는 부르주아 계층이 그들의 지하실로 숨어들어서 "하얗게 겁에 질린 채 와인 통과 금괴 더미 뒤에서 떨고 있는"(125) 세상을 머릿속에 그려본다. 그러한 그가 공허하고 선정적인 혁명 사상을 하이어신스에게 주입시켜서 그[하이어신스]의 이상주의적 성향에 불을 붙인다. 하이어신스는 그와 같은 포핀의 어법에 크게 감동하여 스무 살이 되었을 무렵에는 "그[포핀]의 어휘들을 줄줄 외는"(120) 상태에 이른다.

포핀이 공허한 개념으로 하이어신스의 동경을 이끌어내는 데 비해서 폴은 건조한 합리성으로 하이어신스를 매혹시킨다. 사회주의 혁명을 일종의 오락거리로 들먹이는 포핀과 대비되어 폴은 무정부주의를 일종의 형식논리적인 게임으로 여긴다. 폴은 무정부주의 활동에서 자신의 목적을 "완벽한 합리성"(442)을 통해서 얻을 수 있는 "성스러운 평온과 [...] 달콤한 휴식"(442)이라고 생각하며, 미몽에 빠진 동료 무정부주의자들의 주장을 "일종의 공상 [...] 단지 허튼소리"(292)로 치부한다. 그는 동료 무정부주의자들에게 항상 "통계적이고 과학적인 건조한 태도"(391)를 유지하면서 자신의 논리적 주장이 그들에게 어떤 효과를 불러일으키는지를 면밀하게 계산한다. 바꾸어 말하면 그는 인민을 "가축들" 혹은 "비천한 곤충들"이라고 생각하며, 그들에 대해 어떤 존중심이나 "환상도 가지고 있지 않다"(391). 물론 하이어신스에 대해서도 일말의 동정심을 갖고 있지 않다. 폴은 인생에 실패한 자신의 부모님으로부터 물려받은 유일한 유산인 "고도의 지적 능력"(146)을 통해서 동료 무정부주의자들이나 무지한 인민에 대한 우월감으로부터 자기만족을 얻는다.

한편 작품에서 부재의 존재인 호펜달은 그러한 무정부주의 세력의 또다른 특징인 비실체성을 상징하는 인물이다. 그리고 하이어신스는 그러한 호펜달을 자신의 "근본 창조자"(Rowe 174)로 여긴다. 그는 호펜달이 "나로 하여금 볼 수 있게 해주었고, 느낄 수 있게 해주었으며, 실행할 수 있게 해주었다"(330)고 고백한다. 그는 비가시적인 존재인 호펜달에게 자신의 사회적 욕구를 투사하여 자아실현의 이상화된 이미지를 그려낸 것이다. 즉 그는 호펜달의 절대 권위에 자신의 불안정한 자아를 위탁함으로써 스스로 그 추상적 이념을 위한 도구가 될 것을 결심한다.

> 그[호펜달]는 위대한 음악가─프린세스도 그런 음악가인데─가 피아노 건반을 다루는 것이나 한 치 다름없는 그런 지배력을 가지고 있다. 그는 모든 일과 사람들, 제도, 관념, 그리고 그의 위대한 교향악적 반란에 포함된 너무도 많은 음표들을 다룬다. 하이어신스가 그 음악의 최고음부 맨 아래쪽에 위치해서 그 작곡가의 새끼손가락에 의해서 건드려지는 것을 느끼는 날이 오게 될 것이다. 그래서 비록 단 한 순간이지만 작고 날카로운 파열음으로 세상에 들리게 될 날이 오게 될 것이다. (334)

하이어신스는 호펜달이라는 추상적 존재를 "사실 자체"(292)라고 인식하여 삶의 실천적인 영역으로 받아들인다. 하지만 그가 실제 헌신하려는 대상은 인민을 위한 대의가 아닌 추상적 관념과 허구, 모호성과 비실체성의 정치적 권위를 상징하는 호펜달이다.

하이어신스가 관념에 수반되는 정치적 권위에 이처럼 자발적으로 수동적인 자세를 취하는 것은 그 관념을 도그마 형태의 신념으로 수용했다는 것을 의미한다. 그리고 그가 무정부주의 이념에 헌신하려는 이유는 그러한 활동이 그에게 자아실현으로 인식되기 때문이다.

반란의 물결에 자신을 내맡기고 엄청난 조류에 떠다니면서 끌어올려지고 내던져지는 것을 느끼게 될 거라는 생각, 혼자만의 외롭고 건조한 힘으로는 도저히 도달할 수 없는, 햇살이 와 닿는 파도 꼭대기까지 솟구쳐질 거라는 생각에는 기쁨과 환희가 섞여 있었다. (478)

이러한 상황에서 하이어신스에게는 합리론적이고 관념론적인 인식이 실재론적이고 경험론적인 인식의 요소를 압도한다. 그런 이유에서 그는 혁명이라는 거대하고 추상적인 흐름에 기꺼이 자신을 하나의 희생의 제물로 내맡기려고 결심한다. 바꾸어 말하면 그로 하여금 자신의 목숨을 바치겠다고 결심하게 되는 것은 거의 전적으로 추상적 이념이 가진 힘 때문이다.

3. 심미적 인식과 경험적 자아

헨리 제임스의 인식론을 전반적으로 해명하려는 시도를 통해 랄리John Henry Raleigh는 제임스의 인물들이 합리론적 이성보다는 경험론적 감성을 토대로 형성되었다고 주장한다. 랄리는 제임스가 오로지 정신적 실체만이 인식의 주체라는 로크의 가설을 받아들여 그의 소설에서 인식의 작동 양상에 관심을 집중하며, 반면에 인물들의 신체적 열정을 포함하는 물리적 실체의 기능에 대한 묘사를 가능한 한 배제했다고 본다. 그리고 제임스의 작품 활동 중기에 속하는 『프린세스 카사마시마』가 『미국인』(The American)과 같은 초기 작품의 외적인 묘사로부터 『대사들』(The Ambassadors)이나 『황금 잔』(The Golden Bowl)과 같은 후기 작품들에서의 의식에 대한 극적인 묘사 방법 dramatic method으로 나아가는 데 가교 역할을 했다고 평가한다. 즉 『프린세스 카사마시마』의 하이어신스를 묘사하는 데 이르러서 비로소 "심리적 과정이

[...] 힘과 깊이를 얻기 시작한다"(Raleigh 115)는 것이다. 실제로 『프린세스 카마시마』에서 제임스의 문체는 자연주의적인 외적 묘사의 견고함과 주인공의 지각과 반성적 사고 작용을 표현하는 인상주의적 묘사를 연이어 반복시킴으로써 플롯에 리듬감을 준다. 『대사들』의 스트레더와 같은 후기 작품의 주인공은 일상의 현실적인 생활로부터 유리된 채 오로지 의식 기능의 화신인 것처럼 보인다.9) 이에 비해 하이어신스의 인식에서는 감각적 인상과 반성적 사유가 교차적이고 반복적으로 갈등을 일으킨다. 즉 그는 "소화할 수 있는 것 이상으로 너무 많은 인상을 받아들여서" 안정된 인식에 이르지 못하고, 오히려 그 인상들에 의해서 "질식당하는" 처지에 있다(158).

그 결과 하이어신스의 인식 기능에서는 감각 경험이나 인상으로부터 관념이 형성되는 것이 아니라, 오히려 미리 주입된 관념에 의해서 지각 경험이 지배당하는 결과가 빚어진다.10) 예컨대 왜곡된 사적 신념과 사회적 이념이 실제 그의 감각 기능을 왜곡시켜 파리 여행 중에 자신의 영웅적인 외조부의 유령을 불러내어 그와 파리의 거리를 함께 산책하고, 그[외조부]가 이전 시대의 프랑스 어투로 자신에게 "말하는" 소리를 들으며, 저녁식사 자리에서 자신과 함께 "술잔을 기울이고" "수많은 계시와 조언을" 전해준다고 느끼기까지 한다(381).

이념적 환상뿐만 아니라 심미적 환상도 하이어신스의 지각적 경험을 지배하고 왜곡하기는 마찬가지다. "쾌락주의적 성향"(392)을 가진 그는 귀족

---

9) 가이드André Gide는 "그들이 가진 지성의 기능 속에서가 아니라면 결코 존재하지 않는 것처럼 보인다"(641)고 평한다.

10) "관념의 근원에 관한 흄의 설명에 따르면, 관념은 인상이나 감각에서 시작된다. 인상과 감각은 과거의 인상에 대한 더욱 희미한 복사물 혹은 기억을 불러일으킨다. 그 희미한 복사물이 관념이다. 어떤 관념이 실재성을 갖게 되기 위해서는 그에 대한 인상으로 추적해 올라가야 한다. 근원이 되는 인상을 갖지 않은 관념은 공허한 말word이나 개념에 불과하다"(Boudreau 26).

계층에 의해 전유되는 자기탐닉적인 유미주의 예술에 매혹당한다. 문화적 아름다움에 대한 그의 심미주의적 태도는 그가 귀족의 혈통을 가졌다는 미스 핀센트의 허구적 소망에 의해서 싹텄고 민감한 그의 감수성에 의해서 길러진 것이다. 그러나 작품의 서술자는 하이어신스의 그러한 심미적 성향을 일종의 속물주의라고 보는 듯하다. 하이어신스는 스스로 자신의 아버지라고 믿게 된 프레더릭 경을 상상 속에서 만나 그의 목소리를 듣는다. 더욱이 자기기만에 빠진 그는 귀족 아버지가 정치적 "광신도들이나 상놈들의 의견에 동조하고 그들의 조잡한 행동을 따라 하는 것이 신사의 행실에 어울리는 것이냐"(479)고 그를 질책하는 소리를 듣는다고 느끼기도 한다.

부드로우Kristin Boudreau는 헨리 제임스의 소설에서 나타나는 추상적 관념과 지각 경험 사이의 그러한 인식의 이중성이 부친인 헨리 시니어Henry James Sr.와 형인 윌리엄William James이 보여준 철학적 관점의 대립에 그 뿌리가 닿아있다고 본다. 부드로우에 따르면 헨리 제임스는 부친이 신봉했던 스웨덴보리어니즘Swedenborgianism에 내재된 관념론적 신비주의 요소뿐만 아니라, 나아가서 경험적 증거를 무시한 채 추상적 원리에만 의존해서 모든 경험을 단일한 진리 모델로 강요하는 합리론도 거부했었다. 그 점에 있어서 그의 성향은 형인 윌리엄 제임스와 철학적 시각을 공유하는 것으로 볼 수 있다.

『프린세스 카사마시마』에서 제시된 헨리 제임스의 인식론적 입장은 합리론적이고 관념론적인 태도가 인식 기능을 지배하는 데 대해 경계하며, 경험론적이고 실용주의적인 지각의 중요성을 강조한다. 린다 사이먼Linda Simon은 질서정연한 관념이나 체계 속으로 복잡한 실재를 통합하려는 합리론적인 선입견이 사람들로 하여금 "경험이 이루어지기도 전에 그들이 보거나 느낀 것을 알게 되었다고 믿어버리게 만든다"(43)고 비판한다. 이러한 인식론적 혼란을 극복하기 위해 윌리엄 제임스는 "실재에 대한 더 깊은 이해는 오직 지각적 경험을 통해서만 얻을 수 있다"(*Writings*, 1031)는 입장을 제시하면서, 그러한 이해에 이를 수 있는 한 가지 방법으로 "경험의 복잡성과 우연성에 대한 우리의 반응을 면밀히 관찰할 것"(Simon 44)을 제안한다. 그리고 윌리엄 제임스의 그러한 경험주의적 인식론이 헨리 제임스의 소설 이론과 상통하며, 특히 『프린세스 카사마시마』에서 하이어신스의 지각 경험의 특성과 맞닿는다.

한편 부드로우는 헨리 제임스가 기본적으로는 관념이 "거부하기 힘들 만큼 매력적"이라는 점을 이해하고 있었으면서도, "사고와 감정이 관념보다 상대적으로 우월하다"고 생각했다고 본다(4). 제임스의 인물들은 합리주의의 독단적 태도나 경험주의의 회의적 시각의 어느 한쪽으로 일방적으로 기울어 있지 않다. 하지만 그들의 인식은 대체로 관념이나 이념보다는 "직접적으로 주어진 감각 세계와 그 세계의 모든 누추한 세부항목들"(squalid particulars)(James, *Pluralistic*, 93)에 더 많이 의존한다. 이처럼 도그마를 경계하는 성향 때문에 제임스의 소설에서 주요 인물들은 흔히 자아나 세계에 대한 인식적·도덕적 혼란에 빠진다. 『프린세스 카사마시마』에서 하이어신스의 인식론적 혼란은 자신의 출생이나 사회주의 이념과 같은 자신이 지각적으로 경험하지 않은 일종의 관념적 곤경에서 비롯된 것이다. 하이어신스는 그러한 인식의 혼란을 극복하려는 시도 속에서 때로는 합리론적 이성의 힘에 의존하기도 하고 또 때로는 자신의 지각 경험에 의존하기도 한다. 헨리 제임스는 『프린세스 카사마시마』의 서문에서 "경험이란 사회적 존재로서 우리가 자신에게 무슨 일이 일어나는가를 판단하고 이해하는 것"("Preface," 37)이라고 말한다. 실제로 하이어신스는 처음에는 제한된 지적 능력에 의존해서, 나중에 가서는 민감한 감수성에 의존해서 삶에서 "드러나는 혼란 상태"("Preface," 37)를 이해하려고 분투한다.

하이어신스는 제임스 작품의 거의 모든 주요 인물들처럼 "강렬한 지각 기능을 가진 사람들"("Preface," 42)에 속하는 인물이다. 그는 처음에는 런던의 사회적 분위기를 관념적으로 흡수하지만, 프린세스와의 교제가 시작되면서부터 점점 심미적 감수성이 그의 인식을 지배하게 된다. 그의 의식에 영향을 미치는 관념들은 주변 인물들에 의해서 주입된 것이지만, 그의 심미적 인식은 그가 직접 체험을 통해서 받은 인상들로부터 형성된 것이다.

제임스는 작품 서문에서 그 작품의 창작 동기에 관하여 언급하면서, 주인공 하이어신스의 의식이 환경의 영향에 의해서 결국 어떤 상태에 이르게 될 것인지에 대해 관심을 가졌음을 밝힌다. 제임스는 작가로서 자신의 그러한 관심이 하이어신스의 "일상생활의 세계와 그의 예측과 질투의 세계가 합쳐지면서 가하는 강력하고도 총체적인 영향력이 그를 어떤 인물로 만들게 될 것인지"("Preface," 35)에 초점이 맞추어졌다고 밝히고 있다. 그래서 동경과 질투가 뒤섞인 하이어신스의 심미적 경험은 귀족 계층의 고급문화로부터 받게 되는 강렬한 인상의 형태로 표현된다.

하이어신스가 문화적 환경으로부터 강렬한 인상을 받아서 지각적 각성에 이르는 과정은 그가 겪게 되는 지적 인식으로부터 심미적 인식으로의 변화를 보여준다. 그는 기본적으로 지적 수용력을 타고난 인물이다. 그는 15세가 되었을 때 이미 미스 핀센트에게 "세상의 모든 책을 읽었다"(111)는 생각이 들게 할 정도로 독서하고 사색하는 태도를 갖게 되었다. 그는 그런 사색을 통해서 항상 추론하고 입증함으로써 자신이 처한 개인적이거나 사회적인 혼란에 대해 질서를 부여하려고 시도한다.

다른 한편으로 하이어신스는 지각적 경험을 통한 인식의 변화를 수용할 수 있는 능력도 갖추었다. 책을 제본하는 일에 예술적 감성을 싣는 그의 성향에서 드러나듯이 시각적 감각과 인상이 그의 의식 작용에 중요한 역할을 한다. 윌리엄 제임스는 한 개인이 자신의 환경을 이해하는 데 있어서 시각적 인상의 중요성을 강조한다. "사물을 바라보고서 그것을 가장 성공적으로 지각하는 방식은 보통의 마음 작용에 비추어 가장 완벽하게 '인상적인' 방식일 것이다"(*Pragmatism* 36, 원문 강조).11) 이와 유사한 관점에서 『프린세스 카사마시마』에서 헨리 제임스도 하이어신스의 민감한 감수성에 관해 구체적으로 언급한다. 하이어신스에게는 "시각적 감각에 의한 모든 불쾌감이나 희열이 그의 마음 전체를 채색"(157)하게 되며, 더 나아가서 "그에게 인생에 있어서 가장 중요한 것은 오로지 그의 인상들"(158)이라는 것이다.

하이어신스가 겪게 되는 합리주의적 인식으로부터 경험주의적 인식으로의 전향은 윌리엄 제임스가 제시한 진리에 대한 "근본적 경험주의"12)의 접근과 합리주의적 접근 사이의 대비를 연상시킨다.

> 그[실용주의자]는 추상이나 부적절성, 언어적 해법, 그릇된 선험적 근거, 고착된 원리, 닫힌 체제, 가장된 절대와 기원 등으로부터 등을 돌린다. 그는 구체성과 적합성, 사실, 행위와 효용 등을 지향한다. 그것은 경험주의적 기질이 우세해지고 합리주의적 기질이 무력화된다는 것을 의미한다. 그것은 독단이나 인위성, 진리의 완결성에 대한 가장pretense 등에 반대하고 [...] 열린 태도를 취한다는 것을 의미한다. (*Pragmatism*, 45)

---

11) 윌리엄 제임스의 『실용주의』(*Pragmatism*, 1907)는 『프린세스 카사마시마』(1886) 이후에 출판되었지만 그 소설의 주인공이 경험적 전향을 겪는 과정을 이해하는 데 유용한 심리적 관점을 제공한다.

12) 근본적 경험주의Radical Empiricism는 윌리엄 제임스가 주장한 철학적 신조로 인간 경험이 특수한 사항particulars뿐만 아니라 그 특수한 사항들 사이의 관계도 포함한다는 가설이다. 즉 그 두 가지가 다 철학적으로 해명될 필요가 있다는 것이다. 윌리엄 제임스에 따르면 어떤 철학적 세계관이 물리적 차원의 해명에만 그치고, 그로부터 발생하는 의미나 가치, 의도성 등이 어떻게 해서 이루어지는가를 해명하지 못한다면 그 이론은 잘못된 것이다.

하이어신스는 허구적 관념에 의존해서 통일된 자아 정체성을 추구해왔었고, 추상적인 사회주의 이념에 의존해서 자아실현을 시도했었다. 하지만 그가 문화에 대한 심미적 경험을 하게 되면서부터 이전까지의 그의 자아의식뿐만 아니라 사회의식도 와해되기 시작한다. 즉 그의 지각적 경험이 자신이 고상한 신사이면서 동시에 사회주의 혁명의 영웅이 될 수 있다는 모순된 신념을 깨뜨려버린다.

프린세스 카사마시마가 하이어신스를 지각적·심미적 세계로 안내하는 역할을 맡는다. 그녀는 귀족신분으로서 급진적인 무정부주의 활동에 가담한다는 점에서 근본적으로 자기모순적인 인물이다. 그녀는 자신과 프린스 카사마시마Prince Casamassima와의 원만하지 않은 결혼생활로부터 비롯된 삶의 무의미를 해소하기 위해서 무정부주의라는 자극적인 활동에 가담한 것이다. 그녀의 그러한 신분과 미모, 허영심이 하이어신스로 하여금 무정부주의 활동에 보다 더 적극적으로 참여하게 하는 동기를 제공한다. 그러나 플롯의 구성에서 그녀가 가지는 가장 큰 의미는 그녀가 하이어신스의 경험주의적 발달을 자극하고 유도한다는 점에 있다. 그 점에 관하여 헨리 제임스는 "그[하이어신스]가 그녀의 경험에 봉사하도록 의도되었다기보다는 그녀가 색다르고도 더욱 '주도적인' 의미에서 그[하이어신스]의 경험에 봉사하도록 의도되었다"("Peface," 46, 원문 강조)고 밝히고 있다. 따라서 하이어신스가 프린세스 카사마시미와 맺게 되는 관계는 "사회주의자와의 관계라기보다는 사교적인 관계"("Preface," 44)의 성격을 띤다. 즉 그녀는 하이어신스를 귀족계급과 연결시켜주는 가교 역할을 담당한다. 귀족의 삶에 대한 낭만적 환상을 간직한 하이어신스에게 화려한 미모를 가진 귀부인 프린세스와 우연히 친분을 맺게 되는 사건은 더없이 특별한 경험이다.

프린세스는 하이어신스의 대조인물foil이면서 그의 욕구가 투영된 대응

인물counterpart이기도 하다. 그녀는 본래 낮은 하층민 출신으로 결혼을 통해서 최고의 사회적 신분을 성취했으며 실제 국적이나 정체성을 숨기고 살아가는, 하이어신스의 눈에 "유명 여배우처럼 보이는"(245) 인물이다. 그녀는 매혹적인 아름다움과 무모한 급진주의를 동시에 상징하는 존재로서 정치적 이상주의에 수반되는 매력과 위험을 함께 나타낸다. 게다가 하이어신스로 하여금 한편으로는 귀족적 생활을 경험하게 함으로써 계급적 가교 역할을 하고 다른 한편으로는 그를 사회주의 활동으로 깊숙이 끌어들이는 안내자 역할도 한다. 그래서 그녀의 독일인 동료인 그랜도니 부인Madame Grandoni은 극장에서 이루어진 하이어신스와 프린세스의 첫 만남을 보고 나서 그들을 "눈부신 쌍"(195)이라고 표현한다.

프린세스를 처음으로 만나는 순간부터 하이어신스는 마음속에서 생겨나는 사고와 인식의 모순을 겪게 된다. 이제까지 자신이 이성적 사고를 통해서 형성해온 자아 정체성과 사회주의 이념이 지각적 경험에 의해서 와해되기 시작하는 것이다. 제임스는 주인공의 마음속에서 일어나는 경험주의적 인상의 내면 드라마를 일종의 "극 중의 극"(194)의 형식으로 전개시킨다. 하이어신스가 관람하는 "『파라과이의 진주』"(171)라는 감상적인 연극에서 고결한 주인공은 "절벽 아래로 내던져져도 [...] 단지 약간의 상처만 입을 뿐"(195)이지만, 소설 속의 주인공 하이어신스는 프린세스가 상징하는 귀족계층의 심미적 세계 속으로 내던져져 치명상을 입게 된다.

프린세스와의 친교가 이루어진 이후부터는 합리적 사고보다는 지각적 인상이 하이어신스의 인식을 지배하는 주된 요소가 된다. 그는 높은 수준의 문화적 삶을 향유하려는, 즉 "인생의 아름다운 것들"(337)을 경험하고 싶다는 강한 욕망을 지녔다. 게다가 그는 "어떤 것도 놓치는 법이 없는" 민감한 "지각 기능"도 가졌다(164). 그래서 그의 오랜 친구인 헤닝 양Miss Henning과 함께 하이드 공원Hyde Park을 걸으며 데이트했던 시기에도 이미 "작지만 엄청난 드라마가 그의 영혼 속에서 은밀하게 진행되고" 있었으며, 그는 "세상 모든 사륜마차를 타보고 싶었[었]다"(164).

프린세스가 바로 그러한 문화적·심미적 경험에 대한 하이어신스의 욕구의 객관적 상관물로 작용하게 된다. 그에게 세상에 대한 새로운 지각적 인식은 그가 교제하게 된 프린세스의 매혹적인 권위나 그녀의 초대로 며칠을 머무르는 그녀의 메들리Medley 저택 분위기, 그리고 그가 여행하는 파리와 베니스의 찬란한 문화 등을 직접 경험하는 데서 오는 인상으로부터 비롯된다. 그는 4월의 초록빛 속에 담쟁이덩굴로 덮여 있고 황갈색 지붕을 가진, "무한히 펼쳐지는 그림 같은"(299) 고풍스러운 메들리 저택에서, "각하"(300)라고 그를 칭하는 집사butler의 시중을 받으며 "숨이 멎을 듯한 황홀함"(301) 속에서 며칠을 보내면서 귀족 문화에 대해서 "강렬한 인상"(301)을 받는다. 이후 그는 6월에 파리로의 여행에서 "한껏 멋지게 장식된 카페"에 앉아 그 도시의 "총체적인 장려한 매력"에 취해 그곳 사람들과 문화로부터 "풍부한 인상"을 받는다(379). 그리고 다시 그로부터 3개월 후 그는 베니스를 여행하며 인류가 이룩한 문화의 가치에 대해서 새로운 인식에 이르게 된다.

> 그의 마음속에서 그때 매 순간 일어났던 변화는 자신이 어떤 어려움에 처하게 될 것인지에 대해 단지 마음을 쓰지 않게 되었다는 것이다. [...] '이 강렬한 경험의 잔'the cup of an exquisite experience—마법에 걸린 듯한 그곳에서의 일주일, 로맥스 플레이스와 크루켄덴 영감으로부터 완전히 벗어날 수 있었던, 그가 꿈도 꾸어보지 못했던 일주일 동안의 생활—이 그의 입술에 와 닿았다. 그 잔에는 새로운 경험과 문명이라는 진홍빛 포도주가 넘실대고 있었고, 그가 그것을 마시지 않고 물리친다는 것은 불가능한 것이었다. (325, 필자 강조)

하이어신스의 지각적 경험과 인상이 그의 관심을 정치적 이상주의로부터 문화적 이상주의로 돌려놓고, 그를 사회주의 혁명가로부터 심미적 보수주의자로 바꿔버린다. 그가 지금까지는 호펜달이라는 이념적 우상에 매혹되어 있었다면, 이후로는 프린세스라는 지각적 우상과 그녀가 표상하는 유럽 문화에 마음이 사로잡히게 된다.

4. 이념의 파괴성

그때까지 하이어신스를 지탱해주었던 관념의 구조물이 프린세스와의 친분을 계기로 생겨나는 그의 지각적·심미적 인식, 즉 "약동하는 마음속 혁명"("Preface," 43)에 의해서 무너지기 시작한다. 이처럼 급격하게 그의 관점이 바뀌게 되는 이유는 그가 헌신해온 사회주의 혁명 세력이 그가 새롭게 발견한 사회의 가치와 문화의 매력을 파괴하려고 계획하기 때문이다. 그 결과 그는 그때까지 간직했던 정치적 이상주의에 대한 정당성과 긴박성을 갑자기 잃게 된다.

먼저 그는 지하 혁명 세력에 가담해서 자신이 실행하려는 것이 문화적 산물을 파괴하려는 반달리즘vandalism이라는 것을 깨닫게 된다. 나아가서 그 지하조직에서 자신의 가치가 "인간 재료"(444)에 불과하다는 것과 그가 단지 그들의 "앞잡이"(467) 노릇을 해왔다는 사실을 인식하게 된다. 게다가 그는 호펜달의 음모가 민주주의라는 구호로 위장된 테러리즘이라는 것도 깨닫게 된다. 하이어신스는 그 모임의 선도자인 폴에게 호펜달의 계획이 "정확하게 어떤 선을 행하려는 것인지" 묻지만, 폴은 "그게 무엇인지 단지 어렴풋하게만 알고 있다"라거나 "그 중요성을 정확하게 가늠한다는 것은 어려운 일이야"(444)라고 모호한 언사로 둘러댄다. 그처럼 폴은 관념적 모호성을 이용해서 그가 "당나귀들"(444)이라고 멸시하는 인민을 호도한다. 결국 하이어신스는 자기만족이나 이기적인 목적을 위해 무정부주의 활동을 이용하고 있는 폴이나 포핀과는 달리 거기에 진심으로 헌신하고 있는 자신이 "보기 드문 얼뜨기"(328)였음을 자각하게 된다. 자신이 목숨을 걸기로 맹세한 무정부주의 활동의 실체가 "절망적인 협잡"(328)이라는 사실을 직시하게 된 것이다.

대부분의 자칭 사회주의자들은 사적인 이익이나 오락적 활동을 위해 이른바 대의를 수단으로 이용하고 있다. 하이어신스는 순수한 사회주의자라고 믿었던 포핀이 파리의 위대한 문화적 유산이 "우리 것일 때 더욱 굉장한 것이 될 것"이라고 말하는 것을 듣고 그[포핀]의 마음속에 "질투라는 종기"가 자리 잡고 있는 것을 알게 된다(405). 프린세스의 경우에는 사회주의 이념에 몰두하는 것이 삶의 권태와 무의미에서 벗어나기 위한 일종의 오락적 활동이다. 하이어신스는 소위 하층민의 불행한 삶에 대해 그녀가 보이는 왕성한 관심이 일종의 "변덕스러운 장난"(412)에 해당하며, 그런 장난을 통해서 그녀가 다른 사람들을 위해 일한다기보다는 "자기 자신을 더 만족시키고 있다"(477)고 느끼게 된다.

하이어신스가 무정부주의 활동에 가담하게 된 것도 따지고 보면 지극히 사적인 동기에서 비롯된 것이다. 그는 자신의 출생의 모순을 극복하려고 몸부림치다가 좌절되어 사회혁명이라는 대의에 욕구를 투사해버린 경우로 볼 수 있다. 다만 차이점은 표리부동한 다른 무정부주의자들과는 달리 하이어신스는 그 활동에 자신의 목숨을 바칠 정도로 진지하다는 것이다. 하지만 그의 자기희생은 결코 숭고한 것이 아니며, 혁명의 성패에 거의 아무런 영향도 미치지 못한다. 오히려 그의 그러한 헌신은 "현재 삶의 고뇌로부터 자신을 구원해주게 될 것인가의 차원에서만 그에게 중요성이 있다"(479).

하이어신스의 경험적 인식은 그가 관념적으로 받아들였던 사회주의 이념뿐만 아니라 낭만적 상상력을 통해 그려보았던 귀족적 삶에 대한 환상도 무너뜨려 버린다. 그는 프린세스와 레이디 오로라Lady Aurora, 그리고 마천트 씨 가족the Marchants들과 같은 귀족들의 삶에서 도덕적 왜곡과 지적 척박함을 알아차리게 된다. 그는 귀족적 품위의 모범처럼 보였던 프린세스가 남편 몰래 폴과 밤을 보내는, 도덕적으로 타락한 인물임을 알게 된다. 그는 또한 카사마시마의 메들리 하우스 인근 귀족 부인인 레이디 마천트와 그녀의 딸이 지적으로 극히 천박하며 예법에 있어서도 형편없는 사람들인 것을 보고 실망한다. 그래서 그는 그들이 "지겨운 유형의 사람들"(317)이라고 생각하게 된다. 그가 가장 모범적인 인도주의자라고 생각했던 귀족 출신 레이디 오로라도 결국은 가식적인 사람으로 드러난다. 그가 그녀를 마지막으로 보게 되었을 때, 그녀는 폴에 대한 자신의 좌절된 애정에 낙담하여 사회봉사자로서의 가면을 벗어버리고 다시 본래의 유한계급의 삶으로 되돌아간 모습이다. 웅장한 저택에 있는 그녀의 방은 "더욱 풍부하게 장식이 되어 있고 [...] 눈부신 의상으로 치장한 [...] 그녀의 외모에도 똑같은 변화가 일어나 있다"(538). 레이디 오로라가 일시적으로 누더기 옷을 입고 거지 역할을 자처했다가 다시 본래 귀족의 신분으로 돌아온 데 반해서, 하이어신스는 마음속으로나마 잠시 귀족의 옷을 입었다가 다시 본래 사생아 노동자 신분으로 돌아간 셈이다. "그[하이어신스]와 그녀[레이디 오로라]가 각각 결코 자기가 갖지 않았던 것을 잃어버린 것 말고는 달리 무엇을 했었단 말인가?"(540). 자신의 본래의 신분으로 되돌려진 하이어신스에게 헤닝 양은 "그 모든 [관념적] 사고에도 불구하고 그는 자신이 무슨 생각을 하고 있는지조차 알지 못했다"(526)고 지적한다.

하이어신스의 마음속에서 일어난 지각 경험의 혁명은 관념적으로 구성된 공중누각과 같은 그의 신념의 구조물을 무너뜨려 버린다. 그래서 그는 이전까지의 관념적·합리주의적 노력을 그만두고 감각을 통해서 얻게 되는 인상과 감정에 자신을 내맡긴다. 그는 "나의 관념에 덧붙여진 너의 관념"(Your ideas about my ideas)에 의존했던 방식의 삶이 "참된 행복을 가져다주지 못한다"는 것을 자각하고, 앞으로는 "비반성적인 관조irreflective contemplation의 세계" 즉 "현재라는 시간" 속에서 살겠다고 다짐한다(526). 그러나 그는 관념적 환상과 심미적 열망 사이에서 딜레마에 빠져 결국 자기 파괴를 선택하고 만다.

『프린세스 카사마시마』에서 제임스가 묘사하는 사회적 환경은 그 구성원들의 이념적 혼동, 흔들리는 계급의식, 그리고 정서적 불안정 등으로 특징지어진다. 그러한 유동적인 사회에서 합리주의적 사고를 통해서 견고한 실재나 단일한 진리, 안정된 자아 정체성을 확보하려는 하이어신스의 시도는 좌절되며, 경험을 통한 인식의 성장 역시 그의 도덕적 경직성 때문에 한계에 부딪힌다. 그리고 그 결과는 곧 자기 파괴로 귀결된다. 그러한 파괴력의 중심에 사회주의나 무정부주의와 같은 추상적인 정치 이념이나 계층 상승을 향한 왜곡된 독단적 신념이 작용한다. 『프린세스 카사마시마』에서 제임스는 19세기 후반 유럽의 사회정치적 유동성을 배경으로 당시 전개되었던 인식론적 대립과 관념적 혼란을 하이어신스의 비극적인 인식 혁명으로 구체화한다. 그리고 그 젊은 주인공은 사회적·도덕적 가치관이 혼란된 시대에 관념의 거푸집과 경험의 밧줄 사이에서 딜레마에 빠져 결국 자기 파괴를 결정하는 인물이다.

제7장

지각의 한계: 『메이지가 알았던 것』

자아의식이 채 발달하지 않은 상태에서 어린아이는 주로 신체적 감각을 통해서 지각하는 것을 현실로 받아들이지만, 어른이 되어가면서 점차 그러한 감각적 지각의 이면에 숨겨진 의도와 동기, 욕구 등을 파악하는 인식 능력을 습득하게 된다. 내면 의식의 탐색에 집중했던 작가로서 헨리 제임스는 감각적 지각과 지적 사유 능력 사이에 존재하는 그러한 의식의 불규칙한 연속성을 탐색하는 데 관심을 기울였다. 제임스의 중기(Middle Years, 1884-1897)와 후기(Later Years, 1898-1916)의 경계선에 위치하는 『메이지가 알았던 것』(*What Maisie Knew*, 1897)은 인간의 지각과 인식 그리고 의식 사이의 그러한 연속성에 대한 작가의 정교한 탐색을 보여준다. 즉 그 작품에서 제임스는 한 어린 소녀가 시각적 지각을 통한 인식으로부터 감정을 통한 이해, 그리고 사유를 통한 개념적 인식으로 어떻게 점차 정신적 성장을 이루어 가는지를 조명한다.

『메이지가 알았던 것』의 주인공은 특이할 만큼 불안정한 가정환경에서 자라는 민감한 감수성을 가진 여자아이이다. 주인공인 메이지Maisie는 자기 부모가 서로 원수가 되어서 이혼하고 곧이어 각각 재혼하면서 야기되는 난잡하고 혼란스러운 가족 관계의 소용돌이 속에 내던져져서 실체를 파악할 수 없을 정도로 복잡하게 얽힌 어른들의 애정적 갈등의 내막을 조금씩 알아가고 대응해간다. 작품의 시작 부분에서 6세의 소녀인 메이지가 자신의 가정환경과 주변 어른들을 인식하는 방식과 정도는 작품의 결말 부분에 이르러 대략 13세의 사춘기 소녀로 성장하여서 갖게 된 인식의 차원과는 확연한 차이를 보인다. 제임스는 작품의 「서문」에서 메이지의 그와 같은 인식의 성장을 "조그만 도토리가 거대한 참나무로 성장"("Preface," 23)하는 과정에 비유한다.[1] 그 과정에서 메이지는 외적 자극을 시각적으로 지각하기만 하는 수동적인 태도에서 점차 벗어나서 어른들의 행위의 특성인 의도를 숨기거나 가장하는 등의 사회화된 태도를 습득하게 된다. 서술자는 메이지의 의식이 그처럼 성장하는 양상을 구기 종목 운동경기에서 "셔틀콕"(42)이나 "축구공"(101)의 입장처럼 전적으로 수동적이기만 한 상태로부터, 자신의 자아의식을 통제하고 다루며 더 나아가서 상대방의 의도를 파악하고 대처하는 능동적인 경기자의 입장으로 변화해간다고 표현한다. 그동안에 그 아이는 자신이 처한 삶의 복잡한 게임의 법칙을 익혀가는 것이다. 그 결과 그 아이의 인식은 꾸준히 성장하고 변화하며, 마침내 우리들 독자는 "그 아이의 어린 시절의 소멸을 목격하게 된다"("Preface," 28).

작품의 제목이 시사하듯이 『메이지가 알았던 것』은 어른인 서술자가 어린아이인 메이지의 인식을 재현하려는 시도이다. 따라서 어른의 언어를 통

---

1) 이후 『메이지가 알았던 것』에서의 인용은 괄호 안에 쪽수만 표기하며, 작품 「서문」에서의 인용은 "Preface" 다음에 쪽수를 표기함. 제임스는 그 작품의 창작 과정이 이처럼 유기적으로 이루어졌음을 표현하기 위해 이 비유를 사용하고 있지만 그 비유는 작품의 주제인 메이지의 의식 성장 과정을 나타낸다고도 볼 수 있다.

해서 아이의 경험과 언어, 인식과 자아성selfhood을 표현할 수 있는가에 대한 문제가 이 작품에 대한 비평적 논의의 한 축을 이룬다. 그러므로 메이지의 인식 과정과 정도를 파악하는 데 있어서 언어 문제 이외에도 인식의 층위에 대한 문제를 조명할 필요가 있다. 그 이유는 언어 발달과 인식의 성장이 실제로 인간 경험에서 불가분한 방식으로 융합되어 있기 때문이다. 비평가들은 주로 메이지의 언어가 그 아이 자신의 경험을 표현하는 데 부족하다는 것을 부각하였다. 그들의 그러한 주장은 작품 속에서 서술자가 메이지의 인식에 관해 "마음속에 개념보다도 [그것을 표현할 수 있는] 이름을 훨씬 더 적게 가지고 있었다"(163)고 진술한 데 근거한다. 그런데 그 아이의 인식의 성격이 아이일 때와 점차 나이가 들어가면서 경험적 차원에서 어떤 차이가 있는가에 대해서는 아직 어떤 조명도 이루어지지 않았다. 이러한 상황에서, 메이지의 시각적 지각과 감성적 인식, 그리고 개념적 이해가 각기 다른 차원에서 이루어지고 있음에 주목하여, 그 아이가 성장하면서 앞선 두 차원의 인식에는 도달하지만 충분히 개념적인 차원의 인식에는 이르지 못한다는 사실을 조명할 필요가 있다.

　『메이지가 알았던 것』에서의 자아성과 언어 사이의 관계에 대해 논하면서 랭Roisin Laing은 어른인 서술자의 인식에서는 근본적으로 "경험과 언어 사이에 괴리"(97)가 존재하지만, 아이인 메이지의 인식에서는 언어와 경험이 일치하는 상태에 있다고 주장한다. 따라서 서술자의 "거친" 언어는 메이지의 통일된 "자아 인식과 정반대되는"(Laing 105) 상태에 있으며, 서술자가 그 아이의 마음을 언어적으로 명시하려는 시도는 실질적으로 실현 불가능하다는 것이다. 한 걸음 더 나아가서 티한Sheila Teahan은 우리들 독자가 메이지의 의식에 관한 이야기를 읽고 있다는 환상은 소설의 끝에 가서 무너지며, 더불어서 제임스 소설의 특징인 "중심 의식의 재현이라는 전략도 무너진다"(225)고 주장한다.

그들 비평가들은 서술자가 메이지의 인식과 자신[서술자]의 언어 사이의 그러한 괴리를 극복하기 위해서 메이지의 언어를 불명료하게 만드는 전략, 즉 메이지로 하여금 숨겨진 속마음을 갖게 하는 방식을 취한다고 본다. 따라서 결국 메이지가 알았던 것을 독자가 명확하게 알 수 없다는 것이다. 풀 Adrian Poole에 따르면 "메이지가 알았던 것"이라는 과거시제의 제목은 "메이지의 앎이 과거에 속할 수밖에 없다"는 것이며, 그 아이가 "성장하면서 잊어버리게 될 어떤 것을 아이일 때 알았었다"(xxii)는 것을 의미한다. 따라서 독자에게 메이지의 인식 내용은 영원히 모호한 채로 남는다.

메이지의 인식 양상을 감각적 인식과 지적 인식의 차원으로 분리해서 살펴보면, 처음에 그 아이의 인식은 주로 시각적 지각에만 의존하지만 경험이 증가하면서 거기에 정서적 느낌이 개입하기 시작한다. 이후 경험이 더욱 증가하고 사유 능력이 커가면서 그 아이는 점점 더 지적인 인식 능력을 습득하게 된다. 하지만 작품의 결말에서도 여전히 다른 어른들의 인식에 비견할 만큼 충분히 개념적인 인식의 차원에 이르지는 못한다. 그와 같은 인식의 성장과 더불어 메이지는 어른들이 자신에게 숨기고 진행하는 애정 관계의 내막을 점차 파악하게 된다. 또한 그 아이는 그들이 자신을 조종하고 이용해서 자기들의 은폐된 이기적인 욕구를 충족하려 했다는 것도 깨닫게 된다. 그러나 작품의 결말에서도 메이지는 결국 어른들의 그러한 행위에 대한 도덕적 판단에는 이르지 못한다. 도덕관념은 감각적 지각이나 정서적 경험의 차원이 아니라 관념적 이해 차원의 문제이기 때문이다.

1. 감각적 지각

작품의 시작부분에서 어린아이로서 메이지의 인식은 주로 시각적 자극을 주어진 그대로 받아들이는 상태에 있다. 게다가 그 아이는 운명적으로 "이해할 수 있는 것보다 더 많은 것을 보게 될"(39) 처지이다. 즉 그 아이의 지각은 "즉시적인 것the immediate에 대한 생생한 감각"(42)으로 특징지어진다. 그 아이는 현재를 시각적으로 인식하는 기능이 활발한 데 비해서 사고하거나, 회상하거나, 상상하는 지적 기능은 아직 채 발달하지 않은 상태에 있다. 일반적으로 그러한 인식의 한계는 곧 어린 시절 마음의 순수를 의미한다. 그러한 인식의 한계를 이용해서 메이지 주변의 어른들은 그 아이에게 자신들의 부정한 애정 행위의 동기를 은폐하며, 더 나아가서 자신들의 욕구를 충족하기 위해 반복적으로 그 아이를 조종한다. 그래서 그 아이는 부모들 사이에 벌어지고 있는, 그러나 자신이 그 내막을 알 수는 없는 상황을 "불안에 차서 바라본다"(39). 그리고 그러한 상황이 자신의 생존에 위험이 된다는 것을 감지한다. 따라서 그 아이는 근본적으로 정서적 긴장 상태에 있다.

그 아이는 내밀하게 작동하는 격정 속으로 휘말려 들어서 요술환등기에서 비쳐 벽을 가로질러 어른거리는 이미지들을 보기 위해 눈길을 고정시켰다. 그 아이의 작은 세계는 주마등 같이 변하는 환상의 세계였다. 스크린에는 낯선 그림자들이 있었다. 마치 그 모든 공연performance이 그 아이를 위해 주어진 것 같았다. 그 아이는 거대하고 어두컴컴한 극장 안에 앉아 있는 조그만 아이 같았다. 간단히 말해서 그 아이는 아낌없이 인생을 소개받았는데, 그 활수함liberality을 이용해서 이기심으로 가득 찬 다른 사람들이 마음껏 이득을 보는 격이었다. 나이가 어리기 때문에 얌전하다는 사실 말고는 그 아이가 그처럼 희생의 제물이 되는 것을 피하게 해줄 어떤 것도 없었다. (39)

순수하고 극히 제한된 인지력을 가진 메이지에게 주어진 현실의 조건은 플라톤의 "동굴의 우화"에서 죄수들이 세상을 인식하는 것과 마찬가지 상황이다.[2) 이처럼 자극에 철저히 수동적으로 반응하는 메이지의 인식은 판단 능력이 결여된 채 단지 시각적 자극을 보이는 그대로 받아들인다. 당시 메이지에게는 비록 어른들에 의해서 조작된 것이지만 "실재하는 것이 절대적인 것이며 현존하는 것만이 생생했다"(42).

부모가 이혼한 후 각각 6개월씩 아버지 집과 어머니 집을 오가며 살도록 결정된 법적 판결과 더불어 처하게 된 메이지의 가정환경은 친부모나 의붓부모들이 각기 결별하고 결합하며, 이어서 다시 서로 배신하고 또다시 헤어지는 과정에 그들이 그 아이에게 입히는 정서적인 가해와 그 아이에게 행하는 탐욕적인 목적의 조종으로 특징지어진다. 그처럼 불안정한 가정환경에서 그 아이가 갖게 되는 첫 정서적 반응은 자신이 "위험에 처했다는 느낌"(43) 즉 "긴장감"(40)이다. 메이지는 "그처럼 애초부터 그것[긴장감]을 느꼈을 뿐만 아니라 자기가 그것을 느낀다는 사실도 알았었다"(40).

메이지가 느끼는 그러한 긴장감 혹은 죄책감은 가정의 불안정과 부모의 고난이 자기 때문이라는 부모의 주장에 익숙해진 결과로 생겨난 것이다. 그 부모는 그 아이에 대한 양육 책임을 각각 상대방에게 떠넘기려는 데 그치지 않고, 더 나아가서 그 아이를 각기 상대방에 대한 자신의 악의와 분노를 전달하는 도구로 악용한다. 이러한 상황에서 메이지는 아빠 집에서 엄마 집으로 옮겨가는 날 마차에서, 엄마가 그 아이에게 "천사 같은 내 딸아, 짐승

---

2) 플라톤의 동굴 우화에서는 사람들이 동굴 속 벽 쇠사슬에 묶여서 일생동안 빈 벽면만을 향한 채 살아왔는데, 그 사람들은 그들 뒤에 타오르는 불길에 의해서 비친, 지나가는 사물들의 그림자만을 바라볼 수 있을 따름이다. 그런 조건 하에서 그들에게는 모든 사물들의 이름이 주어진다. 그렇게 되면 그 죄수들에게는 실제 사물들이 아니라 그것들의 그림자가 리얼리티가 된다.

같은 네 아빠가 너의 사랑스러운 엄마에게 어떤 전하는 말이라도 있었니?"라고 묻자 "아빠는 내가 엄마한테 엄마가 구역질나고 지긋지긋한 돼지라고 말해야 한다고 말했어요"라고 즉각적으로 반응한다(42). 서술자는 메이지의 그러한 수동성에 대해 그 아이를 "두 부모 사이를 계속해서 맹렬하게 날아다닐 수 있는 깃털이 달린 조그만 셔틀콕"(42)이라고 표현한다.

메이지가 이처럼 조종되고 악용당하는 것은 시각적 지각에만 제한된 그 아이의 인식이 어른들의 언행에 감춰진 의도와 동기를 파악하지 못하기 때문이다. 그 아이는 이혼한 부모가 각각 자신을 데리고 살고 싶어 하는지 아니면 그 반대인지, 즉 양육권을 차지하기 위해 법적 다툼을 벌였는지 그것을 떠넘기기 위해서 싸웠는지를 알지 못한다. 그 아이는 자신의 존재가 부모에게 어떤 의미인지를 알지 못하는 것이다. 더욱이 그 아이는 어른들이 거짓말로 자신들의 의도를 숨길 때 그것을 전혀 파악하지 못한다. 거짓말은 표면적 의미와 감춰진 진의가 완전히 불일치하기 때문이다.

엄마인 아이다Ida Farange가 메이지에게 아빠인 파랜지 씨Beale Farange가 거짓말을 하고 있다고 말하지만 메이지는 그런 엄마의 주장을 이해할 수 없고 그 점에 관해 되물을 수도 없다. 그러나 첫 번째 가정교사로 맞이한 오버모어 양Miss Overmore의 아름다움에 반해서 그녀와 친밀한 관계를 갖게 되었다고 믿는 그 아이는 평소 궁금하게 여겨왔던 사항에 대해 "아빠는 자신이 거짓말한다는 것을 아시나요?"(44)라고 그녀에게 직접적으로 질문을 한다. 그러나 오버모어 양은 자신의 감정과 의도를 교묘하게 은폐할 수 있는 능력을 가졌다. 손에 스타킹을 뒤집어씌우고 바느질을 하고 있던 오버모어 양은 그처럼 당돌한 그 아이의 질문에 당황해하며 극히 애매한 방식으로 그 질문에 대답한다.

오버모어 양은 몹시 얼굴을 붉히더니 고개가 뒤로 한껏 젖혀지도록 크게 웃었다. 그런 다음 그녀는 [스타킹으로] 씌워둔 자신의 손을 향해 바늘을 매우 강하게 다시 찔러 넣었다. 메이지는 오버모어 양이 그것을 어떻게 견뎌내는지 궁금했다. "내가 아빠한테 그렇게 말해야 하나요?"라고 메이지가 말을 이었다. 바로 그때 오버모어 양의 깊고 짙은 회색 눈동자는 틀림없는 언어로 말했다. 그 눈동자는 "나는 노우라고 대답할 수 없어"라고 가능한 한 명확하게 대답하는 듯했다. "나는 네 엄마를 두려워하기 때문에 노우라고 대답할 수 없어, 알겠니? 그렇다고 내가 어떻게 예스라고 대답할 수 있겠니. 네 아빠가 나에게 그처럼 친절하게 대해주었는데 말이야. 요전 날 우리가 공원에서 그를 만났을 때 그분이 매력 있는 이를 드러내어 미소를 지으며 그렇게 긴 시간 동안 나에게 말씀을 해 주었는데 말이야. 그때 그분은 우리를 보고 기뻐하며 함께 있었던 신사분들을 떠나서 우리에게 다가와서 같이 걸으며 우리와 반 시간 동안 함께해주셨잖아." (44-45)

스타킹을 깁고 있는 오버모어 양의 손동작과 그녀의 눈동자가 전하는 묶음된 대답은 둘 다 메이지의 제한된 인식 능력에는 신비로운 모습으로 비칠 따름이다. 그녀의 기다란 바늘이 손에 씌워진 스타킹을 이쪽저쪽으로 능숙하게 드나들면서도 손을 찌르지 않듯이 오버모어 양을 포함한 어른들은 내심을 드러내지 않고 능숙하게 거짓말을 할 수 있는 것이다. 그러나 메이지는 감춰진 손으로 상징되는 어른들의 거짓말의 영역을 알아차릴 수 없다. 특히 공원에서 오버모어 양과 메이지의 아빠가 만난 사건은 그 아이가 시각적으로 지각한 현상과 그 뒤에 숨겨진 동기나 욕구가 서로 배치되고 있음을 보여준다.

메이지는 자신이 "최초로 열정을 품게 된"(47) 대상인 오버모어 양을 전적으로 믿고 의지하려는 경향을 보인다. 그러나 그 아이는 자기 아빠와 오 버모어 양이 서로 주고받는 언행에 숨겨진 욕구와 의도가 있다는 사실을 파 악할 능력이 아직은 없다. 더욱이 그 아이는 자기가 오버모어 양에 대해 가진 열렬한 호감을 그녀가 파랜지 씨와의 애정을 키워가기 위한 구실로 이용하고 있다는 사실을 알아차릴 수 없다. 그러나 오버모어 양은 자신과 메이지가 그 처럼 밀착되어 있는 것이 자신에게 "'여론'의 지지"(원문 강조)를 가져다줄 것 이라고 "남몰래 확신하고" 있다(47). 오버모어 양은 메이지의 양육이라는 구 실을 자신이 파랜지 씨와 함께 있어야 하는 이유로 내세우며, 또한 그것을 자신의 불륜 관계를 사회적 비난 여론으로부터 막아내기 위한 방패막이로 이 용한다.

메이지는 오버모어 양이 아이다에 의해서 파랜지 씨의 집을 방문하는 것을 금지당한지 채 일주일도 지나지 않아서 그녀가 그의 집에 모습을 나타 낸 데 대해 의아해한다. 그녀는 자기가 그 아이를 "너무나 좋아해서", "포기 할 수 없어서", "어떤 희생을 감수하고라도" 파랜지 씨의 집에 왔다고 말한다 (47). 그리고 그것은 메이지에게 "단순한 진실"(47)로 받아들여진다. 하지만 그처럼 오버모어 양의 의도의 진정성을 과도하게 강조하는 서술자의 표현은 독자에게 그것이 거짓임을 부각시켜준다. 오버모어 양은 자신이 메이지를 너 무 사랑해서 파랜지 씨의 집에 왔다는 명분을 내세움으로써 파랜지 씨의 집 에 머물 수 있게 되었고, 파랜지 씨도 그것을 허용한 것이다.

> 그녀[오버모어 양]의 용기가 보답을 받은 것이다. 그녀는 메이지에게 자 신이 그걸[그 아이를 돌본다는 조건으로 파랜지 씨 집에 머물도록 허락받 은 것] 위해 얼마나 큰 용기를 내었는지에 대해 어떤 의심도 남기지 않았 다. 그녀가 한 말 중에 어떤 말은 그 아이에게 특히나 인상적이었다. 예를

들면 그녀의 어린 학생이 더 나이가 들게 되면 어떤 젊은 숙녀가 자기[오 버모어 양]가 했던 바로 그런 행동을 하기 위해서 얼마나 '지독하게 대담 해야만 했는가'를 더 잘 이해하게 될 것이라는 말이 그랬다. (47, 원문 강 조)

오버모어 양은 그와 같은 거짓말을 메이지에게 진실로 각인시키려고 시도한다. 그녀는 "너의 아빠가 다행히도 그것을 고맙게 여겨주셨어. 그분이 그것을 '엄청나게' 고마워하셨어"(원문 강조)라고 덧붙여 말할 때, "엄청나게" 라는 "그 부사"를 특히나 힘주어 강조한다(47). 하지만 메이지는 오버모어 양 과 파랜지 씨 사이에 부적절한 관계가 진행되고 있음을 알지 못한다. 다만 그 두 사람이 서로 좋아한다는 것을 어렴풋이 느낄 따름이다. 그 아이는 아빠 인 파랜지 씨가 엄청나게 고마워한다는 그 표현의 진의를 이해하지 못하는 것이다. 오버모어 양은 자기에게 매혹된 그 아이에게 자신이 오직 그 아이만 을 위해 고난을 감수한 "순교자"(47)라고 인식시키려 한다.

2. 직설적 언어

어른들이, 특히 파랜지 씨와 오버모어 양이 자신들 관계의 부도덕성을 은폐하는 주된 수단은 그들이 사용하는 수사적 언어 표현이다. 어른들의 수 사적 언어는 메이지의 직설적인 언어 능력과는 달리 뉘앙스나 어조, 암시 등 을 통해서 의도가 전달된다. 그래서 문자적인 표현에는 그 의미가 드러나지 않는다. 즉 그들이 메이지의 면전에서 사용하는 언어는 실제 동기를 숨긴 채 거짓된 표면적 상황만을 나타내는 이중성을 띤다. 그래서 그 아이는 그들의 그러한 수사적 언어 표현을 이해하지 못하며, 그 결과 자신을 둘러싸고 이루어지는 어른들의 세계를 모호성으로 특징짓는다. 물론 "모호성"(54)이라는 표현은 서술자의 언어이며, 메이지에게는 주변 인물들의 관계가 단지 뿌옇고 애매한 상태로 비칠 따름이다. 오버모어 양이 메이지가 6개월마다 부모 사이를 오가는 상황을 "규칙적이고 사악한 치욕"(52)이라는 개념화된 언어로 표현했을 때, 그 수사적 표현의 의미를 이해하지 못하는 메이지는 단지 자신이 부모 사이를 오가는 일이 어떤 "수치스러움"(52)과 관련되어 있을 거라고 짐작할 따름이다.

메이지가 파랜지 씨와 오버모어 양 사이에 은밀히 진행되는 애정 관계를 이해하지 못하는 것은 주로 그들이 서로에게 사용하는 농담조의 언어에 기인한다. 농담은 메이지가 이해하지 못하는 어른들의 언어의 대표적인 특징이다.[3] 파랜지 씨와 오버모어 양이 메이지 앞에서 주고받는 농담은 주로 뉘앙스와 어조에 의존하는 어른들의 뒤틀린 언어 사용의 전형적인 예다. 아빠 집에서의 체재 기간이 끝나서 엄마 집으로 보내져야 하는 장면에서 메이지와의 이별에 마음 아파하는 오버모어 양을 달래주려고 파랜지 씨가 던진 "당신, 이 사랑스러운 늙은 오리"(52)라는 표현이 메이지에게 "이상한 느낌"을 주며, 그 아이의 "어린 마음속에 단단히 각인된다"(52). 메이지는 오버모어 양처럼 예쁜 얼굴에 대해서도 그런 표현을 쓸 수는 있다고는 생각하지만, 그 표현이 그 두 사람의 관계에 관해 어떤 뉘앙스를 담고 있는지를 이해하지는 못한다. 그래서 그 아이는 아빠가 자신[메이지]이 아빠 집에 머물지 않았던 동안에도 오버모어 양을 여전히 좋아했는지를 직접적으로 묻는다. 그러나 그

---

3) 농담은 유머의 한 가지 표현법으로서 듣는 사람을 웃게 하기 위한 언어 사용이며 따라서 문자 그대로의 진지한 의미를 전달하지는 않는다. 그래서 표면적 의미와 다른 이차적인 의미를 갖는다. 농담은 흔히 동음이의어 익살pun이나 혹은 아이러니, 논리적 모순, 난센스 등과 같은 언어유희를 포함한다. 헤츠론Robert Hetzron은 농담을 "짧고 우스운 한 조각의 구술 문학"(65)이라고 정의한다.

아이는 파랜지 씨가 하는 대답에 실린 농담조의 어감에 내포된 의미를 이해하지 못한다. "이런, 귀여운 당나귀야, 네가 떠나 있었던 동안에 내가 단지 그녀[오버모어 양]를 사랑하는 것 말고 다른 무슨 할 일이 있었겠니?"(53)라는 아빠의 농담조의 대답은 농담을 가장한 사실의 성격을 띤다. 그래서 메이지는 그것이 농담인지 진실인지를 구분하지 못한다. 게다가 파랜지 씨의 그러한 대답에 대해 "끔찍한"(53) 표현이라고 대꾸하는 오버모어 양의 언급 역시 메이지를 어리둥절하게 만든다. 왜냐하면 메이지는 이전에 자기 아빠가 오버모어 양을 좋아하는 데 대해 그녀가 "굉장한"(53) 감사를 표했었던 것을 기억하기 때문이다.

이처럼 어른들의 언어에 대해 혼란을 겪는 메이지는 자신이 부재했던 동안에도 오버모어 양이 아빠와 계속해서 함께 지냈는지를 역시 직설적으로 묻는다. 여전히 농담조로 말하는 아빠의 대답은 또다시 이중적이다. 파랜지 씨가 "물론 오버모어 양이 나와 함께 지냈지, 이 늙다리 녀석아. 이 가난하고 사랑스러운 분이 그밖에 달리 어디 있을 데가 있었겠니?"(53)라고 대답했을 때, 메이지는 그 말의 진의를 파악하지 못한다. 실제 그 말은 장난삼아 하는 말처럼 위장되었지만 몹시 가난하여 오갈 데 없는 오버모어 양의 처지를 사실적으로 표현하고 있기도 하다. 파랜지 씨의 그러한 농담에 오버모어 양은 "짓궂은 못된 거짓말"(53)이라고 대꾸한다. 이어서 그녀가 메이지에게 내려주는 수사적인 결론은 "한 숙녀는 한 신사와 엄청나게 적절한 이유가 없이는 함께 있을 수 없다"(53)는 것이다. 당연히 메이지는 오버모어 양의 그 의미심장한 말의 진의를 이해하지 못한다. 파랜지 씨와 오버모어 양이 주고받는 농담조의 말장난이 독자들에게는 지난 6개월 동안에 그 두 사람의 관계가 얼마나 진전되었는가를 보여주지만, 메이지에게는 그러한 사실이 전혀 전달되지 않는다.

메이지는 어른들이 자신에게 무언가를 숨기고 있다고 느끼지만 그러한 숨김에 어떤 나쁜 의도가 담겨 있다고 생각하지는 않는다. 즉 그 아이에게는 "숨김이 반드시 기만처럼 보이지는 않는다"(54). 그 아이는 다만 어른들의 세계에서는 "모든 것이 이면에 무언가를 숨기고 있다"(54)고 느낄 따름이다. 메이지는 어른들의 그와 같은 세계를 "양쪽으로 닫힌 문들이 늘어선 길고 긴 복도" 같다고 느끼며, 자신이 "그 문들을 노크해서는 안 된다"고 생각한다 (54).

3. 아이의 숨기기

메이지는 양쪽 부모로부터의 저주의 말을 투명하게 전달하는 것이 자신의 생존에 해가 된다는 것을 느낀다. 그래서 그 아이는 그러한 위험에 대한 대응 방식으로 침묵하여 숨기기와 우둔한 척하기라는 전략을 사용하기 시작한다.

그 아이의 부모가 결국은 인정하게 된, 그 아이가 우둔하다는 견해가 그 아이의 작고도 고요한 일생에서 어느 한 위대한 날짜와 겹쳤다. 그 아이는 자신이 이행했던 그 이상한 직무에 대한 사적이지만 최종적이고도 완결된 비전을 갖게 되었다. 그것은 문자 그대로 '도덕 혁명'이었는데 그 아이의 본성의 깊은 곳에서 성취되었다. [...] 그 아이는 새로운 느낌을 얻었는데 그것은 자신이 위험에 처했다는 느낌이었다. 그 문제를 해결하려는 새로운 대책이 생겨났으며, 그것은 '내면의 자아'라는 개념, 달리 말하면 '숨김'이라는 개념이었다. 그 아이는 그 불완전한 신호들을 이용해서 그러나 자신의 비범한 정신의 힘으로 자신이 증오의 중심이었으며 모욕의 전령이었다는 것을, 그리고 자신이 그 문제를 그렇게 만드는 임무를 수행했기 때문에 모든 것이 잘못되었다는 것을 수수께끼를 풀듯 이해하게 되었다. 더 이상 이용당하지 않겠다는 다짐으로 그 아이의 벌어진 입술이 자물쇠가 잠기듯 스스로 다물어졌다. 그 아이는 모든 것을 잊어버릴 것이고 아무것도 반복하지 않을 참이었다. 그 아이의 그러한 시스템이 성공적으로 적용되었다는 것을 보여주는 하나의 증거로 그 아이는 [부모에 의해서] 작은 바보라고 불리기 시작했다. (43, 필자 강조)

의도를 숨기고 우둔한 척한다는 것은 그 아이가 자신의 감정을 갖기 시작했다는 것을 의미한다. 즉 자신을 숨기기 시작한다는 것은 내적 자아가 형성되고 있다는 증거이고, 가장한다는 것은 이중적 자아를 갖는다는 의미이다. 그러한 전략을 통해서 메이지는 어른들의 감춰진 애정 문제에 대해 단순히 시각적인 지각의 차원을 넘어서 직관적이거나 감정적인 차원으로 인식의 폭을 점점 확장해 갈 수 있는 것이다.

숨기기나 가장하기와 관련해서 흥미로운 점은 메이지의 인식이 점차 발달해감에 따라서 그 아이가 그러한 행동을 스스로 연습하며 익혀간다는 점이다. 또래 아이들과의 접촉이 거의 차단된 생활을 하는 메이지는 누군가를 상대로 자신의 속마음을 숨기는 것을 자기 인형인 리세트Lisette를 상대로 연습한다. 즉 인형을 아이의 입장에 두고 자신이 어른의 입장이 되어 역할극을 행한다. 그렇게 함으로써 그 아이는 어른들이 의도나 입장을 밝히지 않고 말하는 법, 즉 어떤 질문에 즉답하지 않고 마음을 숨기는 법을 터득하는 것이다. 그렇게 해서 그 아이는 어른들의 행동에는 어떤 의도가 은폐되어 있다는 생각에 이르게 된다. 요컨대 메이지는 시각적으로 지각한 것을 이제껏 실재라고 받아들였던 자신의 인식에 오류가 있음을 감지한다.

인형을 앞에 놓고 그 아이는 종종 그 숙녀들[엄마의 친구들]이 소리 지르는 것을 흉내 내었다. 여하튼 그 아이가 그 프랑스 인형에게조차도 정말로 말하지 못할 일들이 있었다. 그 아이는 단지 스스로 리세트 인형에게 가르치는 태도를 취함으로써 자기 삶의 불가사의에 대한 인상을 그 인형에게 심어주려고 시도했을 따름이었다. 그 아이는 그렇게 함으로써 자기도 엄마가 하는 것처럼 안색을 바꾸어 속마음을 드러내지 않는 데 성공했는지 궁금했다. 윅스 부인Mrs. Wix의 통치 기간에 이어서 오버모어의 통치 기간으로 바뀌었을 때 그 아이는 자신의 가정교사[오버모어 양]를 따라함으로써 그리고 신뢰에 대한 단순한 기대로 그 간격을 연결함으로써 하나의 새로운 단서를 얻게 되었다. 그래, 학생과 '함께할 수' 없는 문제들이 있는 거야. 예를 들면 장기간의 부재 후에 그 아이가 옷을 갈아입는 것을 보고 있던 리세트가 그 아이가 어디에 다녀왔는지를 알아내려고 무척이나 애를 쓰고 있었던 날들이 있었다. 좋아, 그 인형은 뭔가 낌새를 조금 알아냈겠지만, 결코 모든 것을 알아내지는 못했다. 메이지는 한 번은 자신이 무슨 일로 사라졌었는지에 관해서 너무도 무심결에 인형에게 대답했다. 그 대답은 메이지 자신이 파랜지 부인[엄마]에게 같은 질문을 했다가 그녀로부터 들었던 바로 그 대답이었다. "네가 스스로 알아 맞혀보렴!" 메이지는 엄마의 날카로운 태도를 흉내 내었다. (55, 원문 강조)

스스로 행하는 이와 같은 사회적 훈련의 결과로 메이지는 "조금씩 더 많은 것을 이해해갔다. 왜냐하면 그 아이는 리세트가 물었던 질문들을 통해서 깨우침을 얻게 되었기 때문이다"(55). 소꿉놀이와 같은 역할극은 어린이들이 어른들의 세계를 이해하려는 차원에서 어른들의 입장이 되어서 행동해 보는 어린 시절의 보편적 경험이다. 메이지가 한편으로 자신의 마음을 숨기기 시작하며 다른 한편으로 스스로 역할극을 행하는 것은 그 아이가 내면의 자

아 혹은 이중적 자아를 갖기 시작했다는 표시이다.[4]

나이가 들어가면서 메이지는 이처럼 경험을 통해서 인식의 폭을 넓혀 가지만 여전히 감각적 인식이라는 한계를 극복하지는 못한다. 어른들의 애정 문제에 대해 그 아이가 그처럼 이해하기 어려운 이유는 그것이 도덕성 혹은 부도덕성과 관련된 욕구의 문제이기 때문이다. 즉 거기에는 사회적으로 용인 될 수 없는 욕구의 근본적인 부도덕성이 내재해 있다. 그 아이의 의붓부모인 클로드 경과 비일 부인은 자신들의 애정 관계를 그 아이에게 숨겨야 할 뿐만 아니라 그것을 유지하고 발전시켜가기 위한 구실로 그 아이를 이용하기도 한 다. 그래서 그 아이는 어른들의 거짓말과 이기적인 동기에 반복적으로 피해 자가 된다. 먼저 오버모어 양과 파랜지 씨가 그랬듯이, 나중에 비일 부인Mrs. Beale이라고 이름을 바꾼 오버모어 양과 메이지의 의붓아버지가 된 클로드 경 Sir Claude이 부정한 목적을 위해 그 아이를 조종하고 이용한다. 더구나 오버모 어 양과 클로드 경의 멋진 외모와 매너에 반한 메이지는 아이러니컬하게도

---

4) 한편 메이지는 직관을 통해서 현상 뒤에 숨겨진 실재를 알아내기도 한다. 애초부터 불안정 한 가정환경에서 생활해온 그 아이의 마음속에는 기본적으로 자신의 생존을 안전하게 지키 려는 본성이 자리 잡고 있다. 그래서 그 아이는 엄마 집에 새로 들인 가정교사인 윅스 부인 Mrs. Wix이 보여주는 모성애적인 감정을 자신의 "안전의 척도"(59)라고 여긴다. 윅스 부인의 외모에 대한 그 아이의 첫인상은 "끔찍하게 싫다"(48)는 것이다. 그러나 그녀와 한 시간쯤 함께 지내자 그 아이는 그녀로부터 "마음에 울림을 주는 어떤 것"(48)이 있다는 것을 알게 된다. 나아가서 그 아이는 "가난하고 기이한"(50) 윅스 부인으로부터 자신의 안전을 지켜줄 것이라는 느낌을 얻게 된다. 그 아이는 "사시"(obliquity of vision)(49)인 윅스 부인의 촌스 럽고 기이하기까지 한 외모에도 불구하고 그녀의 어머니다운 성품 때문에 그녀에게 마음이 끌린 것이다. 이제까지 엄마인 아이다가 자신을 대하는 것을 모녀관계의 당연한 패턴으로 여겨온 메이지가 자신의 경우와는 전혀 다른 성격의 모녀관계가 있다는 사실을 알게 된 것이다. 한편 윅스 부인이 끼고 있는 "교정안경"(straighteners)(49)은 그녀가 경직되고 피상 적인 도덕주의를 상징하는 인물이라는 점에 비추어 아이러니컬하다. 그녀는 그 안경을 사 용하는 목적이 자신의 시각을 교정하려는 것이 아니라, 다른 사람들이 자신의 "시각이 향한 방위각을 알아차리는 데 도움을 주려는"(49) 것이라고 주장한다.

자신이 그 두 사람을 맺어주었다는 것을 자랑스러워하기까지 한다. 그러면서도 다른 한편으로 그 아이는 이전에 체득했던 모르는 척하기나 우둔한 척하기와 같은 전략을 또다시 사용한다.

메이지가 그처럼 자신을 위장하는 이유는 그것이 자신의 삶에 안정성을 가져다준다고 생각하기 때문이다. 아이다가 "그 끔찍한 여인[비일 부인]"과 클로드 경 사이에 파랜지 씨 집에서 무슨 일이 있었는지 알아내려고 메이지를 떠보지만, 그 아이는 자기가 보고 들은 것들을 숨긴다. 그 아이는 이전에 엄마와 아빠 사이에서 아무것도 모르는 체 행동하는 것이 평화를 가져다주었다는 것을 기억해내고 지금 또다시 그러한 "평화를 가져다주는 우둔함이라는 기술"(77)을 사용한다. 그 아이는 자기만 아는 그 사실─비일 부인이 클로드 경을 좋아한다는 것─을 자기 엄마인 아이다에게도 가정교사인 윅스 부인에게도 말하지 않는다. 그래서 "그 아이는 인생의 두려운 것들 가운데서 숨을 죽이고 발 디딜 데를 골라가며 조심스럽게 나아[가는]"(78) 습관을 갖게 된다.

더구나 클로드 경은 메이지에게 자신과 비일 부인 사이에 있었던 일에 관해서 자기 아내인 아이다는 물론 그 아이의 가정교사인 윅스 부인에게도 말하지 말도록 요구한다. 그런 상황에서 그 아이는 자기가 알게 된 것과 말해서는 안 되는 것 사이에 긴장과 혼란을 느낀다.

그래서 여하튼 간에 그 아이는 다음의 사실들을 충분히 알게 되었다. 즉 자기의 의붓어머니인 비일 부인이 자기를 만나려 시도해왔다는 것과 자기 엄마가 그런 사실에 대해 심히 분개했다는 것, 자기 의붓아버지인 클로드 경이 의붓어머니를 지지했다는 것, 의붓어머니가 자기 아버지의 대리인인 것처럼 행동했다는 것, 그리고 자기 엄마가 그 모든 사실들에 대해서, 쉬운 말로 하자면, 몹시 분개했다는 것 등을 알게 되었다. 그것은, 윅스 부인의 말씀에 따르면, 단연코 엄청나게 혼란스러운 상황이었다. (81)

메이지가 자신이 알게 된 사실을 다른 사람들에게 숨기려는 태도를 취하는 것은 우리가 흔히 행하는 사소한 거짓말하기나 가장하기와 같은 일반적인 사회화 전략이라는 차원에서 이해할 수 있다. 그 아이나 그 아이 주변의 어른들이 모두 다 경우에 따라서 진실을 숨기려 한다는 점에 있어서 비슷한 사회적 태도를 취하지만 그 둘 사이에는 대체로 분명한 차이가 있다. 클로드 경과 비일 부인이 메이지를 자신들의 부정한 관계를 진행시키기 위한 구실과 방패막이로 이용하려는 데 반해서, 그 아이는 자신이 좋아하는 사람들에 대한 신뢰와 자신의 안전을 위해서 숨기기라는 전략을 취한다.

4. 어른들의 은폐

어른들이 메이지에게 자신들의 의도를 숨기고 정체성을 가장하는 것은 그들이 그 아이를 이용해서 자신들의 부정한 욕구를 충족하려 하기 때문이다. 메이지가 아빠 집에서 체류하는 기간에 클로드 경과 만날 수 없게 될 것을 염려스러워 하자, 클로드 경은 자신이 그 아이에게서 결코 떨어져 지내지 않을 거라고 위로한다. 그의 그러한 말을 그가 자신과 함께 파랜지 씨의 집으로 갈 것이라는 의미로 해석한 메이지에게 클로드 경이 내놓은 궁여지책의 대답은 "아마도 꼭 '너랑' 함께 가서 지낸다는 말은 아니지만 내가 결코 멀리 떨어져서 지내지는 않을 거야"(86, 원문 강조)라는 것이다. 메이지로부터 떨어져 지내지 않겠다는 그의 말은 표면적으로 사실이지만 메이지가 소원하는 진실은 아니다. 그 목적이 비일 부인을 만나려는 것이기 때문이다. 그런 상황에서

메이지는 비일 부인과 클로드 경이 맺어지는 것이 "특이하게 문란한 일"(86)
이라는 윅스 부인의 판단에 대해 그 이유를 이해하지 못한다. 다만 클로드
경이 아이다 몰래 비일 부인을 만난다는 사실을 그가 다른 사람들에게 비밀
로 하고 있기 때문에 그 아이 자신도 그 사실에 대해 침묵해야만 한다고 생각
한다.

한편 클로드 경은 메이지의 안녕을 위한다는 명분으로 윅스 부인과
"전우"(brother-in-arms)(87) 관계처럼 연대한 사이지만, 그는 자신과 비일 부
인 사이에 진행되는 은밀한 관계에 대해서 그녀[윅스 부인]에게도 그 사실을
숨겨야 할 입장이다. 메이지는 클로드 경이 그 사실을 아이다에게 숨기려 하
는 것을 어느 정도 납득하지만 그것을 윅스 부인에게까지 숨겨야 한다는 데
대해서는 의아해한다.

> 그 아이[메이지]는 그들[그녀 자신과 클로드 경]이 함께 뭔가를 숨기려 한
> 다는 생각으로부터 클로드 경의 내면에 그 아이 자신이 예상한 적이 없는
> 어떤 것이 있는 것 같다는 것을 얼핏 감지했다. 메이지는 자신도 다른 사
> 람을 속인다는 인상을 최대한 감내해야만 했던 경우가 종종 있었다. 그러
> 나 그 아이는 한 가지 생각보다도 더 큰 어떤 것을 숨겨본 적은 없었다.
> 물론 그 아이는 이제는 클로드 경이 뭔가를 숨기는 것을 자신이 알게 된
> 것이 얼마나 이상한 일인가라는 바로 그 생각을 숨겼다. (87)

메이지는 자기가 그토록 좋아하는 클로드 경이 뭔가를 자기에게 숨기
고 거짓말을 하고 있다는 사실을 감지하게 되며, 더 나아가서 자신이 그것을
알고 있다는 사실을 그에게 숨겨야 한다는 데 당혹해한다. 결국 메이지는 그
처럼 헝클어진 어른들 사이의 비밀의 관계망 속에서 각각의 어른들에게 각기
다른 내용을 비밀로 해야 하는 데 심한 압박감을 느끼지만 정작 그것을 그처

럼 비밀로 해야만 하는 이유에 대해서는 이해하지 못한다.

어른들의 관계가 복잡해질수록 그들이 행하는 은폐는 메이지로 하여금 그 관계들을 이해하는 데 점점 더 심한 혼란을 겪게 한다. 엄마인 아이다가 클로드 경이 집을 떠나 있었던 동안에 새 애인인 페리엄 씨Mr. Perriam를 집에 데려와 소개하자 메이지는 다시금 자신과 어른들과의 관계를 규정하는 데 어려움을 느낀다. 그 아이는 윅스 부인과 함께 경험하게 되었던 페리엄 씨와의 만남을 클로드 경에게는 비밀로 해야 한다고 스스로 판단한다. 그러한 상황에서 그 아이는 주변 모든 어른들과의 각각의 관계의 성격을 규정하는 데, 즉 누구와 같은 편이고 누구와 다른 편인지를 결정해야 하는 데 혼란을 겪는다.

그처럼 미묘한 입장에 처한 메이지는 물론 누구의 편도 아니었다. 그러나 클로드 경은 어느 모로 보나 그 아이 편인 듯한 태도를 취했다. 그러므로 만약 윅스 부인이 클로드 경의 편이라면 여사님은 페리엄 씨 편이었다.[5] 그리고 페리엄 씨는 아마도 여사님의 편이겠지. 그렇게 되면 이제 따져볼 사람은 비일 부인과 파랜지 씨만 남은 셈이다. 클로드 경이 그러하듯이 비일 부인은 분명히 메이지의 편이고, 아빠는 추정컨대 비일 부인 편이겠지. 여기에 다소 애매한 부분이 있었는데, 그것은 아빠가 비일 부인 편이라는 것 때문에 그가 온전히 그의 딸의 편이라고 말할 수 있을 것 같지는 않다는 점이었다. 이 어린 숙녀가 그 문제에 관해 곰곰이 생각해보자 그것은 마치 집뺏기 놀이puss-in-the-corner인 것 같았다. 그 아이는 그와 같은 편 가르기가 장소를 서로 바꿔가며 이리저리 몰려다니는 것에 해당하는지가 단지 궁금해졌다. 그 아이는 자신이 끊임없이 변화하는 상태에 있

---

5) 아이다는 클로드 경과 재혼한 후 메이지와 비일 부인에 의해서 종종 "여사님"(her ladyship) 이라고 불린다.

다는 느낌이 들었다. 그 아이의 엄마와 의붓아버지가 이미 다른 편이 되어버렸다는 것이 정말 종잡을 수 없는 상태가 아닌가? (93-94)

메이지에게 어른들의 관계가 이처럼 복잡하고 불투명하게 된 것은 모든 어른들이 각기 자신의 부정한 욕구를 위해 그 아이를 부당하게 조종하기 때문이다. 그러한 상황에서도 그 아이의 최대 관심은 자신이 어느 쪽인가에 안정적으로 소속되는가에 집중된다. 그러나 그 아이는 "두 명의 아빠와 두 명의 엄마, 두 곳의 집, 즉 모두 여섯 곳의 보호처가 있음에도 불구하고 '도대체 어디로' 가야 하는지 알 수 없는"(96, 원문 강조) 처지이다. 게다가 네 명의 부모들 모두는 각기 자신들의 이기적인 목적으로 메이지를 이용하려고 할 따름이며, 심지어 어머니다운 따스함을 지닌 윅스 부인마저도 어느 정도는 자신의 이익을 위해서 메이지를 차지하려고 한다.

어른들이 진실을 숨기고 메이지를 조종하여 부당한 목적에 이용하려고 시도하는 이유는 자신들의 행위 이면에 감춰진 부정한 욕구나 동기 때문이다. 애초에 메이지의 친부모가 그 아이를 이용해서 각기 상대방에 대한 저주를 전달했었고, 그러한 이용 가치가 사라지자 그 아이를 서로에게 떠넘기려고 했었다. 이후 의붓아버지인 클로드 경과 의붓어머니인 비일 부인이 그 아이를 이용해서 새로운 부부관계를 이루려고 꾀한다. 이러한 상황에서 윅스 부인은 메이지에게 그 두 사람의 관계가 부도덕하다는 생각을 심어주려고 시도한다. 그러나 그 아이는 어른들의 그러한 애정 문제에 내포된 사회적·도덕적 의미를 좀처럼 이해하지 못한다.

5. 정서적 인식

  메이지는 성장하면서 시각에 의한 지각의 차원을 벗어나서 정서적인 인식의 차원으로 옮겨 가면서 어른들의 은폐된 감정적 관계망을 점차 파악할 수 있게 된다. 그 아이는 클로드 경이 자신을 속이고 비일 부인과 관계를 맺어왔다는 사실뿐만 아니라 웍스 부인이 그러한 사실을 알고 있으면서도 그것을 드러내어 문제시하지 않으려 한다는 것도 알게 된다. 나아가서 그 아이는 웍스 부인이 클로드 경을 자기편으로 끌어들여 그녀 자신과 클로드 경 그리고 메이지를 하나의 가족으로 결합하려고 계획하고 있다는 사실도 알게 된다. 이렇듯 메이지는 이기적인 어른들이 진행하는 기이하게 얽힌 편 가르기의 역학구도를 조금씩 이해해 간다.

  메이지가 어른들 사이의 복잡한 애정 문제에 대해서 실질적인 인식을 하게 되는 것은 클로드 경이 별안간 그 아이와 하녀인 수잔 애시Susan Ash를 데리고 항구도시인 포크스톤Folkstone으로 왔을 때이다. 그때 그 아이는 자신의 단편적인 인상과 경험을 짜 맞추어 클로드 경과 비일 부인, 그리고 클로드 경과 웍스 부인의 관계에 감춰진 의도를 포괄적으로 이해하게 된다. 그것은 그 아이의 이해력이 단순히 시각적인 지각의 차원을 벗어나서 점차 사고나 정서를 통한 인식의 차원으로 확장되어간다는 것을 의미한다. 다음에 제시된 다소 긴 인용 구절은 제임스의 거의 모든 소설에서 나타나는, 주인공의 인식이 열리는 것을 보여주는 제임스 소설 특유의 명상 장면의 한 예이다.

  물론 메이지는 마음속에 개념보다도 [그것을 표현할 수 있는] 이름을 훨씬 더 적게 가지고 있었다. 그러나 그 아이는 그[클로드 경]가 그간에 모습을 드러내지 않았던 것이 그가 자기 의붓어머니의 애인이라는 것과 의붓어머니의 애인인 그가 자기를 돌볼 더 우월한 권리를 논리적으로 내세울 수 없는 데 대한 근거를 마련하기 위한 것이었음을 오히려 그 아이 자신이 가진 그런 약점 때문에 이제는 이해하게 되었다. 메이지는 이때쯤 해서는 [다 큰] 연인들과 단지 어린 소녀들 사이에 일종의 자연스러운 분기점이 있다는 것도 이해하게 되었다. 바로 그런 사실 때문에 레전트 파크Regent's Park 거실 탁자 위에 놓여 있는 쪽지[클로드 경이 비일 부인에게 남긴 메모]에 연필로 적혀 있는 그럴듯한 내용들이 환하게 이해가 되었다. 그 쪽지는 비일 부인이 집에 돌아올 때 그녀를 반겨 맞을 것이었다. 메이지는 그 쪽지의 어조가 어떤 조건에서는 익살스러울 것이라고 자유로이 생각했다. [...] 그 쪽지에 있지 않았을 수도 있는 엄청난 내용 같은 것은 없다는 것이 그다지 중요하게 여겨지지도 않았다. 그 엄청난 내용이란 메이지의 작고 가벼운 머릿속에서 보다 더 원활하게 생겨날 수 있는 것이었다. 메이지가 콧노래를 부르는 동안에 그 아이의 머릿속에서 그 내용이 시간의 흐름과 더불어 멀어져 갔다. 그래서 첫눈에 들어온 포크스톤의 경치가 머릿속에서 맴도는 온화한 색깔과 소리로 바뀌게 되었다. 그런 상태에서 그 아이의 생각 속에서는 자신의 의붓아버지가 지금 정말이지 단지 비일 부인과의 얽히고설킨 관계에 대해 골몰했을 것이라는 것이 분명해졌다. 그가 모든 사람들과 그밖에 모든 문제로부터 마침내 해방된 것은 아닐까? 그[클로드 경]를 행복하게 해주겠다는 명분으로 윅스 부인에 의해 그에게 강요된 파열음에 장애가 되는 것은 단지 그가 사랑에 빠졌다는 사실, 보다 더 정확하게 말하면 비일 부인이 그 자신에게 사랑에 빠졌다는 데 대해 그가 추호도 의심하지 않게 되었다는 사실뿐이었다. 그녀[비일 부인]는 그에게 너무도 깊이 사랑에 빠져 있어서 그로 하여금 자기가 그를 사랑으로 포획하였다는 것을 일시적으로 인정하게 하는 데 성공했다. 심지어 그녀는 그들이 약간의 처세술과 크나큰 인내심을 갖고 행동한다면 함께 무엇을 할 수 있는지에 대한 생각을 그로 하여금 어느 정도는 받아들이게 만들었던 것이다. 그[클로드 경]가 자기들의 작은 짐인 메이지가 자기들의 부정행위의 낌새를 알아차리게 될 가능성에 대해 거의 저항할 수 없는 거부감을 갖는 데 대해 비일 부인이 어째서 공감하지 못하는지에 관해 그 아이가 [알게 되었는지 혹은] 알지 못했는지에 대해서 나[서술자]는 대답조차도 하지 않았을 것이다. 간단히 말하면 클로드 경은 그들이 부정행위를 하는 것을 그만두거나 부모 노릇 하는 것을 그만두거나 그 둘 중 하나로 결정해야 한다고 주장했던 것이다. 그들의 작은 짐이 되어버린 메이지 자신은 절대 해서는 안 될 만큼 상스러운 짓이라고 한때는 웍스 부인조차도 생각하지 않았던 견해를 오래전에 받아들였었다. 그런 견해는 분석하는 것만으로도 소름 끼칠만한 환경 속에서 작은 짐으로서 그 아이가 결국 도덕적으로 편안해졌다는 것을 뜻했다. 그러나 웍스 부인이 결국은 그런 생각에 소름 끼쳐 하며 단호한 조치를 취하기로 마음먹었다면 이미 언급한 대로 메이지도 또한 그 조치의 이유에 대해 생각해보는 데까지 이르렀으며, 그 부인[웍스 부인]이 그들[클로드 경과 메이지, 수잔]에게 아직 적어도 직접 나타나지는 않은 이유까지도 생각해보게 되었다. (163-65)

이 시점에 이르러서 메이지는 어린 소녀의 감성에서 벗어나 성인의 정서를 갖게 된다. 특히 클로드 경에 대한 그 아이의 감정이 이성에 대한 연정으로 발달한 것이다.6) 동시에 그 아이는 웍스 부인이 클로드 경에게 제안한

---

6) 이 작품은 종종 그 아이가 그처럼 숨겨진 어른들의 애정 관계를 알아가는 과정에 그 아이 자신이 성적으로 어떻게 성숙해 가는가에 관한 비평적 논의를 불러일으켰다. 특히 윌슨 Harris W. Wilson이 메이지가 소설의 결말 부분에서 클로드 경에게 그가 비일 부인을 단념한다면 그와 함께 살겠다고 제안한 상황을 그 아이가 그에게 조건적으로 순결을 내어주겠다고 결심한 것으로 해석함으로써 그러한 논의를 촉발했다. 윌슨은 "그 장면에 담긴 고도로 감정적인 내용에 대한 다른 설명이 전혀 없다"(281)는 사실을 근거로 그와 같은 주장을 제기했다. 반면에 리비스F. R. Leavis는 메이지가 "끝까지 성에 관해서 관심을 보이지 않고 인식하고 있지도 않다"(130)고 주장한다.

계획―그 두 사람이 메이지를 데리고 함께 가정을 꾸리자는―에 대해서 뿐만 아니라 비일 부인과 클로드 경이 윅스 부인을 따돌리고 메이지를 데리고 함께 살려고 시도하고 있다는 것도 알게 된다. 그리고 그 아이는 윅스 부인이 자기 의붓아버지와 의붓어머니가 결합하려는 시도에 결사코 반대하는 이유에 대해서도 어느 정도 알아차리게 되며, 또한 윅스 부인이 클로드 경과 자기를 데리고 유사 가정을 꾸리려는 동기가 무엇인지도 역시 어렴풋이 이해하게 된다. 이 시점에서 메이지는 감각적 인식의 차원을 넘어서 정서적 사유를 통해서 현상의 이면을 파악하는 능력을 습득하게 된다. 제임스가 「서문」에서 "어린 시절의 소멸"이라고 규정하는 그 아이의 그러한 인식의 변화는 그 아이가 자신의 경험을 정서적으로 이해하는 능력을 갖기 시작했다는 것을 의미한다.7) 그러나 그 아이가 자신의 경험을 개념적으로 인식하는 능력이 아직 충분히 성인의 차원―사회적·도덕적 차원―에 이르렀다고 볼 수는 없다.8) 그점에 대해 서술자는 "메이지가 얼마나 많은 것들을 알게 되었고 얼마나 많은 비밀을 알아내게 되었는가에 대해 독자로 하여금 믿게 하고 싶지 않다"(165)는 표현을 사용함으로써 의도적으로 모호하게 해버린다.

---

7) 퍼니허프Charles Fernyhough는 "어린아이 시절에 경험했던 것을 망각하게 되는 것이 어린아이가 온전히 언어적 존재가 되는 시기와 상응하는 것은 우연한 일이 아니다"(75)고 말한다. 즉 어른의 언어 사용을 익히게 되면서 아이는 어린 시절에 경험했던 감각적 인식을 상실한다고 본다. 같은 맥락에서 랭Roisin Laing도 유아기에 경험했던 "특별히 생생한 시각적 인식력을 잃게 되는 것, 즉 순수를 상실하는 것은 섹슈얼리티의 시작과 더불어서가 아니라 언어의 시작과 더불어서이다"(98)라고 주장한다.

8) 클리프턴Glen Clifton에 따르면 어른들이 사용하는 언어는 어린아이에게 "불가해한 기표"(enigmatic signifiers)로 작용하는데 그 이유는 "과도한 힘의 근원"으로서 우리의 무의식이 "개별적인 기표의 힘"에 의해서 "활성화되면서 동시에 억제"되기 때문이다(165). 클리프턴은 이들 불가해한 기표들이 역설적으로 메이지에게 "심리적 상처를 입히면서" 동시에 그 아이를 "일정한 정도의 성숙에 이르도록 한다"고 본다(165).

6. 도덕관념

작품의 배경이 영국에서 프랑스의 불로뉴Boulogne로 바뀌는 제22장부터 결말에 이르기까지 플롯의 진행은 거의 전적으로 메이지가 어른들의 애정 관계에 대해 도덕적 인식을 갖게 되는가의 여부에 초점이 맞춰진다. 그 아이의 정서적 인식이 경험을 통해서 성장해 온 것은 사실이지만 성적 문제나 애정 관계에 대해 윤리적 판단을 할 수 있는가에 대해서는 여전히 의문의 여지가 남아 있다. 무엇보다도 애정 관계의 도덕성에 대한 메이지의 인식의 깊이가 윅스 부인에 의해서 시험 당한다. 즉 경직되고 자기착각적인 도덕주의를 대변하는 인물인 윅스 부인이 메이지에게 "도덕관념"(moral sense)(211)을 주입하려고 반복적으로 시도한다.9) 그녀는 그 아이에게 클로드 경과 비일 부인의 결합이 사회적으로 도저히 용납될 수 없는 부도덕한 행위임을 깨닫게 하려는 것이다. 그 아이는 윅스 부인의 그러한 도덕적 요구에 순응하며 스스로도 그것을 이해했다고 생각하지만, 서술자의 시각에서 그 아이의 그런 태도는 다분히 감상적인 차원에 머물러 있다. 그것은 그 아이의 인식 능력이 아직도 감각적이고 정서적인 차원에 머물러 있기 때문이기도 하고, 또한 그 아이 자신이 클로드 경과 비일 부인의 애정 관계에 감정적으로 개입하여 일종의 삼각관계의 한 축을 이루고 있기 때문이기도 하다. 요컨대 그 아이는 아직 그 문제에 대해 관념적·도덕적·객관적 판단을 할 능력을 갖지 못했다.

---

9) 윅스 부인은 도덕주의의 위선을 풍자적으로 보여주는 인물로서, 그녀는 "거의 전적으로 [도덕의식이라는] 언어를 불가해한 기표의 전통적이고 이념적인 형식을 통해서 경험할 따름이다"(Clifton 169). 그녀가 메이지에게 도덕관념을 고압적으로 요구할 때 그녀가 사용하는 도덕관념이라는 표현에 대해서 그녀 자신도 실질적으로 이해하지 못한 상태이다. 그녀는 메이지에게 클로드 경과 비일 부인 사이의 관계에 포함된 부정한 애정 관계나 섹슈얼리티에 대해서 범죄라고 규정하고 메이지로 하여금 그것을 비난하도록 강요하지만 그녀 자신도 부정한 섹슈얼리티에 대해 적절하게 설명할 수 없다.

메이지는 오버모어 양의 신분이 자신의 가정교사에서 아빠인 파랜지 씨의 내연녀로 그리고 다시 그의 아내로, 즉 자신의 의붓어머니로 바뀌는 것을 목격했으며, 자기 엄마인 아이다가 클로드 경과 재혼한 후에도 다수의 애인들과 관계를 맺으며 딸인 자신에 대한 책임을 유기하는 것을 경험했다. 그러나 그 아이는 자기 부모의 그처럼 부도덕한 행위에 대해 전혀 도덕적 판단을 하지 않으며, 오히려 그런 부모에게 연민의 정을 느낄 따름이다. 요컨대 메이지의 부모가 부도덕의 표상이라면 메이지는 순수의 표상으로 묘사된다.

메이지가 윅스 부인의 도덕적 요구에 동조하는 것은 그 아이가 도덕관념을 이해해서라기보다는 그 가정교사의 권위와 압박에 정서적으로 순종하기 때문이다. 윅스 부인은 한편으로 메이지에게 클로드 경이 비일 부인과 결합하는 것을 결코 용인해서는 안 된다고 주장하며, 다른 한편으로는 클로드 경에게 비일 부인과의 관계를 청산하고 자기와 함께 메이지를 데리고 생활할 것을 요구한다. 윅스 부인의 판단으로는, 그렇게 하는 것이 메이지를 타락한 어른들의 손아귀에서 구해내는 길이며, 나아가서 클로드 경을 비일 부인의 사악한 굴레에서 구해내는 길이라는 것이다. 윅스 부인은 클로드 경이 비일 부인과 관계를 맺고 있는 현재 상태에서는 도덕적으로 "'기품 있는'decent 사람"(192, 원문 강조)이 아니라고 비난한다.

메이지는 클로드 경이 그런 [기품 있는] 사람이 아니라는 듯한 윅스 부인의 말의 함의에 당장은 조금 놀라는 기색을 보였다. 그러나 다음 순간에 그 아이는 그러한 식별이 어떤 사람에 대비되어 판단된 것인지 더 깊이 짐작해보았다. 그러므로 메이지는 클로드 경이 자신에 대한 최악의 평가를 너무도 솔직하게 받아들이는 데 대해서 더욱 놀랐다. "만약 그녀[아이다]가 기품 있는 사람들에게 마음이 쏠려 있다면 왜 그녀가 나에게 메이지를 넘겨주었겠습니까? 당신[윅스 부인]은 내가 기품 있는 사람이 아니라고 말합니다. 그래서 나는 아이다가 결코 하지 않은 방식으로 그녀[아이다]의 판단을 정당화하겠습니다. 나는 다른 어떤 사람들만큼이나 상스러운 사람입니다. 그리고 나의 행실에는 내 아내가 양도한 것[메이지]을 조금이라도 덜 천박하게a bit less ignoble 만들 만한 것이 전혀 없습니다!" (192)

자신[클로드 경]이 기품 있는 사람이 아니라는 웍스 부인의 주장에 대해 클로드 경이 인정하면서 동시에 반박하는 것은 다분히 반어적이다. 그러나 메이지는 그가 자신에 대한 그와 같은 혹평을 쉽게 인정한다는 것에 놀라며, 나아가서 그가 어떤 사람에 대비되어 더 상스러운 사람으로 판단되는가에 대해 숙고한다. 즉 이 순간에 메이지는 머릿속에 비일 부인을 떠올린다. 이어지는 대화에서 웍스 부인이 비일 부인에 대해 심한 비난을 가하자, 메이지는 클로드 경의 안색이 창백해지는 것을 알아차리게 되며 그의 그런 안색이 "수잔 애시가 말하곤 했던 대로, 어쩐지 이상해 보인다"(192)고 느낀다. 웍스 부인뿐만 아니라 수잔 애시도 클로드 경과 비일 부인의 관계에 대해, 그리고 클로드 경의 이중적 태도에 대해 비판적 시각을 가지고 있지만 메이지만은 그러한 도덕적 시각을 갖지 못한 상태이다.

어린 시절부터 메이지가 일관되게 마음을 쓰고 있는 것은 자신의 삶의 안정성이며, 그것을 위해서 그 아이는 주변 모든 사람들에게 상냥하게 대하려는 태도가 몸에 배어 있다. 즉 그 아이는 어른들의 행위에 대해 도덕적 평가를 할 능력과 마음의 여유를 갖지 못했다. 그래서 그 아이는 클로드 경과 비일 부인이 결합하는 것이 어떤 사회적·도덕적 의미를 가지는지 이해하지 못한다. 그 아이는 다만 웍스 부인에게뿐만 아니라 클로드 경과 비일 부인에게도 좋은 인상을 주려는 데 마음을 쓰고 있을 뿐이다. 그 이유는 그 아이가

"자신의 상황을 평화롭게 유지하려는 뿌리 깊은 본능"(205)을 가지고 있기 때문이다. 그래서 윅스 부인이 메이지에게 비일 부인이 부도덕하고 비열한 사람이라고 비난하며 그 아이에게 그녀를 단념할 것을 요구하자, 그 아이는 깊은 심적 갈등에 빠진다. 그리고 그 아이는 좀처럼 자신의 그러한 내적 갈등을 극복하지 못한다.

> 수백 가지 것들이 메이지의 머릿속에서 맴돌았다. 하지만 그것들 중 두 가지는 충분히 자명했다. 비일 부인은 어쨌든 간에 결국 단지 자신의 의붓어머니이면서 친척이었다. 그녀[비일 부인]는 단지 클로드 경의 가장 가까운 사람이었다. 그것은 부분적으로 바로 그 이유[메이지의 계모이면서 친척이라는 이유]때문이기도 했다. 메이지의 표현대로라면 비일 부인은 클로드 경의 '절친한 여자친구'lady-intimate였다. 그래서 윅스 부인의 처방에 따르면 그 두 사람[클로드 경과 메이지]이 함께 포기하고 즉시 절교해야만 하는 대상이 그중 한 사람[클로드 경]에게는 그가 특별히 좋아하는 사람이었으며 다른 한 사람[메이지]에게는 자기 아빠의 아내였다. 이상하게도 그리고 말로 표현할 수는 없는 상태로 메이지의 이성적 인식이 고난에 대한 그 아이의 직감과 궤를 같이했었다. (205)

불로뉴의 이국적이고 낭만적인 바닷가 분위기에서 윅스 부인으로부터 비일 부인을 포기해야만 한다는 도덕적 선택의 압박을 받을 때 메이지의 반응은 "네 사람이 모두 한데 모여 함께 살면 안 되나요?"(206)이다. 즉 메이지는 윅스 부인이 주장하는 그 두 사람 관계의 부도덕성을 여전히 이해하지 못한다. 그래서 윅스 부인은 메이지에게 클로드 경과 비일 부인의 결합은 간음이라는 "범죄"라고 직접적으로 주장하며, 만약 그 아이가 그런 범죄를 "용인해준다"면 그 아이도 못지않은 범죄를 저지르는 것이라고 다그친다(207). 하지만 메이지는 "그것이 왜 부도덕한 거죠?"(207)라고 대꾸한다.

자신에게 도덕관념을 요구하는 윅스 부인에게 메이지가 순응하는 태도를 보이는 것은 그 아이가 그것을 실질적으로 이해해서라기보다는 그녀의 "동기의 질"(the quality of her motive)에 감화되었고, 그녀의 "위엄"에 압도되었기 때문이다(211). 실제로 그 아이는 "그것[도덕관념]이 무엇인지 거의 알지 못하는 상태에서 [그것에 대해 생각을 하기] 시작"(211)하지만, 이내 곧 "그것은 그 아이에게 익숙하게 된 어떤 것"이 되어버린다(211). 메이지는 도덕관념에 대해 지극히 피상적인 자신의 생각에 의존해서 정의하고 이해했다고 스스로 판단해버리는 것이다. 윅스 부인은 그 아이에게 도덕관념에 근거해서 상황을 판단할 것을 종용하지만, 결국 "메이지가 절대적으로 그리고 지독할 정도로 그것[도덕관념]을 거의 가지고 있지 않다"(212)고 결론짓는다. 또한 서술자는 "점점 더 많은 것을 알아갈 운명"을 가진 메이지가 결국은 "모든 것"을 알게 되었을 것이라고 말하지만, 그 한계가 무엇인지에 대해서는 그 아이가 "자신의 삶의 기이한 법칙에 대해 어렴풋하게라도 분별할 수 있었는지에 관해 확신할 수 없다"고 얼버무리고 만다(213).

도덕관념은 사회적인 가치 판단에 의한 개념이다. 사회적 경험이 거의 없는 메이지가 그러한 개념을 이해하기에는 한계가 있을 수밖에 없다. 그래서 그 아이는 클로드 경과 비일 부인의 관계에 대해서 주로 자신의 정서적인 반응에 의존해서 판단할 따름이다. 즉 클로드 경에 대해서 그 아이가 품고 있는 연모의 감정이 그와 비일 부인과의 관계를 인식하는 주된 기준이 된다. 불로뉴 바닷가 여름밤의 낭만적인 분위기에서 정서적으로 고무된 메이지는 창밖에서 들려오는 감미로운 노래 가락을 듣고 "연애amour의 의미를 알게 되었다"고 스스로 느끼며 "윅스 부인도 그 의미를 아는 걸까"라고 궁금해한다(215). 곧 이어서 메이지가 윅스 부인에게 클로드 경과 비일 부인의 교제가

"범죄인가요?"(215)라고 반문하자 윅스 부인은 그 두 사람 사이의 관계가 "성경에 낙인찍힌"(215) 범죄라고 대답한다. 그 아이가 클로드 경과 비일 부인의 실제 관계나 결혼제도의 사회적 구속력에 대해서 어느 정도는 이해할 수 있었다 할지라도 여전히 그 아이의 인식의 주된 바탕은 그 두 사람에 대한 자신의 복합적인 감정이다. 다시 말하면 메이지는 자신의 의붓아버지인 클로드 경에 대해서는 연모의 감정을 갖고 있으며, 의붓어머니인 비일 부인에 대해서는 "헤아릴 수도 없이" "그녀를 질투해왔다"고 고백한다(216). 메이지가 그 두 사람의 관계에 대해 스스로 도덕적으로 이해했다고 판단하는 것은 개념적 사고를 통해서가 아니라 그 관계에 대한 자신의 감정적인 개입을 통해서이다. 따라서 그 아이 자신도 윅스 부인이 자기[메이지]의 도덕관념에 대한 인식이 "피상적인"(217) 것이라고 짐작할 거라고 생각한다. 더 나아가서 그 아이는 "모든 지식의 총합이라는 것이 단지 그[클로드 경]의 면전에서 우리가 거기에 도달하는 데 얼마나 부족한가를 알게 되는 것에 불과한 것인가"(217)라고 자문한다. 메이지의 인식이 자신의 정서적인 판단의 한계를 벗어나지 못했다는 사실은 "만일 그녀[비일 부인]가 그[클로드 경]에게 잘못 대한다면 [...] 그녀를 죽여버리겠어요"(217)라는 그 아이의 반응에서 분명해진다. 그 아이는 자신의 그러한 말이 "그녀[윅스 부인]의 도덕관념이라는 개념을 보장해줄 것이라고 희망"(217)하지만, 사실 그것은 그 아이의 인식이 피상적이고 감정적 차원에 머물러 있음을 입증할 따름이다.

　　작품의 결말에서 메이지가 내린 최종적 결정에서도 그 아이가 도덕관념을 개념적으로 이해했다고 볼 수는 없다. 메이지의 인식의 최종 단계는 그 아이를 둘러싸고 벌어진 세 명의 어른들─클로드 경과 비일 부인 그리고 윅스 부인─사이에 서로를 비난하는 격렬한 감정적 언쟁이 한 차례 휩쓸고 지나간 뒤에 그 아이가 내린 실질적인 결론으로 구체화된다. 그 아이는 비일 부인이 자신들[클로드 경과 비일 부인]과 함께하자는 제안을 거부하고 윅스 부인을 따르기로 결정한 것이다. 그것이 적어도 그 시점에서 메이지가 보여준 현실적인 판단이며, 그 아이가 행동으로 실천한 인식의 깊이인 것이다. 그러나 서술자는 그 아이의 그러한 결정이 그 아이의 "도덕관념과, 결단코 전혀, 아무런 관련도 없었다"(260)고 단언한다.

메이지는 클로드 경과 비일 부인의 결합을 단호하게 거부하며 결국 윅스 부인을 선택한다. 그럼에도 그 아이의 그러한 선택이 도덕관념으로부터 비롯된 것이라고 볼 수는 없다. 그 아이의 그러한 결정은 클로드 경이 비일 부인을 결코 포기하지 않을 것이라는 자신의 판단에 기인한다. 윅스 부인과 함께 배를 타고 불로뉴를 떠나 영국으로 돌아오는 길에 메이지는 클로드 경이 결국은 비일 부인에게 돌아갈 것이라는 것을 이미 "알고 있었어요"(266)라고 말한다. 그리고 이어지는 소설의 마지막 문장에서 서술자는 윅스 부인이 "메이지가 무엇을 알았을까에 대해 의문을 품을 여지를 여전히 가지고 있었다"(266)는 견해를 피력한다. 메이지는 도덕관념을 갖게 되었다기보다는 비일 부인을 이길 수 있는 정서적 게임의 요령을 익힌 것이다.

제8장

인식의 전환: 『대사들』

1. 지각적 인식

　　헨리 제임스의 『대사들』(*The Ambassadors*)은 표현상의 모호성이나 구문의 난해성, 묘사 내용의 추상성에도 불구하고 작가의 후기 대작 중 하나로 꼽힌다. 이 작품이 그처럼 높이 평가받는 주된 이유는 일종의 의식의 드라마로서 작품 전체가 하나의 서사구조로서 견고한 통일성을 이루기 때문이다. 『대사들』은 주인공 램버트 스트레더Lambert Strether의 마음속에 생겨나는 미세한 변화, 즉 지각과 인식의 과정에 초점이 맞추어진 치밀한 심리묘사와 견고한 구성의 내면 드라마이다. 작품의 뉴욕 판 「서문」("Preface")에서 제임스는 이 소설의 그와 같은 기술 과정에 대해 비교적 상세히 설명한다. 그는 풍부한 상상력과 낭만적 감수성을 가진 주인공 스트레더가 파리에 건너와서 몇 개월간의 경험을 통해 그의 "성품이 입게 된 상처, 그 수모"에 대해 받을 수 있는 "보상"은 "여하튼 간에 그[스트레더]가 이제는 '보게 되었다'"("Preface," 1-2, 원문 강조)는 것이라고 언급한다.[1] 이어서 제임스는 "그 이야기를 써나

1) 이 장에서 인용되는 『대사들』의 작품 본문과 「서문」의 쪽수는 1994년도 출판된 노튼 판

가는 데 있어서 내가 해야 할 일은, 그리고 그 작업의 노정은 [...] 그 시각 vision의 과정을 표현해내는 것"("Preface," 2)이라고 밝힌다. 그래서 이 작품의 기술은 주인공 스트레더의 지각 과정에 철저히 집중되어 있다.

그런 이유에서 『대사들』에 대한 비평 경향은 작품의 주제나 내용보다는 묘사 기법이나 서술 방식에 쏠려 있다. 비평가들은 제임스가 이 작품의 기술에 있어서 '보여주기'showing 기법을 실행하기 위해 얼마나 정교하게 스트레더의 시각과 지각, 인상과 인식 등에 초점을 맞추고 있는지를 다양한 각도에서 분석한다. 위너Viola Hopkins Winner는 제임스가 『대사들』에서 "회화기법"(pictorialism)을 적용하고 있으며, 특히 당시 미술계에서 일어났던 사실주의 기법으로부터 인상주의 기법으로의 변화-즉 "묘사로부터 환기하기 evocation와 상징으로"의 변화-를 효과적으로 반영하고 있다고 본다(78). 한편 토고브닉Marianna Torgovnick은 시각 예술의 기법이 소설 창작에서 어떻게 차용되고 있는가를 분석하면서 『대사들』이 "강렬한 지각 작용을 통한 회화기법을 이용"(166)하는 대표적인 사례가 된다고 주장한다. 또한 허치슨Hazel Hutchison은 『대사들』에서 제임스가 회화적 기법과 액자 구성 모티브를 사용하여 "시각 자체[를] 주요 주제"로 다루고 있으며, 예술적 장치로서 "시각적 왜곡의 가능성"을 탐색한다고 설명한다(40). 나아가 그녀는 한스 홀베인Hans Holbein이 그린 같은 제목("대사들")의 그림에 사용된 왜곡된 비전이 제임스에게, 혹은 스트레더에게, 예리한 통찰력을 제공한다고 주장한다.[2]

그리핀Susan M. Griffin은 『대사들』에서의 서술자, 즉 '보는 사람'seer이 초연한 태도로 시각적 자극을 단지 수동적으로 받아들이기만 하는 관객이 아

Norton Critical Edition을 따른다. 1쪽부터 15쪽까지는 「서문」을, 그리고 17쪽부터 347쪽까지는 작품 본문을 나타낸다.

2) 한스 홀베인Hans Holbein the Younger(1497-1543)이 그린 *The Ambassadors*(1533)라는 제목의 그림을 가리킨다.

니라, 대상을 역사적이고 능동적으로 지각하는 행위자로서 기능한다고 주장한다. 그녀는 제임스 소설에서 '보는 행위'seeing가 자아와 세계 사이의 이분법적 단절을 넘어 그 사이에 연속적 흐름이나 상호작용을 가능하게 한다고 생각한다.3) 이어서 그녀는 윌리엄 제임스William James의 심리학적 개념을 토대로 제시하면서 『대사들』에서 스트레더가 자신의 욕구를 낭만적인 회화로 이미지화함으로써 미적 대상을 "이기적인 눈"으로 바라보면서도 "고상하게 행동할" 수 있다고 주장한다(44). 스트레더가 미적 대상을 낭만적인 회화작품의 이미지로 구상하는 습관을 가졌다는 것이다.

『대사들』에 사용된 기술방식에 대한 이러한 논의의 일환으로, 주인공 스트레더가 유럽, 특히 파리에서 겪게 되는 지각적 경험의 과정과 특성을 이해할 필요가 있다. 그 주인공의 지각 작용의 주된 특징은 주의집중attention과 심리요소의 융합과 유동flux, 심상의 회화적 구성, 매혹과 혼란, 그리고 인식의 아이러니컬한 전향 등의 개념을 포괄한다. 그러한 인식 과정을 종합해 보면, 스트레더의 지각적 경험은 파리라는 새로운 문화적 환경에서 겪는 일종의 내적인 모험의 형식을 띤다. 먼저 그는 관심을 끄는 시각적 대상에 낭만적인 욕구를 투사하여 환상을 품게 되며, 거기에 다시 그의 풍부한 상상력과 섬세한 사고 작용이 결합되어 머릿속에 인상주의적인 그림을 구성한다. 그리고 결국에는 그처럼 낭만적인 심상이 현실에 부딪혀 깨어지면서 삶에 대한 그의 인식과 의식 자체가 완전한 전향을 겪게 된다.

제임스가 『대사들』을 창작하는 데 있어서 설정한 서술상의 주안점은 "오직 하나의 중심을 채택해서 그것을 주인공의 범위 안에 유지하는 것이었

---

3) 그리핀은, 슈나이더Daniel J. Schneider가 제임스의 인물들에 관하여 설명하면서, 그들이 눈으로 보는 것이 "자연적인 것the natural이든 혹은 비가시적인 것the invisible이든 실재the real와 대립되어 있다"(Schneider 98)고 주장하는 데는 '현상 대 실재'의 그릇된 이분법적 구분이 내포되어 있다고 비판한다(Griffin 55).

다"("Preface," 8). 그 결과 『대사들』 서사의 전체 과정에서 스트레더의 인식적 경험의 미세한 변화 과정이 작품의 "중심 의식"으로 작용한다. 제임스는 스트레더의 지각적 경험의 과정을 그의 "심중의 모험"(intimate adventure)으로 표현하려 의도했으며, "그의 의식"을 시종일관 작품 서사의 "중심에 투사"하려고 시도했다("Preface," 8). 그래서 소설의 시점은 스트레더의 지각 작용방식과 과정에 일관되게 초점이 맞추어져 있다. 다시 말하면 『대사들』의 서술 방식은 작가 자신이나 등장인물이 아닌 제3의, "모든 것을 포괄하는 전지적인 서술자"(Miller 124)의 시점을 통해 주인공 스트레더의 마음속 세계를 보여주는 형식을 취하고 있다.4) 즉 서술자는 모든 외부 환경이나 사건들을 스트레더의 마음에 비쳐지는 주관적인 이미지의 형태로 일관되게 표현한다.

2. 주의집중과 지각

서술의 초점이 되는 스트레더의 지각은 일차적으로 일종의 시각적 기능인 주의집중과 더불어 시작되어 사고thinking나 회상, 상상, 그리고 지적 분석 등의 복잡한 이차적 심리 기능들과 융합된다.5) 파리에서 스트레더가 경험하게 되는 수많은 시각적 대상들 중에서도 그의 관심을 유난히 사로잡는 두

---

4) 밀러Hillis Miller는 제임스 소설의 서술 기법상의 특징에 대해 그의 "두드러진 언어적 전략 중 하나가 내적 독백이 아니라 자유로운 간접 화법 [...] 즉 등장인물의 발화되지 않은 내면성unworded interiority을 제시하는 것이다. [그래서] 그 서술자는 다른 인물들의 의식의 의식으로 규정될 수 있다"(124)고 설명한다.

5) 윌리엄 제임스는 주의집중을 "동시에 주어진 여러 개의 대상이나 연속되는 생각 중 하나를 생생하고 분명한 형태로 마음으로 취하는 것"(1:403)이라고 정의하며, 그것의 본질은 "의식의 초점을 맞추는 것"(1:403)이라고 설명한다. 나아가 그는 우리가 주의를 기울이는 대상은 우리의 "관심을 끄는 것"(1:416), 즉 욕망을 느끼는 것이며 "어떤 대상에 주의를 기울이게 될 때 우리는 지각하고, 착상하며, 식별하고, 기억한다"(1:424)고 부연한다.

가지는 빅토르 위고Victor Hugo의 소설 전집과 비오네 부인Madam de Vionnet이다. 그 두 가지 지각 대상이 그에게 낭만적 이상과 세련된 취향을 동시에 구현하는 상징으로 비쳤기 때문이다. 먼저 스트레더는 젊은 시절에 파리에서 본 적이 있었던 "레몬색 표지의 [소설]책들"(63)이 한 서점에 진열된 것을 다시금 보게 된다. 그는 파리로의 신혼여행에서 "레몬색 표지의 서적들을 자기 머릿속에 집어넣고, 아내를 위해서는 열두 권의 [다른] 책을 트렁크에 넣어가지고 귀국한 일"(63)이 있었다. 그 당시에 경제적 형편 때문에 구입할 수 없었던 그 레몬색 책들은 그가 지향해야 할 "더 높은 교양"(62)과 "세련된 취향"(63)의 삶을 상징했었다. 그는 그처럼 염원했던 "취향의 전당"을 현실적 조건 때문에 결국 "지어갈 수 없었[던]" 것이다(63). 그리고 이제 30여 년이 지난 지금 그는 파리의 서점에서 다시 그 레몬색 서적을 보고 깊은 회상에 빠져든다. 젊은 시절에 머릿속에 심어두었으나 그동안에 돌볼 여유가 없어서 "오랫동안 어두운 구석에 묻혀 있었던 [...] 한 줌의 [세련된 취향의] 씨앗이"(62) 이번 파리 여행을 시작하자마자 다시 싹트게 된 것이다.

스트레더는 그 노란색 표지의 책들을 바라보면서 자신의 과거 지각과 현재의 지각 사이에 전개된 자기 인생 전체를 회고하고 평가하게 된다. 그는 자신의 지금까지의 인생이 좌절과 회한의 연속이었다고 생각한다. 자신의 인생이 "고역과 망상, 혐오, 개척과 후퇴, 열의와 실의, 이따금 생겨나는 자신감과 그보다 더한 의혹"으로 점철되어 있다고 느끼며, 젊은 시절 파리 여행 중에 정서적으로 고양된 삶을 살겠다는, "자신에게 다짐했으나 끝내 지키지 못한 약속"에 대해 깊은 후회에 빠진다(63). 결론적으로 그는 모든 것을 "완벽하게 갖춘 실패자"(40)라고 자신을 평가한다.

그 책을 지각함으로써 촉발된 스트레더의 생각의 흐름은 현재 자신의 처지에 대한 선명한 자의식으로 이어진다. 그는 이제까지 미적 취향을 추구하는 삶에 대한 꿈을 이루지 못했을 뿐만 아니라, 지금도 그 좌절된 꿈에 대해 분열된 의식, 혹은 이중적 태도를 취하고 있음을 자각한다. 현재에도 그 책들을 진열장의 유리창 너머로 바라보기만 할 뿐 그것을 구입할 엄두를 내지 못하는 것이다. 그의 지각과 행동은 울렛의 도덕의식과 뉴섬Mrs. Newsome 부인의 영향력에 의해 억압된 상태에 있기 때문에, 그는 자신의 낭만적 욕구를 상징하는 그 책들을 유리창이라는 차단막을 통해서 단지 응시하기만 할 뿐이다.

> 젊은 시절의 맹세를 생생하게 다시 떠올리게 된 것이 그의 생애의 여러 사건들 중에서도 이 마지막 사건[레몬색 서적이 불러일으킨 고상한 취향에 대한 자극]—그는 그런 느낌이 들었다—을 기다려야만 했던 것은 그의 양심이 얼마나 방해받아 왔던가 하는 것을 역력히 입증해주고 있었다. [...] 파리에 온 지 벌써 48시간이 지났는데도 그의 양심은 책을 사는 것을 용납하지 않으면서 스스로 기세를 떨치고 있었다. 그는 책 사는 것뿐만 아니라 모든 것을 억제하고 있었다. 채드Chad Newsome를 아직 찾아 가보지 않은 이상 그는 어떤 일도 착수할 수 없었다. 그 서적들이 그에게 실제로 영향을 준 이런 증거로 보아, 그는 자기가 사막 같은 오랜 세월 속에서도 그것들[그 책들]을 [마음속에] 간직하고 있었다는 잠재의식을 새삼 느끼면서, 레몬색 표지들을 노려보고 있었다. (63)

파리에 온 지 얼마 지나지 않아서 스트레더의 마음속에는 두 가지 모순된 욕구가 생겨났다. 레몬색 서적으로 표상되는 고상한 취향을 이제라도 추구하고 싶은 충동과 뉴섬 부인으로부터 부여받은 임무를 성실하게 수행해야 한다는 책임감이 서로 충돌하는 것이다. 과거에 긴 세월 동안 양심이 그의 자유로운 자아성취를 억눌러왔던 것처럼 양심은 지금도 그 책을 구입하려는 시도를 가로막는다.

그러나 결국 이번에 스트레더는 "일생에 한 번쯤은 인생의 즐거움에 자신을 내맡기고 싶어서"(174-75) 불타는 듯 붉은 표지로 장정된 빅토르 위고 전집인『파리의 노트르담』(*Notre-Dame de Paris*)을 구입하며, 이후 노트르담 성당에서 비오네 부인과 나누는 대화에서 그 책은 다시 언급된다. 그가 그 "과도한 구입품"(176)에 관해 비오네 부인에게 언급할 때 그 로맨스 전집에 대한 그의 욕망과 비오네 부인에 대한 그의 낭만적인 감정이 절묘하게 겹쳐진다. 시각적 자극으로부터 "어떤 인상을 받으면 십중팔구 상상으로 이루어진 어떤 것을 상기시키곤 하는 습관"을 가진 그는 노트르담 성당에서 여러 사람들 속에 섞여 기도하는 한 여인을 보고 "옛이야기에 등장하는 아름답고 굳센 여주인공"이 명상에 빠져 있는 모습을 상상한다(174). 그리고 며칠 전에 구입한 "붉은색과 황금빛으로 장정된 70권의 [빅토르 위고] 전집"(175)을 머릿속에 떠올리는 것과 지금 성당에서 기도하는 그 여인이 비오네 부인이라는 사실을 알아차리는 것이 거의 동시에 일어난다. 그 두 지각 대상이 거의 동일한 강도로 스트레더의 눈길을 유혹하는 낭만적 자극인 것이다. 그는 성당에 앉아 있는 아름답고 신비로운 비오네 부인의 모습을 보고 그녀가 "교양의 유산"을 물려받은, "상상할 수 없을 정도로 로맨틱한 존재"라는 인상을 받는다(176).

스트레더의 주의집중은 낭만적 상상을 불러일으키고 이어서 그의 분석적인 사고와 결합하여 그로 하여금 환경과 자아를 새롭게 인식해나가도록 한다. 그 결과 그의 지각 과정은 각각의 연상들이 단지 사슬의 고리처럼 이어지는 것이 아니라 논리적이고 완전한 문법 체계와 일관성을 갖춘 사고의 흐름 형식을 띤다.6) 이처럼 그의 지각 작용은 그의 취지나 욕구, 성향이 반영되어

---

6)『대사들』에서 헨리 제임스가 사용하는 지각의 흐름 묘사 기법은 일종의 "시각적 사고하

주체와 환경과의 지속적인 상호작용의 형태로 진행된다.

이러한 맥락에서 그리핀은 『대사들』에서 스트레더의 "지각 작용이 액체처럼 끊임없이 흐르는 상태"(36)로 이루어진다고 주장한다.[7] 실제로 스트레더의 지각 작용에 대한 세밀한 묘사를 살펴보면 시각과 청각, 후각을 포함하는 신체적인 감각이 낭만적 성향이나 욕구, 회상, 식별 등의 지적 작용으로 유동적으로 이어지는 것을 알 수 있다. 고스트리 양Maria Gostrey과의 첫 데이트는 스트레더가 다양한 감각적 자극을 계기로 해서 생각하고 느끼며, 판단하고 식별하는 지각 과정을 잘 드러내 보여준다.

> 뉴섬 부인을 혼자서 수행하여 보스턴에서 극장이나 오페라도 가본 적이 몇 번 있었다. 그러나 관람하기 전에 마주 앉아 오붓하게 저녁식사를 한 적은 없었고, 핑크빛 불빛도 은은한 향수 냄새도 없었다. 그 결과로 나타난 것 중 하나로, 그 일들이 지금은 가벼운 후회가 되어, 그때는 '왜' 그렇게 할 수 없었나 하고 날카롭게 자문해 보고 있었다. 그의 눈에 비치는 고스트리 양에 대한 인상에도 마찬가지로 큰 차이가 있었다. 그녀의 드레스는 어깨와 가슴 부분이, 그가 알고 있는 용어로 표현하자면 '파 내려져' 있어서 뉴섬 부인의 것과 완전히 달랐다. 그녀는 목에 널찍한 붉은 벨벳 띠를 두르고 있었는데, 그 앞 끝자락에 고풍스러운 보석—그는 그것이 틀

기"(Griffin 38) 혹은 "시각적 지각의 흐름"(Griffin 54)으로 볼 수 있다.

7) 윌리엄 제임스는 우리의 지각적 경험에 있어서 "막연한 것들을 정신활동의 적절한 위치에 복위시키는"(1:254) 과정을 "사고의 흐름, 의식의 흐름, 혹은 주관적인 삶의 흐름"(1:239)이라는 개념으로 표현한다. 즉 그러한 심리 현상이 연상주의 심리학이 주장하듯이 각각 별개의 개념들이 사슬처럼 연결된 상태가 아니라, "흐름" 상태로 작용한다는 것이다. 또한 그는 우리의 '생각'이라는 것이 "취지tendency가 반영된 막연한 느낌"(1:254)이며, 마음속에 생겨나는 모든 "심상들은 물처럼 자유롭게 흐르는 의식free water of consciousness 속에 담가져 물들게 된다"(1:255)고 주장한다. 요컨대 그는 우리의 생각이 성향을 가진 느낌으로부터 생겨난 것이며, 우리가 사용하는 언어도 그러한 의식 속에서 함께 흐르고 있다고 본다.

림없이 고풍스러운 것이라고 은근히 확신했는데−이 매달려 있었다. 뉴섬 부인의 드레스는 조금이라도 '파 내려진' 일이 없었고, 그녀는 목둘레에 폭넓은 붉은 벨벳 리본을 두른 일도 없었다. 설령 뉴섬 부인이 그렇게 한 일이 있었다 해도 그가 지금 고스트리 양 앞에서 느끼고 있듯이 그의 눈길을 빼앗고 끌어들일 수 있었겠는가? (42, 원문 강조)

서술자는 고스트리 양과 스트레더가 호텔 식당에서 "촛불이 장밋빛의 그림자를 던지고 있는 식탁에 마주 앉아 저녁식사를 했다"(42)라고 언급하여, 그 두 사람의 낭만적인 저녁식사 장면을 마치 객관적으로 관찰하는 것처럼 묘사하기 시작한다. 그러나 곧이어 서술자의 시각은 스트레더의 지각 과정으로 옮겨가 그의 마음속에 일어나는 회상과 판단, 자의식의 상태를 조명하게 된다. 스트레더의 관심이 고스트리 양의 벨벳 리본 등 외모에 이끌려 있다는 것은 그가 "통제되지 않는 지각 상태"(42)에 빠져 있다는 것을 의미한다. 그러나 "리본의 파급효과"에 매혹된 그의 정서는 그가 대사로서 혹은 "한 남자로서 해야 할 일"을 가지고 있다는 도덕적 책임감과 충돌하여 내적 갈등을 일으킨다(42). 고스트리 양과 데이트를 하는 동안 그의 머릿속에서는 "회색 사막과 같은"(43) 자신의 과거 인생이 회상되고, 고스트리 양과 뉴섬 부인의 모습이 비교되며, 유럽과 울렛의 문화적 차이가 계속해서 대비된다. 게다가 그는 자신이 유럽에 와서 수행해야만 하는 대사로서의 임무가 스스로에게 그다지 "절실하게 느껴지지 않는다"는 내면의 도덕적 "경고음"을 듣기도 한다 (43).

이후 고스트리 양의 방을 처음으로 방문했을 때 나타나는 스트레더의 지각적 반응에 이어지는 생각의 흐름은 그의 인지적 경험이 지극히 불안정한 유동 상태에 있음을 보여준다. 우아하게 꾸며진 그 방으로부터의 시각적 자극은 곧바로 욕망과 상상, 분석과 식별 등의 융합적인 지각 작용으로 변환된다.

> 그의 시야가 최근에 '사물'의 제국에 접하여 넓어졌기 때문에, 지금 그의 눈 앞에 펼쳐진 것들이 그것을 더욱 확장시켜주었다. 눈의 욕망과 삶에 대한 자부심이 그렇게 해서 실제로 그 자체를 위한 신전temple을 가지게 되었다. 그곳[고스트리 양의 방]은 성소의 가장 깊숙한 곳에 위치한 아늑한 공간이었으며 해적의 동굴처럼 갈색을 띠고 있었다. 갈색 분위기 속에 금빛 반짝임이 있었으며 어둑함 속에는 자줏빛 조각들이 있었다. 그 조각들은 진귀한 수집품들이었으며 낮은 창문의 옥양목 커튼을 통해서 들어오는 햇빛을 받고 있었다. 그 물건들은 틀림없이 매우 가치 있는 것들이었다. 그 사물들은 해방감에 빠져 있는 스트레더에게 마치 한 송이 꽃이 코끝에 스쳐졌을 때처럼 경멸을 보내며 그의 무지를 털어내었다. 그러나 그는 안주인을 자세히 바라본 뒤에 자신에게 가장 큰 관심을 끄는 것이 무엇인지 알게 되었다. [...] 그는 그녀를 만나게 되어 더없이 반가웠으며, 그래서 그녀가 그에게 보여준 최고의 것이 무엇인지 말해주었고, 또한 축복 없는 생활이라도 그것을 깨닫지 못하면 몇 년이고 그대로 살아갈 수 있지만 일단 그 축복을 맛보게 되면 그것은 사흘이 멀다 하고 필요하게 되며 영구히 갈망하게 되리라고 말했다. 스트레더가 필요하게 된 그 축복이란 바로 그녀이며, 그 증거로서, 그녀가 없어지자 그는 어쩔 바를 몰랐다고 고백하는 것이었다. (80, 원문 강조)

파리라는 "사물의 제국"을 마음껏 지각하고 싶은 스트레더의 "눈의 욕망"은 고상하게 꾸며진 고스트리 양의 방을 미적 차원을 넘어 신성한 의식 ritual 차원으로 끌어올리며, 그것을 일종의 "신전"으로 인식한다. 그의 시각은 방 안의 모든 사물들에 대해 세세하게 반응하며 그것들을 "금빛 반짝임"이나 "자줏빛 조각"으로 인식하고, 그 방의 분위기를 "해적의 동굴"과 같은 낭만적 감성으로 받아들인다. 고상하게 장식된 그 방에 앉아 있는 고스트리 양이 그의 눈에는 자신에게 내려진 최고의 축복으로 비친다. 이처럼 미적으로 고무된 스트레더의 시각적 지각은 그의 감정이나 욕망, 혹은 과거의 경험 등과 융합되어 마치 액체의 흐름처럼 작용한다.

3. 인상의 회화성

스트레더의 지각적 경험의 또 다른 특징은 그것이 인상주의 회화의 구성 양상을 띤다는 점이다. 그는 유럽의 고양된 문화적 현상을 보고 그것을 마치 화가가 그림의 소재와 주제, 그리고 구도로 변형시켜서 인식하는 것과 같은 방식으로 경험한다. 그는 유럽의 자연과 문화 환경을 바라보면서 "고상한 그림의 다채로운 분위기"(42)를 마음속에 떠올리며 실제 시각적 경험을 낭만적 환상으로 변환시키곤 한다. 그의 이러한 성향은 인간의 지각 작용에 대한 윌리엄 제임스의 설명을 다시 한번 상기시킨다. 윌리엄에 따르면 우리의 지각 작용은 한 개념이 다른 개념을 대체하는 각각 분리된 일련의 개념들로 이루어지는 것이 아니라, 하나의 변화하는 흐름으로 이루어지며, 그 흐름 속에서 지각들이 마치 "디졸브 화면"(dissolving views)처럼 서로 "녹아들어 간다"(1: 269). 하나의 인상이나 생각이 다른 인상이나 생각으로 물처럼 흘러넘친다는 것이다.

스트레더는 파리의 일상적인 풍경을 지극히 낭만적인 인상으로 받아들인다. 그의 시각은 특히 파리의 다양한 사람들의 아침 생활 모습에 민감하게 감응한다. 그는 뤽상부르 공원 벤치에 앉아서 "테라스, 골목길, 길게 뻗은 가로수길, 분수대, 녹색 화분에 심어진 작은 나무, 흰 모자를 쓴 조그만 부인들, 날카로운 소리를 내며 놀고 있는 어린 소녀들, 그 모든 것들이 유쾌하게 함께 섞여 [그림으로] '구성되었다"고 인지하며, "인상을 받아들이는 [자신의] 컵이 철철 넘쳐흐르는 듯하다'고 느낀다(59, 원문 강조).

　이처럼 스트레더의 인상주의적인 지각 방식은 소설의 첫 장면인 리버풀 항에 도착할 때부터 시작되어 파리에 대한 그의 전체적인 인상으로 이어지며, 특히 글로리아니의 정원 파티 장면에서 생생하게 극화된다. "그 장소 자체[를] 거대한 인상"으로 받아들이는 스트레더는 "초대받은 손님들의 숫자가 늘어나고 있었고 그들의 자유로움과 강렬한 인상, 다양함, 그리고 그들의 전반적인 신분 상태 등이 그 장소의 멋진 장면 속에서 융합되었다'고 느낀다 (119). 그의 지각은 자신의 시각에 비치는 인상적인 상황을 그림의 배경으로 구상하고, 다시 거기에 자신의 낭만적 욕구가 반영된 어떤 인물이나 상황을 배치함으로써 그 이미지를 더욱 고양시킨다. 이후 진행되는 파티에서 그가 비오네 부인의 딸인 쟌느Jeanne de Vionnet를 처음으로 보게 되는 순간에 그의 이러한 인상주의적 이미지화는 더욱 구체화된다. 그는 "이제 꽉 채워진 그림 속에서 무언가 다른 것, 그리고 누군가 다른 사람을 막 식별해" 내며, 그래서 그의 의식 속에는 "또 다른 하나의 인상이 새로이 첨가된다"(133).

　헨리 제임스는 스트레더의 유동적인 지각 작용을 회화적으로 구성하기 위해서, 인상주의 화가들이 빛의 변화하는 속성을 묘사하는 데 주목하듯이, 종종 분위기와 불빛의 효과를 사용한다. 스트레더가 사라로부터 최후통첩을 전해 듣고 채드의 의도를 확인하기 위해 말레어브가Boulevard Malesherbes에 위치한 채드의 아파트를 밤늦게 방문했을 때, 스트레더의 지각에는 그 실내의 안과 밖으로부터 융합된 불빛이 절묘한 분위기를 이룬다.

무척이나 영민한 하인 바티스트Baptiste가 무한히 부드러운 빛을 발하는 등불과 더없이 편안한 의자를 그를 위해 내놓았다. 접힌 페이지들을 반밖에 자르지 않은, 부드러운 레몬색 표지를 입힌 소설책이, 상아로 만든 페이퍼나이프가 이탈리아 농부 아낙네가 머리 장식으로 꽂는 단검 모양의 비녀처럼 비스듬하게 책갈피에 꽂힌 채로, 온화한 원형의 불빛 속에 놓여 있었다. 바티스트가 시킬 일이 없으면 자러 가겠다고 물러가자 웬일인지 그 불빛은 한층 더 부드럽게 스트레더의 마음을 감싸주는 것 같았다. 후텁지근한 밤이었고 등불은 하나만으로 충분했다. 파리 시내 불빛의 휘황한 광채가 높이 솟아올라 멀리까지 퍼져 사라져가면서 가로수 길을 비추어 주고 나란히 이어진 방들의 어렴풋한 풍경에 빛을 드리워서 사물들을 밝혀줌으로써 그것들에 기품을 더해주었다. (283)

스트레더는 그처럼 "마법에 걸린 듯한 시간에" 주인이 없는 채드의 방에 홀로 앉아서 자신이 만약 젊다면 살아보고 싶은 삶을 살고 있는 채드에 대해 상상하며, 그러한 삶의 현장인 채드의 아파트를 "아픔과도 같은 정취"에 빠져 바라본다(283). 그의 시각은 그러한 낭만적인 상황을 방안 등불의 불빛과 창을 통해 들어오는 어렴풋한 도시의 불빛이 어우러진 지극히 인상적인 풍경으로 구현한다.

소설의 마지막 극적 장면인 제11부Book Eleventh 제3장에서 묘사되는 파리 근교 시골 마을에서의 스트레더의 하루는 그의 감상적 인상과 현실의 전원 풍경이 융합된 한 편의 서정적인 풍경화를 이룬다. 그 순간에 단순하고 한가한 실제 전원 경치와 그의 기억 속에 떠오르는 랑비네Lambinet의 풍경화가, 즉 자연과 예술이 그의 지각의 흐름 속에서 융합된다.

그[스트레더]는 그림 액자의 사각 틀을 통해서만 바라보았던 특별히 상쾌한 초록빛을 띠고 있는 프랑스의 전원 풍경 속에서 하루를 온전히 보내고 싶은 충동이 일어 교외로 나갔다. 지금까지 그에게는 프랑스의 전원 풍경이 주로 공상의 나라였을 따름이었다. 즉 그것은 단지 소설의 배경이나 그림의 소재, 문학의 온상이었다. 그것은 사실상 그리스와 마찬가지로 사실상 멀고도 신성했다. 스트레더가 보기에는 그처럼 온화한 환경 속에서는 로맨스가 저절로 생겨날 것만 같았다. 최근에 힘든 일을 겪고 난 후이기는 했지만 그는 먼 옛날 보스턴의 어떤 화랑에서 그를 매혹시켰고 왠지 아직도 잊지 못하게 해주는 랑비네의 소품[풍경화]을 떠올리게 하는 경관을 어딘가에서 볼 수 있을지도 모른다는 생각을 하니 다소 가슴이 설렜다. (303)

랑비네의 풍경화를 머릿속에 그려보며 떠나온 파리 교외로의 여행에서 스트레더는 "직사각형의 금빛 액자에 넣어질 한 폭의 그림과도 같은 풍경"(304)을 감상하며 하루를 보낸다. 그처럼 고조된 감정 상태에서는 마음속 그림의 이미지와 실제 바라보는 풍경이 구분되지 않는다. 그는 온종일 "그림 속에 있는 것 같은 기분"(307)으로 시골 마을을 거닐며 "그림과 극이 완전히 융합되는 것 같은"(308) 느낌을 받는다.

이어서 스트레더의 낭만적 지각은 다시 한번 현재 자신이 처한 상황에 대한 분석적 사고와 결합된다. 즉 그의 상상 속에 그려진 화폭에 현실의 인물들―채드와 비오네 부인, 그리고 사라 일행 등―이 등장하면서, 그가 마음속에 그려보고 있었던 낭만적인 풍경화의 "화면"은 "등장인물들로 가득 차게"(308) 된다. 그리고 그는 지금 자신이 지각하는 것이 "진품"(the thing)이고 그 속에 "수많은 다른 것들이 내포된" "텍스트"라고 판단한다(308). 그는 자신의 임무를 수행하기 위해 만나야만 하는 모든 사람들이 지금 그 상상의 화면 속에 "꼭 있어야만 할" 사람들일 뿐만 아니라 거기에 있는 것이 "자연스럽고도 적절하다"고 느낀다(308). 자연과 예술, 현실과 인상이 융합된 지각 상태 속에서 그는 "프랑스에서의 삶의 조건과 울렛에서의 삶의 조건을 구분 짓는 본질이 무엇인가를 느끼게 된다"(Torgovnick 53). 다시 말하면 그는 무엇 때문에 자신의 임무에 정반대되는 결정―채드에게 울렛으로 돌아가지 말도록 권고하는―을 내리게 되었는지, 더불어 자신이 파리에서 겪은 새로운 경험의 의미가 무엇인지에 대해 이해하게 된다. 하지만 그의 감정이 이처럼 최고조에 이르는 그 순간은 이어지는 제4장에서 곧바로 비극적인 에피파니 epiphany로 귀결된다.

4. 매혹과 혼란

스트레더의 인상주의적 지각 능력은 그를 울렛의 사회적 압박으로부터 해방시키는 기능을 하지만, 동시에 그의 현실 인식의 균형을 깨뜨려 그를 비극적 상황에 빠뜨리기도 한다. 다시 말하면 그의 지나친 감수성과 낭만적 성향이 그의 지각을 왜곡하여 착각을 불러일으킨다. 작가 제임스는 스트레더가 파리에서 맡은 바 임무를 적절히 수행하거나 자신의 삶을 반성적으로 성찰하기에는 부적절한 관점을 취하고 있다고 본다. 스트레더가 글로리아니의 정원 파티에서 "특이한 어조"의 열변을 쏟아내는데, 그의 "그처럼 아이러니컬한 억양"이 "통절히 느껴진 곤경"(a felt predicament) 혹은 "부조화된 입장"(a false position)에서 비롯되었다는 것이다(5). 즉 파리의 자유롭고 낭만적인 분위기에 의해서 지나치게 활성화된 그의 감상적인 지각이 자신의 과거의 삶이나 현재의 상황 인식을 심각하게 왜곡한다.

제임스는 어떤 사람이 난처한 입장에 처했을 때 평소와 다른 어조로 말하게 되며, 사람들은 그런 특이한 어조를 듣고서야 그 사람의 평소 어조를 식별할 수 있게 된다고 본다. 그런데 글로리아니의 정원에서 스트레더가 바로 그러한 "부조화된 입장" "속에 빠져"(5, 원문 강조)있다는 것이다. 스트레더를 곤경에 처하게 한 조건은 그가 미국인이라는 국민적 정체성이나 그 개인의 정서적인 특성과 관련된 것이다.

> 우선 국적과 관련해서 스트레더가 편협한 지역주의에 빠진 인물이라는 점이 너무나 쉽게 파악된다. 그 문제에 있어서는 렌즈 아래 그것[스트레더의 국적]을 올려놓고 한 시간 동안만 들여다보고 있으면 그것이 스스로 비밀을 드러내는 것을 알아차릴 수 있다. 우리의 가엾은 명사 양반은 뉴잉글랜드의 심장부로부터 온 사람인 것이다. [...] 그 '처지'가 틀림없이 무엇인지 그리고 그것이 왜 그 자신의 책임 하에서 '부조화된' 것으로 판명되는지는 분명하다. [...] 그는 산뜻한 유리병 속에 담긴 맑은 초록색 액체로 비유될 수 있는 시각을 가지고 파리에 왔다. 그리고 그 액체가 '적용' application이라는 열린 컵 속에 따라 부어져 일단 다른 성질을 가진 공기의 작용에 노출되자, 초록색에서 붉은색—혹은 그 어떤 색으로든지 간에—으로 변하기 시작했다. 그가 알고 있는 한도에서 자주색이나 검정색 혹은 노란색으로 변하고 있었을 수도 있었다. (6, 원문 강조)

제임스는 스트레더를 오랜 세월 동안 "세상경험을 일부러 피하며"("Preface," 7), 단지 뉴잉글랜드의 편협한 가치관에 붙들려 살아온 인물로 설정했다. 그리고 그에게 "무한한 이동 동물원menagerie"("Preface," 7)으로 비유되는 파리의 문화적 환경과 그곳 사람들의 자유분방한 삶의 모습을 보도록 해주고, 그러한 시각적 경험으로부터 그의 상상력이 그려낸 환상에 그 자신이 완전히 매몰되도록 의도했다. 작가는 스트레더가 지각한 낭만적 패턴의 환상이 "생생한 사실에 접하는 순간 산산이 부서지도록"("Preface," 7) 기획했다고 토로한다. 초록색 액체로 상징되는 스트레더의 시각은 착각에 빠질 모든 조건을 갖춘 채 파리의 분위기에 노출된 셈이다. 그래서 독자는 파리에서 그의 지각이라는 푸른 액체가 다양한 색깔로 변화하는 과정을 관찰하게 되는 것이다.

작품의 첫 장면에서부터 끝 장면에 이르기까지 줄곧 주인공 스트레더는 새로운 지각적 대상에 대해 매혹되면서도 그 경험의 의미에 대해서는 어리둥절하고 혼란스러운 상태에 빠져 있다. 그래서 서술자는 "가엾은 스트레더"가 "이상한 이중 의식"으로 짓눌려 있다고 말한다(18). 쉽게 말하면 파리의 높은 수준의 문화적 환경과 그곳 사람들의 개성적이고도 자유분방한 모습이 그를 유혹하면서 동시에 혼란스럽게 한다.

스트레더를 매혹시키는 주된 요소는 "거대하고 눈부신 바빌론처럼 그의 눈앞에 펼쳐진"(69) 파리의 수준 높은 문화적 환경이다. 그의 눈에 비친 파리는 "모든 것들이 융합되어 있어서" 부분적인 것들이 "식별되지 않고 차이점도 드러나지 않[을]" 뿐만 아니라 "표면"과 "심연"도 구분되지 않는다(69). 동시에 그는 채드를 유혹에 빠뜨린 파리의 그러한 문화적 분위기에 자신마저 매혹되어가고 있다는 사실을 자신의 도덕적 타락으로 의식한다. 그런 점에서 파리와 비오네 부인의 이미지─여행지에서의 낭만적 인상과 연애 감정─는 상통한다. 그는 그 두 지각적 대상을 "너무나 좋아하게"(69) 될까 봐 두려운 것이다.

스트레더는 도덕적 의무감과 심미적 즐거움, 혹은 울렛의 사회의식과 파리의 개인의식 사이에서 딜레마에 처해 있다. 그러한 이중의식 속에서 그는 자신의 새로운 경험의 의미에 대해서 뿐만 아니라 그로부터 야기된 심적 혼란에 대해서도 이해하려고 고심분투 한다. 그런 감정 상태에서 그가 자신의 잃어버린 젊음에 대한 회한을 빌햄Little Bilham을 상대로 토로한 것이 "한껏 살게나"(Live all you can)(132)로 압축되는 그의 열변이다. 그러나 그 후로도 그의 매혹과 착각은 계속해서 반복된다. 그는 비오네 부인을 정결한 여인의 화신으로 여기는가 하면 채드가 그녀의 딸이자 청순미의 상징처럼 보이는 쟌느와 사귀고 있다고 오해하기도 한다.

스트레더의 불안정한 지각 기능은 비오네 부인을 교양과 아름다움, 도덕을 결합한 화신으로 우상화한다. 그의 눈에 그녀는 천상의 "여신"(160)처럼 보이기도 하고, 채드에게 "놀라운 도덕적 고양"(168)을 안겨준 은인으로 여겨지기도 한다. 그 결과 그는 그녀와 채드의 관계에 대해 지금까지 품어온 의심의 눈초리를 거두고, 리틀 빌햄으로부터 전해 들은 대로 그것이 "고결한 애정 관계"(virtuous attachment)(112)일 것이라고 확신하게 된다.

스트레더의 지각이 실상을 보지 못하게 되는 데는 그의 풍부한 감수성과 상상력뿐만 아니라, 파리가 화려한 빛으로 꾸며진 도시라는 사실에도 그 원인이 있다. 아이러니컬하게도 스트레더는 파리에서 사람들이 시각적으로 현혹되기 쉬운 상태에 있다는 사실을 인식하고 있으면서도 정작 자신이 그러한 시각적 오류를 범할 가능성에 대해서는 깨닫지 못한다. 그는 파리 사람들이 "너무나 시각에 의존해 살아가다 보니 다소 그것에 '빠져'" 있어서 그들이 "시각 이외의 다른 감각은 지니고 있지 않은 듯한 느낌이 든다"고 말한다(126, 원문 강조). 배러스 양Miss Barrace의 표현이 그가 느끼는 시각적 현혹의 특징을 더욱 적절히 나타낸다. 그녀는 파리의 모든 사람들이 "너무 시각에 의존하는" 생활을 하고 있어서 "파리의 불빛 속에서는 사물의 겉모습만 볼 수 있을 따름"이라고 신랄하게 지적한다(126). 파리의 "유서 깊은 정다운 불빛"에 현혹된 스트레더는 채드와 비오네 부인의 표면적 관계의 이면에 숨겨진 진실을 파악해내야 하는 임무를 수행하기에 부적절한 인물이다.

스트레더의 지각적 현혹을 부추기는 또 다른 요소는 비오네 부인의 연극적 재능과 능숙한 사교술이다. 그녀는 자신의 잘 꾸며진 집의 분위기를 이용하여 그의 낭만적 감성을 자극하며, 그를 대하는 데 있어서는 자신의 타고난 연기 능력을 십분 발휘한다. 그는 벨샤스로the Rue de Bellechasse에 위치한 그녀의 유서 깊은 집안 분위기와 조화를 이룬 비오네 부인의 모습에서 귀족적 전통과 교양을 갖춘 귀부인의 표상을 본다. 그러나 사실 그녀는 출신 배경이나 현재의 신분에 있어서 귀부인과는 거리가 멀다. 그녀는 "양심이라고는 찾아볼 수 없는"(138) 영국인 미망인이 재혼 상대로 선택한 "다소 이름이 알려진"(138) 프랑스 남자와의 사이에 태어났으며, 그녀 자신도 이른 나이에 결혼했으나 현재는 "법적 절차에 의해 남편과 별거 중인"(139) 상태에 있다.

스트레더는 그를 자신의 편으로 끌어들이려는 비오네 부인의 능란한 화술과 매너, 연기력에 휘말려 들게 된다. 그는 비오네 부인을 처음에는 전통과 교양을 가진 귀부인으로 찬미하지만, 나중에는 고난에 빠져 도움을 청하는 "가련한 여인"(148)으로 바꾸어 인식해버린다. 그처럼 그가 그녀의 요청을 받아들일 수밖에 없게 된 데는 비오네 부인의 연극적 재능이 작용했기 때문이다. 그녀는 학창시절에 "책은 싫어했지만 [...] 프랑스어, 영어, 독일어, 이탈리아어 등 수개 국어에 능통해서, 비록 우등상이나 졸업장을 받지는 못했어도, 무대 위에서 의상을 갖추고 하는 연극에서는 대본을 외워서 하든 즉흥극으로 하든 거의 모든 '역할'을 독차지하다시피 했었다"(138, 원문 강조). 게다가 그녀는 "누구와의 교제에서 실패한 적이 없다"(156).

비오네 부인에 대한 스트레더의 인식과 판단은 철저히 감성적인 차원에서 이루어진다. 결국 스트레더는 "제가 할 수만 있다면 당신을 구해드리겠습니다"(152)라는 자신의 본래 임무에 완전히 반하는 약속을 그녀에게 하고 만다. 그러나 사실 그는 자신이 "무슨 뜻으로 그렇게 말했는지"(162)조차 알 수 없는 상태이다. 그는 비오네 부인과 쟌느, 그리고 채드의 삼각관계에 대해서도 그 실체를 전혀 눈치채지 못한다. 그처럼 현혹되고 혼란된 심리 상태에서 스트레더는 작품의 결말에서 자신이 비오네 부인과 채드의 밀회 장면을 직접 목격하는 순간에 이르기까지 그 두 사람 사이의 관계에 대한 진실—"고결한 애정관계"가 결코 아니라는—을 파악하지 못한다.

5. 성찰을 통한 인식

파리에서의 스트레더의 지각적 경험은 때로는 유동적으로 또 때로는 격동적으로 진행되면서 그의 인식을 지속적으로 변화시킨다. 그리고 결과적으로 그러한 인식의 변화는 그의 가치관과 의식의 완전한 전향으로 귀결된다. 의식의 전향이란 그가 유럽에 건너오기 전까지 가지고 있었던 채드와 비오네 부인에 대한 시각, 그리고 그 두 사람 사이의 관계에 대한 견해뿐만 아니라 대사로서 자신의 임무에 대한 입장을 정반대되는 방향으로 바꾸게 된다는 것을 의미한다. 더 나아가서 그는 자아와 삶의 가치에 대해 완전히 다른 믿음을 갖게 된다.

지금까지 그는 자신의 정서적 욕구를 억누르고 대신에 사회적 관계를 유지하거나 도덕적 의무를 실행하는 것을 존재 의미의 바탕으로 삼아왔었다. 그래서 그는 파리에서 채드가 사악한 여자와 방탕한 생활에 빠져 있다고 믿었으며, 채드를 그러한 타락으로부터 구원해내어 울렛으로 데리고 가야 하는 것을 자신의 사명으로 여기고 유럽에 온 것이다. 그런데 파리에서의 지각적 경험을 시작하게 되면서 그는 채드가 타락한 것이 아니라 개성과 예법을 갖춘 성숙한 사람으로 변모했으며, 비오네 부인이 사악한 유혹자가 아니라 아름다움과 교양을 갖춘 귀부인이라고 생각하게 된다. 즉 그 두 남녀 사이의 관계가 방탕한 남녀관계가 아니라 오히려 "고결한 애정관계"라고 인식하게 된다. 뿐만 아니라 그는 자기 자신이 세상과 인생에 대해 경직된 편견에 사로잡혀 살아왔음을 뼈저리게 느낀다. 그래서 그는 자신의 애초의 임무인 채드 구하기를 포기하고 오히려 비오네 부인 구하기라는 새로운 임무를 스스로 떠맡는다.

그러나 그러한 지각적 모험이 끝나가는 국면에서 그는 다시 한번 인식의 급격한 전환을 경험하게 되며, 마음속에 형성된 낭만적 환상을 깨뜨리고 결국 현실에 직면하게 된다. 그는 자신이 파리의 불빛에 현혹되었으며, 채드와 비오네 부인과의 관계에 대해서도 리틀 빌햄의 "기술적인 거짓말"(332)에 속았다는 것을 알게 된다. 실제로 그 두 남녀 사이의 관계가 지극히 이기적인 애정 욕구가 복잡하게 꼬인 실타래와 같은 상태라는 것을 알아차리게 된다. 그러한 최종적인 각성으로 인해 유럽 문화에 대한 그의 환상은 깨어진다.

스트레더의 의식의 변화는 유럽 여행을 시작하면서 이미 그의 마음속에 배태되었고, 고스트리 양을 만나면서 싹트기 시작했으며, 파리에 도착해서 구체화되어 간다. 글로리아니의 얼굴을 처음으로 본 순간 그의 민감하고도 섬세한 관찰력은 마음속에 "심상들의 강습assault"(120)을 불러일으켜 그의 가치관을 흔들어놓는다. 거기에서 그는 사회적 책임에 얽매인 지금까지의 삶에서 벗어나 자신만의 감성적 경험을 지향하겠다는 의지를 표명한 것이다. 그는 글로리아니의 눈동자를 바라보면서 그것을 "가장 깊은 지적 측심sounding"(120)이라거나 "심미적 횃불"(121)로 인식하며 운명적으로 그것을 마음속에 간직하고 "잊지 못할"(120) 것이라고 생각하게 된다. 그의 그러한 느낌은 이후 그가 경험하게 될 더욱 심원한 지각적 경험의 전조인 셈이다. 즉 그것은 자신의 처지나 임무, 나아가 인생 전체를 재인식하게 하는 계기가 된다.

"이제는 보게 되었다"는 스트레더의 지각적 선언은 울렛의 사회적 자아의식을 벗어나서 자신의 정서적 욕구에 충실하겠다는, 의식의 독립 선언인 셈이다. 그것은 이제까지 주체적으로 판단하거나 행동하지 못하고 사회의 가치관에 얽매인 삶을 살아왔다는 자각이다. 그는 유연하고 자유로운 주체로서가 아니라 뉴섬 부인과의 관계에 따른 사회적 지위에 의해 얽매인 존재로 지내온 것이다. 그는 "뉴섬 부인을 위해 녹색 평론지의 표지에 인쇄된 램버트 스트레더라는 이름"(60)으로, 그러한 허구적 정체성으로 살아온 셈이다. 즉 그는 "자신의 삶을 살아오지 않았으며 [...] 오직 다른 사람들의 기준에 부합된 삶"(160)을 살아왔다고 생각한다. 그러나 자신의 그러한 상황을 이제는 "적어도 '알게'see 되었다"(132, 원문 강조)는 자각이 그의 의식이 변화하기 시작하는 시점이 된다.

그러나 스트레더의 그러한 자각은 그가 지금 수용하려는 낭만적인 감정이 자신을 "파멸"(179)로 이끌 것이라고 인식하면서도, 그러한 감정적 이끌림에 스스로 "항복할 수밖에 없다"(179)는 이중의식을 수반한다. 결국 비오네 부인을 "구해주겠다"(152)고 약속하고 난 이후에 그는 자신의 마음속에 그녀가 "황금 못"(183)을 점점 더 깊숙이 박아 넣는다고 느낀다. 황금 못의 이미지는 그가 그녀로부터 느끼는 감정의 이중성을 선명하게 표현한다. 한편으로 그녀에 대한 인상이 마치 곤충 표본의 핀처럼 그의 심장 속으로 파고들어 그를 파멸시키면서도, 다른 한편으로는 그에게 달콤한 연애 감정의 금빛 기쁨을 안겨준다. 그것은 그가 자신의 마음 한구석에서 그녀로부터 정서적으로 "작은 이득"(199)을 즐기고 있기 때문이다. 그는 자신의 그러한 경험을 "젊음에 대한 나의 항복, 젊음에 대한 나의 찬양"(199)이라고 표현한다.

제임스는 스트레더의 이와 같은 의식의 전향을 주인공의 지각적 경험이 일으키는 내적 "혁명"(7) 혹은 개종conversion의 이미지로 표현한다. 배러스 양의 표현을 빌리면, 스트레더를 비롯한 미국인들은 "야만인들을 개종시키기 위해" 파리에 건너와서 "불굴의 정신으로 불가능과 상대" 하다가 결국에는 오히려 "그들[파리 사람들]이 '당신들을' 개종시키는 꼴이 되고 만다"는 것이다(125, 원문 강조). 스트레더는 자신이 "지금까지 낯선 신들에게만 제물을 바쳐왔다"고 고백하며 자신의 "손이 끔찍한 이교도 제단의 피로, 완전히 다른 신앙의 피로 적셔진 것 같은 기분이 든다"(260)고 털어놓는다. 심지어 그는 자신의 모든 재산을 빌햄에게 넘겨주겠다고 약속하는데, 그렇게 하는 것이 그[리틀 빌햄]가 포콕Mamie Pocock 양과 결혼하도록 돕는 것이며, 그것이 곧 자신이 "속죄하는"(260) 길이라고 생각한다. 채드가 포콕 양과 결혼하게 될 가능성을 제거해버리는 것이 비오네 부인을 도와주는 길이라고 생각한 것이다.

스트레더는 파리에서의 지각적 경험을 통해서 일시적으로 낭만적 환상에 빠지지만 결국 그 환상이 깨어지는 순간 그의 인식은 다시 한번 극적인 전환을 맞이한다. 그는 뉴섬 부인의 대사로서 파리에 와서 임무를 수행하면서 경험한 일들로부터 "자신이 어떠한 이득도 취해서는 안 된다"(346)고 믿는다. 그는 자신에게 "정당하기 위해서"(to be right)(346), 그에게 무조건 헌신하겠다는 고스트리 양의 제안을 받아들일 수 없을 뿐만 아니라 그를 그토록 감명시켰던 파리를 떠나야만 하는 것이다.

그와 같은 도덕적 일관성과 완벽성을 대가로 스트레더가 얻은 깨달음은 자신의 인생에 대한 비극적 허무감이다. 그는 파리에서의 자신의 행위가 마치 베른Berne 광장 시계탑의 시계 속에서 차례로 나와서 사람들이 쳐다보는 가운데 각자 제때가 되면 짤막한 한 바탕의 "지그춤을 추고 [...] 너무도 누추한 은신처로 물러나 버리는"(344) 조그만 인형들 중 하나와 같았다고 회고한다. 그가 파리에서의 지각적 경험을 통해 얻은 것은 철저히 비물질적인 것이다. 그의 인상주의적 지각과 인식은 예술가의 그것을 지향하지만 실제 그의 삶의 방향이 예술적 창조를 추구하는 것은 아니다. 따라서 "이제는 보게 되었다"는 그의 각성은 현실적으로 심각한 허무감을 수반한다.

헨리 제임스의 부모는 어린 시절 윌리엄과 헨리에게 "변혁하고, 변혁하고, 또 변혁하라"(convert, convert, convert)(*Autobiography*, 123)는 가르침을 계속해서 주지시켰었다. 그래서 그 두 형제는 "그들의 지각이 충분한 정도로 발달하여 최종적으로 주어진 가장 바람직한 결과물을 얻기 전까지는" "모든 접촉과 인상, 경험을 용해될 수 있는 상태soluble stuff로 형성하도록 해야만 했다"(*Autobiography*, 123). 스트레더의 인식의 지속적인 변혁은 작가 자신의 바로 그러한 지각적 가소성을 반영하는 것으로 보인다. 그것은 그가 울렛의 문화적·도덕적 규범에 의해서 자신의 의식으로 구조화되고 그 무늬로 각인된 고정관념을 깨뜨리고 새로운 인식을 형성할 수 있는 감수성과 상상력을 가졌다는 것을 의미한다. 그는 파리의 고양된 예술적 스타일과 그곳 사람들의 다양한 개성, 자유로운 생활방식, 그리고 그것들을 압축적으로 상징하는 비오네 부인으로부터 시각적 자극을 받고 그것을 다시 자신의 낭만적 상상력을 통해 새로운 비전으로 구성하며, 그 비전에 자신의 과거를 비추어 보면서 기존의 가치관을 수정하고 견해를 변화시켜 나간다. 그리고 그러한 지각과 인식의 과정을 반성적 자기성찰로 발전시켜 자아인식을 새롭게 할 수 있는 학습 능력을 가지고 있다.

스트레더의 이러한 지각적 경험과 의식의 전향은 플라톤Plato의 "동굴의 우화"에서의 시각과 지각, 인식의 점진적 변화와 궁극적 전환의 과정을 떠올리게 한다.8) 울렛이라는 동굴 속에서의 제한되고 고정된 시각과 인식의 속박 상태에서 뉴섬 부인에 의해 주어지고 조정되는 그림자만을 바라보다가 속박에서 풀려나 사물—파리의 문화와 채드와 비오네 부인의 자유로운 삶의

---

8) *The Republic* 514-20a

방식-을 보게 되고 이어서 결국 동굴 밖으로 나가 실재를 목격하게 된다. 그 과정에서 그의 유동적이고 융합적인 지각이 복합적인 사고thinking와 결합하여 작용한다. 거듭되는 그러한 경험의 과정이 앞서 언급한 몇 차례의 극적인 장면들로 구현되는 것이다. 스트레더에게 그것은 모험적이고 흥미진진하면서 동시에 고통스러운 지각적 인식의 과정이다. 그의 인식이 궁극적으로 이르게 되는 상태는 세계와 자아에 대한 완전히 변화된 가치관이다.

『대사들』에서 제임스가 스트레더의 인식의 공허한 전향을 통해서 전달하려고 하는 메시지는 자신의 지각에 의해서 "검토되지 않은 삶은 인간에게는 살 만한 가치가 없다"는 것이다.9) 전임 대사인 스트레더와 후임 대사인 사라의 지각 방식의 차이는 플라톤적 인식론이 제기하는 단순히 가시적인 visible 영역을 넘어 이른바 가사유적intelligible 영역에 이를 수 있는 능력 여부의 차이이다. 우리는 그것을 열린 지각과 닫힌 지각의 차이로 볼 수도 있다. 소설의 전반부인 제6부Book Sixth까지는 "퇴임하는 대사"인 스트레더의 지각과 인식에 집중된 그만의 일인극이었다면, 후반부부터는 특히 제8부Book Eighth에서 "후임 대사"인 사라가 도착하면서부터는 두 대사 간의 표면화된 갈등 관계에 대한 묘사로 진행된다(204). 제임스는 동일한 지각 대상인 채드의 변모에 대한 스트레더와 사라의 양극적인 시각의 대립을 복잡 미묘한 외교적 마찰에 빗대어 묘사한다. 스트레더와 사라는 파리에서 이루어진 채드의 변모에 대해 정반대되는 의미의 해석을 한다. 스트레더는 그것을 훌륭한 교양의 습득과 성숙으로 인식하지만, 사라는 끝내 그것을 도덕적 타락으로 본다.

스트레더 자신의 분석에 따르면 그처럼 상반된 지각은 삶과 문화의 가

---

9) "The unexamined life is not worth living for man"이라는 표현은 소크라테스의 말로 플라톤의 『변론』(*Apology*)(385-86a)에 기술됨.

치에 대한 인식의 근본적인 차이에서 비롯된 것이다. 그러한 인식의 차이는 다시 삶에 대한 울렛 사람들과 파리 사람들의 의식의 차이에 기인한다. 담판을 벌이기 위해 그의 호텔로 찾아온 사라에게 스트레더는 울렛 출신으로서 그들 모두의 마음 상태가 "기묘한 무지"나 "기묘한 오해와 혼란"에 빠져 있었으며, 그로부터 "더욱 기묘한 인식 속으로 흘러들어왔다"고 역설한다(279). 경직된 지각을 가진 울렛 사람들이 파리의 생활방식과 채드의 변모에 대해 오해와 혼란에 빠져 진실을 깨닫지 못한다는 것이다. 그러나 사라는 오히려 스트레더가 파리의 유혹과 타락에 빠져들었다고 주장한다. 그 두 사람 사이의 그러한 인식론적 대립의 문화적 배경에는 울렛의 청교도적 운명론과 도덕관 그리고 그에 충돌하는 파리의 낭만적 개인주의와 자유가 존재한다. 그리고 다시 그 사회적 배경으로는 채드의 물질주의적 가치관의 바탕을 이루는 미국의 신흥 산업주의와 스트레더가 숭상하는 유럽의 전통적 심미주의가 대립하고 있다.

제임스는 『대사들』에서 각기 다른 인물들 사이에 지각과 인식의 차이를 야기하는 주된 요인으로 개인이 가진 상상력의 양적·질적 차이를 제시한다. 스트레더와 사라가 채드의 변모라는 동일한 현상에 대해 각각 사회적 성숙과 도덕적 타락이라는 완전히 상반된 의미해석을 하게 되는 이유는 전자가 풍부하고도 유연한 상상력을 가진 데 반해서, 후자는 고정관념에 의해서 고착된 빈약한 상상력을 가졌기 때문이다. 즉 사라의 상상력은 편협하고 폐쇄적인 울렛의 도덕적 신념의 틀 속에 갇혀 있으며, 그 대척점에 낭만적 감수성의 세계로 열린 스트레더의 상상력이 위치한다. 제임스가 묘사하는 스트레더의 지각적 경험과 의식의 전향은 폐쇄된 사회에서 경직된 이데올로기에 사로잡혀 평생을 살아온 사람이 개방된 사회의 풍부한 문화적 환경에 노출되었을 때 일어날 수 있는 심리적 변화의 한 양상을 보여준다.

제9장

인식의 왜곡과 극단: 『나사못 조이기』와 「졸리 코너」

문학작품을 감상할 때 느끼는 쾌감은 생존을 위한 활동으로부터의 성취감이라기보다는 현실의 이해관계로부터 면제된 해방감이다. 즉 대부분의 경우에 소설을 감상하는 행위는 일이 아니라 일종의 유희이다. 그리고 고딕 소설을 감상하는 것은 사실주의적 소설을 감상하는 것보다도 더욱 유희적 특성을 띠며, 그만큼 더 현실적 조건이나 제약으로부터의 도피적 성격이 강하다.[1] 다시 말하면 고딕 소설을 통해서 우리는 일상생활에서 주어지지 않는 극한적 감정을 대리 경험한다. 고딕 소설을 통해서 우리가 대리 만족하는 욕구의 근원에 대해서 비평가들은 대체로 우리 의식의 내면에 억압된 본능적

---

[1] 이 장에서 사용되는 '고딕 소설'이라는 용어는 18세기에 발생하여 19세기에 크게 부흥했으며 오늘날 포스트모던 문학에서도 명백히 한 영역을 차지하고 있는 'Gothic novel'을 우리말로 표기한 것이다. 고딕 소설은 다시 다양한 하부 장르로 구분되지만, 이 논의에서는 그것이 공포감의 대상인 초자연적 존재를 외면화하는지externalize 혹은 내면화하는지internalize에 따라서 '고딕풍의 공포 스릴러'Gothic horror thriller와 '심리적 유령 이야기'psychological ghost story로 구분하고, 그 두 가지 하부 장르의 특성에 대해서 주로 논의한다.

욕구를 지적한다. 테리 헬러Terry Heller는 고딕 소설이 현대인이 문화적 환경 속에서 자아를 보존하기 위해서 억제해야만 하는 "성적 폭력과 변태, 근친상 간, 야만적 행위, 무한 욕구를 지향하는 파우스트적 힘"(48) 등의 원초적 욕구 를 표현한다고 주장한다. 이러한 욕구들은 보통 초자연적 존재들을 통해서 표현되는데, 그것은 그렇게 함으로써 사실은 우리의 무의식으로부터 나오는 그러한 욕구들이 마치 무한한 힘을 가진 외부적 원천에서 오는 것처럼 착각 하게 하기 때문이라는 것이다. 고딕 소설로부터 느끼는 쾌감은 우리가 한편 으로는 작품 속의 초자연적 존재에 의해서 고통당하는 피해자와 우리 자신을 동일시하고, 다른 한편으로 그 초자연적 가해자들이 금지된 욕구들을 실행하 는 행위에 우리 자신의 욕구를 투사함으로써 얻게 되는 자체 모순적인 만족 감이다.

심리적이든 신체적이든 공포를 즐기는 행위는 안전이 보장된 위험이나 의도된 두려움을 추구하는 행위이며, 따라서 근본적으로 역설적이다.[2] 고딕 소설을 감상하는 독자는 초자연적 존재가 작중 피해자들에게 가하는 위험에 공감함으로써 고조된 긴장감과 고통 속으로 빠져든 다음, 그 초자연적인 가 해자가 파멸할 때 그 긴장감과 고통을 해소시킴으로써 안도와 쾌감을 얻는다. 문학적으로 재현된 공포로부터 비롯되는 쾌감에 대해서 에이큰John Aiken과 바볼드Anna Laetitia Barbauld는 "순수한 공포의 대상으로부터 우리가 느낄 수 있는 특이한 즐거움은 우리의 도덕의식과는 전혀 관련되어 있지 않으며 [...] 그것은 일종의 마음의 역설이며 그만큼 해명하기도 어렵다"(120)라고 규정한 다.

---

2) 심리적 공포쾌감의 대표적인 예로 공포소설과 공포영화를 감상하는 행위를 들 수 있으며, 신체적 공포쾌감의 예로는 극한적인 공포를 즐기며 놀이기구를 타거나 번지 점프를 즐기는 행위를 들 수 있다.

제임스가 자신의 소설에서 다루는 고딕 요소와 인식의 왜곡이라는 주제를 논의하는 데 있어서 우선 고딕 소설을 감상하면서 얻게 되는 쾌감, 즉 공포쾌감의 심리적 조건과 배경을 살펴볼 필요가 있다. 그러한 관점에서 보면 고딕 소설로서 『나사못 조이기』(*The Turn of the Screw*)는 프로이트가 제시하는 쾌락원칙과 반복강박의 개념을 구체화한다. 한편 단편소설인 「졸리 코너」("The Jolly Corner")는 초자연적 현상에 대한 우리의 인식이 어떤 심리적 바탕에서 이루어지는가를 이해할 수 있는 문학 텍스트가 된다.

　　『나사못 조이기』에서 젊은 여주인공의 지각이 억압된 욕구나 심리적 압박 때문에 심각하게 왜곡되며, 그러한 지각적 왜곡이 공포와 인식의 공백 상태를 야기한다. 결국 그러한 공포감은 주인공 자신은 물론 독자들에게도 끝내 해소되지 않는 긴장상태로 남겨진다. 『나사못 조이기』에서 공포감의 대상인 악령이라는 초자연적 존재를 인식하는 작중인물들은 그것에 대해 두려움과 호기심, 혹은 혐오감과 매혹이 뒤섞인 자체모순적인 감정을 경험한다. 그 소설에서는 유령의 존재가 결코 객관적으로 실체화되지 않으며, 따라서 독자는 자신이 거부해야 할 사악한 존재가 유령인지 아니면 그 유령에 대항해야 한다고 믿는, 자기착각에 빠진 여주인공인지를 판단하는 데 혼란을 겪게 된다. 그래서 결국 『나사못 조이기』의 독자는 극 중에 제시된 복잡한 심리 상태인 반복강박에 공명하는 동안에 받게 되는 긴장감을 완전히 해소하지는 못한다.

1. 인식의 왜곡과 공포쾌감

일반적으로 두려움은 자신에게 해악이 닥칠 것을 예상할 때 생겨나는 정서적 반응이며, 공포감은 자신에게 갑작스럽게 닥친 해악에 대한 정서적 반응으로 볼 수 있다. 그리고 공포 소설에서 의도되는 공포감은 작중인물과 독자의 생존에 닥친 해악에 대한 두려움이며, 궁극적으로 그것은 자아의 소멸, 즉 죽음에 대한 두려움과 관련된다.3) 즉 그것은 악령과 같은 초자연적인 존재가 개인의 생존에 해악을 가한다고 인식할 때 그 개인이 나타내는 감각적·심리적 반응을 의미한다. 그러나 초자연적 존재를 지각하는 것은 인간의 현실 인식이 아니라 인식 기능의 왜곡을 의미한다는 점에서 극단적이고 특이한 경험이다. 그러한 인식의 왜곡의 근원에는 인간 존재의 유한성, 즉 죽음에 대한 공포가 존재한다. 그리고 그와 같은 인식의 극단적인 왜곡을 당연시하는 것이 종교적 체험의 부분적인 특징이며, 그것은 근본적으로 죽음에 대한 두려움과 사후 세계에 대한 불안에 근거한다. 그리고 공포소설도 바로 그러한 인간 심리의 모순과 인식의 왜곡을 근거로 창작되고 감상된다. 즉 공포소설에서 공포감을 불러일으키는 대상인 유령이나 악귀는 죽음에 대한 두려움과 사후 세계에 대한 우리의 호기심이 구체화된 것이다. 그러한 소설을 창작하고 감상하는 역설적 심리 작용은 죽음을 언어화함으로써 죽음의 불가지성을 합리적으로 이해하려는 의지를 반영한다. 즉 그것은 죽음이라는 부재를 언어적으로 구체화하려는 시도이며 설명 불가능한 것을 설명하려는 노력이다. 이처럼 궁극적으로 합리적인 인식과 이해의 영역을 벗어난 죽음이라는

---

3) 'terror'와 'horror'라는 두 영어 단어는 모두 우리말로 '공포'라고 번역되지만 테리 헬러Terry Heller는 'terror'를 "해악이 자신에게 닥칠 것이라는 두려움"으로 그리고 'horror'를 "우리가 사랑하는 다른 사람들에게 해악이 닥치는 것을 예견하거나 목격하는 데서 느껴지는 감정"(19)이라고 그 의미를 구분한다. 그 두 경우 모두 반드시 위협이나 해악으로부터 '안전'이 보장되었음을 확신할 때에만 그 고통스러운 공포감이 쾌감으로 변형될 수 있다.

현상을 합리성의 영역으로 끌어들이려는 시도, 바로 그것이 공포 소설에 내재된 역설이다.

이러한 맥락에서 죽음의 문학으로 규정될 수 있는 고딕 소설에서의 공포감은 죽음이 삶의 영역으로 침범해 들어와 생명을 와해시키고 현실의 질서를 전복시키는 것을 목격하거나 인식하는 과정에서 생겨난다.[4] 고딕 소설을 "부재의 형이상학"으로 규정하는 살로몬Roger B. Salomon은 그 장르에서는 "부재가 현실의 존재 속으로 침범해 들어와 그것을 파괴"하며, "부재가 담론의 주제가 되며, 총체적 존재가 되고, 모든 대안들을 전복시킨다"(5)고 주장한다. 그에 따르면 "심지어 실체화된 유령조차도 본질적으로 생존을 부인하는 것, 부재로서의 존재, 즉 죽음"이며, "마찬가지로 흡혈귀도 능동적인 존재를 전복"시키는 부재의 존재이고, 그의 "사랑은 피에 굶주린 죽음이 되며, 끝없는 생명이 되고, 당혹스럽고도 지속적인 죽음의 현존에 불과하다"(5).

실제로 『나사못 조이기』에서 두려움과 공포를 야기하는 사건의 밑바탕에는 비자연스러운 죽음에 대한 불안이 내재되어 있다. 뿐만 아니라 그 소설의 주인공인 여가정교사Miss는 극도의 공포감을 극복하고 자신이 그러한 비자연스러운 죽음을 상징하는 악귀들에 맞서 싸워 마침내 생명과 선의 가치를 지켜내려 한다고 믿는다.[5] 그 과정에서 그녀는 마일즈Miles라는 어린아이의 죽음이라는 대가를 치른다. 요컨대 그 소설의 발단에서부터 전개 그리고 결

---

4) 공포쾌감에 탐닉하게 하는 사회적 배경에 대해 고찰한 스튜워트Stewart는 고딕 소설이 "우리의 중대한 사회적 문제와 관련된 위계질서, 사회 문제에 대한 우리의 가정assumptions, 자아의 신뢰성에 대한 우리의 믿음, 그리고 자아가 사실적인 것들을 이해할 수 있는 잠재력"을 "와해시킨다"(48)고 주장한다. 마찬가지 맥락에서 데이비드 푼터David Punter는 고딕 소설이 본질적으로 정치 이데올로기와 산업 자본주의가 모든 개인들에게 강요하는 획일화된 관점에 저항하는 것으로 본다(David Punter, *The Literature of Terror*, 411-26 참조).
5) 작품 속에서 주인공인 여가정교사는 끝내 이름이 밝혀지지 않고 단지 "Miss"라고만 칭해진다.

말에 이르기까지 죽음에 대한 두려움과 호기심 그리고 공포가 플롯을 진행시키는 동인으로 작용한다.

『나사못 조이기』에서 공포를 야기하는 모든 사건과 상황의 배경에는 죽음의 불가지성과 두려움 그리고 그에 대한 호기심이 작용하고 있다. 여가정교사가 유령을 목격하고 인식하게 되는 사태에는 블라이가the Bly와 관련된 몇몇 "대단히 비자연스러운 죽음"(5)에 대한 그녀의 두려움과 호기심이 심리적 배경을 이룬다.6) 자신의 고용주인 매력적인 독신 남자에 대한 억압된 이성적 관심과 블라이가에서 일어난 비자연스러운 죽음들에 대한 두려움이 융합된 불안한 심리 상태에서 그녀는 어떤 남자의 모습이 갑작스럽게 나타났다가 사라지는 것을 지각하게 되며, 그 순간 그녀는 "그 남자의 주변 모든 것들이 마치 죽음에 사로잡힌 것처럼"(16) 느낀다. 이후 그녀는 자신이 돌보는 순수한 아이들을 타락한 죽음의 세력으로 끌어들이려는 그 악령에 필사적으로 맞서 싸우며, 결국 자신이 그 숭고한 사명감을 성공적으로 완수했다고 믿게 된다. 비록 마일즈를 죽음으로부터 지켜내지는 못했지만 그의 영혼이 악령에 의해 타락하는 것을 막을 수 있었다고 스스로 확신한다. 그러나 그 여가정교사가 지각하는 유령의 실체가 다른 사람들과 시각적 지각을 통해서 함께 인식되고 확인될 수 없다는 점에서 그녀의 지각과 인식은 근본적으로 불확실한 것이며 왜곡된 것이다.

현실에서 죽음에 대한 원초적 두려움은 무의식적이고 본능적인—어린 아이가 어둠에 대해 나타내는 정서적 반응과 유사한 종류의—정서 작용이며 결코 쾌락의 대상이 되지 않는다. 이에 비해서 문학적으로 제시된 죽음에 대한 두려움은 그로부터 비롯되는 공포로부터 독자가 쾌감을 얻는다는 점에서, 즉 그가 자발적으로 자신의 긴장을 고조시키고 이를 해소시킴으로써 쾌감을

---

6) 이후 이 장에서 『나사못 조이기』에서의 인용을 쪽수만 표기함.

얻는다는 점에서 기본적으로 프로이트Sigmund Freud가 제시하는 '쾌락 원칙'과 밀접하게 관련된다. 그것은 프로이트가 규정하는 이른바 쾌락 원칙 가운데 쾌락은 "고도로 강화된 흥분의 순간적 소멸"(87)이라는 개념을 예증한다.[7] 프로이트에 따르면 우리의 쾌와 불쾌는 흥분 혹은 긴장의 양의 변화와 관련된다. 긴장이 높아지면서 흥분의 양이 증가하면 그만큼 불쾌감이 커지며, 반대로 흥분의 양이 감소하면 그만큼 쾌감이 커진다. 여기서 심리적 긴장 상태란 우리가 정신적으로 혹은 신체적으로 불안한 상태에 처해 있음을 뜻한다. 고딕 소설을 읽을 때, 일반적으로 우리는 고조된 긴장과 고통을 경험한 다음 그것의 해소를 통해 쾌감을 얻는다.

쾌락 원칙과 관련된 두드러진 심리적 특성은 그것이 반복적 경향을 가진다는 것이다. 프로이트는 우리가 불쾌를 피하려고 최대한 노력함에도 불구하고 불쾌감의 원인이 되는 어떤 조건을 근본적으로 피할 수 없을 때 그러한 불쾌감을 주는 행위를 반복적으로 되풀이하지 않을 수 없게 된다고 본다. 그는 그러한 행위를 '반복강박'이라는 개념으로 규정한다.[8] 프로이트에 따르면

---

7) 프로이트는 인간은 기본적으로 "불쾌를 피하고 쾌를 얻도록 방향을 잡는다"(9)고 본다. 즉 우리의 의식 영역에 들어오는 모든 정신·신체적 운동은 심리적으로 완벽한 안정성에 접근해 가는 데 비례해서 쾌감을 얻게 된다. 그러나 이처럼 우리의 마음속에는 쾌락을 지향하는 강한 '경향이 존재하지만, 우리의 정신적·신체적 활동의 모든 과정이 반드시 쾌락 지향적인 경향과 조화를 이룰 수만은 없다. 실제 삶 속에서 우리는 쾌락 원칙을 잠정적으로 유보하고 불가피하게 불쾌를 선택할 수밖에 없는 상황이 존재한다. 이에 비해 고딕 소설을 감상하는 행위는 자발적으로 고통스러운 긴장을 자신에게 부과하여 그것을 증가시키고 다시 그것을 해소시킴으로써 쾌감을 추구한다는 점에서 다분히 역설적이며 유희적인 행위이다.

8) 프로이트에 따르면 어떤 한 사람에게 "외적 자극이 너무 강렬해서 유기체 안과 밖 경계선에 있는 보호 장치인 정신적 방패가 파열되어 구멍이 뚫리면 이 구멍을 통해 엄청난 양의 자극이 무제한으로 유입되고 정신계의 질서는 파괴되고 만다. 위험을 예견하고 미리 예비 불안을 느끼면 정신계에 이른바 '제2의 방어선'이 구축되어 외상이 파괴적 양상으로 발전하는 것을 막아줄 수 있다. 그렇지 못해 외상이 기정사실로 굳어졌을 경우, 유기체는 '소급 불안을 발동시켜 사후에라도 그 비극적 상황에 대처하려고 한다. 이러한 시도가 바로 반복강박

공포 소설이나 공포 영화는 현실에서 겪게 되는 공포를 놀이로 변형시킨 것으로, 그러한 놀이를 통해서 사람들은 "실제 생활에서 그들에게 큰 영향을 끼쳤던 것은 무엇이든 반복하며, 이러한 반복을 통해 그 인상의 강도를 소산시키고 자신들이 그 상황의 주인이 된다"(박찬부 23)는 것이다. 그래서 무서운 경험이 놀이의 주제가 되며, 그 놀이를 즐기는 동안 우리는 경험의 수동성을 놀이의 능동성으로 바꾸어버린다. 고딕 소설을 감상하는 행위는 이처럼 공포를 놀이로 변형시킨 것으로, 우리는 그러한 유희를 통해서 실제 생활에서 우리의 의식 저변에 자리 잡고 있는 죽음의 공포를 완화시키려 한다는 점에서 반복강박의 성격을 띤다. 즉 고딕 소설의 독자는 죽음이라는 예견된 무서운 경험을 놀이의 주제로 삼아 반복함으로써 그것에 대한 두려움을 수동적 상태에서 경험하는 대신에 능동적으로 수용함으로써 쾌락으로 변형시킨다.9)

2. 감각적 공포와 심리적 압박

공포 소설은 작중인물과 독자에게 위험 요소로 작용하여 공포감을 가져다주는 유령이나 괴물과 같은 공상적 존재가 어느 정도만큼 언어적으로 구체화되고 가시화되는가에 따라서 크게 고딕풍의 감각적 공포 스릴러와 심리적 유령 이야기로 구분될 수 있다. 이는 작가가 초자연적 존재를 주로 시각적

으로 나타난다"(266).

9) 프로이트는 이러한 반복강박에는 어떤 저항할 수 없는 '악마적인' 힘이 작동하며, 그 힘은 추동력을 지니고 있어 본능적 성격을 띤다고 본다. 그는 이것을 "'죽음 본능', 혹은 죽음의 신인 타나토스라고 이름 붙여, 성 본능의 연장선에 있는 '생명 본능', 혹은 에로스와 대비시켜"(박찬부 269) 이해했다. 이처럼 생명 본능과 죽음 본능이 우리의 정신 작용 속에서 밀접하게 상호 관련되어 있기 때문에 우리의 의식은 쾌하거나 불쾌한 감정뿐만 아니라 쾌하면서도 동시에 불쾌할 수도 있는 특별한 긴장의 감정도 전달한다.

이미지로 제시함으로써 모든 작중인물들과 독자로 하여금 그것을 객관적 실체로 받아들이도록 하는지, 혹은 단지 생략과 암시 그리고 모호성 등의 문학적 전략을 사용하여 그것을 독자의 상상력의 산물로 남겨두는지에 따른 구분이다.10)

감각적 공포 스릴러 소설은 독자로 하여금 자신의 의식의 저변에 존재하는 두려움의 근원인 죽음을 어둡고 사악한 대상으로 객관화하고 구체화하도록 유도한다. 그래서 독자는 삶과 죽음, 선과 악에 대한 감정의 경계를 명백하게 한 다음, 죽음과 악을 상징하는 위협적인 존재들을 추방하고 생명과 선의 가치를 재확인함으로써 쾌감을 느끼게 된다. 감각적 공포 스릴러에서 흡혈귀나 악령 등의 초자연적 존재는 억압된 사회적 욕구, 원초적인 성적 욕망, 그리고 그 속에 은폐된 파괴성과 폭력성 등이 구체화된 것으로, 그것들은 주로 중세의 성과 같은 음울한 시공간을 배경으로 악을 행한다. 따라서 궁극적으로 그러한 악령이나 괴물들을 파멸시키고 선과 악의 적절한 경계를 복원함으로써 독자는 삶과 선의 가치를 재확인하게 된다.

이에 비해 『나사못 조이기』와 같은 심리적 유령이야기에서는 공포쾌감과 관련된, 쾌와 불쾌라는 양가적 감정 요소들의 경계가 모호해진다. 즉 공포의 심리적 요소가 내면화되기 때문에 쾌와 불쾌의 감정이 구분될 수 없을 정도로 융합되어 나타나고 선과 악을 구분하는 경계도 불확실해진다. 또한 심리적 유령 이야기에서는 죄의식, 불안, 절망 등 내면화된 의식의 요소가 막연

---

10) 고딕 소설을 읽는 동안 종종 독자는 일시적으로 자신을 초자연적 존재가 가하는 해악의 피해자로 인식함으로써 같은 상황에 처한 작중인물과 동일한 입장을 취한다. 그 결과 고딕 소설을 이해하는 데 있어서 독자 반응 비평은 특별한 중요성을 가지며, 그 장르를 독자의 반응 양상에 따라서 세분하는 경향도 두드러진다. 헬러는 다양한 종류의 고딕 소설을 그것이 독자에게 불러일으키는 미적 효과의 특성에 따라서 "괴기 공포 이야기uncanny horror stories, 공포 스릴러horror thrillers, 그리고 공포 판타지terror fantasies"로 분류한다 (10).

한 공포를 불러일으키는 근원이 되며, 공상이나 환상, 혹은 신경증적 심리 상태가 초자연적 존재와 관련해서 인식의 왜곡을 야기한다. 음울한 중세의 성이 아니라 인간 의식이 공포를 야기하는 근원으로 작용하기 때문에 기이한 현상들이 친밀하고 일상적인 경험들 속에 섞이게 된다. 그 결과 심리적 요소와 현실적 요소 사이의 경계가 흐려지며, 공상과 실제 사이의 차이가 더 이상 확실하지 않은 영역이 대두된다. 이처럼 한 개인이 타자와 자아의 구분을 확신할 수 없는 상태에서는 초자연적 존재가 아니라 그 개인의 심리적인 영향력이 공포의 고통과 쾌감을 동시에 불러일으키는 근원이 되고 나아가서 현실을 지배할 수 있는 동인이 된다.[11]

브람 스토커Bram Stoker의 『드라큘라』(Dracula)와 같은 감각적 공포 스릴러가 초자연적 존재를 시각적 이미지로 구체화함으로써 독자에게 감각적 충격을 불러일으키는 데 반해서, 『나사못 조이기』와 같은 심리적 유령 이야기는 주로 독자의 지적 상상력을 작동시켜 심리적 압박감을 경험하게 한다. 초자연적 존재가 구체적으로 묘사된다는 것은 작가의 상상력이 독자의 상상력을 지배하고 조정한다는 것을 의미한다. 이에 반해 공포의 대상이 내면화되고 불확실해진다는 것은 공포를 야기하는 데 작가의 상상력이 독자에게 직접 작용하는 것이 아니라 작가가 독자의 상상력이 작동하도록 유도한다는 것을 뜻한다. 그 결과 감각적 공포 스릴러에서는 인물들이 위협적인 초자연적 존재에 '직면'함으로써 충격과 전율을 경험하는 데 반해서, 심리적 유령 이야기에서는 대부분의 작중인물들과 독자는 위험을 단지 '상상'함으로써 불안과 두려움에 빠져든다. 따라서 감각적 공포 스릴러로부터의 공포쾌감이 긴장의

---

11) 보팅Fred Botting은 18세기에 고딕소설이 불안과 두려움의 대상을 "외면화"(external-ization)하는 경향을 보였으나 19세기로 넘어오면서 그것을 "내면화"(internalization)하는 경향으로 바뀌었다고 파악한다(10). 이 논의에서 제시하는 고딕풍의 공포 스릴러와 심리적 유령 이야기의 구분은 보팅의 그러한 견해를 반영한 것이다.

강화와 해소라는 기본적인 쾌락 원칙에 비교적 충실한 데 반해서 심리적 유령 이야기에서의 독자의 반응은 한층 복잡한 심리적 특성인 반복강박의 성격을 띤다.

다른 여느 소설 장르와 마찬가지로 고딕 소설을 감상하는 데도 독자는 작품의 허구적 세계에 참여하여 그 세계를 자신의 상상력 속에서 구체화시키려는 심리적 활동과 동시에, 그 세계에 대해서 적절한 정도의 미적 혹은 심리적 거리감을 유지해야 한다. 불로우Bullough에 따르면 특히 고딕 소설은 그러한 미적 "거리감을 최대한도로 줄이면서도 그것이 완전히 사라지지는 않도록"(758) 해야 한다. 『드라큘라』와 같은 감각적 공포 스릴러를 읽는 독자는 공상적 세계에 참여하려는 의지와 그 세계로부터 거리를 두려는 의지 사이에, 미적 의식과 현실 의식 사이에, 긴장의 강화와 해소 사이에, 그리고 독서 행위와 그것의 종결 사이에 비교적 분명한 심리적 경계선을 갖는다. 즉 그의 의식 속에서는 볼프강 이저Wolfgang Iser가 구분하는 내포 독자implied reader와 실제 독자real reader 사이에 근본적인 혼란이 발생하지 않는다.12) 이 경우에 독자는 자신에게 고통을 초래하는 초자연적 공상의 세계로부터 미적 거리감

---

12) 이저는 문학작품을 감상하는 동안 독자는 의식 분열 혹은 의식의 이중성 상태에 놓이게 되는데, 그것을 각각 "내포 독자"(implied reader)와 "실제 독자"(real reader)라고 설명한다. 이저는 현실 의식의 지배를 받는 실제 독자와 대비되어 내포 독자는 "한 문학작품이 효과를 이끌어내는 데 필요한 모든 성향들—경험적 외부 현실에 의해서가 아니라 텍스트 자체에 의해서 습득된 성향들—을 구체화한다. 그 결과 하나의 개념으로서의 내포 독자는 자신의 뿌리를 텍스트의 구조 속에 견고하게 내리고 있다. 그는 하나의 구조물이어서 결코 어떤 실제 독자와 동일시되어서는 안 된다. [...] 그래서 내포 독자의 개념은 반응을 불러일으키는 구조물들의 네트워크를 가리키며, 그 구조물들이 독자로 하여금 텍스트를 받아들이도록 요구한다"(34)고 규정한다. 예를 들면 종교적 문학작품을 감상하는 동안 내포 독자가 구성되기 때문에 어떤 독자는—실제 독자는 전혀 종교적인 성향의 삶을 살고 있지 않다 할지라도—그 텍스트 안에 제시된 종교적 분위기와 내용에 반응하고 그것들로부터 영향을 받을 수 있게 된다.

을 유지한 채 의도적이고 일시적으로 그 세계에 참여한 다음 다시 그 세계로부터 벗어남으로써 공포를 해소하고 쾌감을 얻게 된다. 이에 반해 『나사못 조이기』와 같은 심리적 유령 이야기는 그와 같은 심리적 경험의 경계를 모호하게 하기 때문에 독자의 자아의식은 종종 분열된 상태에 놓이게 된다. 다시 말하면 심리적 유령 이야기가 독자의 미적 의식과 현실 의식 사이의 경계를 제거해버리려고 시도하기 때문에 그는 독서 행위를 끝마친 뒤에도 결국 소설이 제시하는 초자연적 현상을 합리적으로 해석해야 할 것인지 혹은 일시적인 믿음 속으로 수용할 것인지를 결정하지 못한 채 남아있게 된다.

미적 의식과 현실 의식 사이의 경계를 명백히 하는 『드라큘라』와는 달리, 『나사못 조이기』에서 제임스는 그 양자 사이의 경계를 지워 없애려 하거나 혹은 모호하게 하는 전략을 취한다. 따라서 『나사못 조이기』에서 악의 주체는 실체화된 유령이 아니라 인식의 왜곡을 야기하는 강박증적 망상의 형태를 띤다. 그리고 그러한 심리적 해악이 구체화된 유령보다도 더욱 고질적이고 반복적인 영향력을 갖는다.

3. 반복강박

제임스는 유령 이야기에 대해 관심이 컸던 것으로 전해진다. 그는 감각적 공포소설에서처럼 실체화되고 정형화된 유령을 제시하는 방식에 대해 동의하지 않았었다. 그래서 그는 실제 일상생활의 연장선상에서 일어날 수 있는 섬뜩한 유령, 즉 흔히 경험할 수 있는 유형이지만 낯설고도 불길한 어떤 현상을 묘사하고 있다. 다시 말하면 그는 유령을 초자연적인 실제적 존재로 그려내지 않고, 오히려 우리가 일상적으로 경험하는 착각, 혹은 인식의 왜곡으로 여겨지는 헛것을 목격하는 경험을 극화한다.

그 결과 『나사못 조이기』에서 여가정교사가 인식했다고 주장하는 유령
은 감각적으로 실증될 수 있는 존재가 아니라 그녀의 마음이 빚어낸 헛것일
가능성이 크다. 그래서 『나사못 조이기』에서 제임스는 유령을 비실체화하기
위해서 서술구조를 의도적으로 복잡하게 하기도 하고, 이중의 서술자를 채택
하기도 하며, 인물들로 하여금 동어반복에 가까운 진술을 하게 하는 등의 전
략을 사용한다. 그 결과 그 소설에서 각각의 주요 인물들의 시각적 지각은
전혀 공유되지 않으며, 그들에게는 오직 자신의 개인적인 시각의 오류 혹은
착각만이 각자의 인식의 바탕이 된다.

그러한 착각은 성적 욕구와 죽음에 대한 두려움이 융합된 원초적 욕구
가 초자연적 존재를 목격하는 시각적 경험으로 구현된 것이다. 그러한 착각
에 의한 인식은 유령이라는 철저히 비실체화된 존재로 표현되기 때문에 그것
이 객관적으로 인식될 수 없고, 그 결과 그것은 인물들 간에 서로 공유되지
않는다. 따라서 독자도 오로지 자신의 상상력에 의존해서 자신만의 또 다른
부재의 존재를 머릿속에 그리게 된다. 그래서 독자는 유령 출몰이라는 불가
사의한 사건을 지각과 인식을 벗어난 '믿음'의 영역으로 수용해야 할 것인지,
혹은 지각하고 인식할 수 있는 자연 현상인지를 결정할 수 없는 심리적 혼란
상태에 빠지게 된다. 작중인물들과 독자는 유령 출몰의 사건과 관련되어 발
생한 순수한 어린아이들의 실질적인 고통과 죽음에 대해 반복강박적인 불안
에 시달리게 된다. 즉 독자는 유령의 비실체성과 사건의 불가해성 때문에 플
롯의 종결에 이르러서도 미적 의식을 빠져나와 현실 의식으로 쉽게 되돌아오
지 못한다.

『나사못 조이기』에서 제임스는 유령을 비실체화하기 위해서 그것의 객
관적 실체에 대한 언어를 공회전하게 하고 소설의 서사구조를 모호하게 하는
문학적 전략을 사용한다. 이러한 전략은 모호성이 제임스의 소설 세계를 특

징짓는 한 요소라는 점에서 이해될 수 있다. 제임스는 "나는 모호성을 좋아한다, 그리고 극단적인 명징성을 혐오한다"(*Autobiography*, 99)고 말한다. 그는 또한 『나사못 조이기』에서 유령의 모습과 출현 동기를 결코 구체적으로 드러내지 않고 그것을 "모두 적극적으로 공백"("Preface," 123)의 상태가 되도록 의도했음을 밝힌다. 제임스의 전략은 독자에게 구체적인 악령의 모습을 제시하는 것이 아니라 독자 스스로 악령을 "생각하게"("Preface," 123)하는 것이다. 즉 주요 등장인물들은 유령을 자신들의 지각과 인식의 대상이라고 주장하지만 결코 서로 지각을 공유할 수 없다는 점에서 그들의 인식은 근본적으로 왜곡된 것이다. 그들은 단지 보았다고 주장할 따름이며, 따라서 그것은 궁극적으로 상상의 산물일 따름이다. 그래서 제임스는 그러한 초자연적 존재를 효과적으로 공백으로 처리하고, 독자로 하여금 그 공백을 자신이 상상할 수 있는 가장 무서운 이미지로 채우도록 하는 것이다.

여가정교사가 최초로 유령을 시각적으로 지각하는 사건은 그녀의 불안한 심리상태와 민감한 상상력이 결합하여 빚어낸 허구적 인식일 가능성이 크다. 왜냐하면 자신이 목격한 유령의 실체를 설명하는 여가정교사의 언어는 동어반복에 가까운 공회전 상태를 띠기 때문이다. 여가정교사가 첫 번째로 유령을 목격하는 것은 며칠 전 자신의 마음을 빼앗아버린 매력적인 고용주가 갑자기 나타나 자신의 외롭고 불안한 마음을 달래주기를 상상하며 홀로 산책하는 어느 여름날 오후이다.[13] 그런 상상에 빠져 있는 그녀의 시각에 "저만큼 높은 곳에, 잔디밭을 지나 탑의 맨 꼭대기 위에"(16) 어떤 남자의 모습이 순간적으로 출몰한다. 그녀는 그 짧은 순간에도 두 차례 숨이 멎을 듯 놀란다.

---

13) 서술자는 그 여가정교사가 어린 시절부터 겪어왔던 종교적 압박감, 성적 욕구의 억압, 불행한 가정환경 그리고 블라이가에 부임하면서 듣게 된 그 집과 관련된 몇몇 비자연스러운 죽음 등 그녀가 처한 여러 가지 심리적 불안의 요소에 관해 언급한다.

그녀가 처음 놀란 것은 바로 그 지각의 대상, 즉 출몰하는 남자의 모습을 보았기 때문이었고, 두 번째로 놀란 것은 "첫 번째 놀람이 실수였다는 것, 즉 눈에 띄었던 그 남자의 모습이 자신이 황급히 상상했던 그 사람이 아니라는 갑작스러운 인식"(16) 때문이었다. 자신의 시각적 경험에 관한 그녀의 진술은 '보았다'는 것과 '잘못 보았다'는 것에 대한 스스로의 인식을 설명하고 있다. 거기에 그 대상이 실재인지 헛것인지에 대한 판단은 전혀 개입되지 않는다.

산책을 하는 동안에 여가정교사는 이미 불안한 심리 상태에 처해 있었으며, 어떤 남자의 모습이 갑작스럽게 자신의 시각에 나타나자 그녀는 그를 며칠 전 직업 면담에서 카리스마적 권위와 강렬한 남성적 인상으로 자신의 마음을 사로잡았던, 아이들의 큰아버지인 그 독신 남자라고 인식하고 첫 번째로 놀란 것이다. 그녀는 단지 자신이 마음속에 그리고 있던 남자의 모습이 불현듯 나타난 것에 숨이 막힐 듯 놀라며, 이어서 즉시 그 남자가 전에 한 번도 본 적이 없는 낯선 모습이라고 재인식함으로써 다시 한번 소스라치게 놀란다. 그녀는 어떤 무서운 대상을 보고 놀란 것이 아니라, 자신의 심리 상태에 내재된 구조적 불안과 두려움이 환영을 자아내었고, 바로 그 환영에 대한 자신의 인식 때문에 반복해서 충격에 빠진다.

여가정교사는 유령이 객관적 실체임을 입증하려고, 즉 자신의 지각의 사실성을 증명하려고 그 집의 유모인 그로스 부인Mrs. Grose으로부터 동의를 확보하기 위해 온갖 노력을 다하지만 그 유령의 실체와 관련된 그녀[여가정교사]의 언어는 늘 공회전하는 상태를 벗어나지 못한다. 블라이가의 전 하인이었다가 의문의 죽음을 맞이한 피터 퀸트Peter Quint의 유령이 그 집의 탑 위에 서 있는 것을 보았다고 주장한 다음, 여가정교사는 "나는 지금 이 종이 위에 내가 쓰고 있는 글자들을 바라보는 것만큼이나 분명히 그를 보았다"(17)고 회고한다. 며칠 뒤 창밖에 다시 나타난 그 유령에 대해서도 "그는 그곳에 존재했거나 혹은 존재하지 않았다. 만약에 내가 그를 보지 못했다면 그곳에 없었다"(21)고 진술함으로써 그 존재가 오로지 자신의 인식에 의한 것임을 스스로 인정한다.

며칠 뒤 여가정교사는 피터와 연인으로서 역시 의문의 죽음을 맞은 전임 여가정교사였던 제슬Miss Jessel의 유령을 호숫가에서 보게 된다. 그리고 그녀는 또다시 자신이 지각한 것의 실제성에 대해 그로스 부인에게 확신시키기 위해서 "나는 정확하게 내가 보았던 것을 보았다"(34)는 식의 동어 반복에 의존할 따름이다. 게다가 그녀는 그 유령을 자신이 가르치는 어린 여자아이인 플로라Flora와 함께 제슬의 유령을 보았다고 주장한다. 그에 대해 그로스 부인이 그 아이가 그것을 보았다는 것을 "어떻게 알았느냐"고 반복적으로 질문하자, 가정교사는 "나는 그곳에 있었고, 내 두 눈으로 보았어요. 그녀[제슬의 유령]가 철저히 [플로라를] 의식하고 있다는 것을 볼 수 있었어요"라고 대답한다(32). 이어서 그로스 부인이 다시 다그쳐 묻자 "어떻게 알았냐고요? 그녀 [제슬의 유령]를 보고 알았죠! 그녀가 [플로라를] 바라보는 방식을 보고 알았단 말이에요"(32)라고 말함으로써 그녀의 주장이 한 치의 합리적 진전도 없이 헛바퀴 돌고 있음이 드러난다. 여가정교사는 오로지 자신의 시각에 대한 자기 확신에 근거해서 퀸트와 제슬의 유령이 실체적 존재라는 사실에 대해 다시 자기 확신을 강화해 갈 따름이다.

『나사못 조이기』에서 유령의 비실체성을 강화하기 위해서 제임스가 채택한 또 다른 전략은 서사구조를 연쇄적이고 반복적인 방식으로 구성한다는 것이다. 유령의 출몰을 포함하는 일련의 사건은 40년 이상 전에 발생했었으며, 그 사건을 실제 경험했고 또 훗날 그것을 기록했던 사람은 이름이 알려지지 않은 채 다만 "미스"(Miss)라고만 불리는 여가정교사이다. 가난한 시골 목사의 딸이었던 그녀는 스무 살 되던 해 6월에 블라이가에 가정교사로 고용되었고, 유령에 관한 이야기는 그때부터 같은 해 11월까지 그녀가 겪었던 일련의 불가사의한 경험에 관해 그녀 자신이 직접 적은 회고적인 기록에 근거한다. 그 후 여러 해가 지난 뒤 그녀는 더글러스Douglas라는 10살 연하의 젊은이를 만나 짧은 기간 사랑에 빠졌으며, 다시 여러 해가 지난 후 그녀가 죽기 직전에 그 최초의 "원고"(4)를 더글러스에게 전해주었다. 그녀가 죽은 지 20년 되는 해 어느 겨울밤에 더글러스가 그 원고를 크리스마스 휴가를 즐기는 몇 명의 친구들에게 읽어 주었다. 그리고 다시 세월이 지나 임종을 맞이한 더글러스가 그 원고를 소설의 첫 번째 일인칭 서술자인 "나"에게 전해주었다. "나"는 소설의 도입부에 해당하는 "적절한 정보를 위한 몇 마디의 서론"(4) 부분의 서술을 담당한다. 본론에 해당하는 제1장부터 시작되는 그 여가정교사가 겪은 유령 목격에 대한 이야기는 "나"라는 그 첫 번째 일인칭 서술자가 여가정교사에 의해서 작성되었던 그 이야기의 원본을 옮겨 적은 "정확한 필사본"(4)의 내용이다. 그리고 그 이야기는 소설 속 두 번째 일인칭 서술자인 "미스"라는 그 여가정교사에 의해서 서술된다. 그러나 그 여가정교사가 기록했다는 원본 원고의 존재 여부는 밝혀지지 않는다.

유령 이야기의 출처와 기록뿐만 아니라 그 이야기에 대한 서술자와 청자/독자의 구조도 연쇄적이고 반복적이다. 더글러스는 여가정교사로부터 유령에 관한 경험담을 듣게 되었던 최초의 청자였다. 그는 이야기를 들었던 시점으로부터 약 40년이 지난 겨울밤에 "특별히 엄선된 소수의 청중"(4)에게 그 원고를 읽어주었다. 소설 『나사못 조이기』의 서론을 전달하는 "나"라는 서술자는 그 청자들 중의 한 사람이었다. 소설의 서론은 더글러스가 겨울밤에 그 이야기 원고를 읽어주었던 상황을 "나"가 회상하여 기록한 것이며, 본론은 더글러스가 읽어준 내용을 받아 적은 형식을 취한다. 유령 이야기는 그 요령을 목격한 유일한 경험자이자 최초 서술자인 여가정교사로부터 두 번째 서술자인 더글러스로, 이어서 더글러스로부터 세 번째 서술자인 "나"로 전해지지만, 결국은 다시 최초 일인칭 서술자인 그 여가정교사의 시점을 통해서 마침내 독자로 이어지는 서술자와 청자/독자 사이의 반복적이고 연쇄적인 서사구조는 소설의 본론에 해당되는 그 유령 이야기의 사실성과 신빙성의 문제를 매우 혼란스럽고 모호하게 만든다. 유령에 관한 경험담의 최초 청자였던 더글러스가 그 유령 출몰 사건을 사실로 믿어야 할지 허구로 간주해야 할지를 결정하지 못하는 것처럼, 이차 서술자도 허구와 사실 사이에 혼란 상태에 빠지며, 독자도 소설의 서론을 통해서 "엄선된 소수의 청중"의 입장에 놓이게 되므로 그 초자연적 존재와 사건의 사실성 여부에 대해 마치 더글러스나 "나"라는 이차 서술자처럼 혼란에 빠지게 된다.

『나사못 조이기』의 내러티브 구조에서 나타나는 이러한 반복성은 공포 쾌감이라는 역설적 심리 현상이라기보다는 그보다 한층 더 난해한 프로이트적 심리 현상인 반복강박의 특징과 관련된다. 여가정교사의 반복강박적 심리 현상의 바탕에는 에로스와 타나토스가 혼합된, 억압된 본능적 욕구가 내재되어 있다.[14] 성직자의 딸로서 줄곧 목사관에서만 보내졌던 성장 과정은 그녀

---

14) 프로이트 이론에 근거해서 『나사못 조이기』를 해석하려는 시도는 대체로 두 가지 경향을 나타낸다. 마크 스필카Mark Spilka나 로버트 헤일먼Robert Heilman과 같은 비평가들은 여가정교사의 억압된 성적 욕구를 문화적으로 해석하여 빅토리아 시대에 아동과 여성의 성에 대한 위선적 억압과 그로부터 비롯된 욕구의 왜곡을 조명한다. 이에 비해 보다 구체적으로 프로이트식의 '상징'에 관심을 집중하는 에드먼드 윌슨Edmond Wilson, 카탄M. Katan, 앨런 스미스Allan Lloyd Smith, 그리고 쇼사나 펠만Shoshana Felman과 같은 비평가들은 호숫가에서 플로라가 구멍 난 나무 조각에 막대기를 끼워 맞추어 배 모양을 만드는 놀이를 하는 장면을 남근과 성행위를 상징하는 것으로 보고, 그 장면에 대한 다양한 해석을 시도한다. 나무 조각을 결합하는 플로라의 놀이 장면을 에드먼드는 여가정교사의 왜곡된 성적 욕구를 표현하는 것으로, 카탄은 작가 제임스가 어린 시절 "부모의 성교 장면을 목격"(478)했다는 가정 하에서 그로부터 비롯된 그의 심리적 왜곡을 표출하는 것으로, 앨런은 플로라가 퀸트로부터 성적 폭력을 경험했다는 가정 하에 그녀가 그 충격적인 "성적 경험을 강박

의 억압된 성적 욕구와 그로부터 비롯된 불안한 심리 상태의 원인을 짐작하게 한다. 이제 사회에 첫발을 내딛는 그녀는 자신의 고용주인 독신 남자에게 첫눈에 반해버린다. 그러나 그녀에게는 그 남자에 대한 접근과 소통이 엄격히 금지되며, 자신의 애정을 표현할 그 어떤 채널도 허용되지 않는다. 이러한 상황에서 여가정교사가 유령을 보게 되는 경험은 죽음에 대한 그녀의 두려움과 함께 그녀의 억압된 성적 욕구가 복합적으로 작용하는 반복강박적 심리 현상으로 설명될 수 있다. 그러한 해석의 근거는 무엇보다도 그녀가 반복적으로 목격하거나 대면하는 유령의 정체가 전에 블라이가에서 일했던 퀸트와 미스 제슬이라는 한 쌍의 젊은 남녀라는 점이다. 그녀는 블라이가에 부임하기 전에 그 집에서 몇몇 비자연스러운 죽음이 있었다는 사실에 대해 들었으며, 부임한 직후 젊은 남자의 유령을 두 차례 목격했고, 곧이어 퀸트와 제슬이 불가사의한 죽음을 맞이했다는 것과 그들이 죽기 전에 "너무도 방종한" (26) 관계를 유지했을 것이라는 말을 듣는다. 그 이후로 그녀는 퀸트와 제슬의 유령을 거듭해서 목격하게 되며, 그 타락하고 사악한 유령들에 맞서 싸워 플로라와 마일즈라는 순수한 아이들을 지켜내야 한다고 스스로 믿게 된다.

유령을 지각하는 것이 자신에게 공포와 고통임에도 불구하고, 여가정

적으로 재연"(149)한다는 것으로, 그리고 쇼사나는 남근적 상징물인 막대기stick, mast, master라는 기표signifier가 "기의signified에 대한 모든 접근을 영원히 차단"(172)하는 것으로 해석한다. 이처럼 프로이트의 이론을 적용하려는 비평가들은 한결같이 작중인물들의, 혹은 작가인 제임스의 성적 욕구가 억압되고 왜곡되었을 것이라는 추정에 근거해서 특정한 표현이나 장면에 대해 과도하게 에로스적 요소를 적용함으로써, 그녀의 심리적 불안의 또 다른 부분을 차지하고 있는 타나토스의 요소를 간과한다.

반면에 과도한 프로이트식 해석을 경계하는 피터 베이들러Peter Beidler는 빅토리아 시대 어린이 교육에 널리 이용되었던 *Practical Education*이라는 교재의 내용을 언급하면서, 플로라가 나무 조각을 조립하며 노는 행위는 당시 보편적으로 이용되었던 "교수법을 진지하게 받아들인 여가정교사에 의해 제공된 교육적 목적의 장난감"(52)을 가지고 놀이를 하는 것일 따름이라고 주장한다.

교사는 그 고통스러운 경험을 가학피학성 쾌감sadomasochism의 심리 상태에서 반복적으로 수용한다. 더욱이 그녀는 방금 전에 자신을 공포에 떨게 했던 유령의 역할을 스스로 실행하여 두려운 상황을 반복함으로써 그로스 부인을 소스라치게 놀라게 하기도 한다. 종일 쏟아지던 비가 멎은 일요일 늦은 오후, 그녀는 교회에 가려고 집을 나서다가 두고 온 장갑을 가지러 다시 식당으로 들어가는 순간 젊은 남자의 유령을 두 번째로 목격한다. 방에 들어서는 순간 그녀는 유리창 밖에서 "방안을 응시하고 있는 그 사람"을 보고, 이번에는 자신과의 "영교靈交에 있어서 한 발짝 진전을 상징하는 근접성 때문에 [...] 놀라서 숨이 멎고 몸이 얼어붙게 된다"(20). 그 순간 그녀는 그 유령이 그녀 자신을 찾아온 것이 아니라 "누군가 다른 사람을 찾아온 것"이라는 "확신이 든다"(20).

섬광처럼 떠오른 그러한 인식이―그 인식은 모호한 두려움 속에서 생겨난 것이었는데―나의 마음속에서 아주 특별한 효과를 이끌어 내었다. 거기 서 있는 순간에 나는 갑작스럽게 생겨난 의무감과 용기에 전율했다. [내 마음속에] 모든 의심이 이미 사라졌기 때문에 나는 [그것을] 용기라고 말할 수 있다. 나는 다시 방문 밖으로 나가서 현관에 다다랐고, 즉시 진입로를 거쳐, 가능한 한 빨리 테라스를 따라 모퉁이를 돌아 충분히 시야를 확보했다. 그러나 이제 아무것도 시야에 들어오지 않았다. 나의 방문객은 사라져버렸었다. [...] 나는 내가 왔던 대로 되돌아가질 않고 본능적으로 유리창으로 다가갔다. 나는 그 남자가 서 있었던 곳에 내 자신을 위치시켜야만 한다는 생각이 혼란스러운 의식 속에 떠올랐다. 그래서 그렇게 했다. 나는 내 얼굴을 유리창에 갖다 대고 그가 들여다보았던 대로 방안을 들여다보았다. 바로 이 순간에 마치 정확하게 그의 시야가 어떠했었는지를 나에게 보여주기라도 하려는 듯이, 그로스 부인이―내가 방금 전에 그 남자에게 그렇게 했던 것과 마찬가지로―거실 복도로부터 방안으로 들어왔다. 이렇게 함으로써 나는 이미 일어났던 상황을 반복했고 [그 사건에 대한] 완전한 이미지를 얻게 되었다. 그녀는 내가 그 유령을 보았던 것처럼 나를 보았다. 그녀는 내가 그랬듯이 급히 멈추어 섰다. 나는 내가 받았던 것과 똑같은 충격을 그녀에게 준 셈이다. 그녀는 하얗게 질렸으며, 그것을 보고 나는 나도 저만큼 새파랗게 질렸을까 하고 생각했다. 그녀는 잠시 동안 응시하더니 내가 움직였던 것과 똑같이 물러섰다. 그리고 나는 그녀가 집을 나와 나에게로 오고 있다는 것을, 그리고 이내 그녀를 만나게 될 것이라는 것을 알았다. (20-21)

여가정교사는 거듭해서 퀸트의 유령을 시각적으로 지각할 뿐만 아니라, 나아가서 자신이 그 유령이 서 있었던 지점에 가서 그와 똑같은 자세를 취함으로써 자신의 인식을 재확인한다. 즉 그 여가정교사는 공포를 불러일으키는 대상인 퀸트의 유령을 목격하고 나서, 그녀가 다시 그 공포의 주체적 역할을 강박적으로 실행함으로써 그로스 부인을 경악하게 한다. 뿐만 아니라 여가정교사는 자신이 유령을 거듭해서 보게 되는 것이 그 악령에 대한 공포의 인상 강도를 소산시킬 것이라는 점을 그로스 부인에게 털어놓기도 한다. 그녀는 그러한 "반복을 통해서―왜냐면 우리는 반복을 당연시했기 때문에―나의 위험에 익숙해져야만 했다"(34)고 술회한다. 실제로 여가정교사는 반복적으로 피터 퀸트의 유령을 만나면서부터 그에 대한 두려움을 거의 갖지 않게 된다. 새벽녘에 계단에 서 있는 그의 유령과 세 번째로 맞닥뜨린 순간 그녀는 "확실히 두려움이 사라졌으며 그를 자세히 뜯어볼 수 있었고 [...] 전혀 공포를 느끼지도 않았다"(41)고 회상한다.

이후 그녀는 유령을 만났던 상황을 거듭해서 재연하려는 경향을 보이며 마침내 퀸트의 유령뿐만 아니라 제슬의 유령과도 점차 익숙해지게 된다.

그녀는 밤마다 늦도록 잠들지 않고 앉아 있다가 일정한 시간이 되면 몰래 방을 빠져나와 퀸트의 유령이 나타났던 계단까지 가보곤 하는데 거기에서 아래쪽 계단에 앉아 있는 제슬의 유령을 목격한다. 다시 한 달쯤 지난 어느 일요일 몹시 혼란스럽고 불안한 심리 상태에서, 그녀는 교회에 들어가려던 발길을 돌려 혼자 집에 돌아오고, 집안의 "계단 아랫부분에 이르러 몸을 가누지 못하고 갑자기 맨 아래쪽 계단에 주저앉아버리는데, 바로 그곳이 한 달쯤 전 한밤중에 사악한 것들에 의해 기가 질려 가장 끔찍한 여자의 유령을 목격했던 곳임을 기억하고 강한 혐오감에 사로잡힌다"(58-59). 즉 이전에 제슬의 유령이 앉아 있던 바로 그곳에 자신이 앉아 있음을 알게 된다. 게다가 몸을 일으켜 공부방으로 들어서는 순간 그녀는 자신의─그리고 이전에 제슬이 사용했던─책상에 제슬의 유령이 앉아 있는 모습을 보고 소스라치듯 놀란다. 이처럼 그 여가정교사와 제슬의 유령이 반복적으로 역할을 서로 바꿔가며 행하게 되고, 따라서 그 두 존재의 구분이 모호해진다. 그 결과 그로스 부인에게 그 여가정교사의 모습이 때로는 퀸트의 유령의 모습처럼, 또 다른 때는 그녀[가정교사]의 눈이 "마치 실제로 제슬의 유령의 눈을 닮기라도 한 것처럼"(33) 보인다.

　『나사못 조이기』에 나타나는 반복강박의 또 다른 특징은 여가정교사의 심리 상태가 극도로 폐쇄적이어서 자기착각이 점차 고착되어가고, 그 결과 그녀가 신경증적 상태에 빠진다는 점이다. 유령을 만나는 고통스러운 경험을 반복하는 동안 여가정교사의 혐오감과 두려움은 점차 호기심과 쾌감으로 변화되며, 그녀의 공포는 영웅적 의무감과 그에 대한 성취감이 융합된 자기착각의 성격을 띠게 된다. 그녀가 초자연적인 악귀와 맞서 싸워 선을 지켜내겠다는 사명감을 스스로 떠맡은 것이다. 두 번째로 피터 퀸트의 유령을 목격한 다음 이미 그녀는 어떤 고통과 희생을 무릅쓰고라도 타락한 악령들로부터 아이들을 지켜야 한다는 스스로 부과한 사명감에 가슴 벅차하며, 그것을 기록해둔다면 훗날 독자들이 자신의 영웅적 행위에 대해 인정해줄 것이라는 즐거움까지도 예상하면서 전율한다.

> 그러나 특이하게도 나는 문자 그대로 당시의 상황이 나에게 요구했던 영웅의식이 솟구쳐 오르는 가운데 생겨나는 어떤 즐거움을 발견할 수 있었다. 이제 와서 되돌아보면 그 당시 내가 가치 있고도 힘든 봉사를 요구받았다는 것을 알 수 있다. 다른 많은 여자들이 아마도 실패했을 일에 내가 성공할 수 있었다는 사실을 [다른 사람에게] 보여줄 수 있다면—오, 그 정당한 근거에는—거기에는 일종의 위대함이 깃들어 있을 것이다. [...] 그 아이들에게는 오직 나 말고는 아무도 없었다. 그리고 나에게는, 뭐랄까, 그 아이들이 있었다. 간단히 말하자면 그것은 훌륭한 기회였다. 그 기회는 매우 견고하고 실체적인 이미지로 나에게 떠올랐다. 나는 일종의 차광막이었다. 내가 그 아이들 앞을 가로막아 서야 했다. 내가 더 많은 것을 볼수록 그 아이들은 그만큼 적게 볼 것이다. (28)

여가정교사가 유령에 맞서 싸우면서 얻게 되는 심리적 만족감은 자신이 신경증적 상태에 처해 있을 수도 있다는 자의식을 수반한다.[15] 그녀는 유령을 목격하는 자신의 경험에 대해 객관적 사실성을 확보하지 못하면 자신이 심리적으로 비정상적인 상태에 빠진 것으로 여겨질 수 있다는 불안감에 시달

---

15) 공포로부터 연유된 만족감은, 그것이 감각적 쾌감이든 심리적 만족감이든, 일정 정도의 반복성을 특징으로 한다. 그러한 반복성은 다양한 장르의 공포 소설이나 공포 영화가 반복적으로 생산되는 이유일 뿐만 아니라 높은 예술성을 인정받은 공포 내러티브들이 지속적으로 감상되고 재해석되는 이유이기도 하다. 이처럼 공포 내러티브를 생산하고 즐기려는 욕구가 일정 기간 동안 잠재되어 있다가 다시 반복적으로 재현되곤 하는 현상을 살로본은 "격세유전"(atavism)의 개념으로 설명한다(14-20).

린다. 따라서 여가정교사는 유일하게 자기 혼자만 유령을 지각하는 현상과 관련해서 자신의 심리 상태가 정상임을 입증해 줄 수 있는 "믿을만한 그림"(28)을 언어적으로 구성하기 위해 절박한 노력을 기울인다. 그녀는 유령을 지각하는 자신의 경험에 대한 신빙성을 확보하기 위해 그로스 부인을 논리적으로 몰아붙인다. 지적으로나 정서적으로 그리고 지위에 있어서 우월한 여가정교사는 그로스 부인을 빈틈없는 논리로 몰아붙여 그녀로부터 동의를 이끌어내는 과정에서 "그 가엾은 여자[그로스 부인]"를 "울음을 터뜨리게"(27) 만든다. 결국 여가정교사는 그로스 부인으로 하여금 자신의 주장을 철저히 믿도록 만드는 데 성공했기 때문에 "만약 내[여가정교사]가 마녀의 국물을 조합하여 자신 있게 제공했다면 그녀[그로스 부인]는 [그것을 냉큼 받기 위해] 큼직하고 깨끗한 국그릇이라도 내어 밀었을 것이다"(46)라고 스스로 판단할 정도이다.

여가정교사는 자신을 제외한 그 누구에게도 자신이 지각했다는 유령의 실체를 결코 확인시키지 못하고 만다. 이처럼 유령의 실체를 객관적으로 입증하려는 노력이 거듭해서 실패하면서 그녀는 자신이 "미치게 될지도 모른다"(28)고 생각한다. 최초로 유령을 지각했을 때 그녀는 그것을 자신의 불안한 심리 상태나 착시의 결과가 아닐까 하고 의심하기도 한다. 하지만 그녀는 점차 자신이 시각으로 경험한 것이 자신의 인식의 증거라고 스스로 믿게 되며, 자신이 그로스 부인을 압박해서 얻어낸 "명백한 동의"(49)를 자신의 심리 상태가 정상임을 증명해주는 근거라고 확신하게 된다. 심지어 그녀는 그 존재를 입증할 수 있도록 유령이 자신의 시각에 나타나 준 데 대해 "기쁨의 전율"(71)을 느끼며, 그 유령에게 "어렴풋한 감사의 표현"(71)을 보내기도 한다. 『나사못 조이기』의 플롯에 내재된 아이러니는 여가정교사가 스스로 "잔인하지도 않고 미치지도 않았다"(71)는 자기 확신을 강화해 갈수록 그녀의 시각적

착각과 인식적 자기착각, 그리고 반복강박이 그만큼 더 심화된다는 데 있다. 그 과정에서 여가정교사의 억제된 욕구와 불안한 심리 상태, 그녀의 민감한 상상력과 왜곡된 인식, 그리고 그녀의 편협한 신념 체계 사이에 작용하는 순환적 폐쇄성이 점점 더 악화될 따름이다.

『나사못 조이기』에서 독자는 위험과 공포를 야기하는 주체인 유령을 결코 확인할 수 없기 때문에 일시에 긴장을 해소할 수도 없고, 극적인 미적 쾌감의 순간을 경험할 수도 없다. 이처럼 공포의 심리적 요소를 부각하는 유령 이야기는 흔히 개인의 무의식 세계를 탐색하는 특성을 띤다. 예컨대 제임스는 『나사못 조이기』나 「졸리 코너」에서 유령을 목격하는 경험을 심리적 내면세계에 대한 탐색과 관련짓는다. 즉 제임스의 그 두 소설에서는 기본적인 욕구의 좌절로 인한 극심한 압박감으로부터 혹은 합리적인 반응을 초월하는 과도한 정신적 충격으로부터 비롯되는 심리적 반응인 반복강박 상태가 제시된다.

『나사못 조이기』는 에로스와 타나토스의 대응관계 및 죽음에 대한 두려움과 호기심을 바탕으로 하고 있다. 여가정교사는 자신이 악령을 보았다고 믿게 되고, 다시 그 믿음을 다른 사람들에게 믿게 하려고 시도한다. 더 나아가서 그녀는 자신이 보았다고 주장하는 악령이 우리의 일상생활 속에 침입하여 그것을 파괴하려고 한다고 믿게 되며, 자신이 그러한 악의 세력을 인식하고 그것에 맞서 싸워 생명과 선을 지키겠다는 사명감을 스스로 떠맡는다. 그러나 그러한 초자연적 존재는 결코 감각적으로 공유되거나 실증적으로 입증될 수 없는 심리적 현상이므로 헛것에 대한 착각에 불과할 뿐만 아니라 허구적 이론의 성격을 띤다.

『나사못 조이기』에서 유령은 결코 객관적 실체로 제시되지 않는다. 즉 그 유령에 대한 인식이 객관적으로 입증되거나 타인과 공유되지 않는다. 따라서 그것은 초자연적 존재라기보다는 그것을 믿는 한 개인의 왜곡된 인식일 수 있다. 다시 말하면 여가정교사는 자신의 억압된 욕구에 대한 대상을 상상하고 이론화하며, 그것을 지각과 인식의 차원에서 왜곡된 형태로 형상화한 다음, 다시 그것에 대한 자기 확신을 굳히고, 나아가서 그것에 맞서 선을 행하겠다는 자신의 폐쇄적인 신념으로 삼아버리는 것이다. 그래서 아이러니컬하게도 인식의 왜곡과 자기 확신에 사로잡힌 여가정교사 자신이 독자들에게는 악의 주체로 인식될 수 있다.

4. 인식의 극단

　『나사못 조이기』에서 마일즈가 유령의 존재와 직면하여 쓰러져 여가정교사의 무릎에 눕혀지는 것처럼, 「졸리 코너」에서도 주인공이 새벽녘에 유령을 지각하고 인식하게 되면서 의식을 잃고 쓰러져 오후가 되어서야 그의 옛 여자 친구에 의해서 발견된다. 차이점은 『나사못 조이기』에서는 그런 경험을 하는 주체가 소년이고 「졸리 코너」에서는 중년의 남성이며, 소년은 그 충격적인 경험 때문에 끝내 죽음에 이르지만 중년의 남성은 다시 깨어나 여자 친구의 위로와 애정을 받게 된다는 점이다. 그 두 주인공들이 겪는 경험은 보다 더 정확하게 말하면 인간 의식의 극단적 경험인 초자연적 인식 혹은 무의식의 경험이다. 그러한 인식은 신체적 감각을 통한 지각의 차원을 벗어나서 일어나는 초감각적 인식이며, 의식의 영역 밖에서 느끼는 무의식의 세계 혹은 환각의 세계이다.

　「졸리 코너」의 주인공인 스펜서 브라이든Spencer Brydon은 23세에 뉴욕을 떠났다가 56세가 되어 뉴욕으로 돌아와서 자신의 소유로 남겨진 두 채의 건물을 관리하려고 한다. 그 두 건물 중 하나는 어린 시절 고향집이고 다른 하나는 커다란 빌딩으로 세 놓기 위한 아파트로 개조하는 공사가 지금 진행 중이다. 그리고 그는 젊은 시절 옛 여자 친구였던 앨리스Alice Staverton와도 재회한다.

브라이든이 자신의 옛 고향집에서 유령을 보게 되는 경험은 지각과 실재의 한계를 넘어서 인식의 극단 혹은 무의식의 심연을 여행하는 성격을 띤다. 브라이든은 밖에서 저녁식사를 마치고 숙소인 호텔로 돌아가기 전에 자신의 어린 시절 경험이 배어있는 졸리 코너 집에 들러서 집의 곳곳을 배회하다가, 그 빈 집에 출몰한 자신의 또 다른 자아alter-ego, 혹은 도플갱어 doffelganger인 존재와 맞닥뜨린다. 그 존재를 뒤쫓다가 그는 어느 날 밤 역설적이게도 자신이 그 유령의 추적 대상이 되어 있음을 발견한다. 이야기의 클라이맥스는 브라이든이 자신이 그 빈집에서 걸었던 발자취를 되짚으며 확인해 가는 도중에, 그가 열어두었던 어떤 방문이 불가사의하게도 닫혀 있으며 반대로 그가 닫아두었던 다른 방문이 열려 있다는 것을 발견하게 되는 순간이다. 자신을 추적하는 그 유령을 피하기 위해 현관문을 향해 조심스럽게 계단을 다시 내려갔을 때, 그는 마지막 계단에 멈춰 서서 어떤 어렴풋한 존재와 대면한다. 그 형상은 잠옷 차림에 외알 안경을 쓰고 있고 하얀 장갑을 낀 양손으로 자기 얼굴을 가리고 있다. 그의 손은 두 개의 손가락이 잘리고 없는 상태이다. 그 유령을 자신의 분신이라고 생각했던 브라이든은 유령이 손을 내려서 얼굴을 드러냈을 때, 그 형상이 자신의 모습과는 완전히 다른 존재임을 발견하고 소스라치게 놀란다. 그 유령은 브라이든 자신이 상상했던 자기의 또 다른 자아가 전혀 아닌 것이다. 그 유령이 브라이든을 향해 공격적으로 덤벼드는 순간 그는 기절하여 계단 아래에 쓰러진다. 그리고 오후가 되어서 그가 의식을 되찾았을 때 자신이 앨리스 스태버튼 양의 무릎 위에 머리를 대고 누워있다는 것을 알게 된다. 그리고 그는 다시 실제 현실과 감각의 일상

세계로 되돌아온다.

「졸리 코너」는 인간의 인식 기능 중에서도 기억과 회상, 지각과 환상, 의식과 무의식의 경계를 허무는 특별한 경험에 관한 이야기이다. 즉 우리가 일상적으로 경험하는 감각적 인식의 영역을 벗어나서 알지 못하는, 단지 상상력과 환상에 의해서만 경험하는 정신 작용을 묘사한다. 그런데 「졸리 코너」에서 정신 작용의 그 양극단은 주인공 자신이 살아온 삶의 실제적인 경험과 그가 살지 못했던 삶에 대한 호기심에 의한 환상으로 대비된다. 브라이든은 어떤 이유에서인가 고향인 뉴욕을 떠나서 유럽에서 예술과 문화에 심취된 삶을 살아왔고, 이제 중년의 나이에 산업과 돈의 세계인 뉴욕으로 되돌아왔다. 작품의 시작 부분에 언급된 두 채의 건물 중, 그가 태어났고 어린 시절을 보냈던, 고풍스러운 모습을 잘 간직한 집인 "졸리 코너"가 작품의 실제 배경이 되며, 또 그의 다른 건물은 그곳에서 그리 멀지 않지만 좀 더 번화한 곳에 위치해 있다.

> [졸리 코너는] 그가 거기에서 첫 세상 빛을 보았던 집으로 그의 다양한 가족 구성원들이 거기에서 살았었고 세상을 떠났던 곳이며, 힘겨울 정도로 교육을 받았었던 어린 시절에 공휴일을 보냈던 곳이고, 청소년기에 이성 교제의 몇몇 경험을 했던 곳인데, 그처럼 오랜 세월을 떨어져서 잊고 지내다가 형제들의 잇따른 죽음과 오래된 계약들이 끝나서 이제 온전히 그의 소유로 귀결되게 되었다. 그가 소유하게 된 또 하나의 집은 졸리 코너 집만큼 그렇게 좋다고는 볼 수 없었다. 그 이유는 졸리 코너 집이 오래전부터 최고 수준으로 확장되고 보존되었기 때문이다. 그 두 채 건물의 가치가 그가 가진 주된 자본이었다. 그리고 지난 몇 해에 걸쳐서 그 두 건물에서 나오는 임대료가 그의 수입을 구성했다. 게다가 그 건물들은 본래 뛰어난 유형의 것이어서 임대료가 결코 기분 상할 정도로 낮았던 적이 없

었다. (*Tales*, 342)

　브라이든은 자신이 미국에 머물렀었다면 마천루 건축가나 뛰어난 부동산 사업가가 되었을 것이라고 상상한다. 그 두 채의 집이 상호 대비되면서 브라이든의 삶의 주축을 이루듯이, 그의 삶에서 예술과 돈, 문화와 산업에 대한 관심이 불가피하게 맞닿아 있다. 브라이든이 관리하기 위해서 돌아온 그의 두 건물 중 하나는 신성하게 보존된 집이고 다른 하나는 돈을 벌기 위해서 개조되는 건물이다. 그리고 그가 맞닥뜨린 자신의 또 다른 자아라는 유령은 지극히 물질주의적인 존재이다. 그 존재는 브라이든이 되었을 수도 있었던, 그러나 어떤 이유에서인가 현실에서 실현되지 않았던 그의 분신 즉 산업 분야에서 성공한 거물 사업가의 유형을 나타낸다. 그는 20세기 초반에 마천루를 지어서 성공한 사업의 거물들과 마찬가지로 자신도 부동산 사업가이자 권력가이며 심지어 폭력을 행한 인물이 되었을 수도 있다고 생각한다. 그것은 그 유령의 사악하고 난폭한 듯한 모습과 손가락 두 개를 잃은 그의 손에 의해서 효과적으로 상징된다. 유령에 대한 브라이든의 호기심과 거부감, 동일시와 차별화라는 자체 모순된 반응은 그의 무의식과 실현되지 못한 욕구의 발현이라고 볼 수 있다.

　3일간 찾지 않았다가 다시 돌아온 날 밤에 그는 복도에 서서 전례 없는 확신에 차서 계단을 올려다보았다. "그자가 거기에 있었다. 계단 꼭대기에서 기다리며. 알려진 것처럼 그자는 사라지려고 뒷걸음질 칠 기색을 보이지 않았다. 그자는 굳건히 서 있었는데 자기에게 무슨 일이 일어난 것이 이번이 처음이라는 듯했다. 그게 명백하잖아?" 그래서 브라이든은 난간에 얹힌 손으로 반감을 표하며 가장 낮은 계단에 발을 딛고 서 있었다. 그런 자세를 취하고 있자니 스스로 생각하기에 공기가 서늘하게 느껴졌다. 그

냉기에 몸이 차가워지는 듯했다. 그는 그게 어떤 상황인지 갑자기 알 것 같았기 때문이다. "심하게 내몰렸나? 그래, 그자는 그걸 받아들이는군. 그래서 그자는 내가 여기 머물기 위해서 왔다는 것을 분명히 알게 된 거야. 그자는 자신의 분노나 위협당한 자신의 권익이 이제 자신의 두려움과 어우러졌다는 것이 못마땅하고 견딜 수 없는 거로군. 나는 그자가 뒤돌아설 때까지 추적했어. 저기, 그래서 이런 상황이 발생한 거야. 그자는 궁지에 몰린, 송곳니를 가진 혹은 뿔이 난 짐승 꼴이로군." [...] 그럼에도 불구하고 그것[그자가 갖게 된 확신]은 엄청난 전율이었으며, 그 전율은 틀림없이 갑작스러운 실망감을 나타내 주었고 동일한 흥분과 함께 가장 낯설고도 가장 즐거우며 아마도 다음 순간에 거의 가장 자랑스러운 의식의 복제 duplication of consciousness를 나타내 주었다. (*Tales*, 355-56)

전지적 시점을 가진 서술자의 입장과 초자연적 인식을 경험하는 브라이든의 입장이 섞여드는 경우가 가끔 있으며, 특히 브라이든의 시각과 그 유령의 시각이 가끔 뒤바뀌는 듯한 상황이 전개된다. 사실상 브라이든이 인식했다고 주장하는 또 다른 자아는 프로스트Robert Frost의 서사 형식의 시 narrative poem인 「선택하지 못했던 길」("The Road Not Taken")에서 제시된 인생 회한을 극단적으로 확장시켜 극화한 것으로 볼 수 있다. 그리고 제임스는 그러한 회상을 일종의 스릴 넘치는 심리적 모험 이야기로 구현하고 있다.

감동적인 사건이나 드물게 일어나는 사건이, 그게 무엇이든 간에, 그런 [공포] 이야기를 만들어내지 못한다. 그런 종류의 이야기는 곧 우리의 흥분감이나 오락적 즐거움, 전율과 서스펜스와 다름없다는 점에서 그렇다. 거기에 제시될 것이라고 우리가 기대하는 인간의 감정과 증언, 거기에 결부된 인간의 조건들만이 그런 이야기를 만든다. 특별한 일은 그것이 너와

나에게 일어난다는 점에 있어서 가장 특별하다고 볼 수 있다. 그리고 그것이 시각적으로 절실하게 느껴지는 한에 있어서만 다른 사람들에게 가치가 있는 것이다. 여하튼 해적들이나 탐정들 가운데서 화려한 경력을 추구하는 데 있어서 보다도 「졸리 코너」의 주인공의 모험과 같은 것을 추적하는 데 있어서 우리가 더 안전하다고 느끼는 것이 이상한 말처럼 들릴지도 모르겠으나, 나는 그러한 작품의 구성이 "모험 이야기"에서 얻을 수 있는 편안함의 척도나 한계라고 본다. (*The Art*, 257-58, 원문 강조)

결론적으로 제임스는 「졸리 코너」에서처럼 "폭력적인 힘을 가진 유령"에 대해 호기심과 흥미를 가졌으며, 그것이 "가장 깊고도 섬세하고도 미묘하게 우리의 마음에 와닿으며", "가장 길고도 가장 견고한 우리 의식의 포크 날이 그런 고동치는throbbing 주제를 포착할 수 있다"(*The Art*, 258)고 말한다.

그자[유령]는 엄격한 태도를 취하고 있는, 의식을 가진 존재였으며, 유령이면서 인간이었다. 자기 자신의 실체substance와 신장stature을 가진 한 인간이 경악케 할 자기의 능력으로 자기 자신을 측정하려고 거기에서 기다리고 있었다. 그자가 전진하면서 알아차렸을 때까지 단지 그 얼굴을 어두컴컴하게 만드는 것이 그 얼굴을 가리고 있는 치켜든 양손이라는 것만이 사실이었다. 그 손에 얼굴이 가려져 있었는데 그것은 어두운 거부의사를 표현하기 위해서였지만, 결코 그처럼 도발적인 태도는 아니었다. 그래서 브라이든은 자기 앞에 있는 그자를 받아들였다. 지금 그자에 관한 모든 사실과 더불어서, 더 높아진 불빛 속에서 견고하고도 예리하게 그자의 모든 것을 받아들였다. 땅에 박힌 듯 정지된 그자의 모습, 그자의 생생한 진실, 반 백발의 구부정한 머리와 얼굴을 가린 하얀 손, 그자가 입고 있는 기이한 야회복, 매달린 이중 외알 안경, 미광을 발하는 은색 옷깃과 흰색 내의, 진주 단추와 금색 시계집 그리고 광이 나는 구두 등. [...] 그자는 자신의 또 다른 자아를 대면하여 입이 벌어질 수밖에 없었다. 고뇌에 처한 또 다른 자아를 보고서. 그자는 성취감과 만족감, 그리고 승리감에 찬 삶을 위해 거기에 서서 대면될 수 없다는 증거로서 그의 입을 벌리고 있었다. 그 증거는 완전히 펼쳐진 강력한 손으로 감싸져 있는 것은 아닐까? 그 손은 너무도 의도적으로 펼쳐져 있어서 그밖에 모든 것들을 능가하는 특별한 진실성에도 불구하고, 즉 그 손들 중 하나가 두 개의 손가락—그 손가락은 마치 사고로 잘라나간 것처럼 그루터기만 남아 있었는데—을 잃어버렸다는 사실에도 불구하고, 그 얼굴을 효과적이고도 안전하게 감싸고 있었다. (*Tales*, 364)

유령의 드러난 얼굴은 브라이든에게 완전히 낯선 얼굴이다. 그것은 사악할 수도 있고, 혐오스러울 수도 있으며, 뻔뻔하고 비속할 수도 있으며, 얼굴을 드러내는 순간 그 유령은 그에게 마치 공격하려는 듯 달려든다. 그러므로 그 유령은 브라이든에게 타자가 아니라 실제로는 그[브라이든]가 타자로 인식하고 싶은 자기 자신의 욕구에 대한 가식적 표현을 의미한다. 그리고 그만큼 더 그 유령의 주체성subjectivity이 브라이든이나 독자에게는 공포의 대상이다. 위 인용에서 알 수 있듯이 인식의 주체와 대상으로서 유령과 브라이든의 역할이 매우 혼란스럽게 뒤바꿔져 있어서, 독자는 실제 누가 인식 주체이고 누가 인식 대상인지 혼란스럽다. 보통의 경우 우리의 인식은 물질적 대상을 지각적으로 인식하여 이해하는 방향으로 작용하지만, 이와 같이 유령을 지각하여 인식하는 경우에는 그 반대로 개념이 생겨나서 물질화되는 상태까지 확장되는 양상을 띤다.

우리의 욕망과 인식, 그리고 그 인식의 왜곡이라는 경험과 관련해서 「졸리 코너」는 여러 측면에서 상징적 해석이 가능하다. 신화적 자아추구의 모험, 유령을 조작해내는 공포 소설, 견고한 사실로부터 상징을 만들어내는 상징주의자 이야기, 삶과 예술에 관한 이중성, 지각과 인식, 환상과 실재, 정신과 영혼, 혼과 백, 의식과 무의식의 경계를 흐려놓는 우화로서의 해석 등이 그 가능성이다.16)

어두운 옛집 속에서의 브라이든의 호기심과 두려움에 찬 추적은 극단적인 인간 의식의 일면을 보여주며, 기본적으로 일종의 심리적 자아탐험이라고 볼 수 있다. 그것은 어린 시절 경험과 환상 속으로의 퇴행으로서 청소년기에 가졌던 허세와 두려움을 가지고 마치 기사처럼 알려지지 않는 세계로 탐험하는 것이다. 그는 집안에서 돌진하기도 하고, 도피하기도 하며, 무서워하기도 하고, 호기심에 차서 흥미진진해 하기도 하며, 으스대기도 한다. 그래서 그 자신이 그의 또 다른 자아이면서 "검은 외부인"(a black stranger)(*Tales*, 368) 유령이기도 하다. 그런 이유에서 제임스의 서술 방식은 브라이든과 그 유령의 주체를 일부러 혼동되게 만든다.

「졸리 코너」는 인간 인식의 왜곡과 극단에 대한 제임스의 문학적 탐색이라고 볼 수 있다. 일반적으로 우리는 본 것을 알게 된 것이라고 생각한다. 즉 지각한 것을 인식한 것이라고 생각하고 인식한 것을 이해한 것이라고 여긴다. 그러나 시각과 인식, 그리고 의식과 무의식은 서로 연결되어 있는 것으로 여겨지지만, 그 연결 상태에 대해서는 아직 결코 밝혀진 적이 없다. 인간의 마음에 대한 이해는 우리의 지각이나 의식으로 어느 정도 검증과 이해가 가능한 차원과 그러한 차원의 해명이 결코 접근하지 못하는 영역이 있다고

---

16) 브라이든과 그의 또 다른 자아와의 관계는 동양 사상에서 인간에게 깃들어 있다고 여겨지는 두 종류의 대응되는 존재 요소를 연상시킨다. '혼백'으로 구성된 존재로서 한 인간이 죽으면 혼魂은 곧 인간의 몸을 빠져나와 위패 안에서 살다가 이내 하늘로 올라간다고 여겨졌으며, 백魄은 그 인간의 사후에도 몸속에 사는 존재로, 묘지에 묻힌 시체와 함께 흙이 된다고 여겨졌다. 즉 한 인간의 자아는 기본적으로 대비되는 두 존재로 구성되었다고 본 것이다. 그러한 관점에서 브라이든이 겪는 극단적인 인식을 생각해 본다면, 그의 존재의 한 양상이 대척점에 있는 또 다른 양상을 경험하는 상황을 가상해 볼 수 있다.

볼 수 있다. 우리가 이해하지는 못하지만 작용하고 있다고 가정하는 정신 작용을 우리는 흔히 영혼soul, spirit이라고 칭한다. 영혼의 차원은 예술과 종교의 영역에서 특히나 강력한 영향력을 갖는다.

　　제임스는 「졸리 코너」에서 우리가 지각과 인식, 의식의 차원에서는 결코 규정할 수 없는 그러한 영혼 혹은 혼령의 문제를 서사적으로 극화하고 있다. 그래서 그 이야기는 초자연적인 존재를 인식하는 호손Nathaniel Hawthorne의 단편소설 「젊은 굿맨 브라운」("Young Goodman Brown")이나 콜리지Coleridge의 시 「옛 수부의 노래」("The Rime of the Ancient Mariner"), 또는 유령의 등장과 그에 대한 믿음에 의해서 이끌어지는 셰익스피어Shakespeare의 극인 『햄릿』(Hamlet) 등과 상통하는 맥락에 위치하는 문학 작품으로 볼 수 있다.

인용문헌 |

● 머리말

James, Henry. *Theory of Fiction: Henry James*. ed. James E. Miller, Jr., Lincoln, Nebraska: U of Nebraska P, 1972.

● 제1장

Balzac, Honore de. "Avant-Propos." *Oeuvres Completes*. vol. I. Paris: Louis Conard, Libraire-Editeur, 1946.

Goncourt, Edmund and Jules de. "Preface." *Germinie Lacerteux*. Paris: Societe des Beaux-Arts, 1922.

Grover, Philip. *Henry James and the French Novelists*. New York: Barnes & Noble, 1973.

Harlow, Virginia. *Thomas Sergeant Perry, A Biography*. Durham: Duke UP, 1950.

Howe, Irving. *A Critic's Notebook*. ed. Nicholas Howe. New York: Harcourt Brace & Company, 1994.

James, Henry. *The Art of the Novel*. ed. Richard P. Blackmur. New York: Charles Scribner's Sons, 1950.

_____. "Pierre Loti." *Essays in London and Elsewhere*. New York: Books For Libraries Press, 1893. rpt. in 1972.

_____. *Henry James: The Future of the Novel*. ed. Leon Edel. New York: Vintage Books, 1956.

_____. *Henry James Letters*. 4 vols. ed. Leon Edel. Cambridge, Massachusetts: Harvard UP, 1980.

_____. *Henry James Selected Literary Criticism*. ed. Morris Shapira. London: Heinemann, 1963.

_____. *The House of Fiction*. ed. Leon Edel. London: Rupert Hart-Davis, 1957.

_____. *Literary Reviews and Essays*. ed. Albert Mordell. New York: Twayne Publishers, 1957.

_____. "Miss Prescott's Azarian." *North American Review*. vol. C, January, 1865.

_____. *The Painter's Eyes*. ed. John L. Sweeney. Cambridge, Massachusetts: Harvard UP, 1956.

_____. *Partial Portraits*. London: Macmillan, 1888.

Jones, Vivien. *James the Critic*. New York: St. Martin's Press, 1985.

Kronegger, Maria Elisabeth. *Literary Impressionism*. New Haven: College & University Press, 1973.

Pater, Walter. *Selected Writings of Walter Pater*. ed. Harold Bloom. New York: Columbia UP., 1974.

Taine, Hippolyte A. *History of English Literature*. vol. I. trans. H. Van Laun. New York: Frederick Ungar Publishing Co., 1965.

● 제2장

Anesko, Michael. *"Friction with the Market": Henry James and the Profession of Authorship*. New York: Oxford UP, 1986.

Bell, Ian F. A. *Washington Square: Styles of Money*. New York: Twayne Publishers, 1993.

Bledstein, Burton. *The Culture of Professionalism: The Middle Class and the Development of Higher Education in America*. New York: Norton, 1976.

Edel, Leon. *Henry James The Middle Years*. New York: J. B. Lippincott Co., 1962.

Freedman, Jonathan. *Profession of Taste: Henry James, British Aestheticism, and Commodity Culture*. Stanford, California: Stanford UP, 1990.

Geismar, Maxwell. *Henry James and the Jacobites*. Boston: Houghton Mifflin, 1963.

Brooks, Van Wyck. *The Pilgrimage of Henry James*. New York: Dutton, 1925.

James, Henry. *Partial Portraits*. Ann Arbor: U of Michigan P, 1970.

_____. *The Complete Tales of Henry James*. ed. Leon Edel. 12 vols,. Philadelphia: J. B. Lippincott, 1962-1964.

_____. *The Complete Notebook of Henry James*. ed. Leon Edel. New York: Oxford UP, 1987.

_____. *The American*. ed. James W. Tuttleton. New York: W.W. Norton & Co., 1978.

_____. *The Bostonians*. Middlesex, England: Penguin Books, 1973.

_____. *Washington Square*. Markam: New American Library, 1964.

_____. *The Princess Casamassima*. London: Penguin Books, 1987.

_____. *Autobiography: A Small Boy and Others; Notes of a Son and Brother*. ed. Frederick W. Dupee. New York: Criterion Book, 1956.

_____. *Hawthorne*. New York: St. Martin's Press, 1967.

Lowell, James Russell. "James's Tales and Sketches." *Nation*. vol. 20. June, 1875.

Mull L. Donald. *Henry James's 'Sublime Economy': Money as Symbolic Center in the Fiction*. Middletown, Conn.: Wesleyan UP, 1973.

Porter, Carolyn. *Seeing and Being*. Middletown, Conn. Wesleyan UP, 1981.

Miller, Douglas T. *Jacksonian Aristocracy: Class and Democracy in New York*. New York: Oxford UP, 1967.

Rothblatt, Sheldon. *The Revolution of the Dons: Cambridge and Society in Victorian England*. New York: Basic Books, 1968.

Seltzer, Mark. *Henry James and the Art of Power*. Ithaca, New York: Holt, 1917.

Smith, Henry Nash. *Democracy and the Novel*. New York: Oxford UP, 1978.

Tuttleton, James W. "City Literature: States of Mind." *Modern Age*. Fall 1990. The International Studies Institute, 1990.

• 제3장

Banner, Lois. "Feminism in America 1848-1986." *The Wilson Quarterly*. (Autumn, 1986): 89-98.

Brewer, Derek. "Introduction." *The Princess Casamassima*. Middlesex, England: Penguin Books, 1987.

Brooks, Van Wyck. *The Flowering of New England 1815-1865*. New York: E. P. Dutton & Co., 1940.

_____. *New England: Indian Summer 1865-1915*. New York: E. P. Dutton & Co., 1940.

_____. *The Pilgrimage of Henry James*. New York: E. P. Dutton & Co., 1925.

Carter, Robert. "The Newness." *The Century Illustrated Magazine*. 1889 November to April 1890, vol. XXXIX, New York: The Century Co.

Edel, Leon. *Henry James The Middle Years*. New York: J. B. Lippincott Company, 1962.

Emerson, Ralph Waldo. *Essays and Lectures*. New York: Library of America, 1983.

_____. *Journals of Ralph Waldo Emerson*. vol. V, VIII, and VIX. Boston: Houghton Mifflin Co., 1912.

Emerson, Ralph Waldo and Clark, James Freeman. *Memoirs of Margaret Fuller Ossoli*. 3 vols. London: R. Clay Printer, 1852.

Fuller, Margaret. *The Writings of Margaret Fuller*. ed. Mason Wade. New York: The Viking Press, 1941.

Garrison, Wendell Phillips. *William Lloyd Garrison, 1805-1879; The History of His Life Told by His Children*. vol.2, 1835-1840. New York: The Century Co., 1885.

Houghton, Walter E. *The Victorian Frame of Mind*. New Haven: Yale UP, 1957.

Huxley, Leonard. *Life and Letters of Thomas Huxley*. London: Macmillan and Co., 1900.

Kennon, Donald R. "'An Apple of Discord': The Woman Question at the World's Anti-Slavery Convention of 1840." *Slavery and Abolition* 5 (1984): 244-66.

Lynd, Hellen Merrell. England in the Eighteen-Eighties. New Brunswick: Transaction Books, 1984.

Mallock W. H. "The Functions of Wealth." *The Contemporary Review* 41 (January-June, 1882), London: Strahan and Company, 1882.

Melchiori, Barbara Arnett. *Terrorism in the Late Victorian Novel*. London: Croom Helm, 1985.

Mill, John Stuart. *Principles of Political Economy*. Book IV, ed. Sir W. J. Ashley. London: Longmans, 1909.

Parrington, Vernon L. *The Beginnings of Critical Realism in America 1860-1920*. New York: Harcourt Brace Jovanovich, 1930.

Reynolds, David S. *Beneath the American Renaissance*. Cambridge, Massachusetts: Harvard UP, 1989.

Schorer, Mark. "Forward: Self and Society." *Society and Self in the Novel*. New York: AMS Press Inc., 1965.

Spencer, Herbert. "The Coming Slavery." *The Contemporary Review*. 1884, vol. 45. London: Strahan and Company, 1884.

Stanton Elizabeth Cady. *History of Woman Suffrage*. New York: Arno Press, 1969.

Tilley, W. H. "The Background of The Princess Casamassima." *U of Florida Monographs* No. 5, Fall 1960. Gainsville, Florida: U of Florida P.

Trilling, Lionel. *The Liberal Imagination*. New York: Doubleday & Company, Inc., 1953.

Tuttleton, James W. *The Novel of Manners in America*. New York: W. W. Norton & Company. Inc., 1974.

_____. *Vital Signs*. Chicago: Ivan R. Dee, 1996.

Wade, Mason. ed. *The Writings of Margaret Fuller*. New York: Viking, 1941.

Whicher, Stephen E. *Selections from Ralph Waldo Emerson*. Boston: Houghton Mifflin Company, 1957.

● 제4장

Bell, Ian F. A. ""This Exchange of Epigrams": Commodity and Style Washington Square." *Journal of American Studies*. vol.19(1), April 1985. ed. Howard Temperley. Cambridge UP, 1985.

_____. "Money, History, and Writing in Henry James: Assaying *Washington Square*." *Henry James: Fiction as History*. ed. Ian F. A. Bell. Totowa: Barnes & Noble Books, 1984.

Bell, Millicent. "Style as Subject: Washington Square." *Sewanee Review*. vol. 83(1),

Winter 1975. Sewanee: The U of South Sewanee, 1975.

Bowden, Edwin T. *The Themes of Henry James*. Archon Books, New Haven: Yale UP, 1969.

Emerson, Ralph Waldo. *Nature as Natural History and Human History*. ed. Jaroslav Pelikan. Boston: Beacon Press, 1985.

Foley, Mary Mix. *The American House*. New York: Harper & Row, Publishers, 1980.

Gale, Robert L. *The Caught Image: Figurative Language in the Fiction of Henry James*. Chapel Hill: The U of North Carolina P, 1964.

Hale, Sarah J. cond. "Woman." *The Ladies' Magazine*. vol. 3. September 1830. Boston: John Putman, 1830.

Hutchinson, Stuart. *Henry James: an American as Modernist*. Totowa: Barnes & Noble, 1982.

James, Henry. *Hawthorne*. ed. Tony Tanner. New York: St Martin's Press, 1967.

_____. *The Letters of Henry James*. vol.I. ed. Percy Lubbock. New York: Straus & Giroux Inc., 1970.

_____. *Washington Square*. Markham: New American Library, 1964.

Long, Robert Emmet. *The Great Succession: Henry James and the Legacy of Hawthorne*. Pittsburgh: U of Pittsburgh P, 1979.

_____. *Henry James: The Early Novels*. ed. David J. Nordloh. Boston: Twayne Publishers, 1983.

Maini, Darshan Singh. *The Spirit of American Literature*. New Delhi: Sterling Publishers Private Limited, 1988.

Miller, Douglas T. *Jacksonian Aristocracy. Class and Democracy in New York*. New York: Oxford UP, 1967.

Winter, J. L. "The Chronology of James's Washington Square." *Notes and Queries*. vol. 28(5). October 1981. ed. E. G. Stanry. New York: Oxford UP, 1981.

Tuttleton, James W. "City Literature: States of Mind." *Modern Age*. Fall 1990. The International Studies Institute, 1990.

_____. *The Novel of Manners in America*. New York: W.W. Norton & Company. Inc., 1972.

Wagenknecht, Edward. *The Novels of Henry James*. New York: Frederick Ungar Publishing Co., 1983.

Wetering, Maxine Van De. "The Popular Concept of "Home" in Nineteenth-Century America." *Journals of American Studies*. vol.18(1). April 1984. ed. Howard Temperley. New York: Cambridge UP, 1984.

● 제5장

Allen, Elizabeth. *A Woman's Place in the Novels of Henry James*. New York: St. Martin's Press, 1984.

Auchincloss, Louis. *Reading Henry James*. Minneapolis: U of Minnesota P, 1975.

Blair, Sara. "Realism, Culture, and the Place of the Literary: Henry James and The Bostonians." *The Cambridge Companion to Henry James*. Ed. Jonathan Freedman. New York: Cambridge UP, 1998.

Brooks, Van Wyck. *New England: Indian Summer 1865-1915*. New York: E.P. Dutton & Co., 1940.

_____. *The Pilgrimage of Henry James*. New York: E.P. Dutton & Co., 1925.

Cargill, Oscar. *The Novels of Henry James*. New York: The Macmillan Company, 1961.

Dupee, F. W. *Henry James: The American Men of Letters Series*. New York: William Morrow & Company Inc., 1974.

Edel, Leon. *Henry James The Middle Years*. New York: J. B. Lippincott Company, 1962.

_____. ed. "Introduction." *The American Essays of Henry James*. Princeton, Jew Jersey: Princeton UP, 1989.

Emerson, Ralph Waldo and Clark, James Freeman. *Memoirs of Margaret Fuller Ossoli*. 3 vols. London: R. Clay Printer, 1852.

Fetterley, Judith. *The Resisting Reader: A Feminist Approach to American Fiction*. Bloomington: Indiana UP, 1978.

Habegger, Alfred. *Henry James and the "Woman Business."* New York: Cambridge UP, 1987.

James, Henry. *The American Scene*. ed. John F. Sears. New York: Penguin Books, 1994.

_____. *The Bostonians*. Middlesex, England: Penguin Books, 1973.

_____. *The Complete Notebook of Henry James*. ed. Leon Edel. New York: Oxford UP, 1987.

_____. *The American Essays of Henry James*. ed. Leon Edel. Princeton, New Jersey: Princeton UP, 1989.

_____. *The Future of the Novel*. Ed. Leon Edel. New York: Vintage Books, 1956.

_____. *Henry James: Selected Literary Criticism*. ed. Morris Shapira. London: Heinemann, 1963.

Josephson, Matthew. *Zola and His Time*. New York: Macaulay Co., 1928.

Ledger, Sally. "The New Woman, The Bostonians and the Gender of Modernity." *Bells* 7 (1996): 55-62.

Long, Robert Emmet. Henry James: The Early Novels. Boston: Twayne Publishers, 1983.

Matthiessen, F. O. ed. "Introduction." *The American Stories and Novels of Henry James*. New York: Knopf, 1964.

McColley, Kathleen. "Claiming Center Stage: Speaking Out for Homoerotic Empowerment in The Bostonians." *The Henry James Review* 21.2 (2000): 151-69.

Powers, Lyall H. *Henry James and the Naturalist Movement*. East Lansing: Michigan UP, 1971.

Shaheen, Aaron. "Henry James's Southern Mode of Imagination: Men, Women, and the Image of the South in The Bostonians." *The Henry James Review* 24.2 (2003): 180-92.

Trilling, Lionel. *The Liberal Imagination*. New York: Doubleday & Company, Inc., 1953.

_____. *The Opposing Self*. New York: Harcourt Brace Jovanovich, 1978.

Tuttleton, James. W. *Vital Signs*. Chicago: Ivan R. Dee, 1996.

Van Leer, David. "A World of Female Friendship: The Bostonians." *Henry James and Homo-Erotic Desire*. ed. John Bradley. New York: St. Martin's, 1999.

● 제6장

Boudreau, Kristin. *Henry James' Narrative Technique: Consciousness, Perception, and Cognition*. New York: Palgrave Macmillan, 2010.

Dupee, F. W. *Henry James*. New York: William Morrow & Company, Inc., 1974.

Eliot, T. S. "In Memory of Henry James." *The Little Review* V (1918): 44-47.

Gide, André. "Henry James." *Yale Review* XIX (1930): 641.

James, Henry. "Preface." *The Princess Casamassima*. New York: Penguin Books, 1987.

_____. *The Princess Casamassima*. New York: Penguin Books, 1987.

James, William. *A Pluralistic Universe: Hibbert Lectures at Manchester College on the Present Situation in Philosophy*(1909). Lincoln: U of Nebraska P, 1996.

_____. *Pragmatism* (1907). ed. Bruce Kuklick. Indianapolis: Hackett Publishing, 1981.

_____. *William James Writings 1902-1910 "Some Problems of Philosophy."* New York: The Library of America, 1987.

Jolly, Roslyn. *Henry James: History, Narrative, Fiction*. Oxford: Clarendon P, 1993.

Raleigh, John Henry. "Henry James: The Poetics of Empiricism." *PMLA* 66.2 (1951): 107-23.

Rowe, John Carlos. *The Theoretical Dimensions of Henry James*. Madison: The U of Wisconsin P, 1984.

Simon, Linda. "Bewitched, Bothered, and Bewildered: William James's Feeling of 'If.'" *The Re-enchantment of the World: Secular Magic in a Rational Age*, Eds. Joshua Landy and Michael Saler. Stanford: Stanford UP, 2009. 38-55.

Trilling, Lionel. *The Liberal Imagination*. New York: Doubleday & Company, Inc., 1953.

Ward, J. A. *The Search For Form*. Chapel Hill: The U of North Carolina P, 1967.

● 제7장

Clifton, Glenn. "More Perceptions than Terms to Translate Them: the Enigmatic Signifier and the Jamesian Unconscious in *What Maisie Knew.*" *The Henry James Review* 36.2 (2016): 163-76.

Fernyhough, Charles. *Pieces of Light: The New Science of Memory.* London: Profile, 2012.

James, Henry. *What Maisie Knew.* New York: Penguin Books, 1985. print.

Hetzron, Robert. "On the structure of punchlines." *Humor: International Journal of Humor Research* 4.1 (1991): 61-108.

Laing, Roisin. "What Maisie Knew: Nineteenth-Century Self-hood in the Mind of the Child." *The Henry James Review* 39.1 (2018): 96-101.

Leavis. F. R. "*What Maisie Knew*: A Disagreement by F. R. Leavis." *The Complex Fate: Hawthorne, Henry James, and Some Other American Writers.* By Marius Bewley. London: Chatto and Windus. 1952. 114-31.

Poole, Adrian. "Introduction." *What Maisie Knew.* ed. Adrian Poole. Oxford: Oxford UP, 1998. vii-xxvi.

Teahan, Sheila. "What Maisie Knew and the Improper Third Person." *The Turn of the Screw and What Maisie Knew.* eds. Neil Cornell and Maggie Malone. London: Macmillan, 1998. 220-36.

Wilson, Harris W. "What Did Maisie Knew?" *College English* 17.5 (1956): 279-82.

● 제8장

Griffin, Susan M. *The Historical Eye: The Texture of the Visual in Late James.* Boston: Northeastern UP, 1991.

Hutchison, Hazel. "James's Spectacles: Distorted Vision in The Ambassadors." *The Henry James Review* 26.1 (2005): 39-51.

James, Henry. *Autobiography.* Ed. Frederick W. Dupee. New York: Charles Scribner's Sons, 1941.

_____. *The Ambassadors.* New York: Norton, 1994.

_____. *The Art of the Novel.* Westfort, MA: The Murray Printing Co., 1984.

James, William. *The Principles of Psychology*. Vol. 1. New York: Henry Holt & Co., 1918.

Miller, Hillis J. "Henry James and "Focalization," or Why James Loves Gyp." *A Companion to Narrative Theory*. eds. James Phelan and Peter J. Rabinowitz. Malden, MA: Blackwell Publishing, 2005.

Plato. *Apology: Plato in Twelve Volumes*. Vol. 1. Trans. Harold North Fowler. Cambridge, MA: Harvard UP, 1966.

_____. *Plato's The Republic*. Ed. Jowett B. New York: The Modern Library, 1941.

Schneider, Daniel J. *The Crystal Cage: Adventures of the Imagination in the Fiction of Henry James*. Lawrence: The Regents Press of Kansas, 1978.

Torgovnick, Marianna. *The Visual Arts, Pictorialism, and the Novel: James, Lawrence, and Woolf*. Princeton: Princeton UP, 1985.

Winner, Viola Hopkins. *Henry James and the Visual Arts*. Charlottesville: U of Virginia P, 1970.

● 제9장

프로이트 지그문트. 『쾌락 원칙을 넘어서』. 박찬부 역. 열린책들, 1998.

Aiken, John, and Anna Laetitia Barbauld. "On the Pleasure Derived from Objects of Terror." *Miscellaneous Pieces in Prose*. 2nd ed. (1775): 119-27.

Beidler Peter. ""With holes of different sizes made in them, to admit of sticks": Phalic Playthings in Henry James's *The Turn of the Screw*." *ANQ* 17 (2004): 47-52.

Botting, Fred. *Gothic*. New York: Routledge, 1996.

Bullough, Edward. "'Psychical Distance' as a Factor in Art and Aesthetic Principle." *Critical Theory Since Plato*, ed. Hazard Adams, New York: Harcourt (1971), 755-65.

Cranfill T. M. and Clark R. L. "The Provocativeness of The Turn of the Screw." *Texas Studies in Literature and Language* 12 (1970): 93-100.

Felman, Shoshana. "Turning the Screw of Interpretation." *Yale French Studies* 55/56 (1977): 94-207.

Iser, Wolfgang. *The Act of Reading*. Baltimore: Johns Hopkins UP, 1978.

James, Henry. *The Art of the Novel: Critical Preface*. Boston: Northwestern UP, 1984.

_____. *Autobiography: A Small Boy and Others; Notes of a Son and Brother*. ed. Frederick W. Dupee. New York: Criterion Book, 1956.

_____. *Tales of Henry James*. eds. Christof Wegelin and Henry B. Wonham. New York: W. W. Norton & Co., 2003

_____. *The Turn of the Screw*. ed. Robert Kimbrough. New York: W. W. Norton & Company, 1966.

Katan, M. "A Causerie on Henry James's The Turn of the Screw." *The Psychoanalytic Studies of the Child* 17 (1962): 473-93.

Smith, Allan Lloyd. "A Word Kept Back in The Turn of the Screw." *Victorian Literature and Culture* 24 (1998): 139-58.

Punter, David. *The Literature of Terror*. New York: Longman, 1980.

Salomon, Roger B. *Maze of the Serpent: An Anatomy of Horror Narrative*. Ithaca: Cornell UP, 2002.

Stewart, Susan. "The Epistemology of the Horror Story." *Journal of American Folklore* 95 (1982): 33-50.

Stoker, Bram. *Dracula*. W. W. Norton & Company. New York: 1997.

Terry, Heller. *The Delights of Terror: An Aesthetics of the Tale of Terror*. Chicago: U of Illinois P, 1987.

Tracy, Robert. "Undead, Unburied: Anglo-Ireland and the Predatory Past." *Literature Interpretation Theory*. vol.10, July 1999.

찾아보기 |